Janet Clark

EWIG WIR

Deathline

DIE AUTORIN

Janet Clark wollte schon als Kind nur eins: Romane schreiben! Wenn's geht: spannend! Doch zwischen ihr und dem ersehnten Berufsziel sollten noch etliche Jahre, Länder und Berufe liegen, bis Janet Clark ihr erstes Manuskript einreichte. Dann allerdings stellte sich der Erfolg nahezu postwendend ein. Ihre Romane für Erwachsene und Jugendliche bestechen durch Hochspannung und Unterhaltung auf höchstem Niveau. Mittlerweile fiebert eine große Fangemeinde ihrer nächsten Veröffentlichung entgegen.

Von Janet Clark sind bei cbj erschienen:

Deathline – Ewig Dein (31209)

Mehr über cbj auf Instagram
unter @hey_reader

JANET CLARK

EWIG WIR

DEATHLINE

cbt

Sollte diese Publikation Links auf Webseiten Dritter enthalten, so übernehmen wir für deren Inhalte keine Haftung, da wir uns diese nicht zu eigen machen, sondern lediglich auf deren Stand zum Zeitpunkt der Erstveröffentlichung verweisen.

Dieses Buch ist auch als E-Book erhältlich.

MIX
Papier aus verantwortungsvollen Quellen
FSC® C014496

Verlagsgruppe Random House FSC® N001967

1. Auflage 2019
Erstmals als cbt Taschenbuch April 2019

Umschlaggestaltung: Geviert, Grafik & Typographie
unter Verwendung eines Fotos von © Trevillion Images
(Cristina Mitchell)
MP · Herstellung: LW
Satz: Uhl + Massopust, Aalen
Druck: GGP Media GmbH, Pößneck
ISBN 978-3-570-31262-9
Printed in Germany

www.cbj-verlag.de

Für Hanni,

weltbeste Schwägerin und treueste Testleserin,
mit der besonderen Gabe, genau zu erspüren,
wann eine Autorin eine Runde Joggen
und wann ein gemeinsames Glas Wein benötigt.

PROLOG

UNGLAUBLICH. SO HAT MEINE FREUNDIN Dana unsere letzten Wochen beschrieben. Das stimmt zwar, aber ich würde noch einige Worte hinzufügen. Lebensverändernd. Augenöffnend. Erschütternd. Gefährlich.

Oder wie würdet ihr es beschreiben, wenn ihr euch Hals über Kopf in einen geheimnisvollen Typen verliebt und dann herausfindet, dass er bereits tot ist und langsam zum Dämon wird?

Denn genau so war es mit Ray. Liebe auf den ersten Blick. Auch, wenn ich zuerst natürlich noch nicht wusste, dass er meine große Liebe ist.

Zunächst war ich einfach nur glücklich, als mein Bruder Patrick Ray als Sommeraushilfe auf der Ranch eingestellt hatte, obwohl Dad seit Mums Tod eigentlich keine Yowama, zu deren Stamm Ray gehörte, auf der Ranch duldete.

Klar, dass ich so viel Zeit wie möglich mit Ray verbrachte, zumal er, wie alle Yowama, extrem gut mit Pferden umgehen kann und mir unglaubliche Dinge beigebracht hat. Kurz: Es hätte der Sommer aller Sommer werden können …

Wurde es aber nicht.

Denn plötzlich geschahen seltsame Dinge in meinem Heimatort. Mysteriöse Schatten tauchten auf und ständig spielten elektrische Geräte verrückt. Und niemand, nicht einmal unser Freund Gabriel, der sonst für alles eine Erklärung parat hatte, konnte erklären, warum.

Bis zu dem Moment, als im wahrsten Sinne des Wortes die Bombe hochging, Ray mein Leben rettete und ich herausfand, was hinter den seltsamen Vorkommnissen steckte: Ray war ermordet worden, und sein magisches Amulett geraubt, mit dem er nach seinem Tod die Deathline hätte überschreiten sollen. Ihm blieben nur 24 Tage, um sein Amulett zu finden und die Deathline zu überqueren. Oder er würde für immer zum Dämon werden, so wie die Schatten, die in der Gegend ihr Unwesen trieben.

Erst war ich total geschockt. Dann unfassbar wütend. Ich musste Ray einfach helfen, seinen Mörder und das Amulett zu finden – was allerdings Dana und mich fast das Leben gekostet hätte. Wäre nicht Mike, unser Hufschmied, rechtzeitig auf der verlassenen Farroway Farm aufgetaucht, wo er in letzter Sekunde Rays Mörder, Marcus Dowby, erschoss, um uns zu retten.

Kurz darauf habe ich Rays Amulett gefunden und durfte ihn zum Abschiednehmen ins Reservat begleiten.

Es war wunderschön. Sogar der Abschied. Ray versprach mir, dass unsere Liebe über den Tod hinaus bestehen bleibt. Ich wusste zuerst nicht, was er damit meinte, aber kaum war er über die Deathline verschwunden, konnte ich Ray so intensiv spüren, als wäre er bei mir. So wie er es versprochen hatte: Ewig dein.

Und deshalb IST unsere Geschichte noch lange nicht zu Ende …

* * *

KAPITEL 1

RAYS GRÜN-GRÜNE AUGEN strahlten mich an, *sein Mund öffnete sich zu einem breiten Lächeln und offenbarte die winzige Zahnlücke zwischen seinen Schneidezähnen. »Ewig dein, sage es, Josie.«*

»Ewig dein«, flüsterte ich, und trat einen Schritt näher. Ray streckte den Arm nach mir aus, nahm meine Hand und zog mich an sich. Langsam senkte er sein Gesicht, seine Lippen an meinem Ohr. »Ich liebe dich, Rodeo Girl. Wir sind zwei Hälften eines Ganzen. Vergiss das nie.« Ich nickte, so zaghaft wie das Spiel der Blätter im sachten Wind. Seine Lippen suchten meinen Mund. Mein Herz schlug unregelmäßig. Schnell. Ich spürte jeden einzelnen Schlag …

… doch es war das Einzige was ich spürte. Ich wartete. So wie gestern. Und vorgestern. Und den Tag davor. Doch ich spürte Ray nicht.

Nur mein Herz, das langsam wieder zu seinem normalen Rhythmus zurückfand.

Verdammt! Was war nur los?

Das Bild von Ray verflog wie eine Fata Morgana und ich

schlug den tief herabhängenden Ast neben mir frustriert zur Seite.

Warum spürte ich ihn nicht mehr so, wie in den ersten zwölf Tagen, nachdem er die Deathline überquert hatte? Lag es daran, dass ich mit Dana, Gabriel und Patrick auf einer Insel Urlaub machte, die zu weit vom Reservat entfernt war? Durfte ich einen bestimmten Umkreis nicht für länger als ein paar Tage verlassen?

Ich zupfte ein von feinen Äderchen durchzogenes Blatt von dem Baum neben mir. *Eine Woche Sand und Meer.* Es war Gabriels Vorschlag gewesen, um die Ereignisse in Angels Keep hinter uns zu lassen. Um auf andere Gedanken zu kommen. Was auch funktioniert hatte – für Dana und Patrick, die jetzt ein Paar waren, für Gabriel, der uns von morgens bis abends mit seinem minutiös durchgeplanten Ferienprogramm auf Trab hielt, und am Anfang auch für mich. Solange Ray mir jeden kleinsten Anflug von Einsamkeit oder Verzweiflung *spürbar* aus dem Gesicht gestreichelt hatte.

Natürlich wusste ich, dass Ray nicht *wirklich* hier war. Aber damit konnte ich umgehen, solange ich seine Anwesenheit so intensiv gespürt hatte, als stünde er direkt neben mir. Jetzt dagegen erschien er nur noch vor meinem inneren Auge – wie ein Ausschnitt aus einem vertrauten Film.

Warum?

Ich zerfetzte das Blatt in winzige grüne Teilchen und ließ sie vor mir auf den Boden rieseln. Mit einem Mal hatte ich das dringende Bedürfnis, zur Ranch zurückzufahren. *Jetzt. Sofort.* Zu den Kwaohibäumen mit ihrer einzigartigen Magie. Zu *meinem* Kwaohibaum, der Rays und meine Haarsträhnen in seiner Rinde verborgen hielt. Abrupt tauchte ich im Schatten der Bäume unter und bahnte mir einen Weg durch das kräftige Grün des dichten Geästs.

Blätter strichen mir übers Gesicht, und wie sehr ich auch aufpasste, die Dornen der wild wachsenden Büsche kratzten über meine nackten Beine und hinterließen rote, pochende Striemen. Trotzdem ging ich weiter und weiter, immer bergauf, folgte dem Licht, das schwach durch die Baumkronen schien. Nur ein einziges Mal noch blieb ich stehen und ließ meinen Blick über die Bäume um mich herum wandern. Dicht und dunkel beherrschten sie den Großteil der Insel und waren doch bloß gewöhnlich, ohne den geringsten Hauch der Magie, die unsere Kwaohibäume so besonders machte.

Dann lief ich weiter. Ohne Ziel, ohne Plan, einfach geradeaus durch das wilde, grüne, lichtarme Baummeer. Mit jedem Schritt veränderte sich das Licht, wurde heller und heller, bis ich schließlich aus dem Wald heraustrat und vor mir das Hochplateau lag.

Außer Atem setzte ich mich auf einen Felsbrocken. Die noch milde Morgensonne schien mir ins Gesicht und ich genoss die Wärme nach dem sonnenlosen Marsch durch den deutlich kühleren Wald. Ich beugte mich vor und fuhr über die roten Striemen an meinen Beinen. Sie brannten, aber nicht so sehr, dass ich meinen Marsch durch den Wald bereut hätte. Einfach, weil es hier oben so unglaublich friedlich war. Ich lauschte dem gleichmäßigen Schwappen der Wellen, die sich am Fuß der Klippen brachen. Und je länger ich lauschte, desto klarer hörte ich es.

Jo-sie.

Wieder und wieder, im Rhythmus der Brandung. Als riefe sie mich.

Jo-sie. Jo-sie. Jo-sie.

Eigentlich hätte der Ruf der Brandung mich ängstigen müssen. Zumindest verwundern. Aber ich hörte nur meinen Namen. Wie verzaubert stand ich von dem Felsbrocken auf und wischte mechanisch die winzigen Steinchen weg, die an meinen Shorts hängen geblieben waren. Der Boden war uneben, mal Fels, mal Stein, mal Gras, doch ich achtete nicht auf die unzähligen Stolperfallen. Ich starrte aufs Meer und steuerte die Klippen an. Langsam. Als dirigierte nicht ich, sondern der Ruf der Wellen meine Bewegungen.

Jo-sie. Jo-sie.

Dann stand ich am äußersten Rand. Mein Blick wanderte über das Wasser, über die verschiedenen Schattierungen, die die Tiefe des Meeres verrieten. Vom dunkelsten Blau bis zum hellsten Türkis, kleine und große Flecken, die zu einem bunten Muster verschmolzen.

Nur ein Fleck hob sich deutlich von dem Farbteppich ab.

Ich sah genauer hin. Verengte die Augen, fixierte ungläubig die besonders silbrig schillernde Stelle. Es gab keinen Zweifel.

Vor mir, etwa dreißig Meter vom Ufer entfernt, schimmerte ein grünblaues Herz durch die Wasseroberfläche.

Ein Herz.

War das Ray?

Schickte er mir ein Zeichen?

Mein Puls schoss in die Höhe. Ich blickte mich um, sah wieder hinab aufs Meer. Das Herz war immer noch da.

Hatte Ray mich zu den Klippen gelockt, um es mir zu zeigen? Vom Strand aus hätte ich das Herz nicht sehen können.

»Ray?«, rief ich, die Hände wie einen Trichter um den Mund gelegt.

»Josie!«, gellte da Patricks Stimme hinter mir. »Nein! Tu's nicht!«

Irritiert drehte ich mich um, doch die Bewegung war zu hastig und ich zu nah am Abgrund. Ich verlor das Gleichgewicht, rutschte mit einem Fuß ab, ruderte wild mit den Armen.

Scheiße, schoss es mir durch den Kopf, was sicher keine Chance in den Top Ten der *Famous Last Words* haben würde.

Dann spürte ich einen Ruck, hörte ein Ratschen und stolperte Patrick entgegen. Er war kreidebleich. Seine Hand, die sich in den Stoff meines T-Shirts krallte, zitterte unkontrolliert, ebenso seine Lippen. Er umschlang mich mit beiden Armen, drückte mich kurz an sich und trat gleich darauf einen Schritt zurück. »Mach das nie, nie wieder«, sagte er rau. »Ray ist weg, und so schwer es jetzt für dich ist, du wirst genauso darüber hinwegkommen, wie wir über Mums Tod.«

»Sag mal, spinnst du?!« Eine Welle der Empörung spülte den Schock hinweg, der mich hatte erstarren lassen. Mein Bruder dachte, ich wollte mich in die Tiefe stürzen! »Wie kannst du glauben, dass ich Dad und dir das antun würde? Nach allem, was wir zusammen durchgemacht haben!«

»Aber …« Er sah betreten zu Boden.

Ich stemmte meine Arme in die Hüften. »Was machst du überhaupt hier oben?«

»Ich hab dich gerufen und du bist einfach in den Wald gelaufen! Da bin ich dir gefolgt.«

»Ich auch.« Dana trat auf das Plateau und ließ sich schnaufend auf dem Felsbrocken nieder.

»*Du* auch?« Ich starrte sie mit großen Augen an. Dass mein Bruder zu Überreaktionen neigte, war ich gewohnt, aber Dana …

»Du benimmst dich wie dein Vater letztes Jahr«, fuhr Dana fort. »Ziehst dich zurück und redest mehr mit dir selbst als mit uns!«

»Ich rede mit Ray, nicht mit mir selbst –«

»Sorry, aber dass du dir einbildest, Ray könnte dich hören, macht es nicht besser«, beharrte Dana.

Dass du dir einbildest, Ray könnte dich hören …

Ich schluckte. Ohne es zu wissen, hatte Dana genau den Punkt getroffen, an dem ich gerade am verwundbarsten war. *Einbilden.* War das so? Bildete ich mir nur ein, dass Ray und mich noch immer etwas Besonderes verband?

Nein!

Ray *hatte* mich an diesen Ort geführt und mir das Herz gezeigt. Damit ich wusste, dass er bei mir war. Und ich konnte es Dana und Patrick beweisen. Hier und jetzt.

»Josie«, sagte Patrick in diesem vorsichtig-sanften Ton, den ich so gut bei ihm kannte. Der gleiche, mit dem er an den schlimmsten Tagen unseren Vater zu überzeugen versucht hatte, die Flasche stehen zu lassen und wieder am Leben teilzunehmen. Ich hasste diesen Ton, weil ich alles hasste, was damit an Erinnerungen zusammenhing, und ärgerte mich, dass er ihn jetzt mir gegenüber anschlug. Ich hatte nicht vorgehabt, mich umzubringen. Nicht einmal eine Tausendstel Sekunde lang war mir dieser Gedanke gekommen.

»Josie«, sagte Patrick noch einmal. »Wir wissen beide, dass Ray nicht zurückkommen wird. Und egal, was du tust, du wirst auch niemals zu ihm gelangen.«

BANG.

Als hätten Dana und er sich abgesprochen. Noch ein Treffer auf denselben wunden Punkt. Es war genau das, was ich nicht hören wollte. Kurz verfluchte ich mich dafür, Patrick in Rays Geheimnis eingeweiht zu haben. Ich hätte es bei der offiziellen Version belassen sollen, die ich meinem Vater aufgetischt hatte: Ray war zurück ins Reservat gegangen. *Hätte.* Hatte ich aber nicht. Patrick wusste alles, und jetzt stand er vor mir und trampelte auf meiner eh schon schmerzhaft komplizierten Beziehung zu Ray herum.

»Ich weiß nicht, ob es diese Deathline gibt, über die Ray gegangen ist«, sagte Patrick und warf mir einen unsicheren Blick zu, gerade so als befürchte er, ich würde bei einem falschen Wort mit Anlauf von der Klippe springen. »Aber, wenn es … sie gibt, dann ist das für ihn eine … eine Einbahnstraße und für dich, äh … für dich … Sperrgebiet.«

»Du kannst nicht zu ihm und er nicht zu dir«, fasste Dana Patricks Gestammel zusammen.

»Sag ich doch.« Patrick warf ihr einen irritierten Blick zu. »Du musst loslassen. Du kannst nicht den Rest deines Lebens einen … einen …«

»… Geist lieben.« Dana erhob sich von dem Felsbrocken. »Sorry, Sweety, aber Patrick hat recht. Du bist ein Mensch, er ein Geist. Passt nicht. Funktioniert nicht. Und, mal ehrlich, so gut kann *niemand* küssen, dass die Erinnerung daran für die Ewigkeit reicht.«

Autsch. Ich wusste, sie wollten mich nicht verletztzen. Sie glaubten, mir zu helfen, weil sie nicht verstanden, was Ray und mich verband. Weil sie nicht begriffen, dass meine Gespräche mit Ray keine Wahnvorstellungen waren, sondern mir das Gefühl gaben, ihm nah zu sein – auch wenn er mir nicht antwortete.

»Okay.« Ich winkte Dana zu mir. »Ich war hier oben, weil Ray mich hierher geführt hat …« Dana schüttelte den Kopf, doch ich fuhr unbeirrt fort. »Ich bin ohne jeden Plan hier hoch und dann habe ich dieses Herz im Meer gesehen. Es *ist* ein Zeichen von Ray!«

Dana zog ungläubig die Brauen hoch. »Das Herz …«

»Schau selbst. Vom Strand aus kann man es nicht sehen.« Ich nahm ihre Hand und ging mit ihr zur Klippe zurück. »Das blaugrüne –« Das Wort *Herz* schaffte es nicht mehr über meine

Lippen – denn es war weit und breit kein Herz mehr zu sehen. Eine Verfärbung. Ja. Ein blaugrüner Fleck. Ja. Aber er hatte definitiv keine Herzform. Nicht einmal annähernd. Doch das konnte nicht sein. Diese Farben hatten etwas mit der Beschaffenheit und Tiefe des Meeresbodens zu tun, und der veränderte sich nicht innerhalb weniger Minuten. Unverwandt starrte ich aufs Meer. Auf den Fleck.

Kein Herz.

Dana und Patrick mussten nichts sagen. Ich wusste genau, was sie dachten: Josie verkraftet Rays Tod nicht. Josie sieht Gespenster. Und, wenn ich ganz ehrlich bin, dachte ich genau das in dem Moment auch. Ich zweifelte an mir und meinem Verstand.

Wie sollte ich noch wissen, was echt war und was nicht?

* * *

KAPITEL 2

»WEISST DU, WO DIE TURTELTÄUBCHEN hin sind?« Gabriel steckte den Kopf in mein Zelt. »Mal ganz ehrlich, soooo lange kann man doch nicht brauchen, um Feuerholz zu sammeln, oder?«

Ich sah von meinem Rucksack hoch.

»Du packst?« Nun krabbelte er ganz ins Zelt und setzte sich auf meine Isomatte. »Wir fahren doch erst morgen Nachmittag!«

Ich senkte meinen Kopf, um Gabriel nicht ansehen zu müssen und rollte das nächste T-Shirt zusammen wie eine Presswurst.

»Gefällt es dir hier nicht?«

»Doch, klar.« Ich hielt meinen Kopf gesenkt, denn ich wusste nicht, wie ich Gabriel erklären sollte, was ich selbst nicht verstand. Ich wusste nur, dass in mir der Wunsch, zur Ranch zurückzufahren, mit jeder Minute drängender wurde.

»Hat es was mit diesem Herz zu tun, das es gar nicht gab?«

Ich nickte und sah von dem T-Shirt hoch in Gabriels forschende Augen. Er schob den Rucksack zur Seite und rutschte näher zu mir. Dann spürte ich seinen Arm um meine Schultern.

»Ich glaube dir, dass dort ein Herz gewesen ist.«

»Wirklich?« Ich sah ihm in die Augen.

Gabriel lächelte. »Klar. Ich könnte mir vorstellen, dass so was eine relativ leichte Übung ist für jemanden, der von den Toten auferstehen kann.«

»Dann … du glaubst also an Ray und mich?«

Gabriel nahm seinen Arm von meiner Schulter und starrte nachdenklich auf meinen Rucksack. »Ich …« Er seufzte. »Ich weiß nicht, was ich glaube, weil ich mir einfach nicht vorstellen kann, wie das mit Ray und dir funktionieren soll.«

Mechanisch rollte ich das T-Shirt, das sich im Zeitlupentempo entfaltete, erneut zusammen. Gabriel dachte also das Gleiche wie Dana und Patrick.

»Du bist meine liebste Freundin«, sagte Gabriel sanft, »und ich habe keinen Zweifel daran, dass Ray Dinge tun kann, die uns wie Zauberei vorkommen. Aber …« Er seufzte erneut. »*Du* kannst das nicht, Josie. Und solange du an Ray festhältst, verschließt du dich dem echten Leben.«

»Tue ich nicht.« Ich zog den Rucksack zu mir heran und stopfte die T-Shirt-Wurst in eine Lücke. »Waren die sechs Tage hier mit euch kein echtes Leben? Ich habe doch alles mitgemacht und hatte genauso viel Spaß wie ihr.«

Gabriel griff nach meiner Hand. »Ja, aber was glaubst du, wie der Urlaub für Dana und Patrick gewesen ist?«

Ich antwortete nicht. Das war auch nicht nötig, denn wir beide wussten, dass dieser Urlaub für sie mit dem Glitzerstaub der frisch Verliebten überzogen sein musste. Dass jeder Sonnenuntergang, jedes Lagerfeuer, einfach alles heller leuchtete, allein deshalb, weil Dana und Patrick es gemeinsam erlebten.

Ich hatte es gespürt, und Gabriel offenbar auch, obwohl die beiden in unserer Gegenwart nicht einmal Händchen hielten und sich nur dann verstohlen berührten, wenn sie dachten, ich würde es nicht bemerken. Als wäre es für mich unerträglich, sie glücklich zu sehen. Was nicht stimmte. Ich freute mich für sie. Es war nur… manchmal schwierig. Wie gestern, als Dana mit Gabriel zum Festland getuckert war. Patricks Blick, als das Brummen des zurückkehrenden Motorboots zu uns drang. Wie seine Augen zu leuchten begannen, so stark, dass aus mattem Stahlblau ein strahlendes Himmelblau geworden war. Und erst sein Lächeln, nicht das zurückhaltende Patricklächeln, nein, sein ganzes Gesicht hatte gestrahlt.

So wie bei Ray, nachdem ich mir das Tattoo hatte stechen lassen.

Unvermittelt stand ich auf.

»Ich sehe mal nach, wo die beiden sind, okay?«

In meine Gedanken verloren, schlenderte ich den schmalen Waldweg zum Strand hinunter. Die Sonne stand schon sehr tief, wahrscheinlich hatten sich Dana und Patrick ein romantisches Plätzchen am Meer gesucht, um den letzten Sonnenuntergang vor unserer Abreise gemeinsam zu genießen. Am Strand angelangt, hielt ich kurz inne. Sollte ich sie wirklich dabei stören? Was spielte es schon für eine Rolle, ob Gabriel das Lagerfeuer eine halbe Stunde früher oder später anzündete? Unschlüssig stand ich am Ende des Wegs, die Arme vor dem Oberkörper verschränkt. Ich spürte das Tattoo unter meinen Fingern und strich unwillkürlich darüber.

Plötzlich war ich auf der Ranch. – Natürlich stand ich allein am Strand von Clark's Island, aber ich nahm ihn nicht mehr wahr, sondern lief den Weg zu unseren Koppeln hinunter. Roch den Klee, sah die Pferde, wie sie, die Köpfe über die Wiese gebeugt, die saftigsten Gräser ausrupften. Und dort war Ray. Er stand auf der Koppel und trieb die Mustangs zusammen. Er grinste, warf das Lasso und malte damit ein Herz in die Luft. Sekunden später stand er vor mir. »Hi, Josie.« Seine Stimme ein so freudiges Schnurren, dass es wie ein Streicheln mein Ohr streifte.

Nein, es war Danas Lachen, das meine Ohren streifte. Mehr noch, es kam näher und verscheuchte Ray. Und genau da, in diesem Moment, stellte ich mir zum ersten Mal die Frage, ob es wirklich Ray war, der sich ständig in meinen Kopf schlich und wieder davonstahl, oder ob es nur meine Gedanken an ihn waren.

Hinter mir hörte ich mittlerweile Dana kreischen und kichern, dann Patrick lachen, laut und meckernd. Ein Lächeln huschte über mein Gesicht. So lange hatte ich seine schräge Lache nicht mehr gehört, und hätte mir früher mal jemand gesagt, dass ich sie je vermissen könnte, hätte ich ihn für verrückt erklärt. Das Lachen entfernte sich Richtung Zeltplatz, und ich drehte mich um, wollte ihnen folgen, blieb dann jedoch stehen.

Wenn meine Selbstgespräche mit Ray, die Bilder in meinem Kopf und seine streichelnde Hand bloß in meiner Vorstellung waren, hatten Gabriel, Dana und Patrick dann vielleicht recht?

Langsam ging ich zum Meer, das kurz davor war, die zum roten Feuerball entflammte Sonne zu verschlucken. Die Wellen rollten sanft den Strand hinauf und hinterließen beim Rückzug ins Meer helle Schaumränder, die kaum genug Zeit hatten, im Boden zu versickern, bevor die nächste Welle sie überspülte. Der weiche, trockene Sand unter meinen Füßen wurde feucht und fest, dann matschig und dann stand ich mitten drin im ewigen Wellenschlag des Meeres.

Ewig.

In meinem Kopf hörte ich Rays Stimme. *Du bist meine andere Hälfte, Rodeo-Girl. Wir werden nie, nie wieder allein sein. Ewig dein, sage es.*

»Ewig dein«, flüsterte ich und wartete auf Rays Antwort. Stattdessen schwemmte die nächste Welle ein Stück Holz an, das im Takt der Wellen vor meinen Beinen tänzelte. Ich bückte mich und hob es auf. Knorriges Treibholz. Neugierig drehte und wendete ich den Stock und suchte nach einer möglichen versteckten Nachricht darauf.

»So ein Unsinn«, murmelte ich schließlich, »hör auf, in allem ein Zeichen von Ray zu suchen!« Doch ich warf den Stock nicht weg, sondern zeichnete damit die Frage in den feuchten Sand, die in mir so lichterloh brannte wie die Sonne über dem Horizont.

RAY, WO BIST DU?

Natürlich kannte ich die Antwort. Er war schließlich vor meinen Augen über die Deathline gegangen. Ich hatte gesehen, wie er zu weißem Nebel verblasste, um ein Teil des magischen Zaubers zu werden, der das Reservat der Yowama beschützte. Doch wenn ich an Ray dachte, wollte ich nicht an weißen Nebel denken. Ich wollte an seine grün-grünen Augen denken. An sein Lächeln mit der Minilücke zwischen den oberen Schneidezähnen. An seine Arme, die ich mehr als alles in der Welt um mich spüren wollte.

Aber genau das würde nicht passieren. Ray würde nie wieder vor mir stehen und mich an sich ziehen.

Nie wieder.

Ich setzte mich neben das Fragezeichen, bohrte meinen Finger in den Sand und malte ein Ausrufezeichen dahinter.

Die harten Sandkörnchen schoben sich unter meinen Fingernagel, und ich zog die Hand zurück, den Blick fordernd auf die Buchstaben gerichtet.

RAY, WO BIST DU?!

Keine Ahnung, wie lange ich so am Strand saß. Nur ich und die Buchstaben und die Ausläufer der Wellen, die rhythmisch meine ausgestreckten Beine umspülten und auf dem Weg zurück ins Meer den Sand unter ihnen wegzogen. Das Wasser kam, das Wasser ging. Immer der gleiche Ton, das gleiche Gefühl unter meinen Beinen. Inzwischen hatten die Wellen auch meine Frage erreicht. Ich beobachtete, wie das Wasser in die Kuhlen lief, sie mehr und mehr ausfüllte und einen Buchstaben nach dem anderen auslöschte. Schließlich schob ich meine Beine vor die Schrift und versuchte das Wasser aufzuhalten. Doch es fand seinen Weg zu den Buchstaben, egal wie sehr ich meine Beine streckte.

»Josie!« Danas Stimme wehte über den Strand.

Ich stand auf und stapfte ihr entgegen. Sie war in den Dünen stehen geblieben und hob sich in der hereinbrechenden Dämmerung kaum von den Büschen hinter ihr ab.

»Wo bleibst du denn?«

»Ich habe mir den Sonnenuntergang angesehen.«

Ihre Brauen zogen sich kurz zusammen, dann nickte sie und hakte sich bei mir unter. »Nimm mir das, was ich heute früh über Ray und dich gesagt habe nicht übel, ja?« Dana kräuselte die Nase. »Ich kann's mir halt nicht vorstellen und … jetzt, mit Patrick … du weißt schon …«

»Du bist verliebt und genießt jede Sekunde, die ihr zusammen seid und kapierst nicht, wie ich damit zurechtkomme, dass Ray nicht da ist.«

»So ungefähr.« Sie zuckte entschuldigend die Schultern.

»Dann geht es uns ja ähnlich.«

Dana sah mich fragend an.

»Na ja, ich kapier nicht, wie du dich in jemanden wie meinen Bruder verknallen kannst.«

Danas Mund klappte entgeistert auf und ich verkniff mir mein Grinsen. »Ich mein, diese Lache! Und dann dieser Hundeblick, sobald er dich sieht … *Au!*« Theatralisch rieb ich mir die Schulter, obwohl Danas kleiner Boxhieb kaum spürbar gewesen war.

»Du bist echt doof!«

»Klar!«, grinste ich.

»Da versuch ich mal ernst zu sein und du reißt Witze.«

Ich blieb stehen und nahm ihre Hände in meine. »Ich weiß, dass ihr es gut meint, aber mir zu sagen, dass ich einen Geist liebe und mir etwas vormache, hilft mir nicht.«

Dana sagte nichts, was bei ihr ziemlich ungewöhnlich war. Sie legte nur den Kopf schief und sah mich prüfend an. Dann spürte ich den Druck ihrer Hände, fest und liebevoll, bevor sie wortlos nickte. Ein warmes Gefühl durchströmte mich. Ich hatte Dana. Und Gabriel. Und Patrick und Dad und Bo. Und wenn ich erst auf der Ranch zurück war, würde sich das mit Ray auch wieder einrenken. Ich war wirklich zuversichtlich.

Wie hätte ich auch ahnen können, dass jenseits unserer idyllischen Insel die Zeichen bereits auf Sturm standen?

* * *

KAPITEL 3

»ICH FAND DEN KLIPPENSPRUNG am besten.« Dana drehte das Radio leiser, wandte den Kopf zur Rückbank und zwinkerte Gabriel und mir zu.

»Was?« Patrick sah sie entgeistert an. »Das war das Allerschlimmste! Dass so ein Sprung überhaupt angeboten werden darf! Total unverantwortlich!«

»Deine Fahrweise auch, wenn du nicht auf die Straße schaust«, konterte Dana grinsend, was Patrick mit einem unverständlichen Grummeln kommentierte, dann seinen Blick jedoch schnell wieder auf die Straße richtete.

Ich lehnte den Kopf an die Scheibe, ließ mich von *Adeles* warmer Stimme einlullen, und hörte mit halbem Ohr Gabriel, Patrick und Dana zu, wie sie alles, was wir die letzten Tage unternommen hatten, mit einer Punkteskala von eins bis fünf bewerteten.

»Und du?« Gabriel stupste mich an.

»Ich fand alles gut, aber am besten hat mir gefallen, dass du dir so viel Mühe damit gemacht hast, alles für uns zu organisieren. Danke.«

»Oh …« Gabriel errötete.

»Klar, Mann! Danke, Gabe«, quietschte Dana.

»Schließe mich an«, sagte Patrick. »Das mit dem Planen hast du echt drauf. Apropos, weißt du, ob die Brücke wieder offen ist?«

Geschäftig zog Gabriel sein Handy aus der Tasche. Er schaltete es an, das erste Mal seit sechs Tagen – und ein nicht enden wollender Strom an Piepsen, Klings und Plöngs tönte durchs Auto.

»Krass.« Gabriel schüttelte den Kopf und klickte sich eilig durch seine Mitteilungen. »Echt krass.«

Patrick und Dana wandten *zeitgleich* ihre Köpfe nach hinten zu ihm. Wie so vieles, was sie seit Neuestem taten. Ob die Liebe Menschen synchronisierte?

»Sag schon«, forderte Dana Gabriel auf. »Was ist krass?«

»Euer Dome ist in den Nachrichten.«

»Was?« Dana schaltete das Radio aus.

Gabriel klickte weiter. »Und die Eisdiele von meiner Tante. Und –«

Dana riss ihm das Handy aus den Fingern. »Tatsache«, murmelte sie nach ein paar Sekunden. »Sind die bescheuert?« Sie schüttelte mehrmals den Kopf, dann las sie laut und mit ungläubigem Ton vor: »In Angels Keep geht ein Poltergeist um – so jedenfalls erklärt sich die Besitzerin des Virtual Reality Domes, Mrs Wang, die seltsamen Vorfälle in ihrem Spielsalon. Angeblich verursache der Poltergeist die seltsamen Bildstörungen und Flüstergeräusche, um den Spielern etwas mitzuteilen. Aber nicht nur Mrs Wang vermutet übernatürliche Gründe hinter den Störungen und Stromausfällen. Auch Theorien über extraterrestrische Einflüsse und den Weltuntergang erfreuen sich großer Beliebtheit …« Noch immer kopfschüttelnd gab

Dana Gabriel sein Handy zurück. »Ich fasse es nicht, dass meine Mutter so was gesagt hat. Öffentlich! *Ein Poltergeist im Dome!* Die tickt doch nicht mehr richtig!«

Ich sah, wie Patricks Hand zu ihrer wanderte und sie drückte.

»Ist doch wahr«, schimpfte Dana. »Das kann sie ja meinetwegen denken, aber so was sagt man doch nicht *öffentlich.*«

Gabriel vertiefte sich wieder ins Display des Handys, sein Finger wischte unablässig nach unten. »Mann, Mann, Mann«, stöhnte er. »Wenn man dem glauben soll, ist die halbe Stadt inzwischen in irgendeiner Form betroffen.« Er stupste mich an. »Kannst du dir das erklären?«

»Ich?« Warum sollte ich das erklären können? Ich wusste genauso viel wie Dana, Patrick und Gabriel – schließlich hatte ich ihnen nach meinem Besuch im Reservat alles erzählt. Mit hochoffizieller Erlaubnis von Sam. Unwillkürlich wanderten meine Finger über meinen Oberarm. Über das Schutztattoo, das Sam mir ohne die Erlaubnis meines Vaters gestochen hatte. Ich wünschte so, Sam wäre jetzt hier und könnte uns erklären, was sich da in Angels Keep gerade abspielte.

»Josie?«, riss Gabriel mich aus meinen Gedanken. »*Hast du* eine Erklärung?«

»Nein, absolut nicht.« Aus den Augenwinkeln registrierte ich ein Straßenschild, das wir gerade passierten. Wir waren mittlerweile auf halbem Weg zwischen Bellingham und Angels Keep, und ich konnte es kaum noch erwarten, endlich zurück auf der Ranch zu sein.

Gabriel pfiff laut durch die Zähne und wedelte mit seinem Handy rum. »Wahnsinn. Die schicken das FBI. Nach Angels Keep. Eine Sonderermittlungseinheit.«

»FBI?« Fieberhaft überlegte ich, was das für die Yowama bedeuten könnte. Was, wenn die FBI-Agenten herausfanden, dass manche von ihnen unsterblich waren? Dass ihre Amulette magische Kräfte hatten? Und Amulettträger ohne ihr Amulett zu Dämonen wurden? Zu genau den Schatten, die, wie wir annahmen, in Angels Keep die Störungen verursachten.

»Und das ist sicher nur der Anfang«, ereiferte sich Gabriel. »Dann kommen CIA, NSA, Army…« Seine Finger flogen inzwischen regelrecht über das Handy.

Ich erstarrte in meinem Sitz. Es wäre nur eine Frage der Zeit, bis die Bundesagenten ebenfalls eine Verbindung zwischen den ermordeten Yowama und den Schatten herstellten. So wie wir – und *wir* waren keine topausgebildeten Agenten. Allerdings waren wir den Schatten schon begegnet. Im Dome bei dem Virtual Reality Spiel. Und auf der Farroway Farm. Ich erinnerte mich an den Moment, als der Schatten an der Scheunenecke der Farm durch mich hindurchgerannt war… so kalt und… Ich schauderte. Wenn ein Schatten so einfach durch mich hindurchlief – warum sollte er das nicht auch bei einem FBI-Agenten tun?

Und dann würden sie ihre Ermittlungen auf das Reservat ausweiten und feststellen, dass der Wald sie nicht dorthin durchließ. Dass alle Wege zurück zur Staatsstraße führten und man nur mit Hilfe eines Amuletts ins Reservat gelangen konnte. Was dann? Würde sich das FBI zurückziehen? Nein. Ganz sicher nicht. Sie würden es über die Luft versuchen. Kampfhubschrauber. Drohnen.

»Wir müssen dem FBI von den vermissten Yowama erzählen«, sagte Patrick, als hätte er meine Gedanken gelesen. »Wenn ihr Verschwinden wirklich etwas mit den Geschehnissen in Angels Keep zu tun hat, dann sollte das FBI es wissen.« Patrick ließ Danas Hand los. »Das nimmt Ausmaße an, die wir nicht mehr verantworten können.«

Patricks Worte rumorten in meinem Kopf. *Ausmaße… ver-*

antworten ... Waren wirklich wir dafür zuständig, das FBI auf die Yowama zu stoßen? Und was war mit meiner Verantwortung gegenüber den Yowama?

»Was willst du dem FBI sagen?«, frage ich schließlich. »Dass die ermordeten Yowama zu bösen Schatten geworden sind, weil Dowby ihre Amulette gestohlen hat und sie die Deathline nicht überqueren konnten? Glaubst du im Ernst, dass dir jemand so etwas glaubt?«

»Darum geht es doch gar nicht!« Patricks Stimme klang ungeduldig. »Ich will nur, dass wir das FBI auf die verschwundenen Yowama hinweisen, damit sie nicht irgendeiner bescheuerten Poltergeist- oder Alientheorie nachrennen. Die verschwundenen Yowama sind nie als vermisst gemeldet worden. Es gibt keine Leichen. Mensch Josie, wenn Ray dir nicht erzählt hätte, dass er ermordet worden ist und jemand sein Amulett geklaut hat, wären wir nie darauf gekommen, dass die Schatten tote Yowama sein könnten. Wie soll das FBI es rausfinden, wenn wir nichts sagen?«

Ich hatte keine Antwort. Auch Dana und Gabriel nicht, jedenfalls äußerten sie keine. Stattdessen füllte sich das Auto mit unausgesprochenen Gedanken, die sich bleiern zwischen uns auftürmten.

»Und dann?«, brach ich als Erste das Schweigen. »Was, wenn das FBI checkt, dass die Yowama anders sind? Was meinst du, was dann mit ihnen passiert? Das können wir auch nicht verantworten. Lass die Yowama sich darum kümmern!«

Patrick wurde langsamer, fuhr an den Straßenrand und hielt an. Ohne den Motor abzustellen, drehte er sich zu Gabriel und mir um. »Leute, bitte. Ich weiß, dass es keine einfache Entscheidung ist, aber wenn das FBI in die falsche Richtung ermittelt, *müssen* wir sie auf die Greenies hinweisen.«

»Nein.« Ich lehnte mich vor und schüttelte den Kopf. Hatte ich eben noch Zweifel daran gehabt, was zu tun war, wusste ich mit einem Mal instinktiv, dass wir auf jeden Fall das Geheimnis des Stammes wahren mussten.

Patrick seufzte. »Und wenn noch jemand stirbt?« Sein Blick wanderte kurz zu Dana.

Ich biss mir auf die Lippe. Was sollte ich darauf auch antworten? Es waren bereits genug Menschen zu Tode gekommen – wenn wir richtig lagen, und Dowby die vermissten Yowama tatsächlich alle ermordet hatte. So kaltblütig wie er auch Dana und mich in den Sümpfen hatte entsorgen wollen, nachdem wir ihm auf die Spur gekommen waren. Ich schauderte.

»Ist dir kalt?«, fragte Gabriel und schob seine Jacke zu mir hinüber.

Dankbar nahm ich sie und presste sie gegen meine Brust. *Dowby ist tot, vergiss ihn.* Allerdings war genau das unser Problem: Mit Dowbys Tod war auch unsere Chance gestorben, den Drahtzieher aufzustöbern, den wir hinter den Morden vermuteten.

»Du weißt, dass ich recht habe«, sagte Patrick sanft.

»Hast du nicht.« Wir starrten uns in unsere so ähnlichen Augen. »Du weißt, was die mit den Yowama machen werden, wenn sie erfahren, dass sie unsterblich sind.«

»Nein, das weiß ich genauso wenig wie du.« Sein Blick wich keinen Millimeter zur Seite. »Du *nimmst an*, dass sie die Yowama wie Versuchskaninchen in ein Labor einsperren. Und du *nimmst an*, das FBI werde die Probleme in Angels Keep nicht lösen können. Aber nichts davon wissen wir mit Sicherheit.«

Das Problem war – wir hatten beide recht. Die Schatten waren ein Yowamaproblem, das meiner Meinung nach nur die Yowama lösen konnten. Ich war überzeugt gewesen, dass die

Yowama die Situation unter Kontrolle bekommen würden – allein schon deshalb, weil ich annahm, Ray werde von jenseits der Deathline gegen die Schatten vorgehen. Doch nun war die Situation eskaliert und *unsere Welt* war betroffen. Und in der holte man das FBI, wenn eine Situation aus dem Ruder lief.

»Wir wissen von der Besonderheit der Yowama nur, weil Ray mein Leben gerettet hat«, sagte ich leise. »Hätte er mich sterben lassen sollen, um sein Geheimnis zu wahren? Wir können es jetzt nicht verraten.«

Darauf erwiderte Patrick nichts. Aber ich sah ihm an, dass ihn meine Antwort ins Schleudern gebracht hatte.

»Ich finde, Josie hat recht«, meldete sich Gabriel zögernd. »Ray hat ihr das Leben gerettet. Das jetzt gegen ihn zu verwenden, ist nicht in Ordnung. Wir sollten mit Sam reden und ihm die Entscheidung überlassen, was er dem FBI offenbaren will. Und abgesehen davon … das FBI wird uns kaum glauben, dass die Yowama von den Toten auferstehen, um die Gegend zu beschützen. Wir wissen ja nicht einmal, *was* sie schützen.«

Patricks Blick wanderte von mir zu Gabriel. Meiner ebenfalls und ich lächelte ihn dankbar an.

»Wir haben keine Beweise«, fuhr Gabriel mit etwas kräftigerer Stimme fort, »für das FBI ist unsere Story genauso unglaubwürdig wie der Poltergeistwahn von Danas Mutter.«

Selbst darauf reagierte Dana nicht, und ich fragte mich, ob es daran lag, dass sie zum ersten Mal nicht sicher war, ob sie zu Patrick oder mir halten sollte, oder daran, dass der Laden ihrer Eltern bisher mit am stärksten betroffen war.

»Okay«, sagte Patrick nach gefühlten fünf Minuten Schweigen. »Wir stimmen ab. Wer ist dagegen, dass wir was sagen?«

Meine Hand schoss hoch, gefolgt von Gabriels. Ich warf Dana einen fragenden Blick zu.

»Gut. Wer ist dafür?« Patrick hob seine Hand und nickte Dana aufmunternd zu, doch ihre Hand blieb unten. »Dana?«

»Ich enthalte mich.«

»Und der Dome?«, fragte Patrick perplex. »Willst du nicht, dass der Laden endlich wieder läuft?«

»Kannst du mir garantieren, das FBI kriegt es wieder hin?«

Patrick starrte sie mit offenem Mund an.

»Kannst du das?«

»Ich … nein«, stammelte er, »natürlich nicht.«

»Dann enthalte ich mich.« Dana drehte sich nach vorne und verschränkte die Arme vor der Brust. Patrick holte tief Luft und legte ohne ein weiteres Wort den Gang ein.

Erleichtert lehnte ich mich in den Sitz. Dana hatte sich weder gegen mich noch gegen Patrick entschieden – sie war sich nur selbst treu geblieben.

* * *

KAPITEL 4

»CNN IST AUCH DA.« Gabriel klopfte an die Scheibe. Ich drehte den Kopf. Tatsächlich. Ein Übertragungswagen des internationalen Nachrichtensenders. Mitten in Angels Keep! Das war ein anderes Kaliber als die drei regionalen Fernsehteams, an denen wir bereits vorbeigefahren waren.

»Verdammt«, murmelte ich. So viel Publicity war definitiv nicht gut, wenn wir das Geheimnis der Yowama schützen wollten.

»Angels Keep bei CNN in den Nachrichten.« Dana schnalzte mit der Zunge. »Leute, bereitet euch auf eine Invasion der Neugierigen vor.«

Patrick bog in den Kirkpatrick Boulevard ein und stoppte. Auf dem Bürgersteig hatte sich eine lange Menschenschlange gebildet, die vor dem Virtual Reality Dome anstand. Er war voll. So voll wie nie zuvor.

»Zum …« Dana riss die Tür auf. »Was sag ich? *Invasion!* Und ich war nicht da!«

»Fährst du weiter?« Patrick drehte sich zu mir, die Hand bereits an der Türklinke. »Ich check, ob Dana Hilfe braucht.«

Und weg war er. Ich sah noch, wie er Dana nachlief und ihre Hand nahm, bevor sie sich durch die Schlange vor dem Eingang des Domes quetschten. Es war seltsam, dass Patrick bei Dana blieb und nicht ich. Normalerweise hätte *ich* aus dem Auto springen müssen. Aber jetzt war ich eher erleichtert, dass Patrick hierblieb und ich zur Ranch konnte.

Ich kletterte auf den Fahrersitz und fuhr weiter zu Gabriels Haus. Im Gegensatz zu den Menschenmassen vor dem Dome war es hier gespenstisch leer. Und ruhig. Das einzige Anzeichen für Leben im Haus war das Flackern des bläulichen Fernsehlichts aus dem Wohnzimmer.

»Hilfst du mir, das Zeug in die Garage zu bringen?«, fragte Gabriel.

»Klar.« Ich stieg aus und packte mit an. Es war eine Menge Zeug, wie immer von einem von Gabriels Verwandten geliehen und deutlich mehr, als wir tatsächlich zum Zelten gebraucht hatten. Wir mussten drei Mal laufen, bis alles verstaut war.

Mit jedem Gang wurde ich unruhiger. Ich wollte endlich zu meinem Kwaohibaum, um Ray wieder nahe zu sein.

»Also … dann«, sagte Gabriel, als ich mich gerade auf den Fahrersitz schwingen wollte. Weiter kam er nicht.

Ein gewaltiges Krachen ertönte aus dem Haus – eine Explosion? Jemand schrie.

»Das ist Bernie!«, rief Gabriel und sprintete los. Ich rannte hinterher. Versuchte zu verstehen, was Gabriels jüngerer Bruder brüllte. Wir erreichten das Haus. Wieder knallte etwas. Dann ein Kreischen. Eindeutig von Billy, Gabriels jüngstem Bruder.

Der Lärm kam aus dem Wohnzimmer. Gabriel riss die Tür auf.

Billy und Bernie hockten hinter dem Sofa und starrten entsetzt den Fernseher an. Der Bildschirm war schwarz, nur ein leiser, sirrender Ton war zu hören.

»Was zum Teufel ist hier los?« Gabriel stürmte auf seine Brüder zu.

Billy zeigte auf Bernie. »Er war's. Er hat den Fernseher kaputt gemacht!«

Nun kam Leben in Bernie. Mit einem Satz sprang er auf Billy zu und schubste ihn gegen Gabriel.

»Lügner! Ich hab nichts gemacht!«

»Du hast immer umgeschaltet!«, keifte Billy.

»Hab ich nicht!«, kreischte Bernie und schlug nach Billy.

»Es reicht!« Gabriel ging zwischen seine Brüder. »Gibst du mir mal die Fernbedienung?«, wandte er sich an mich.

Ich fischte sie vom Couchtisch und reichte sie ihm. Er schaltete den Fernseher ein. Zunächst passierte nichts. Der Bildschirm blieb schwarz, kein Laut, nicht einmal ein Knistern ertönte.

»Ihr habt die Kiste echt kaputt gemacht«, sagte Gabriel ungläubig und drückte wahllos eine Taste nach der anderen. Da blitzte es hell auf, nur den Bruchteil einer Sekunde, gefolgt von sonorem Rauschen.

»Was war das?«, fragte Billy und trat halb hinter Gabriel. Ich blickte gebannt auf den Fernseher. Sah, wie der Bildschirm sich veränderte, wie dunkelrote Streifen sich durch das Schwarz zogen, mehr und mehr und immer schneller.

»Was ist das?« Bernies Stimme war eine halbe Oktave nach oben gerutscht. Ängstlich drängte auch er sich an Gabriel.

Ich starrte mit angehaltenem Atem auf das sich wie eine Blutlache ausbreitende Rot. Ein lähmendes Gefühl befiel mich. Das Rot wurde heller, intensiver, es schien sich nach vorne auszudehnen, als würde der Bildschirm aufgebläht. Auch Gabriel hatte es bemerkt. Er hämmerte auf den Ausknopf, doch der Bildschirm wölbte sich immer weiter nach vorne.

»Gabe!«, quietschte Billy, »was…«

»RAUS«, brüllte Gabriel.

Er packte seine Brüder und zerrte sie im Laufschritt Richtung Flur. Ich stolperte ihnen hinterher, den Blick wie hypnotisiert auf den rot glühenden Fernseher gerichtet. Nun schrillte ein gellender, anschwellender Ton durch den Raum.

Panisch rannten wir, Gabriel schubste seine Brüder in den Flur, packte mich am Arm und riss mich mit sich, als der schrille Ton abrupt stoppte.

Instinktiv war ich stehen geblieben und hatte mich umgedreht.

»Josie!«, brüllte Gabriel. Ich sah noch, wie die Blase sich blitzartig zusammenzog. Ein Ruck an meinem Arm, Gabriel knallte die Tür hinter mir zu und eine gewaltige Explosion ließ das Haus erbeben.

Dann war es totenstill.

In meinen Ohren surrte und pfiff es, und soweit ich Billys und Bernies entsetzte Gesichter und die auf die Ohren gepressten Hände deuten konnte, ging es ihnen genauso. Ich sah mich nach Gabriel um. Wo war er hingegangen?

»Gabe«, rief ich durch das Ohrenpfeifen. »Gabe? Wo bist du?«

»Hier.« Er lief vom Ende des Flurs zu uns zurück. »Ich hab die Hauptsicherung lahmgelegt.« Zielstrebig steuerte er auf die Wohnzimmertür zu.

»Halt! Du kannst da nicht wieder rein!«, protestierte Billy.

»Geh da ja nicht rein…«, murmelte auch Bernie. Leichenblass griff er nach Billys Hand.

»Das war nur ein Kurzschluss«, beruhigte Gabriel seine Brüder. An den nervösen Flecken auf seinem Gesicht erkannte ich jedoch, dass er selbst keineswegs daran glaubte. Er zögerte kurz, dann legte er die Hand auf die Klinke. Vorsichtig lehnte er den Kopf an die Tür und lauschte.

Ich stellte mich zu ihm, horchte ebenfalls. Kein Mucks drang aus dem Zimmer. Wir sahen uns an, nickten, dann öffnete Gabriel die Tür und streckte den Kopf um den Türrahmen.

»Ach du Scheiße …«, entfuhr es ihm.

Ich schob ihn zur Seite. Schlug die Hand vor den Mund. Der Raum war überzogen mit einer schwarzen Schicht, die aussah wie grobe Rußpartikel. Was immer das war, es musste aus dem Fernseher gekommen sein, von dem nur noch ein rauchender, hohler, erbärmlicher Rest übrig war. Es musste ihn regelrecht zerfetzt haben.

Gabriel tastete nach meiner Hand. »Bist du dir sicher, dass du das FBI nicht einweihen willst?«, fragte er leise.

Ich nickte und zuckte zugleich die Schultern, den Blick fest auf die traurige Ruine des Fernsehers gerichtet. Er war völlig zerstört, aber irgendwie erwartete ich, dass er jeden Moment wieder anspringen würde.

Etwas stimmte nicht in Angels Keep und jemand musste das wieder geraderücken. Aber wie? Und wer? Die Yowama oder das FBI? Ich hatte etwas in diesem Raum gespürt.

Und es war nichts Gutes gewesen.

* * *

KAPITEL 5

IM LAUFSCHRITT BETRAT ICH den schmalen Trampelpfad, der zu meinem Kwaohibaum führte. Schon Hunderte von Malen war ich diesen Weg entlanggelaufen, den Weg zu meinem Baum, der die Grenze zu dem verbotenen Wald markierte. Doch heute kam er mir das erste Mal dunkel und bedrohlich vor.

Ich verlangsamte meinen Schritt, sah mich ängstlich um. Die Bäume und Sträucher um mich herum waren dieselben wie immer, und doch wirkte der Waldrand anders. Dunkler. Feindselig. Als wollte er nicht, dass ich ihm nahekomme.

Der zerstörte Fernseher schoss mir vor Augen, die roten Streifen, wie sie den Bildschirm aufgebläht hatten. Was immer zu der Explosion geführt hatte, ein Kurzschluss war es nicht gewesen. Dessen war ich mir sicher.

Ich heftete meine Augen auf den Trampelpfad und zwang mich weiterzugehen. Ein Schritt nach dem anderen, ohne auch nur ein einziges Mal aufzuschauen.

»Komm schon«, murmelte ich verbissen. »Ray wartet dort auf dich.«

Kaum hatte ich seinen Namen ausgesprochen, fühlte ich mich besser. Ray würde wieder bei mir sein. Er würde mich halten, mich küssen, mir sagen, was wir tun könnten, um die Gefahr abzuwenden.

Ich lief weiter und dachte nur noch an eines: *Gleich werde ich Ray wieder spüren.*

Die Angst verschwand, dafür begann es in meinem Bauch zu kribbeln und meine Knie zitterten vor Aufregung.

Dann stand ich vor meinem, vor unserem Baum. Behutsam legte ich die Hand auf die Kerbe, die Rays und meine Haarsträhnen verbarg und wartete.

Ray trat unvermittelt aus dem Baum heraus. »Josie. Liebes.« Seine Finger strichen über meine Wange.

»Ray«, flüsterte ich, »kannst du mich hören?«

Er lächelte, doch er antwortete nicht. Seine Finger strichen weiter über mein Gesicht, in seinem Blick lag so viel Liebe und Schmerz, dass mir Tränen in die Augen schossen. *Komm zu mir*, sagten seine Augen, *ich vermisse dich.*

»Sag mir, wie!«, rief ich. »Verrat mir, wie ich dich wieder spüren kann!«

Doch er blieb stumm. Stumm das Flehen in seinen Augen, stumm das Streicheln seiner Hand.

»Ray!« Ich schlug gegen den Baum, als wäre der eine Maschine, die nicht so funktionierte, wie ich wollte.

Doch es änderte sich nichts. Ich *sah* Ray. Aber ich *spürte* ihn nicht. Wie auf Clark's Island. Die Nähe zu meinem Kwaohibaum änderte nichts daran.

»Was ist nur los, verdammt noch mal?«, murmelte ich. Warum funktionierte nicht einmal das Wenige noch, was mir von Ray geblieben war?

Ewig dein.

Das hatten wir uns geschworen. Allerdings fragte ich mich nun, ob Patrick recht hatte. Ray steckte in einer Einbahnstraße fest, und unser Schwur offenbar ebenso.

»Ray!«, rief ich. »Ich brauche dich, verdammt noch mal! Weißt du, was in Angels Keep gerade passiert? Weißt du, dass FBI-Agenten herkommen werden? Patrick will ihnen die Wahrheit über euch sagen. Und Gabriel jetzt wohl auch. Und ich kann Sam nicht erreichen, er ist nicht in seinem Studio. Ich muss wissen, wie du dazu stehst!«

Ich wartete. Ray – oder besser gesagt das Bild in meinem Kopf – verschwand, und ich hoffte, dass ein anderes erscheinen würde, oder eine Nachricht oder … keine Ahnung, irgendein Zeichen, das mir den richtigen Weg zeigen würde. »Bekommt ihr das mit den Schatten in den Griff?«, fragte ich.

Nichts.

»Soll ich dem FBI die Wahrheit sagen?« Ich wartete. »Ray? Bitte …«

Nicht einmal ein Rascheln der Blätter.

Oder ein Windstoß.

Oder ein Käuzchen.

Einfach nichts.

Ich lehnte mich wieder an den Stamm. Plötzlich fühlte ich mich unglaublich müde. Tränen füllten meine Augen. Ray fehlte mir so sehr. Zum ersten Mal fühlte ich seinen Verlust so schmerzhaft, wie man den Verlust eines geliebten Menschen eben spürt. Es tat weh. Physisch weh. Ich presste meine Hand aufs Herz, spürte die Tränen über meine Wangen strömen und schluchzte so haltlos, wie ich nach dem Tod meiner Mutter wieder und wieder geschluchzt hatte, um dem Schmerz ein Ventil zu geben. Ich weinte. Um die Liebe und Geborgenheit, die ich zwei Mal verloren hatte. Erst meine Mutter, dann Ray.

Meine große Liebe. Schließlich verebbte mein Schluchzen und ich schloss die Augen. Lauschte der Stille. Merkte, wie sie mich umhüllte, in meinen Kopf drang, die Gedanken zum Schweigen brachte und geduldig die Bilder darin löschte, die meine innigsten Wünsche widerspiegelten.

Warme, feuchte Luft kitzelte mich an der Nase. Ich riss die Augen auf.

Bo!

Überrascht sprang ich auf.

»Bo! Was machst du denn hier?« Ich streichelte über ihre samtweichen Nüstern. »Hast du mich vermisst, meine Wilde?« Erst da bemerkte ich, dass sich das Licht verändert hatte. Es musste inzwischen früher Abend sein, und das bedeutete, ich hatte mindestens zwei Stunden geschlafen. Was die Frage, wie und warum Bo zum Kwaohibaum gekommen war, jedoch nicht beantwortete.

Ein Zeichen von Ray? Hatte er sie geschickt? Ich schüttelte den Kopf. Was für ein Zeichen sollte das sein? Ich hatte Ray eine Frage gestellt: FBI involvieren – ja oder nein. Falls Bo die Antwort darauf sein sollte, verstand ich sie nicht.

Ich griff in ihre Mähne und schwang mich auf ihren Rücken.

Wir ritten aus dem Wald und an den Arbeiterhütten vorbei Richtung Stall, doch dann überlegte ich es mir anders. Ich wendete Bo und ritt längs der Koppeln ins Gelände hinaus.

»Lauf, Süße«, rief ich und schnalzte mit der Zunge. Bo flog regelrecht über die Weiden. Wie sehr hatte ich den Wind im Gesicht und ihre kraftvollen, geschmeidigen Bewegungen vermisst! Das erste Mal seit Tagen atmete ich wieder richtig durch. Ich dachte an nichts, nicht einmal an Ray. Ich roch einfach nur die blühenden Wiesen, begrüßte jede Koppel, jeden Hügel, jeden

Bachlauf, den wir durchquerten, und lauschte dem Aufschlag von Bos Hufen auf dem Reitweg. Mit jedem Meter fühlte ich mich freier und besser, als würde Bo meinen Akku neu aufladen.

Ich drosselte das Tempo erst, als die Stallungen in Sichtweite kamen. Atemlos verfiel ich in einen gemäßigten Trab und ließ sie dann die letzten hundert Meter Schritt gehen. Und schon wanderten meine Gedanken wieder zu Ray. Vielleicht hatte doch er Bo zu mir geschickt. Nicht um meine Frage nach dem FBI zu beantworten, sondern um mich von meinem Selbstmitleid zu befreien. Vielleicht wollte er mir zeigen, dass mein Leben auch ohne ihn schön sein konnte.

Vielleicht.

Vielleicht hatte Bo mich aber auch ganz allein gefunden.

Ich wusste es nicht.

Vor dem Stall stieg ich ab und führte Bo zum Waschplatz. Ich spritzte sie ab und rubbelte mit frischen Handtüchern ihr Fell trocken. Rays Schutzzeichen waren noch immer auf der Kruppe zu erkennen. Das Rot begann zu verbleichen und wahrscheinlich war in ein paar Wochen nichts mehr davon übrig. Meine Hand strich über die wellenförmigen Streifen, über die seltsamen Schriftzeichen, das Herz und die Sonne auf dem feuchten Fell. Ich stockte. Meine Hand wanderte zurück zu dem Herz. Strich darüber, ganz langsam, während mein Gehirn auf Hochtouren lief.

Ein Herz?

Wo kam das Herz her? Hier sollte ein Totenkopf sein! Ganz sicher. Ich erinnerte mich genau, wie ich die Zeichen das erste Mal auf Bos Fell entdeckt hatte. Wie wütend ich gewesen war, dass jemand ihr die Zeichen, und ganz besonders einen Totenkopf auf die Kruppe gesprüht hatte. Den gleichen Totenkopf, den Sam später in mein Tattoo eingearbeitet hatte.

Hastig schob ich den Ärmel meines T-Shirts nach oben, drehte meinen Arm und starrte auf das Tattoo.

Ein überraschter Laut entfuhr mir. Dann durchströmte es mich heiß: *Das kann doch nicht sein!*

Ich brachte das Tattoo so nah an mein Gesicht, bis ich den Arm fast mit der Nase berührte. Versuchte zu begreifen, was ich sah: Der Totenkopf war noch da.

Aber Rays Halbkreis war heller als meiner.

Als würden die Farben verblassen wie auf Bos Kruppe. Mir wurde schwindlig. Obwohl ich keine Ahnung hatte, was es bedeuten konnte, war mir eines völlig klar: Es war ein Zeichen. Und es war kein gutes.

Das musste ich näher untersuchen. Eilig raffte ich die Handtücher zusammen, mit denen ich Bo trocken gerubbelt hatte und lief in den Stall – direkt meinem Vater in die Arme.

»Josie!«, riss er mich aus meinen Gedanken, und drückte mich an sich. »Na so was, wann seid ihr denn zurückgekommen?«

»Hi, Dad.«

Er ließ mich los und nahm mir die nassen Lappen ab. »Komm, ich helf dir, erzähl, wie war's?«

»Toll. Gabriel hat sich mal wieder übertroffen.« Ich hängte die Tücher auf, die er mir reichte, und vermied seinen abwartenden Blick. Ich wusste, dass er auf mehr Details hoffte, aber ich konnte an nichts anderes denken als an das verblassende Tattoo auf meinem Arm.

»Das freut mich«, sagte er schließlich, und lächelte mich schuldbewusst an. »Ihr habt euch die Auszeit wirklich verdient.«

»Und hier? War irgendwas?«, fragte ich schnell, denn ich wollte nicht, dass er glaubte, ich würde ihn ausschließen wollen.

Er nahm meine Hand. »Ich weiß, was Patrick und du für mich … für die Ranch getan habt«, sagte er und hielt mich an der Tür zur Stalltrasse zurück. »Ich möchte, dass du dir wieder mehr Zeit nimmst für die Dinge, die … Mädchen in deinem Alter so tun.«

»Dad …« Ich war verwirrt und hatte damit gerechnet, dass er mich sogleich mit Jobs überhäufen würde. »Ist etwas passiert?«

»Alles im Griff.« Er zwinkerte mir zu. »Martha scheucht uns rum wie die Hühner und die neuen Aushilfen machen ihren Job gut.« Dad löschte das Licht und schloss die Tür hinter uns. »Ich habe euch das letzte Jahr viel zugemutet«, sagte er, wieder ernst, »das wird nicht mehr vorkommen. Lass es die nächsten Tage ruhig angehen, okay?« Dann winkte er unserem Stallmeister zu, der gerade aus der Futterkammer kam. »Larry, hast du eine Minute?«

Verwundert sah ich ihm nach. Was war mit meinem Vater los? Kopfschüttelnd, aber auch froh über sein Lob ging ich zum Waschplatz zurück, um Bo zu holen. Und stoppte abrupt.

Neben Bo stand ein Mädchen mit bunten Haaren in einem dunklen Wallegewand aus Pluderhose und Top mit Fledermausärmeln. Sie hielt ihre Hand an Bos Nüstern. Und meine misstrauische, wilde Bo war so zutraulich, als gehörte das Mädchen zur Familie.

* * *

KAPITEL 6

ICH LIEF AUF DIE BEIDEN ZU. »Hi, ich bin Josie.«

»Ist das deins?«, begrüßte mich das Mädchen und strahlte mich an. Sie hatte die weißesten Zähne, die ich je gesehen hatte und eine wunderschöne haselnussbraune Haut. Ich beäugte sie unauffällig. Ihre schwarz, rot, lila und blau gesträhnten Haare, ihre auffällige Kleidung, die mit schwarzem Kajal umrahmten Augen. Von all den Gästen, die wir je auf der Ranch gehabt hatten – ein Mädchen wie dieses war hier noch nie gestrandet. Sie wirkte wie ein Paradiesvogel, der sich verflogen hatte.

»Ja, sie heißt Bo.« Ich löste den Führstrick von der Stange. Da bemerkte ich, warum Bo so zutraulich zu ihr gewesen war. Ich zeigte auf den Klee in der Hand des Mädchens. »Das nascht Bo am liebsten.«

Sie grinste. »Ich auch.« Bo schleckte die letzten Blätter auf und das Mädchen streckte mir die Hand hin. Aus den überweiten Fledermausärmeln schauten verschiedenfarbige Totenkopf-Armreifen heraus. »Ich bin Serena.«

»Seit wann bist du hier?«

»Bin gestern angekommen. Für eine Woche.« Sie zeigte auf Bos Kruppe. »Was bedeuten die Zeichen auf Bos Hintern?«

»Äh… Das war nur für eine Parade«, log ich und marschierte mit Bo los.

»Cooler Totenkopf«, sagte sie und folgte mir. »Ich mag Totenköpfe.«

Totenkopf?!? Wieso war dort jetzt wieder ein Totenkopf? Eben noch hatte ein Herz das Fell geziert! Oder hatte ich mir das nur eingebildet? Das konnte doch nicht sein. Ich riss mich zusammen, um nicht sofort stehen zu bleiben und die Zeichen auf Bos Kruppe anzusehen.

»Also, ich bring Bo dann mal in ihre Box«, sagte ich und ging etwas schneller, doch Serena ließ sich davon nicht abhalten, mir weiter zu folgen. Was mir normalerweise nichts ausgemacht hätte, sie schien nett zu sein und irgendwie auch interessant, aber ich wollte nichts dringender, als nachsehen, ob auf Bos Kruppe nun ein Herz oder ein Totenkopf war.

Da kam uns mein Vater entgegen. »Ach, du hast Serena schon kennengelernt. Ich habe ihr versprochen, dass du ihr nach deiner Rückkehr ein paar Reitstunden gibst.«

»Oh, ja, das wäre wirklich wunderbar«, sagte Serena strahlend.

»Klar«, brummelte ich und lief mit Bo zu ihrer Box, nach wie vor Serena und Dad im Schlepptau. Ich prüfte Bos Salzstein und die Tränke und warf einen verstohlenen Blick auf ihre Kruppe. Tatsächlich. Das Herz war weg, der Totenkopf wieder da. Was zum Teufel geschah gerade mit mir? Erst sah ich auf Clark's Island ein Herz, wo keines war, und nun schon wieder. Das war doch nicht normal! Plötzlich erwachte ein Hoffnungsstrahl in mir – wenn Bos Schutzzeichen sich erneut geändert hatte, vielleicht war dann auch Rays Tattoo auf meinem Arm wieder normal!

Ich wollte nur noch auf mein Zimmer, um das zu überprüfen. So schnell wie möglich. Die Ungeduld war kaum zu ertragen. Ich streichelte Bo zum Abschied und verschloss die Boxentür. Dann wandte ich mich an Serena und meinen Vater.

»Also … Ich muss jetzt unbedingt duschen. Wir sehen uns beim Essen.«

Das warme Wasser rann über meinen Kopf, meinen Rücken, meine Beine. Es spülte die Seife von meinem Körper, während ich mit dem Schwamm über die unveränderte Hälfte meines Tattoos rieb. Nass glänzte sie sogar noch mehr, was Rays blassere Hälfte noch blasser erscheinen ließ.

»Nein, nein, nein, nein«, murmelte ich panisch. Rays Tattoo durfte nicht verschwinden! Es war doch der einzige sichtbare Teil unserer Verbindung, seit Ray über die Deathline gegangen war. Sein Tattoo, das wie durch Zauberhand plötzlich neben dem Tattoo auf meinem Arm erschienen war und sich seitdem mit meinem Halbkreis zu einem perfekten Bild zusammengefügt hatte.

Ich lehnte mich gegen die Wand der Dusche. Das Wasser wurde kälter und kälter, doch ich drehte es nicht ab. Meine Fähigkeit mit Ray in Kontakt zu treten verblasste. Nun auch sein Tattoo. Bedeutete das, *seine* Liebe verblasste? Denn *meine* ganz sicher nicht.

Fröstelnd drehte ich schließlich das Wasser ab und stieg aus der Dusche. Ich durfte nicht zulassen, dass ich die Verbindung zu Ray verlor und er wie meine Mutter auf immer aus meinem Leben verschwand. Ich musste unsere Verbindung um jeden Preis aufrechterhalten. Nur wie?

»Sam«, sagte ich halblaut zu meinem Spiegelbild, bevor ich den Gedanken bewusste fassen konnte. »Bitte Sam um Hilfe.«

»Josie!« Dads Stimme schallte durch den Gang. »Essen in zehn Minuten!«

Schon? Ich warf einen schnellen Blick auf die Uhr. Kurz nach sieben. Verdammt. Das mit Sam konnte ich heute knicken – vorhin war er nicht im Studio gewesen, wie wahrscheinlich war es dann, dass er eine Nachtschicht einlegte? In meinem Zimmer schnappte ich mir wahllos das erstbeste Oberteil. Mein hellblaues Blusenshirt, das meine Augen so gut zur Geltung brachte. Wie in einem Flashback sah ich mich selbst vor dem Schrank stehen, aufgeregt und übermüdet von einer fast durchwachten Nacht, der Nacht, in der Hisley seine Kolik gehabt hatte, und ich meine erste Unterhaltung mit Ray. Wie aufgeregt ich gewesen war. So glücklich, dass ausgerechnet der Junge mit den grünen Augen bei uns als Sommeraushilfe angeheuert hatte. So ahnungslos.

Ich versenkte mein Gesicht in dem Shirt, schnupperte an dem Stoff, hoffte, dass ein winziger Hauch von Rays Duft an ihm hängen geblieben war. Doch es roch nur nach dem Waschmittel, das wir immer im Zehn-Kilo-Großpack kauften. Enttäuscht zog ich es mir über den Kopf.

»He, Josie.« Patrick kam in mein Zimmer. Ich setzte schnell ein Lächeln auf, aber wohl nicht schnell genug, denn Patricks sorgenvoller Blick war eindeutig.

»Alles gut«, würgte ich ihn ab, bevor er mich fragen konnte, ob ich in Ordnung wäre.

»Im Dome geht's zu wie im Irrenhaus.« Er setzte sich auf mein Bett. »Die wollen alle den Poltergeist sehen, und Danas Vater denkt, er kann damit seine Verluste wettmachen. Er hat zwei Stationen freigegeben.« Patrick verdrehte die Augen. »Er lässt sie einen Wisch unterschreiben, von wegen auf eigene Gefahr und so und die Leute fahren voll drauf ab.«

»Was?« Sofort dachte ich an den Fernseher in Gabriels Haus. An die Explosion. »Hat der sie noch alle?«

»Die Leute stehen Schlange. Dabei lässt er sie nur zehn Minuten spielen. Zum vollen Preis!«

»Das geht nicht! Bei Gabriel heute –«

»Ich weiß.« Patrick nickte ernst. »Gabriel hat im Dome vorbeigeschaut und uns erzählt, was passiert ist. Aber Danas Vater besteht darauf, dass es ein Kurzschluss gewesen sein muss. Er meint, dass seine Spielkonsolen gar nicht explodieren können.«

Ich war sprachlos. Ich verstand zwar, dass Mr Wang seinen Laden um jeden Preis retten wollte und dabei zu verzweifelten Maßnahmen griff. Immerhin war es keine zwei Wochen her, dass mein Vater mich bei dem Versuch unsere Ranch zu retten, um ein Haar in die Luft gesprengt hätte. Trotzdem fühlte ich mich nach dem, was heute bei Gabriel passiert war, extrem unwohl bei dem Gedanken an all diese Menschen im Dome.

»Dana hat mich vorhin noch zu Sam geschickt. Damit ich ihn frage, was er davon hält«, sagte Patrick. »Aber er war nicht da.« Patrick seufzte. »Wenn wir ihn bis morgen Abend nicht erreichen, sollten wir das FBI trotzdem –«

»Josie! Patrick! Essen!«

»Komm«, sagte ich, »Dad wartet.«

Patrick stand vom Bett auf. »Denkst du darüber nach?«

Ich nickte. Wenn weder Sam noch Ray sich bald meldeten, würde uns nichts anderes übrig bleiben, als das Geheimnis der Yowama zu verraten. Bevor jemand starb, dessen Tod wir hätten verhindern können.

* * *

KAPITEL 7

»GUT. SCHLUSS FÜR HEUTE!« Ich hob meinen Daumen und erntete von Serena ein glückliches Lächeln. »Du kannst jetzt ein paar Minuten abreiten und dann absatteln.«

Ich beobachtete noch, wie sie in Schritt fiel und die Stute lobte, dann verließ ich den Reitplatz. Serena zu unterrichten hatte richtig Spaß gemacht. Im Gegensatz zu den meisten meiner Schüler verstand sie es erstaunlich gut, meine Anweisungen umzusetzen. Und wäre da nicht die wachsende Ungeduld gewesen, endlich Sam zu sehen, hätte es noch mehr Spaß gemacht.

Am Stall bat ich Sarah, die gute Seele des Stalls, Serena beim Absatteln und Putzen zu helfen und hastete zum Haus. Ich wollte schnellstmöglich meinen Autoschlüssel holen und nur rasch einen Zettel für Patrick hinterlassen, damit er wusste, dass ich zu Sam gefahren war.

»Josie!«, rief Martha, kaum hatte ich die Tür geöffnet. Sie stand in der Eingangshalle, neben ihr ein Mann in schwarzem Anzug. Was auf der Ranch noch ungewöhnlicher war als Serenas Pluderhosenoutfit. Neugierig ging ich zu ihnen. Der Mann sah weder aus wie ein Gast, noch wie ein Vertreter. »Sweetheart, mir brennt der Eintopf an.« Martha reichte mir einen Schlüssel. »Kannst du den Herrn auf sein Zimmer bringen?«

Der Mann war ein Gast? Mein Blick fiel auf seinen Koffer, ebenfalls schwarz und für einen Ranchaufenthalt eindeutig zu klein. Jedenfalls wenn man vorhatte, die Zeit hier zu verbringen, wozu sinnvolle Stiefel, mindestens zwei Paar Jeans und eine unempfindliche Freizeitjacke hilfreich wären.

»Hi«, sagte ich und reichte dem Mann die Hand. Er hatte kurze schwarze Haare und so leuchtend blaue Augen, dass man den Rest seines Gesichtes kaum wahrnahm. »Ich bin Josie, herzlich willkommen.«

»Danke«, sagte der Mann. »Tim Dassler.«

»Dann wollen wir mal.« Ich führte ihn zum Gästetrakt. »Machen Sie hier Urlaub?« Es war eine Frage, die ich sonst nie stellte, denn wer zu uns kam, *machte* Urlaub.

»Eure Ranch soll besonders schön liegen, heißt es.«

»Tut sie.« Ich stieg die Stufen zum zweiten Stock hoch und guckte auf die Zimmernummer des Schlüsselanhängers. »Der Blick von Ihrem Fenster aus ist phänomenal.«

»Ist das hier nicht Grenzland?«, fragte Dassler beiläufig.

»Nein, Kanada ist noch ein ganzes Stück weg.«

»Zum Reservat«, präzisierte Dassler.

»Die Ranch grenzt ans Reservat, aber … Grenzland?« Als Grenzland hatte ich unsere Ranch noch nie betrachtet. Die Greenies waren unsere Nachbarn, und vor vielen Jahren hatte unser Land zum Yowamagebiet gehört. Aber unsere Ranch als Grenzland zu bezeichnen klang seltsam.

»Dann arbeiten sicher viele Yowama bei euch?«, fragte Dassler weiter. »Ich habe gehört, sie sollen gut mit Pferden umgehen können.«

»Derzeit keine.« Ich sperrte sein Zimmer auf. »Bitte. Wenn Sie etwas brauchen, einfach unten Bescheid sagen.«

Dassler nickte, allerdings sah er dabei aus, als hätte er mir gar nicht zugehört.

»Gar keine?«, fragte er nach. »Eine Ranch direkt am Reservat und keine Yowama? Also … das ist … verwunderlich.«

Ich zuckte die Schultern. Er hatte ja recht. Bis zum Tod meiner Mutter waren immer Yowama bei uns beschäftigt gewesen. Und bis vor knapp zwei Wochen hatte Ray … Nein, daran wollte ich jetzt nicht denken. »Wenn Sie etwas brauchen, einfach unten Bescheid sagen«, wiederholte ich mein Sprüchlein. »Abendessen ist um sieben Uhr.«

Ich trat zurück, doch er machte keine Anstalten, an mir vorbei ins Zimmer zu gehen.

»Und du bist …«

»Josie«, sagte ich freundlich.

»Ja, den Namen hattest du bereits erwähnt. Du arbeitest hier?«

»Ich bin die Tochter des Besitzers.«

»Mhm.« Er musterte mich so intensiv, als würden seine leuchtblauen Augen einen Scan von mir anfertigen.

»Also, schönen Aufenthalt«, nuschelte ich und hastete so schnell wie möglich den Gang zur Treppe hinunter. Im Haupthaus ging ich zum Büro und schlug das Gästebuch auf. Sein Laserblick hatte mich neugierig gemacht. Mein Finger fuhr die Liste entlang, ich fand Serena und ein paar andere Gäste, die ich gestern Abend kennengelernt hatte, doch Dassler war noch nicht eingetragen. Enttäuscht klappte ich das Buch zu.

Dann musste das eben bis später warten. Jetzt würde ich zu Sam fahren, komme was wolle.

Doch kaum hatte ich die Bürotür hinter mir geschlossen, stand Martha erneut vor mir.

»Sweetheart!« Sie schnappte hektisch nach Luft, als wäre sie viel zu schnell gerannt. »Gut, dass du noch da bist! Wir haben ein Problem.«

Sie zeigte aufgeregt zum Innenhof. »Das Mädchen mit den bunten Haaren ist in den Wald.«

»Wie? Hast du ihr nicht gesagt, dass sie sich davon fernhalten soll?«

»Natürlich habe ich das! Sie hat wie alle Gäste den Warnhinweis unterschrieben!« Martha schüttelte erbost den Kopf. »Sarah hat sie in den Wald gehen sehen und mir Bescheid gesagt.«

»Verdammt!« Ich rannte los. Aus dem Haus, am Stall und den Hütten der Mitarbeiter vorbei.

Der Wald verschluckt dich, Josephine, geh nie, nie, nie dort hinein. Die Worte meiner Großmutter dröhnten in meinem Ohr, ihre tausend Mal wiederholte Warnung, dass die Wälder jenseits unserer Grundstücksgrenze undurchdringlich waren und ich mich von ihnen fernhalten musste. Was sollte ich tun, falls ich Serena nicht mehr rechtzeitig erwischte? Etwa selbst hineingehen? Ich rannte weiter. Von Serena keine Spur. Inzwischen hatte ich den Waldrand erreicht. Er war dicht und dunkel, das wilde, dornige Unterholz versperrte den Zugang. Der einzige Pfad in den Wald hinein führte an meinem Kwaohibaum vorbei. Dort angekommen, zögerte ich. Legte meine Hand an die Rinde. »Ray«, keuchte ich, »hilf mir, ja?«

Dann lief ich weiter. Merkte mir, an welchen Bäumen und Sträuchern ich vorbeilief, obwohl ich wusste, dass es keinen Sinn hatte. Dann endete der Pfad.

»Serena?«, brüllte ich. »Serena!«

Ich lauschte auf eine Antwort. Zwitschern, Rascheln, Knacksen. Der Wald antwortete, doch nicht Serena.

Und jetzt? In welche Richtung sollte ich weiterlaufen? Sie konnte überall sein. Schlimmer noch, der Wald konnte sie bereits verschluckt haben.

»Serena!« Ich hörte die Angst in meiner Stimme. Angst um Serena. Um mich. Vor dem, was passieren würde, wenn einer unserer Feriengäste spurlos verschwand. »Ray! Mach was, bitte!«

Natürlich wusste ich nicht, ob Ray mir helfen konnte, geschweige denn, ob er mich überhaupt hörte. Aber ich wusste, dass er nun zu der Magie gehörte, die das Reservat beschützte und den Wald in das undurchdringliche, sich laufend verändernde Labyrinth verwandelte, das seine Eindringlinge nicht mehr herausließ.

Da sah ich Serenas Armreif. Orangefarbene Totenköpfe. Vorsichtig löste ich ihn von dem Ast, an dem er sich verfangen hatte. Serena war hier entlanggegangen, ohne jede Ahnung, auf was sie sich da eingelassen hatte.

Ich musste etwas tun. Je mehr Zeit verstrich, desto tiefer drang Serena in den Wald ein und desto größer die Gefahr, dass sie sich verirrte. Aber in welcher Richtung sollte ich mich durchs Dickicht schlagen? Links? Rechts? Geradeaus? *Was soll ich tun, Ray?*, fragte ich stumm. Ungeduldig wartete ich auf eine Antwort. Oder eine Eingebung. Ein Zeichen. Egal was.

Da bemerkte ich die Lücke. Vielleicht war sie vor ein paar Sekunden auch schon dagewesen, aber jetzt fiel sie mir das erste Mal auf. Ein enger Pfad, der nicht völlig zugewuchert war. Hastig folgte ich dem Weg, der keiner war, und trampelte das Unterholz nieder, um einen Pfad für meinen Rückweg zu markieren. Ich stapfte immer weiter, immer dort entlang, wo der Wald mich durchließ, und rief Serenas Namen. Nie zuvor war ich allein so weit in den Wald gegangen. Nur damals mit Ray, als er mich zu dem großen Kwaohibaum geführt hatte. Doch für Ray als Greeny barg der Wald ja auch keine Gefahr.

Irgendwann stoppte ich. Es hatte keinen Sinn weiterzugehen und zu riskieren, dass ich mich ebenfalls verlief. Serena hörte mich nicht, es war gut möglich, dass ich in die völlig falsche Richtung gegangen war. Höchste Zeit, den Rückzug anzutreten.

Ich drehte mich um und sog scharf die Luft ein. Der Pfad, den ich so mühsam Schritt für Schritt freigetrampelt hatte – war verschwunden. Einfach weg. Ich drehte mich langsam im Kreis. Überprüfte jeden Zentimeter Unterholz, was in dem dämmrigen Licht eine ziemliche Herausforderung war. Kein einziger abgeknickter Zweig.

Nur die durchlässige Stelle, die gab es noch. Allerdings führte sie nicht zurück, sondern tiefer in den Wald hinein.

Meine Kehle fühlte sich an, als hätte jemand ein viel zu enges Gummiband um sie gespannt. *Keine Panik. Einfach zurückgehen, genauso wie du hergegangen bist.* Ich versuchte die Enge in meiner Kehle wegzuschlucken, versuchte ruhig zu bleiben. Doch wie sollte ich das? Mein ganzes Leben war mir eingetrichtert worden, dass, egal warum und wieso, der Wald nicht betreten werden durfte, weil genau das passieren würde, was gerade geschah.

Zumindest fast. In den Schauergeschichten meiner Kindheit ertranken die Waagemutigen jämmerlich in Sümpfen, die wie aus dem Nichts vor ihnen im Boden auftauchten. Ich schluckte hart. War das dann Phase zwei? Erwarteten mich die Sümpfe, sobald ich tief genug in den Wald eingedrungen war?

Ich drehte mich immer wieder im Kreis, hoffte doch noch einen winzigen Hinweis zu finden, der auf meinen Rückweg deutete. *Ruhig bleiben.*

»Ray!«, rief ich, »Hilf mir!«

Ich wartete.

Nichts.

Oder doch? Waren die Bäume gerade dichter an mich herangerückt? Meine Kehle war nun so zugeschnürt, dass ich kaum noch atmen konnte. Drehte ich jetzt durch? *Nur ein Gefühl. Du hast Angst.* Ich schloss die Augen. Zählte bis dreißig. Öffnete sie.

»Verdammt!« Es war keine Einbildung. Die Bäume standen nun eindeutig näher bei mir. *Der Wald verschlingt dich, Josephine. Er gibt dich nicht mehr her.* Die Stimme meiner Oma war so klar, als riefe sie aus ihrem Grab nach mir. Ich presste die Hände an meine Schläfen. Ich musste weitergehen.

Also folgte ich dem einzigen Weg, den der Wald mir freigab. Plötzlich hörte ich eine Stimme.

»Und jetzt? Du dummes, nutzloses Ding!«

Serena!

»Serena!«, rief ich erleichtert. »Serena, sag was!«

»Hallo?«

Ihre Stimme kam aus der Richtung, die der Wald mir als Durchgang erlaubte. *Danke, Ray.*

»Haaaallllooo!«, rief Serena wieder.

»Bleib, wo du bist!« Ich hastete weiter, dann stand ich vor ihr. Sie sah zerrupft und verängstigt aus. In der Hand hielt sie einen bemalten Holzstab, der sich vorne gabelte.

»Josie!« Sie fiel mir um den Hals, als wären wir beste Freundinnen. »Puh, bin ich froh, dich zu sehen!«

»Bist du *irre*?« Meine ganze Angst entlud sich in ungebremster Wut. »Der Wald ist verboten!«

»Ja, aber –«

»Kein *aber*«, unterbrach ich sie wütend. »Verboten! Das erfährt jeder schon beim Einchecken!«

»Aber, das Verbot … das ist doch nur wegen der Sümpfe!«, verteidigte sich Serena. »Deswegen habe ich meine Rute mitgenommen.«

Verständnislos starrte ich auf den bunten Holzstab, mit dem sie mir nun vor dem Gesicht herumwedelte. *Nur Sümpfe?* Wir warnten die Gäste vor tödlichen Sümpfen und Serena machte daraus *nur Sümpfe*?

»Spinnst du?«, schnauzte ich kopfschüttelnd. Ich zeigte auf den Stock. »Was hattest du vor? Dich damit aus einem Sumpf rauszuziehen?«

Serena strich zart über den Stock. »Das ist eine *Voliàn*-Rute. Sie zeigt mir die Sümpfe.«

Nun starrte ich sie erst recht verständnislos an.

Sie hielt mir ihre Voliàn-Rute hin. »Hier gibt es keine Sümpfe. Nicht einen.«

Stirnrunzelnd nahm ich die Rute in meine Hand. Sie war erstaunlich leicht und kalt wie Brunnenwasser.

»Sobald ich in die Nähe eines Sumpfes komme, wird sie warm. Glaub mir, das funktioniert, in Louisiana haben wir viele davon und meine Rute hat noch nie versagt.«

Nachdenklich gab ich ihr den bunten Stab zurück. Vielleicht hatte sie recht. Vielleicht gab es wirklich keine Sümpfe in dem Wald, sondern nur die *Legenden* darüber, um die Menschen von dem Wald fernzuhalten. *Gefährliche Sümpfe* klang auf jeden Fall glaubhafter als Geschichten von wandernden Bäumen und Sträuchern, die einem den Weg abschnitten. Und sie machten weniger neugierig.

»Das mit den Sümpfen ist ein Märchen. Hier geht was ganz anderes ab, aber ich weiß nicht, was. So was habe ich noch nie erlebt.« Serena zeigte auf die Bäume. »Sie verändern andauernd ihre Position. Als würden sie bestimmen, wohin ich gehen darf.

Ich bin kein Schisser, aber das … « Sie schüttelte sich. »Bin echt froh, dass du mich gesucht hast. Danke.«

Ich nickte stumm. Das war ich auch.

»Gehen wir?« Serena zupfte mich am Ärmel. »Ich glaube, ich habe genug für heute.«

Ich rührte mich nicht. Konzentriert ließ ich meinen Blick über die Bäume wandern. Sie hatten wieder ihre Position verändert. Der Baum hinter Serena war so nah an sie herangerückt, als wollte er sie weiterschubsen. Ich verstand nicht, wieso ich nicht sah, *wie* ein Baum die Position veränderte, aber ich begriff, dass wir uns weiterbewegen sollten. Nur – wohin?

»Ach. Du. Scheiße! Du kennst den Rückweg nicht!« Serena starrte mich mit offenem Mund an. Leider lag sie damit zu einhundert Prozent richtig. Ich hatte keine Ahnung wie und ob wir aus diesem Wald je wieder herauskommen würden.

Los, Ray, führ uns heim, bat ich stumm.

»Wow.« Serena starrte mich immer noch an. »Du bist mir nach, obwohl du selbst den Weg nicht kennst?«

Ich zuckte die Schultern. Was sollte ich darauf auch sagen? Dass ich zwar den Weg nicht kannte, aber dafür die Gefahr, in die sie sich begeben hatte, weil sie das Schutzgebiet der Yowama betreten hatte?

»Ich führ uns hier raus.« Ich sah mich erneut um. Wieder hatte sich der Wald verändert. Die Lücke, die eben noch hinter Serena zu sehen gewesen war, hatte sich wieder geschlossen. Ich ließ meinen Blick über das dichte, ineinander verhakte Unterholz schweifen, bis ich eine neue Lücke entdeckte. Auf den ersten Blick wirkte sie nicht wie ein Durchgang, doch ich war mir sicher, dass ich an dieser Stelle das Dickicht leicht zur Seite schieben konnte.

»Bleib direkt hinter mir.« Ich ging voran und folgte dem Weg, der sich nach und nach öffnete. Inzwischen hatte ich durch das viele Um-die-eigene-Achse-Drehen und Zick-Zack-Laufen jegliches Orientierungsgefühl verloren und durch die Kronen fiel zu wenig Licht, um mich an der Sonne ausrichten zu können.

Dann, endlich, wurde es um uns herum lichter, der Weg zu einem richtigen Pfad, und kurz darauf erreichten wir meinen Kwaohibaum. *Danke, Ray.* Ich berührte den Stamm. Ein Glücksgefühl durchströmte mich. Wie hatte ich nur an Ray zweifeln können! Er wachte über mich. Er war bei mir und gerade eben hatte er es bewiesen.

»So was. Wow«, riss Serena mich aus meinen Gedanken. »Das ist ja mal eine interessante Energie.«

Sie hatte ihre Voliàn-Rute auf den Baum gerichtet. Ich war mir nicht sicher, wie ich reagieren sollte. Serena spürte offenbar Dinge, die sonst kaum jemand erspürte. Die Magie des Waldes. Die besondere Energie des Kwaohibaums. Wieder einmal beäugte ich sie interessiert. In Louisiana wohnte sie, hatte sie gesagt. *Voodooland.* Das passte zu ihr. Die ganzen Totenköpfe, die Aufmachung, die Rute …

»Warum bist du hier?«, fragte ich unvermittelt.

»Ich habe von den Vorfällen in Angels Keep gehört. Das wollte ich mir näher ansehen.« Sie legte ihre Hand an meinen Baum. »Das ist ein wirklich besonderer Baum. Er hat eine unglaublich starke, positive Energie.«

Ich berührte ebenfalls die Rinde. Allerdings spürte ich die Energie nicht. Ich *wusste* nur, dass der Baum besonders war. »Woher weißt du das?«

»Ich fühle so was. Meine Großmutter und meine Mutter sind Voodoopriesterinnen. Das Spüren von Dingen, die anderen verborgen bleiben, liegt uns im Blut.«

Ich schluckte. Voodoopriesterin … Fetische und mit Nadeln

durchlöcherte Puppen plöppten vor meinem geistigen Auge auf.

Sie lachte plötzlich hell auf. »So wie du mich gerade ansiehst, hast du zu viele schlechte Hollywoodfilme geguckt. Voodoo ist eine Religion mit sechzig Millionen Anhängern. Von denen stehen die wenigsten auf schwarze Magie.« Sie löste ihre Hand von meinem Baum und legte sie auf ihr Gesicht. Mit geschlossenen Augen nahm sie drei tiefe Atemzüge.

»Und du?«, fragte ich zaghaft.

»Wir praktizieren weiße Magie. Wir heilen. Versöhnen. Wir helfen den Toten, ihre Ruhe zu finden und den Trauernden ins Leben zurückzukehren.« Sie nahm meine Hand, und ich spürte die Wärme, die von ihr ausging und mich durchflutete. »Du hast dich heute in Gefahr gebracht, um mir zu helfen. Ich stehe in deiner Schuld.«

»Heißt das, ich darf dich um einen Gefallen bitten?«

»Ganz genau.« Sie lächelte mich aufmunternd an.

»Dann behalte bitte das mit dem Wald für dich.«

»Das ist kein Gefallen. Das ist selbstverständlich« Serena hob meine Hand und legte sie auf ihr Herz, und ich wusste, dass mein Geheimnis bei ihr besser aufgehoben war als das Gold in Fort Knox.

* * *

KAPITEL 8

KURZ DARAUF SCHNAPPTE ICH mir meine Autoschlüssel vom Schlüsselbrett. Endlich zu Sam. Und zwar ohne weitere Verzögerung!

Ich konnte nur hoffen, dass er heute im Tattoostudio war. Gestern hatten weder Patrick noch ich ihn dort angetroffen. Was mich beunruhigte. Warum machte Sam mitten unter der Woche einfach seinen Laden dicht? Ohne Nachricht, wann er wieder zurück sein würde? Und falls er wieder nicht dort war, wo sollte ich ihn dann suchen? Ohne Amulett und ohne Ray hatte ich keinen Zugang zum Reservat und ein anderer möglicher Aufenthaltsort war mir nicht bekannt.

Von Weitem hörte ich ein Auto die Einfahrt hochtuckern. Hastig lief ich zu meinem Wagen und duckte mich neben der Seitentür. Klingt etwas albern, aber es schien mir die beste Strategie, weiteren ungeplanten Verzögerungen zu entgehen. Bei meinem Glück brachte mir das sonst den nächsten Spontanjob ein.

Das Auto hielt. Natürlich neben meinem, anstatt auf dem eindeutig ausgeschilderten Gästeparkplatz.

»Verdammt noch mal, das gibt's doch nicht!«, fluchte ich leise und tat so, als würde ich etwas auf dem Boden suchen. Den Reifen nach war das Auto neben mir ein Truck. Also eher ein Einheimischer, die meisten Gäste fuhren SUVs oder Limousinen. Ich linste hoch und sprang auf. *Sam!*

»Josie, gut dass du da bist«, sagte Sam durch das offene Fenster. »Steig ein.«

Ich kletterte auf den Beifahrersitz. »Hi, Sam.« Automatisch reichte ich ihm die Hand und verfluchte mich in der Sekunde, als er sie ergriff. Schließlich wusste ich, dass Sam einen bei jeder Berührung scannte wie ein Kartenlesegerät. Und so sehr ich von ihm Antworten wollte, einen zu tiefen Einblick in mein Gefühlschaos wollte ich ihm nicht geben. Einfach weil es *mein* Gefühlschaos war und ich mit mir selbst keineswegs im Reinen. Sam sah mich ernst an. So ernst, dass ich erschrak.

»Wir müssen reden«, sagte er leise. Summend fuhren die Fensterscheiben hoch.

Es musste etwas wirklich Ernstes sein. »Was ist los?«

»Es gibt weitere … Vorfälle.«

Ich wusste sofort, was er damit meinte. »Yowama? Wieder verschwunden?«

Er nickte. »Zwei. Aus dem Reservat.«

Ich legte erschrocken meine Hand über den Mund. Starrte ihn ungläubig an. Das konnte nicht sein. Das Reservat war geschützt, nach meinem heutigen Ausflug in den Wald wusste ich das nur zu gut. Wie also konnte jemand ins Reservat eindringen? Mit einem der geklauten Amulette? Aber … hatte Sam nicht gesagt, sie funktionieren nur bei ihrem Besitzer? Dann … *verdammt!* Mir lief es eiskalt den Rücken hinunter. Also konnte der Angriff innerhalb des Reservats nur von einem Yowama stammen. »Wisst ihr … wer …?«

»Nein. Aber, es war keiner von uns. Ich komme gerade vom Reservat. Wenn jemand etwas damit zu tun hätte, wüsste ich es.« Er blickte auf seine Hand. Ich begriff. Er hatte die Magie seiner Hände genutzt, um die Bewohner des Reservats zu überprüfen.

In meinem Kopf ratterte es. Wenn es keiner aus dem Reservat gewesen war, dann war die Situation noch viel schlimmer als befürchtet – dann hatte der Eindringling einen Weg gefunden, um den Schutzwall auszutricksen.

»Wir sind in großer Sorge«, fuhr Sam fort. »Wenn das Reservat nicht mehr sicher ist, dann sind es unsere Geheimnisträger auch nicht.«

»Rays Vater«, flüsterte ich.

»Rays Vater. Und Macs Onkel.«

Ich wusste sofort, von wem er sprach. Mac war einer der vermissten Yowama. Ich selbst hatte sein Amulett auf der Farroway Farm gefunden, und ich war dabei gewesen, als Sam es seinen Eltern gebracht hatte. Ich hatte die Angst und die Verzweiflung in ihren Augen gesehen, als sie begriffen hatten, dass Mac wahrscheinlich ermordet worden war und ihm jemand sein Amulett gestohlen hatte.

»Was wollt ihr jetzt tun?«, fragte ich. »Werdet ihr das FBI um Hilfe bitten? Sie wollen jemanden nach Angels Keep schicken.«

»Das FBI?«, rief Sam aus. »Um Himmels willen! Das FBI oder sonstige Behörden dürfen niemals ihre Schnüffelnasen in unsere Angelegenheiten stecken! Niemals, verstehst du?« Er umschloss meine Hand mit seinen. Suchte meinen Blick und fixierte ihn. »Versprich mir, dass unser Geheimnis bei dir und deinen Freunden bleibt.«

»Na…natürlich«, stotterte ich, verunsichert von seiner heftigen Reaktion. »Was werdet ihr nun tun?«

»Wir brauchen deine Hilfe.«

»Meine?« Ich riss meine Augen auf. »Wie soll *ich* euch helfen?«

»Du hast Kontakt zu Ray.« Sam ließ meine Hand los. »Ray ist jetzt auf der anderen Seite. Er beschützt das Reservat und wird wissen, wie jemand in die Schutzzone eindringen konnte.«

Ich schluckte. Sam dachte, ich würde mit Ray kommunizieren, als stünden er und ich uns gegenüber. Aber genau das konnte ich eben nicht! Sam baute auf meine Hilfe, dabei war ich es, die seine brauchte.

»Ich bin nicht ganz sicher, wie weit du in den Schutzmechanismus eingeweiht bist«, sagte Sam. »Sobald ein Yowama über die Deathline geht, wird er Teil des Schutzwalls. Der Wald ist permanent in Bewegung, das sind wir, verstehst du?«

Ich nickte. Zumindest glaubte ich, ihn zu verstehen. Ray hatte mir erklärt, dass die Kwaohibäume unzerstörbar waren, und ich hatte heute live erlebt, wie die Bäume immer wieder ihren Standort verändert hatten, um mir einen Weg zu versperren oder zu öffnen. »Ich … ich war heute im Wald«, begann ich.

»Und er hat dich genau dahin geführt, wo du hin musstest«, vollendete Sam meinen Satz.

Ich sah ihn erstaunt an. Hatte er das vorhin aus meiner Hand herausgelesen? »Ehm, … ja.«

»Weil du Rays Tattoo trägst. Das ist wie eine Eintrittskarte ins Reservat.« Er tippte auf sein eigenes Tattoo. »Du brauchst kein Amulett, um ins Reservat zu gelangen, solange du dieses Tattoo hast.«

Unwillkürlich griff ich zu meinem Oberarm. Ich hatte das Gefühl, die Stelle mit dem Tattoo würde unter meinen Fingern glühen. *Solange ich dieses Tattoo habe …* Wusste Sam, dass Rays Halbkreis bereits zu verblassen begann? Da wurde mir schlagartig die Tragweite von Sams Worten bewusst. Das Tattoo also hatte mich zu Serena und wieder aus dem Wald geführt. *Nicht Ray.* Ich schluckte erneut, diesmal, um meine Enttäuschung zu verbergen.

»Wir müssen wissen, was vor sich geht und wie wir uns schützen können. Nimm Kontakt mit Ray auf und komm dann zu mir.«

»Aber … kann das nicht sein Vater machen?«

Sam musterte mich prüfend.

»Na ja, wäre es nicht einfacher, wenn Ray die Situation direkt mit seinem Vater klärt?«, erläuterte ich schnell meine Frage. »Ich meine, ich weiß ja nicht, was ich genau fragen soll und wenn dann Rückfragen sind und so.«

»Rays Vater kann keinen Kontakt aufnehmen. Niemand aus dem Reservat kann mit jemandem jenseits der Deathline in Verbindung treten. Das kannst nur du.«

»Warum nur ich?«

»Weil nur du dazu bestimmt bist, die beiden Welten zu verbinden. Nur du hast den Schlüssel zu der Welt, in der Ray jetzt ist.«

»Welchen Schlüssel?« Sams Worte verwirrten mich. Ich hatte keinen Schlüssel zu Rays Welt. Denn hätte ich einen, dann hätte ich ihn längst benutzt!

»Eure reine, absolute Liebe über alle Hürden hinweg«, sagte Sam mit gerunzelter Stirn, geradezu als wundere er sich über meine Frage. »Um dein Leben zu retten, hat Ray sein Gelübde gebrochen, niemals jemandem außerhalb des Reservats von der Deathline zu erzählen. Du hast dich in Lebensgefahr gebracht, um sein Amulett zu finden. Ihr habt euch gegenseitig gerettet, ohne Rücksicht auf euer eigenes Leben. Ihr habt euch gegenseitig akzeptiert, über die Grenzen eurer Welten hinweg.«

Ich senkte meinen Blick. Alles, was Sam sagte, stimmte, aber es half mir nicht bei meiner Frage, wie ich mit Ray in Kontakt treten sollte. Ich kann nicht erklären, warum es mir so schwerfiel, Sam danach zu fragen, aber es fühlte sich an, als würde ich dadurch unsere Liebe in Zweifel ziehen.

»Du hast etwas auf dem Herzen, Josie«, sagte Sam. »Raus damit.«

»Ich weiß nicht, wie ich mit Ray Kontakt aufnehmen soll!«, brach es aus mir heraus. Ich hob meinen Blick und begegnete Sams Augen. Wieder sah er mich prüfend an.

»Gib mir deine Hand.«

Verdammt. Ich hasste das. Sam die Hand zu geben, kam einer totalen Offenbarung gleich, und das war nun mal nicht meine Stärke. Trotzdem folgte ich seiner Aufforderung. Er nahm meine Hand.

»Ihr seid in Kontakt. Das habe ich vorhin schon gespürt. Aber etwas blockiert deine Wahrnehmung.« Er ließ meine Hand los und ich zog sie schnell zurück. »Nimm die Scheuklappen ab. Es ist nicht, was wir wissen, was etwas wahr macht, sondern das, was geschieht.«

Ein Kloß setzte sich in meinem Hals fest. Rays Worte. Genau das hatte er zu mir gesagt, als wir uns zum ersten Mal unterhalten hatten. Mein Problem war nur, dass ich mit den Worten rein gar nichts anfangen konnte. Ich hatte nicht das Gefühl, Scheuklappen aufzuhaben. Im Gegenteil, ich hatte mich so vielen unglaublichen und irrealen Tatsachen geöffnet, dass ich sogar etwas gekränkt über Sams Worte war. Und auch die zweite Aussage half mir nicht, denn ich sah nicht nur nichts, es geschah auch nichts!

»Vertrau auf eure Liebe.« Sam lächelte aufmunternd. »Vertrau auf deine Bestimmung. Der Rest kommt von allein. Wir sehen uns morgen.«

Ich nahm das als offiziellen Abschied und stieg aus. Leider völlig verunsichert. Sam hatte mir gerade die Anleitung gegeben, wie ich mit Ray in Kontakt treten konnte. Für ihn war es eine klare, einfache Angelegenheit. Für mich war es nach seinen Worten genauso unklar wie zuvor.

Ich hatte schlicht keine Ahnung, wie ich meiner Bestimmung gerecht werden sollte.

* * *

KAPITEL 9

KLAR, DASS ICH DIREKT zu meinem Kwaohibaum lief.

Ich legte die Hand auf die Rinde und dachte an Ray. Schon erschien er vor meinen Augen, lächelte mich an und nahm meine Hand. Wie immer strich er mir die Haare aus dem Gesicht.

Doch das war nicht, was ich wollte.

»Ray«, sagte ich leise, »kannst du mir helfen, die Scheuklappen abzunehmen?«

Ich wartete. Nahm die Hand weg und legte sie wieder darauf, als wäre die Baumrinde ein Ein-Aus-Schalter.

»Ray?« Wieder erschien sein Bild.

Mit einem Seufzer setzte ich mich neben dem Baum auf den Boden. Es klappte einfach nicht. Und ich hatte immer noch keine Ahnung, was ich falsch machte. So mussten sich meine Reitschüler fühlen, wenn ich ihnen zum hundertsten Mal etwas zeigte, und sie zum hundertsten Mal beteuerten, es genauso zu machen. Doch es gelang ihnen nicht – weil sie sich nicht auf ihr Pferd einließen.

Aber… ich hatte mich auf Ray eingelassen! Ich hatte ihn

gespürt und gehört und es hatte mich getröstet. Warum funktionierte das nicht mehr?

»Ray, es geht um deinen Vater«, sagte ich. »Um das Reservat. Es passieren schlimme Dinge, wir brauchen deine Hilfe.«

Ein Schmetterling flatterte in kunstvollen Schleifen von einem Busch zum nächsten und setzte sich über mir auf die Rinde des Kwaohibaums. Kurz schimmerte Hoffnung in mir auf. Schickte Ray mir gerade ein Zeichen?

Ich betrachtete den Schmetterling. Er saß völlig still, nur ab und an zeigte eine winzige Bewegung, dass er lebte. Ich fuchtelte mit der Hand, doch er flog nicht davon.

Das war seltsam, aber es half mir nicht weiter. Ich lehnte meinen Kopf an den Baum. Dachte an Ray. Er und ich, eng umschlungen im Gras. Ich seufzte und ließ mich in die Bilder von Ray und mir fallen.

»He, Schlafmütze!« Danas Stimme kam wie aus weiter Ferne. »Auuuufwachen!«

Ich spürte ihre Hand an meiner Schulter und öffnete träge die Augen. »Was machst du denn hier?«, fragte ich.

»Dich suchen.« Sie zeigte nach oben. »Hast du einen neuen Fanclub?«

Ich sah hoch. Dort, wo vorhin der Schmetterling gesessen hatte, saßen nun mindestens zwanzig. Mein Herz schlug schneller. Ich war mir sicher, die Schmetterlinge hatten eine Bedeutung. Aber welche? Dana zückte ihr Handy und trat ein paar Schritte zurück.

»Ich hab noch nie so viele von den türkisfarbenen Schmetterlingen auf einmal gesehen. Lächeln!« Sie schoss ein Foto. »Das könnt ihr in euren nächsten Prospekt mit aufnehmen. Ferien bei Josie, der Schmetterlingflüsterin.«

Ich grinste. »Woher wusstest du, dass ich hier bin?«

»Echt jetzt?« Sie zog die Nase kraus. »Ernsthafte Frage?«

Ich zuckte die Schultern.

»Du warst nicht in deinem Zimmer, nicht bei Martha, Bo und Hisley sind beide im Stall und dein Auto im Hof«, zählte sie auf. »Wie lange willst du das noch machen?«

»Was machen?«

»Mit einem Baum reden?«

»Ich rede mit Ray«, sagte ich, obwohl ich wusste, dass Dana mir das erst dann glauben würde, wenn sie Ray höchstpersönlich aus dem Baum sprechen hörte.

Sam tat mir unrecht. Dana hatte Scheuklappen auf. Nicht ich. Oder andersherum: Wenn ich Scheuklappen trug, was hatte dann Dana auf?

»Egal«, überging Dana meine Antwort und setzte sich neben mich. »Im Dome ist ein Typ vom FBI aufgetaucht. Dabbler oder Dassler oder so. Er quetscht alle aus, und ich muss wissen, was ich sagen darf.«

»Dassler? Verdammt!« Heiß durchfuhr es mich. Die Fragen, die er mir vorhin gestellt hatte, über die Ranch als Grenzgebiet, ob hier viele Yowama arbeiteten ... Hatte er etwa bereits einen Verdacht? »Er wohnt auf der Ranch.«

»Umso wichtiger, dass wir uns abstimmen. Also, was ist jetzt? Patrick nervt schon mit seinem *Wir können das nicht verantworten*-Gelaber.« Sie schnitt eine Grimasse und ich musste unwillkürlich lachen. Schnell wurde ich wieder ernst.

»Wir halten die Yowama raus. Und zwar komplett. Anweisung von Sam.«

Dana sah mich skeptisch an. »Und wie denkst du darüber?«

»Genauso wie Sam. Wir lassen die Greenies das Problem lösen.«

»Meinst du wirklich? Das FBI ist tausend Mal besser ausgestattet als die Greenies.«

»In unserer Welt. Aber was hier passiert, kommt nicht aus unserer Welt. Dafür ist das FBI gar nicht gerüstet.«

Danas Blick blieb skeptisch.

»Ich vertraue Sam und auf die Magie der Yowama.« Ich erzählte ihr von meiner Rettungsaktion im Wald, von den Bäumen, die ihre Position veränderten, von Serenas Bemerkung über die positive Energie meines Baums, von dem Treffen mit Sam und meiner Aufgabe, mit Ray in Kontakt zu treten.

An Danas gerunzelter Stirn und der kraus gezogenen Nase erkannte ich, dass sie mit sich kämpfte. Alles, was ich ihr erzählte, widersprach dem, was sie als Realistin glaubte. Aber das, was sie glaubte, erklärte nicht, was zurzeit in Angels Keep passierte.

»... Sam sagt, Ray und ich sind in Kontakt, aber meine Wahrnehmung ist blockiert. Und ich weiß nicht, wie ich die Blockade lösen kann«, schloss ich meinen Bericht.

Dana seufzte. »Ich auch nicht. Das ist mir alles zu ... keine Ahnung, zu wenig greifbar.« Sie legte ihren Arm um meine Schulter. »Aber ich weiß, dass *du* einen Weg finden wirst. Weil du mutig und offen und der besonderste Mensch bist, den ich kenne. Du vertraust Sam, ich vertraue dir. Kein Wort über die Greenies zum FBI, bis du grünes Licht gibst.«

Dankbar lächelte ich sie an. Eine Weile saßen wir schweigend nebeneinander, die Köpfe aneinandergelehnt.

»Josie, sweety«, sagte Dana schließlich. »Sag mal, das mit Patrick und mir – ist das für dich ein Problem?«

»Ich freu mich für euch.«

»Das war nicht die Frage. Ist es ein Problem? Für unsere Freundschaft?«

War es das? »Ich hoffe nicht.«

»Ich auch.« Dana nahm den Arm von meiner Schulter und griff nach meiner Hand. »Wollen wir uns versprechen, dass wir nichts und niemanden zwischen unsere Freundschaft treten lassen und uns immer sagen, wenn was nicht passt?«

Ich drückte ihre Hand. »Versprochen.«

»Gut.« Dana zupfte ihre Overknees zurecht. Sie wirkte mit einmal deutlich entspannter. »Heute früh habe ich Mike beim Bäcker getroffen.«

»Und?« Mein schlechtes Gewissen rührte sich. Ich hätte mich längst bei ihm melden und nachfragen sollen, wie es ihm ging. Dass er Dowby erschossen hatte, um Dana und mich zu retten, musste ganz schön auf ihm lasten.

»Ich habe ihn für morgen zum Abendessen eingeladen. Du, Gabe, Patrick, Mike und ich. Sag nicht, dass du keine Zeit hast.«

Sie war einfach die Beste. »Super Idee! Was soll ich kochen?«

»Äh ...« Dana kicherte. »Kochen ... du? Es soll ein *Dank*essen werden, kein Überlebenstraining.«

»Du bist echt doof!«, rief ich lachend.

»Immer gerne.« Sie stand auf und zog mich mit hoch. »Komm, ich muss zum Laden zurück, begleite mich noch bis ans Auto.«

Gemeinsam schlenderten wir den Weg entlang, als plötzlich ein Schwarm türkisfarbener Schmetterlinge über unsere Köpfe flog. Ich blickte zum Baum zurück. Es mussten die Schmetterlinge gewesen sein, die eben noch dort gesessen hatten.

»Ich sag doch, du hast einen Fanclub«, scherzte Dana, doch ihre Stimme verriet, dass es sich um einen sehr halbherzigen Witz handelte.

»Wir haben sie aufgeschreckt.«

Dana sah der türkisfarbenen Wolke nach. »Das sind noch

mehr als vorhin. Wo kommen die her? So viele Schmetterlinge gibt's hier doch gar nicht!«

»Keine Ahnung.« Ich wusste es wirklich nicht, Schmetterlinge in dieser Farbe waren tatsächlich selten und traten schon gar nicht in Schwärmen auf.

»Schon seltsam, oder?«, sagte Dana und richtete ihren Blick wieder auf mich. »Meinst du, das hat eine Bedeutung?«

»Möglich. Aber ich wüsste nicht welche … Wie läuft's im Dome?«, wechselte ich das Thema. »Immer noch volles Haus?«

»Komplett irre.« Dana rollte die Augen. »Seit Mama behauptet hat, bei uns wäre ein Poltergeist, kommen die Leute bis von San Francisco zu uns. In ein paar Kabinen hat Mama Ouija-Bretter aufgestellt und unten bieten wir Snacks an. Die Bude brummt.«

Ungläubig starrte ich Dana an. Ich konnte nicht fassen, dass die Menschen die Schatten und die unerklärlichen Ausfälle als besonderen Kick betrachteten. Was musste noch passieren, damit sie erkannten, dass die Störungen in Angels Keep kein Spaß waren?

* * *

KAPITEL 10

»DU HÄTTEST MIR RUHIG BESCHEID geben können, dass du Serena am Waldrand gefunden hast«, begrüßte mich Martha vorwurfsvoll, als ich kurz vor sieben bei ihr in der Küche auftauchte. »Ich habe mir Sorgen gemacht! Hätte ich Serena nicht im Haus getroffen, wüsste ich bis jetzt nicht, dass alles gut ausgegangen ist.«

»Tut mir leid.« Ich schlug mir an die Stirn. Dass Martha sich sorgte, hätte ich mir nun wirklich denken können! »Hab ich total vergessen.«

»Na ja, ist ja nichts passiert«, wiegelte Martha ab und legte dann gleich nach. »Ich bin fast verrückt geworden vor Angst. Ich weiß ja, dass du nicht so dumm bist, in den Wald zu gehen, aber dann dachte ich: *Und wenn meine Josie nun doch in den Wald ist, weil ich sie losgeschickt habe, um das Mädchen zu suchen?* Nur gut, dass dein Vater nicht da ist, er wäre durchgedreht.«

»Wo ist Dad eigentlich?«

»Er musste nach Seattle.« Martha füllte eine Schüssel mit Hähnchenschenkeln. »Und was hast du heute noch so vor?«

»Dies und das …« Ich schnappte mir ihre Schüssel. Es war besser, aus Marthas Reichweite zu verschwinden, bevor sie zu neugierig wurde. Auf der Terrasse sah ich Serena und Gabriel. Sie saßen zusammen an einem Tisch und waren so angeregt in ihre Unterhaltung vertieft, dass sie mich gar nicht kommen hörten. Ich stutzte – woher kannten sich die beiden?

»Na?«, sagte ich und stellte die Schüssel mit den Hähnchenschenkeln vor Gabriel. »Hunger?«

»Josie, *da* bist du! Wir haben dich schon gesucht!« Gabriel klopfte auf den Stuhl neben sich. »Kannst du dich zu uns setzen oder musst du helfen?«

»Ich habe noch Schonfrist.« Ich setzte mich zu Gabriel. »Ich wusste nicht, dass du zur Ranch kommst.«

»Patrick wollte Dana im Virtual Reality Dome helfen und hat mich gebeten, Serena zur Ranch zurückzubringen, weil sie eigentlich mit ihm fahren sollte. Er hat gesagt, dafür darf ich seine Hähnchenschenkel essen.«

»Du warst im Dome?«, fragte ich Serena ein wenig verwundert. Ich verteilte die Hähnchenschenkel und lud Gabriel gleich einen zweiten auf den Teller.

»Klar. Ich wollte checken, ob das mit dem Poltergeist stimmt.« Serena zermanschte ihre Kartoffeln. »Ist aber keiner. Dafür sind die Schatten echt krass, die da auf einmal in dem Spiel auftauchen. Hast du die auch schon gesehen?« Sie warf mir einen fragenden Blick zu.

Ich nickte, unsicher, wie viel ich Serena gegenüber preisgeben konnte.

»Und dann dieses Flüstern«, fuhr sie fort. »Ich bin mir ziemlich sicher, dass das Flüstern mit den Schatten zusammenhängt.«

»Du meinst, die Schatten flüstern?« Ich zog meine Augenbrauen zusammen. Wie sollten Schatten flüstern? Sie hatten keinen Stimmkörper. Sie hatten gar keinen Körper.

»Vielleicht nutzen sie das Spiel als eine Art Transformator«, erklärte Serena. »Das Flüstern kommt auf jeden Fall über die Audiospur.«

Ich versuchte, mich genauestens an das Spiel zu erinnern, das ich mit Gabriel gespielt hatte, als die Störung das erste Mal auftrat. Aber ich hätte nicht beschwören können, ob das Flüstern und die Schatten gleichzeitig oder nacheinander aufgetreten waren.

»Aber wie sollte das gehen?« Gabriel ließ seinen Hähnchenschenkel sinken.

Serena zog konzentriert die Augenbrauen zusammen. »Ich rede von Energie. Jeder Mensch, jedes Wesen, selbst Pflanzen und Dinge haben eine eigene Energie. Und diese Schatten auch. Eine ziemlich negative, leider.« Sie hob die Hand und hielt sie über Gabriels Kopf. »Darf ich?«

Er zuckte die Schultern. »Wenn du mich nicht schlägst.«

Serena rieb mit ihrer Hand mehrmals schnell über seine Haare und hob sie dann ein paar Zentimeter über seinen Kopf. Gabriels Haare stellten sich in Richtung ihrer Hand auf. »Ich habe deine Haare statisch geladen und damit ihre Energie verändert. Was passiert?«

»Sie stehen ab.«

»Genau. Was sie normalerweise nicht tun.«

Gabriel und ich sahen uns ratlos an.

»Okay.« Serena schien unsere verständnislosen Blicke bemerkt zu haben und nahm ihre Hand wieder runter. »Anderes Beispiel. Wenn Gewitterwolken sich entladen, entsteht was?«

»Blitz und Donner«, sagte Gabriel, die Stirn gerunzelt. Dann veränderte sich sein Gesichtsausdruck. Die Stirn glättete sich und sein Mund verzog sich zu einem breiten Lächeln. »Die Gewitterwolke leitet ihre Energie ab und die …«

»… zeigt sich in Schall und Licht«, vollendete ich seinen Satz und schnalzte mit dem Finger. Serena war gut. Es ergab Sinn, anzunehmen, die Schatten wären eine Manifestation negativer Energie, die sich in verschiedenen Formen zeigen konnte. Zum Beispiel als Schatten oder als Flüstern oder … als rote Streifen und aufgeblähtes Glas in Gabriels Fernseher. Und offensichtlich dienten ihnen elektrische Geräte als Transformatoren von einer Energieform in die andere.

»Es ist nur eine Theorie«, dämpfte Serena unsere Begeisterung. »Viel wichtiger wäre zu wissen, wo die Energie herkommt und warum sie hier herumgeistert.«

Diesmal sah Gabriel mich fragend an. Sollten wir Serena in das Geheimnis der Yowama einweihen? Ich biss mir auf die Lippe. Vielleicht könnte sie uns helfen, die Vorfälle in Angels Keep besser zu verstehen, aber es war nun mal nicht mein Geheimnis, das ich anvertrauen konnte, wem ich wollte, es war Rays Geheimnis. Ich schüttelte kaum merklich den Kopf und hoffte, dass Gabriel mein Zeichen verstand.

»Und vor allem, wie wir sie wieder loswerden können«, sagte ich also nur. Aus den Augenwinkeln sah ich Dassler auf die Terrasse treten. *Verdammt!* Hoffentlich kam er nicht an unseren Tisch und bombardierte uns mit Fragen, die wir nicht beantworten durften. Ich senkte schnell meinen Kopf und hoffte, dass er mich nicht gesehen hatte. Doch Sekunden später stand er an unserem Tisch

»Ist hier noch frei?«

»Klar«, sagte Gabriel.

Dassler setzte sich.

»Wart ihr nicht vorhin im Dome?«, fragte Dassler Serena.

»Sie auch? Haben Sie das Spiel ausprobiert?«, sprang Serena sofort darauf an. Ich stöhnte innerlich. Ohne es zu wissen, brachte Serena Dassler auf genau das falsche Thema.

»Habe ich«, sagte Dassler, doch sein Blick war nicht auf Serena gerichtet, sondern auf mich. »Ich habe mich gefragt, was die Störungen wohl verursachen könnte.«

»Ich auch«, antwortete Serena sofort. Am liebsten hätte ich ihr unter dem Tisch einen Tritt verpasst. »Auf jeden Fall kein Poltergeist. Das ist Mumpitz.«

Mir wäre fast mein Kartoffelstück aus dem Mund gefallen. Ausgerechnet Serena, die mit einer Rute Sümpfe vermied und über negative Energie sprach wie andere über Vorabendserien, nannte Frau Wangs Poltergeisttheorie Mumpitz? Und überhaupt: *Mumpitz?*

»Das sehe ich auch so.« Dassler lud sich Kartoffeln und Hähnchen auf seinen Teller. »Ich glaube eher, das hat etwas mit der Gegend hier zu tun. Es gibt viele Legenden über die Yowama.« Er wandte sich an mich und legte gleich den nächsten Fallstrick aus. »Kennst du dich damit aus? Du bist hier doch aufgewachsen.«

Ich kaute intensiv an meinem Hähnchen. Was sollte ich darauf antworten, ohne zu viel zu verraten und gleichzeitig glaubwürdig zu wirken? »So halbwegs«, gab ich schließlich zu. »Aber wie Sie sagen, es gibt viele, und es sind eben auch nur Legenden.«

»Nur?« Dasslers Lächeln wirkte etwas herablassend. »Der Unterschied zwischen einer Legende und einem Märchen ist, dass die Legende zumeist einen wahren Kern hat. Ich würde ja gerne einen Yowama selbst dazu befragen, aber ich habe bisher keinen einzigen angetroffen. Hat nicht hier bis vor Kurzem einer gearbeitet?«

»Er ist ins Reservat zurück«, sagte Gabriel wie aus der Pistole geschossen. »Ich glaube, sein Vater ist krank oder so was.«

»Wisst ihr, wie ich ihn erreichen kann?« Dasslers Blick brannte regelrecht. »Ihr habt doch sicher seine Kontaktdaten.«

»Klar«, bestätigte ich, »seine Adresse im Reservat.«

»Hmm.« Dassler machte eine kunstvolle Pause. »Ich war heute auf fünf Farmen, die im Sommer regelmäßig Yowama beschäftigen, und deren Arbeiter sind alle zurück ins Reservat. Sie werden wohl kaum alle kranke Väter haben.«

Ich hielt den Atem an. All seine Fragen waren auf die Yowama gerichtet – UND zielten in die korrekte Richtung. Wie hatte er so schnell die richtigen Schlüsse ziehen können?

»Warum fahren Sie nicht einfach ins Reservat und fragen sie selbst?«, warf Serena ein.

»Das habe ich vor.« Er nahm den Hähnchenschenkel in die Hand und biss hinein. »Allerdings sagt mein Navi, das Reservat existiert nicht, und wie es aussieht, gibt es in Angels Keep niemanden, der mir den Weg beschreiben kann.« Er wandte sich wieder an mich. »Wie sieht es mit dir aus, Josie? Du warst doch sicher schon einmal im Reservat.«

»Als ich fünf war.« Ich nahm die bis auf die Hähnchenknochen inzwischen leere Schüssel und stand auf. Ich brauchte dringend eine Verhörpause. »Ich hole mal Nachschub.«

Beim Hineingehen fragte ich mich, *warum* Dassler annahm, dass von allen am Tisch nur ich schon einmal im Reservat gewesen sein musste. Gabriel war ebenfalls in Angels Keep aufgewachsen.

Wusste Dassler mehr, als er vorgab?

* * *

KAPITEL 11

SERENA ERZÄHLTE, und dabei trocknete sie so selbstverständlich eine Schüssel nach der anderen ab, als sei sie unsere Küchenhilfe und nicht unser Hausgast. Hörte sie kurz auf zu erzählen, stellte Gabriel sofort die nächste Frage. Über Louisiana. Über Sümpfe. Und Voodoo. Und Flüche. Und schwarze und weiße Magie.

Schwarze und weiße Magie.

Ob es das wirklich gab? Vor ein paar Wochen hätte ich es noch vehement verneint. Aber mittlerweile …

Mittlerweile versuchte ich, mit einem Toten Kontakt aufzunehmen, um eine unbegreifliche dunkle Macht aufzuhalten. Ray war Realität. Unser magischer Wald war Realität. Ebenso der Schatten, der auf der Farroway Farm durch mich hindurchgeglitten war.

»Fertig.« Gabriel wischte das Spülbecken trocken.

»Danke.« Ich nahm die letzte Pfanne von Serena entgegen und verstaute sie im Schrank.

»Ich fahr dann mal.« Gabriel drapierte das Spültuch über dem Wasserhahn und wandte sich an Serena. »Sehen wir uns noch mal, während du hier bist?«

»Klar!« Serena strahlte. Sie wandte sich an mich. »Gute Nacht, Josie.«

»Bis morgen.« Ich lauschte ihren Schritten, dem Schließen der Haustür und kurz darauf der Tür zum Gästetrakt. Dann deckte ich die Tische fürs Frühstück ein, dankbar für die Stille um mich herum. In meinen Ohren hallten Serenas Geschichten nach. Sie wusste erstaunlich viel über Geister und Tote und Beschwörungen und Flüche. Kein Wunder, dass die Phänomene in Angels Keep sie hergelockt hatten.

Aus dem Stall drang Wiehern herüber. Ich hielt beim Decken inne. Mehr und mehr Pferde fielen in das Wiehern ein. Alarmiert warf ich die Servietten auf den Tisch und lief auf die Veranda. Hier stimmte etwas nicht!

Ich sprintete an den Tischen vorbei, die Treppe hinunter und rannte zum Stall. Mit fliegenden Fingern öffnete ich den Riegel und lief hinein. Die Pferde tänzelten, scharrten und wieherten. Noch nie hatte ich sie so aufgeregt erlebt.

Mein Herz schlug schneller. Beunruhigt sah ich mich um.

»Hallo?«, rief ich, obwohl niemand im Stall sein konnte. Außer … Ich schluckte. Spähte in die Schatten um mich herum. Außer, jemand hatte sich im Stall versteckt, als Larry die Abendrunde gedreht hatte. »Ist da jemand?«

Zögernd machte ich zwei Schritte. Verharrte. »Haaalloo?«

Wiehern. Scharren.

Inzwischen klopfte mein Herz bis in den Hals hinauf. Mir war völlig klar: Dass *keiner antwortete*, bedeutete nicht, dass *keiner da war*. Es musste einen Grund geben, warum die Pferde so nervös waren. Neben mir donnerte Gucci mit den Hufen gegen die Box. Erschrocken sprang ich zur Seite und drehte mich zu ihr.

»He, Gucci!« Ich streckte ihr meinen Arm entgegen, spreizte

die Finger und hielt sie direkt auf ihren Kopf gerichtet. »Alles gut, Süße. Beruhige dich.«

Gucci schnaubte, stellte ihre Ohren nach vorne, dann wurde sie tatsächlich ruhig. Ich sah auf meinen Arm, meine ausgestreckten Finger, auf Gucci. Hatte ich gerade …?

Ja. Ich hatte. *Rays Trick.* Ich hatte ihn benutzt, ohne darüber nachzudenken, und es hatte funktioniert. Ein warmes Gefühl durchströmte mich und spülte meine Angst einfach weg. Ich hatte Rays magischen Pferdetrick angewandt! Ohne seine Hilfe! Wie auf Wolken ging ich von Box zu Box und beruhigte ein Pferd nach dem anderen. Es war unglaublich.

Bis hinter mir Hufe gegen die Boxentür hämmerten. Ich schnellte herum. Hisley donnerte erneut gegen die Tür. »Hisley!«, schrie ich, »hör auf!« Ich hob den Arm. Doch nicht Hisley reagierte. Ein Schatten schoss aus der geschlossenen Tür und fuhr eishauchkalt durch mich hindurch. Ich schrie auf. Schüttelte mich, sah, wie er in der hinteren Gebäudewand verschwand. Stocksteif stand ich in der Stalltrasse. Starrte auf die Wand. Würde der Schatten zurückkommen? Was hatte er im Stall gemacht? Wo war er hergekommen?

Hisleys Huf krachte wieder gegen die Holztür. Ich drehte mich zu ihm.

»Hisley«, rief ich und hob meinen Arm, die Finger auf ihn gerichtet. *Er ist weg, Hisley, sei ein guter Junge. Es war nur ein Schatten, es war nichts.* Ich sprach die Worte nicht aus. Ich *dachte* sie nur. Trotzdem waren sie eine Lüge. Wem versuchte ich damit die Angst vor dem Schatten zu nehmen? Hisley oder mir selbst?

Tatsächlich wurde Hisley ruhiger. Ich dagegen war angespannt wie ein schussbereiter Bogen. Zittrig öffnete ich die Box und trat zu Hisley. »Na, Alter«, flüsterte ich, »wieder gut?« Ich tätschelte seinen Hals, und langsam entspannte auch ich mich wieder, als Schritte die Stalltrasse entlangkamen.

Ich erstarrte. Sofort warf Hisley nervös seinen Kopf in die Luft und stellte die Ohren nach hinten.

Da stoppten die Schritte. Genau vor der Box. Wie hypnotisiert starrte ich auf die Tür. Sah, wie sie langsam zur Seite geschoben wurde. Dann stand Dassler vor mir.

»Ho«, flüsterte ich Hisley zu. Eilig verließ ich die Box. »Was machen Sie hier?«

»Ich habe das Wiehern gehört. Was hat die Pferde so aufgebracht?«

»Keine Ahnung.«

Er sah sich um, dann wieder zu mir. »Von meinem Fenster aus klang es, als seien die Tiere hysterisch. Beeindruckend, wie schnell du sie beruhigen konntest. Wo hast du das gelernt?«

»Hier. Auf der Ranch.«

Er nickte, als hätte er genau diese Antwort erwartet. »Du sollst eine gute Reiterin sein.«

»Ich hatte eine gute Lehrmeisterin. Die beste«, fügte ich hinzu. »Meine Mutter war die bekannteste Zureiterin hier in Washington.«

»Emily O'Leary, ich weiß«, sagte Dassler.

Alarmiert horchte ich auf. Er wusste über meine Mutter Bescheid. Und das sicher nicht, weil er sich für Pferde interessierte. Der FBI-Mann hatte seine Hausaufgaben gemacht, bevor er sich bei uns eingemietet hatte. Und das hieß … Ich schluckte. Dassler hatte die Ranch bewusst ausgewählt. Aber warum? Weil er über mich und Ray Bescheid wusste? *Nein! Wie denn? Das kann nicht sein.*

»Was weißt du über die Vorkommnisse in Angels Keep?«

Ich marschierte Richtung Ausgang. »Nicht mehr oder weniger als die anderen.«

Dassler lief neben mir. Lautlos. Dabei hatte er normale Halbschuhe an. Ich wartete auf das *Klack-Klack* seiner Sohlen. Es blieb aus.

»Und die auf der Ranch?«, fragte er weiter.

»Auf der Ranch?« Fast wäre ich vor Schreck stehen geblieben. Wusste Dassler von Ray und den Zeichen am Fenster und auf Bos Kruppe? Ich zwang mich, ganz normal weiterzulaufen, nicht langsamer oder schneller. Schritt – Schritt – Schritt.

»Zum Beispiel dieser Yowama, der bei euch gearbeitet hat und dann auf einmal wie vom Erdboden verschwunden war.«

»Verschwunden?« Ich schüttelte den Kopf. »Er ist einfach zurück ins Reservat gegangen.«

»Ach ja?« Dassler richtete seinen Scanblick auf mich. »Und was sind das für Zeichen auf der Kruppe der Mustangstute?«

Langsam beeindruckte Dassler mich. Er hatte seine Augen und Ohren überall, und das hieß, er machte seinen Job gut. Zu gut, denn er stocherte bereits von ganz allein in Richtung Yowama und alte Legenden. Vielleicht lag Patrick richtig mit seiner Einschätzung, dass das FBI uns helfen könnte. *Stopp. Du hast es Sam versprochen. Kein FBI.*

Ich trat aus dem Stall in das sanfte Mondlicht. Dassler folgte mir, den im Mondlicht ultrablauen Blick noch immer inquisitorisch auf mich gerichtet.

»Und?«, insistierte Dassler.

Hastig schob ich den Riegel vor und lief Richtung Haus. Natürlich blieb Dassler dicht an meiner Seite. »Haben diese Zeichen eine bestimmte Bedeutung?«

»Nö«, sagte ich kurz.

»Bist du dir da sicher?« Mit einem Mal stand er vor mir und

zwang mich stehen zu bleiben. Er war wirklich hartnäckig, das musste ich ihm lassen, und so wie er die Frage stellte, hielt ich es durchaus für möglich, dass *er* genau wusste, dass die Zeichen eine besondere Bedeutung hatten – aber ich hatte Sam nun einmal mein Wort gegeben und ich würde es halten.

»Mir ist keine bekannt. Ihnen vielleicht?« Ich machte einen Schritt zur Seite und ging um ihn herum, doch er heftete sich sogleich wieder an mich.

»Und die Explosion der Tränke? Du sollst wie durch ein Wunder unverletzt davongekommen sein.«

»Ich habe mich auf den Boden geworfen. Das war kein Wunder, sondern schnelle Reaktion.«

»Keine Schrecksekunde?«

»Schnell zu reagieren, ist beim Zureiten meine Lebensversicherung. Und außerdem war ich weit genug entfernt.« Ich erreichte die Stufen zum Haus. »Gute Nacht.«

Drinnen lief ich sofort nach oben in mein Zimmer und schloss die Tür hinter mir. Ich hasste es, Fragen ausweichen zu müssen und jede Antwort dreimal hin und her zu überlegen, um ja nichts Falsches zu sagen. Ich warf mich auf mein Bett und in der gleichen Sekunde ging die Tür wieder auf. Ich fuhr hoch, überzeugt, dass Dassler gerade in mein Zimmer marschierte. Doch es war Patrick.

»Hast du Dassler von Ray erzählt?«, fuhr ich ihn an.

»Nur, dass er mal hier gearbeitet hat. Warum?«

»Ich dachte, wir haben eine Abmachung! Oder hat Dana dir Sams Anweisung nicht ausgerichtet?«

»Doch, aber dass Ray hier gearbeitet hat, war doch kein Geheimnis, wie hätte ich das verschweigen sollen?«

Ich winkte ab. Was brachte es auch? Dassler wusste ohnehin schon Bescheid. »Ach, egal.«

Patrick setzte sich zu mir. »Hör mal –«

»Vergiss es«, schnitt ich ihm das Wort ab. Ich war zu müde für eine weitere Diskussion, ob wir Dassler einweihen sollten oder nicht, vor allem, weil ich immer mehr zu der Erkenntnis kam, dass wir genau das tun sollten. Aber eben nicht über Sams Kopf hinweg. »Sam sagt, wir sollen die Klappe halten und das tun wir auch. Ich erzähl ihm morgen von Dassler, dann sehen wir weiter.«

»Das wollte ich nicht sagen.« Patrick legte seinen Arm um meine Schulter. »Wir stecken da zusammen drin. Ich halte mich an unsere Abmachung, okay? Ich wollte fragen, ob du weißt, warum Dad nach Seattle gefahren ist?«

»Keine Ahnung.« Ich runzelte die Stirn. Befürchtete Patrick, dass es wieder ein Problem mit der Ranch gab? »Martha hat nur gesagt, dass Dad wegmusste und über Nacht bleiben würde.«

»Sonst nichts?«

»Nein.« Ich sah ihn prüfend an. »Muss ich mir Sorgen machen?«

»Nicht, dass ich wüsste.« Er nahm den Arm von meiner Schulter. »Ich hoffe nicht.« Dann griff er in seine Hosentasche und zog einen zerknautschten Umschlag hervor. »Den soll ich dir von Dana geben.«

Überrascht nahm ich den Brief entgegen.

»Sie wollte dir was schicken, aber das Handynetz ging mal wieder nicht«, sagte Patrick und stand auf. Bevor er mein Zimmer verließ, drehte er sich noch einmal um. »Wir schaffen das, Josie.«

»Was?«

»Alles.« Er zwinkerte mir zu und schloss dann die Tür hinter sich. Ich blickte ihm nach, auch wenn ich nur die geschlossene Tür sah. *Wir schaffen das Josie. Wir.*

Ich lächelte die Tür an. *Wir.* Wir war ein gutes Wort. Solange man ein *Wir* hatte, war man nicht allein mit Ängsten und Entscheidungen, die zu groß für ein *Ich* waren. Und ich hatte viele *Wirs*. Patrick und ich. Dana und ich. Gabriel und ich. Ray und … mein Lächeln erstarb. *Waren* wir noch ein *Wir*?

Der Umschlag rutschte aus meiner Hand und fiel zu Boden. Ich hob ihn auf und öffnete ihn. Darin war ein zusammengefalteter Zettel. Mit einem Ruck zog ich ihn heraus. Es war ein Schwarz-Weiß-Ausdruck des Fotos, das Dana von mir unter meinem Kwaohibaum geschossen hatte. Darunter ein Kommentar:

Wenn das kein Zeichen von Ray ist …
Vielleicht hast du ja doch recht, Sweety. Ich
halte ab jetzt meine Klappe, wenn du mit
Bäumen sprichst, versprochen ☺ ♡ u Dana

Ich betrachtete das Foto näher. Schnappte nach Luft. Das war schlicht unmöglich. Und doch, hier war es, schwarz auf weiß: ein Herz. Die Schmetterlinge hatten sich nicht einfach auf der Rinde des Kwaohibaums versammelt, sie hatten sich zu einem Herz formiert.

Ich konnte meine Augen nicht von dem Ausdruck nehmen, küsste sogar das Herz darauf. Es war eine Nachricht von Ray! Das war so klar, klarer konnte es nicht sein!

Ich legte mich auf meinen Yowama-Quilt und konnte mich überhaupt nicht sattsehen an dem Herzen.

Ray hatte mir die Schmetterlinge geschickt. Und das hieß, Ray hatte mich auch das Herz im Meer sehen lassen. Er wollte mir damit versichern, dass er mich liebte. Dass er bei mir war. Über mich wachte.

Meine Brust wurde weit vor Glück. Er war bei mir. Auch wenn ich ihn nicht spüren konnte. Oder: *Weil* ich ihn nicht mehr spüren konnte, schickte er mir Herzen, um mir seine Liebe zu zeigen. Ray und ich *waren* ein *Wir*.

»Ray«, flüsterte ich, »wir kriegen das hin, ich weiß nicht, wie, aber wir schaffen das.«

* * *

KAPITEL 12

»ICH MACH DAS SCHON. Danke fürs Mitkommen.« Lächelnd nahm ich die Zügel des letzten Pferdes und brachte es zum Absatteln. Die Trekkinggruppe stapfte gut gelaunt Richtung Ranch, während ich allein zurückblieb, um in aller Ruhe die Pferde zu versorgen. Das Lachen der Reiter wurde leiser und leiser, bis mich nur noch die Geräusche der Pferde umgaben. Das Rupfen und Zermalmen der langen Gräser, das Schlagen des Schweifs nach lästigen Fliegen. Ich genoss den Moment der Stille nach über zwei Stunden im Schritttempo mit dieser zwar lustigen, aber auch lauten Truppe. Gemächlich sattelte ich ein Pferd nach dem anderen ab und verstaute die Sättel in der Hütte, als ein leiser Pfiff mich aufhorchen ließ. Neugierig sah ich mich um. Pfiff da wer nach mir oder und war das Geräusch nur von der sich entfernenden Gruppe zu mir herübergeweht? Ich blieb neben der Hütte stehen und horchte angestrengt in die Stille hinein.

Da! Wieder! Eindeutig ein Pfiff. Aber leise. Also musste derjenige, der ihn ausgestoßen hatte, in der Nähe sein.

»Hallo?«, rief ich und merkte, wie mein Herz schneller zu

schlagen begann. Verunsichert sah ich mich um. Der Platz war menschenleer, und ich wünschte mir die Truppe mit all ihrem Lachen und Kichern und den albernen Sprüchen zurück. Ich linste zum Materialtrailer. Hatte sich dort etwas bewegt?

Da schaute Sam hinter dem Trailer hervor. Er winkte mich eilig zu sich, blieb jedoch im Schatten des Anhängers stehen.

Erleichtert lief ich hinüber, erschrak jedoch, als ich vor ihm stand. Sein Blick hatte etwas Gehetztes, und er wirkte so nervös, dass ich ebenfalls unruhig wurde.

»Was ist los?«

»Hast du Antwort von Ray?«

Ich schüttelte bedrückt den Kopf. »Ich hab versucht ihm mitzuteilen, dass wir ihn brauchen und ein Problem haben, aber ich bekomme einfach keine Antwort.«

»*Du musst!* Wir verlassen uns auf dich!« Sam packte mich am Arm und das machte mir Angst. Sie verließen sich auf mich? Er war es doch, der die Situation hier in den Griff bekommen sollte! Nicht ich!

»Sam!« Ich riss meinen Arm los. »Hast du nicht zugehört? Ray antwortet mir nicht! Ich weiß nicht einmal, *ob* er mich hört!«

»Du musst ihn erreichen«, wiederholte Sam, als hätte ich gerade an ihm vorbei ins Nirwana gesprochen. »Rays Vater ist verschwunden.«

»Was?« Rays Vater! Das durfte nicht wahr sein!

»Psst.« Sam legte einen Finger an den Mund. »Es gibt keinen sicheren Ort mehr. Wir müssen wissen, warum die Schutzzone um das Reservat durchlässig wird.«

»Ich habe es versucht«, sagte ich leise, »und Ray von den Problemen im Reservat erzählt, und er hat mir ein Schmetterlingsherz geschickt. Was soll das für eine Antwort sein?«

Sam stützte sich schwer an dem wettergegerbten Holz des Trailers ab.

»Ich weiß nicht, was ich machen muss«, flüsterte ich. »Es tut mir so leid.«

»Seine Antwort ist in dem Herz verborgen«, sagte Sam nach einer Pause, die so drückend war, dass es mir vorkam, als hätte ich Sam verraten. »Spür in dich hinein, dann verstehst du sie.«

Da war es wieder. *Spüren.* Ich predigte es meinen Reitschülern. Sam predigte es mir. Und ich konnte mit Sams Anweisungen genauso wenig anfangen wie meine Reitschüler mit meinen.

»Gestern war ein Schatten im Stall«, sagte ich. »Warum kommen die hierher?«

Sams Augen verengten sich. »Was ist passiert?«

»Ich glaube nichts. Aber … Sam?«

»Ja?« Wieder blickte er sich nervös um.

»Dieser Typ vom FBI, Dassler, er ist gut und scheint offen zu sein gegenüber … *Ungewöhnlichem.* Sollen wir nicht doch –«

»Auf keinen Fall. Kein FBI. Keine Polizei oder sonst eine Behörde. Das wäre unser Ende.« Sam nahm meine Hand, wahrscheinlich um herauszufinden, ob ich bereits etwas verraten hatte. Dann sah er mich zufrieden an. »Gut so. Kein Wort. Schwör deine Freunde darauf ein. Kein Wort.«

»Aber, was sollen wir dann tun? Wir können doch nicht zusehen, wie die Schatten immer mehr Schaden anrichten!« Ich argumentierte wie Patrick und ich kam mir vor wie Patrick. Wie das *Wir*, das Patrick und mich nach dem Tod unserer Mutter zu einer krisenerprobten Einheit zusammengeschweißt hatte. »Wenn ihr keine Lösung habt und ich das FBI nicht einweihen darf, wer soll dann die Schatten aufhalten?«

»Du.«

ICH???? War er völlig übergeschnappt? Entsetzt wich ich einen Schritt zurück. Das war so ziemlich das Absurdeste, was ich jemals gehört hatte. Die erfahrenen, weisen, magischen Yowama bekamen ein massives, zerstörerisches Problem nicht in den Griff und verweigerten die Hilfe des FBI, um sich voll und ganz auf *mich* zu verlassen. Dass ich ihnen als Verbindung zu Ray helfen sollte, ja, damit konnte ich leben, aber *ich* sollte die Schatten aufhalten?

Ich legte meinen Kopf schief und sah Sam an. Da war kein Lächeln, kein Schalk, kein Grinsen, kein gar nichts, das verraten würde, dass er gerade einen dummen Scherz gerissen hatte. Er meinte es ernst, und dieses eine kurze Wort »du« wand sich wie eine Schlinge um meinen Hals.

»U…und… w…wie?«, stammelte ich.

»Das wissen wir nicht«, sagte er. »Wir hatten überlegt, ob einer von uns durch die Schleuse geht, aber die Chancen sind zu gering.«

»Schleuse?« Verwirrt sah ich zum Wald. Dunkel hob er sich von den wilden Wiesen ab. Er war in der Gegend das Einzige, was einer Schleuse nahe kam – nur wer berechtigt war, konnte durch ihn hindurch zum Reservat gelangen. Aber das konnte Sam wohl kaum gemeint haben. »Schleuse wohin?«

»In die Welt…« Sam zog mich ein Stück vom Trailer weg, als befürchte er, jemand darin könne uns belauschen. Dann beugte er sich zu mir, so nah, dass ich seinen Atem an meinem Ohr spürte. »In die Welt der Wispernden Winde.«

Ich hatte keine Ahnung, wovon Sam sprach. Was für eine Welt der Wispernden Winde?

»So nennen wir das Reich«, flüsterte er, und war dabei kaum lauter als ein Windhauch, »in das man gelangt, wenn man über die Deathline geht.«

Ich glaubte, mich verhört zu haben. Es gab eine *Schleuse*, durch die ich zu Ray gelangen konnte? Und das sagte er mir erst jetzt????

»Was …« begann ich, offenbar viel zu laut, denn Sam legte mir seinen Finger auf den Mund. Er nickte mit dem Kopf Richtung Ranch. Ich schaute hinüber, sah, wie Sarah auf uns zuschlenderte. Nun brachte ich meinen Kopf ganz nah an sein Ohr – obwohl Sarah noch viel zu weit weg war, um selbst eine Unterhaltung in normaler Tonlage hören zu können. Aber sie kam näher, und das hieß, ich musste so schnell wie möglich so viele Informationen wie möglich aus Sam herausbekommen. »Was ist das für eine Schleuse? Wo ist sie? Wie funktioniert sie?«

Sam legte seine Hände auf meine Schultern. Er sah mich an, verhakte sich mit seinem Blick regelrecht in meinem. Und dann hörte ich seine Stimme, doch er bewegte die Lippen nicht, und ich kann nicht sagen, ob er das, was er mir mitteilte, überhaupt aussprach, oder ob ich es nur in meinem Kopf hörte.

»Es ist der einzige Weg in die Welt der Wispernden Winde, wenn man kein Amuletttträger ist. Ein Ort, an dem dein Herz geprüft wird. Deine Absichten und Wünsche. Deine Vergangenheit und deine Zukunft. Es ist ein Ort, an dem du deinen schlimmsten Ängsten ausgesetzt wirst. An dem du von bösen Mächten beeinflusst werden kannst. Und vor allem ist es ein Ort ohne Wiederkehr. Wer die Prüfung nicht meistert, bleibt für immer in einer Zwischenwelt hängen. Ohne Chance, je wieder die eine oder andere Seite zu erreichen.«

Ich schluckte, noch immer im Bann seines Pitbullblicks. Ich wollte wegsehen. Mehr noch, ich wollte weg*rennen*. Nein, das ist nicht ganz korrekt. *Ich* wollte nicht weggehen, ich wollte bleiben und Sam mit tausend Fragen bombardieren – ein Weg über die Deathline! Ohne Amulett! Das war absolut unglaublich! Aber etwas in mir wiederholte ohne Unterlass Sams Worte: *Ort ohne Wiederkehr. Von bösen Mächten beeinflusst. Ohne Chance.* Es war eine schrille, unangenehme Stimme, die alle anderen Gedanken blockierte und einen Fluchtreflex in mir auslöste. *Sei still!,* befahl ich der schrillen Stimme in meinem Kopf. Dann stellte ich fast lautlos meine nächste Frage. »Wo ist die Schleuse?«,

Sam schüttelte langsam den Kopf, und irgendwie schaffte er es, dabei nie den Blickkontakt zu unterbrechen. Wieder sprach er, ohne die Lippen zu bewegen. »Du willst doch nicht etwa durch die Schleuse gehen?«

Natürlich wollte ich! So sehr, dass ich vor Ungeduld ganz ungehalten wurde. »Was soll ich sonst tun?«, sagte ich nahezu lautlos.

Diesmal schüttelte er vehement den Kopf, der Blickkontakt brach ab. Und damit auch die stumme Unterhaltung. »Kommt nicht infrage«, sagte er nun leise. »Es hilft niemandem, wenn du plötzlich ebenfalls verschwindest. Kein Yowama, der diese Reise angetreten hat, ist je zurückgekommen. Und wie viele die andere Seite erreicht haben, wissen wir nicht«, fügte er kaum hörbar hinzu.

Aber ich hatte es vernommen. Doch wirklich verstanden, sprich, in all seiner Konsequenz auf mich bezogen, hatte ich es nicht.

Was ihr wahrscheinlich ziemlich naiv findet. Ist es wohl auch. Genauso naiv, wie die vielen Millionen Menschen, die jeden Tag Dinge machen, von denen sie genau wissen, dass sie potenziell tödlich sind. Für andere. Wie zum Beispiel: Rauchen. Betrunken schwimmen gehen. Motorrad fahren. Chatten, während man über die Straße geht.

»Josie!« Ich drehte mich um. Sarah war keine fünfzehn Meter mehr von uns entfernt. Sie winkte mir zu. »Patrick sucht dich!«

Ich stöhnte innerlich. Die Übungsstunde mit Hisley – wie sollte ich mich jetzt auf den Dressurzirkel konzentrieren? »Ich komme sofort!«, rief ich und drehte mich wieder zu Sam.

Doch er war weg. Ich legte die Hand an meine Stirn, um besser gegen die Sonne zu sehen. Sam war nirgendwo mehr zu sehen. Als wäre er nie dagewesen.

* + *

KAPITEL 13

»JETZT KONZENTRIER DICH MAL!« Patrick sprang vom Trainerstuhl auf und schnippte mit den Fingern den Takt der Schrittfolge. »Das kann doch nicht so schwer sein!«

»Sorry!« Er hatte vollkommen recht: Ich hätte die Kür auf Anhieb hinbekommen müssen, aber wie? Meine Gedanken taumelten so wirr wie Hisleys Schrittfolgen dahin, und das auch noch meilenweit entfernt von dem Reitplatz, auf dem ich mich befand. Sie irrten von Ray zur Schleuse – zu Sam – zu der Verantwortung, die Sam mir so lapidar mit zwei Buchstaben angehängt hatte … *DU.* Wie zum Teufel sollte ich die Schatten aufhalten? Ich bekam nicht einmal eine Kür hin, die ich rückwärts im Schlaf sollte absolvieren können. Ich drückte mein Kreuz durch, stieß hörbar den Atem aus und richtete meine Aufmerksamkeit auf Hisley. Jedenfalls versuchte ich es. Nur leider vergeblich.

»Wenn du so bei dem Turnier antrittst«, schimpfte Patrick, »kannst du es gleich bleiben lassen. Dann sparen wir uns das Startgeld lieber.«

»Sorry!«, rief ich wieder. »Noch mal von vorn, okay?«

Diesmal riss ich mich wirklich zusammen. Verbannte alle Gedanken an Ray und Sam und die Schleuse aus meinem Kopf und baute stattdessen eine Verbindung zu Hisley auf. Es funktionierte. Ich ritt das gesamte Programm – fast fehlerfrei, immerhin.

Patrick verließ den Trainersitz und betrat den Platz. Was mich verwunderte, denn er hatte keine Reitstiefel an und hasste Sand in seinen Schuhen. Und genauso ein Gesicht schnitt er nach dem dritten Schritt. Wie jemand mit Sand im Schuh. Er klopfte Hisley den Hals. »Geht doch«, sagte er, legte dann den Kopf schief. »Bedrückt dich was?«

Ja, eine ganze Menge. Zum Beispiel, dass ich gerade die Verantwortung für diesen ganzen Albtraum aufgebrummt bekommen habe und Sam definitiv das FBI draußen halten will, und weil es eine Schleuse zu Ray gibt, von der ich aber nicht weiß, wo sie sein könnte, die ich aber unbedingt finden muss, damit ich endlich zu Ray gelange. Die Worte waren in meinem Kopf, aber mein Mund blieb stumm. Als wüsste er besser, was ich sagen durfte. »Nur müde«, nuschelte ich schließlich, und fühlte mich ziemlich schlecht dabei. Andererseits – wenn Patrick wüsste, dass ich unbedingt den geheimnisvollen Übergang zwischen Rays und meiner Welt finden wollte, würde er mich keine Sekunde mehr aus den Augen lassen. Und dann könnte ich die Suche danach gleich knicken.

»Machen wir Schluss für heute.« Patrick checkte seine Uhr. »Ich soll in zwanzig Minuten bei Dana sein. Für heute Abend einkaufen«, fügte er hinzu, als bräuchte er eine Rechtfertigung, warum *er* bei Dana sein musste und *nicht ich*.

»Sag ihr Danke für das Foto.« Ich klopfte Hisley lobend den Hals.

»Welches Foto?«

»Sie weiß, welches«, murmelte ich, gab Hisley einen sanften Druck und ritt los. Kurz genoss ich es, dass Dana und ich wie früher ein Geheimnis vor ihm hatten. Dann holte mich das Gespräch mit Sam wieder ein.

Die Schleuse zu Ray.

Egal wie – ich musste sie finden und ich musste da durch. Dies schien mir Teil meiner Bestimmung zu sein: Laut Tattoo waren Ray und ich füreinander bestimmt, und Sam sagte, ich sei die einzige Hoffnung für sie, dass noch größeres Unheil vom Reservat abgewendet werden könnte. Ich war wirklich davon überzeugt, die Warnung mit dem verhängnisvollen Zwischenreich und der fehlenden Rückreisemöglichkeit beträfe mich nicht. So ähnlich wie bei Dornröschen: Die Dornenhecke war nur für die Prinzen tödlich, die zur falschen Zeit hindurchwollten. Ich aber war die Auserwählte. Sam hatte das gesagt. Also würde die Schleuse mich passieren lassen. Weil Ray und ich zusammengehörten.

Es gab nur ein Problem: Ich hatte keine Ahnung, was und wo dieser Übergang sein könnte. *Es ist ein Ort, an dem dein Herz geprüft wird. Deine Absichten und Wünsche. Deine Vergangenheit und deine Zukunft. Es ist ein Ort, an dem du deinen schlimmsten Ängsten ausgesetzt wirst.*

Leider war Rätsel lösen noch nie mein Ding gewesen. Ganz besonders nicht so kryptische. Ich brachte Hisley zum Stehen und führte ihn langsam über den Platz. Runde um Runde, in denen meine Gedanken ebenso kreisten wie Hisley und ich. *Deine schlimmsten Ängste.* Was waren meine schlimmsten Ängste? Die Szene mit Dowby und Dana schlich sich in meinen Kopf. Die auf uns gerichtete Pistole. Mums Unfall. Der Blick des Arztes, als er Mums Tod verkündete. Dads Absturz. Die leere Wodkaflasche, sein glasiger Blick. Die Ranch kurz vor der

Pleite. Das Aufblitzen des Bösen in Ray, als er sich auf Dowby gestürzt und seine Nase gebrochen hatte. Das waren jene Situationen in meinem Leben gewesen, die mir große Angst gemacht hatten. Aber das half mir bei der Suche auch nicht weiter.

Ich führte Hisley vom Platz und brachte ihn zum Absatteln.

Schleuse.

Ich musste anders an das Thema herangehen. Wer nutzt die Schleuse? Die Yowama. Es war der einzige Zugang zur Welt der Wispernden Winde, wenn man kein Amulettträger war, hatte Sam gesagt.

Gedankenverloren trug ich den Sattel in die Kammer.

»Ah, Josie.« Sarah trat zu mir. »Gut, dass ich dich sehe. Dieser Dassler hat mir reichlich seltsame Fragen gestellt.«

»Ja? Was denn?«

»Er wollte wissen, wie ich ein Pferd beruhige, und ob ich wüsste, was die Zeichen auf Bos Kruppe bedeuten, und ob du öfters unsere Pferde mit Zeichen besprühst und was ich über Ray wüsste.«

»Und?«, fragte ich ruhig, während innerlich eine Mischung aus Wut und Sorge meinen Magen in Aufruhr versetzte. »Was hast du gesagt?«

»Na, dass ich keine Zeichenleserin bin und es mich nichts angeht, was du mit deiner Stute machst, weil es eben deine ist, und dass Ray ins Reservat zurückmusste und ich sonst nichts weiß über ihn.«

»Gut«, sagte ich.

»Warum fragt der mich all so was? Und warum interessiert er sich für Bo und Ray, anstatt in Angels Keep die durchgedrehte Elektronik zu untersuchen?«

»Das wüsste ich auch gern.«

»Seltsamer Typ. Na ja, wollte ich dir nur sagen.« Sarah tippte zum Abschied an die Stirn. »Bin jetzt beim Halftertraining, falls mich jemand sucht.«

»Alles klar. Danke.« Ich ging wieder zu Hisley und führte ihn auf den Sattelplatz. Dassler schoss sich also tatsächlich auf Ray und mich ein. Aber warum? Wie kam er auf uns? Ich zupfte an der Satteldecke. Niemand außer Dana, Gabriel, Patrick und mir wusste von Rays Schicksal und unserer Liebe.

Und schon war ich in Gedanken wieder bei der Schleuse.

Ich musste da durch. *Ich musste.*

Bevor Dassler von ganz allein auf das Geheimnis der Yowama kam. Und so hartnäckig wie der FBI-Mann hier rumschnüffelte, würde er wahrscheinlich die Schleuse noch vor mir finden.

Bleib bei der Sache!, ermahnte ich mich und band Hisley fest.

Kein Amulett. Yowama. Schleuse.

Kein Amulett.

Ich zog den Sattel von Hisleys Rücken und trug ihn in die Sattelkammer. War die Schleuse eine Art Notlösung, wenn man sein Amulett verloren hatte, so wie Ray? Aber warum hatte Ray sie dann nicht benutzt?

Da fiel es mir wie Schuppen von den Augen. Hatte er! Er hatte es versucht! Und mir die Schleuse sogar gezeigt! Aufgeregt schob ich den Sattel auf die Stange.

Es musste so sein. Ich erinnerte mich an jedes Detail meines gemeinsamen Ausflugs mit Ray in den mächtigen Kwaohibaum. Als er mich zu dem riesigen Baum gebracht hatte, um mir zu zeigen, wie seine dunklen Stunden aussahen. Wie mächtig das Böse war, das jeden Tag eine Stunde länger von ihm Besitz ergriff.

Es ist ein Ort, an dem dein Herz geprüft wird, hatte Sam gesagt. *Deshalb* konnte Ray die Schleuse nicht benutzen. Er hätte die Prüfung nicht bestanden, da das Böse bereits von ihm Besitz ergriffen hatte. Plötzlich verstand ich, warum Ray erst am zweiten Tag nach seinem Tod den Drang verspürt hatte, zur Ranch zu gehen und dort die Nähe seines Amuletts zu suchen. Dowby musste von der Schleuse gewusst und Rays Amulett am ersten Tag so weit davon entfernt aufbewahrt haben, dass es Ray unmöglich war, dorthin zu gelangen. Erst am zweiten Tag, nachdem das Böse sich in Ray eingeschlichen hatte, verbarg Dowby das Amulett auf der Ranch, damit Ray in seinen dunklen Stunden dort Angst und Schrecken verbreiten sollte. Sehr clever.

Wie in Trance verließ ich die Sattelkammer.

Ich war mir nun absolut sicher, der riesige Kwaohibaum, in dem Ray mich durch die unzähligen Tunnel gezerrt hatte, war der Übergang zur Welt der Wispernden Winde.

Mein Weg zu Ray.

Hastig brachte ich Hisley in seine Box. »Nächstes Mal bin ich wieder ganz bei dir, okay?« Ich schmiegte mich kurz an ihn. »Aber erst muss ich zu Ray. Wünsch mir Glück.«

Ich lief aus dem Stall, die Beine zittrig vor Aufregung und Vorfreude und völlig unvorbereitet auf das, was mich erwartete.

* * *

KAPITEL 14

ES WAR SO, WIE SAM gesagt hatte. Kaum hatte ich den Wald betreten und mir den Baum vorgestellt, zu dem ich wollte, gab er mir den Weg frei. Ich folgte der Schneise, so wie gestern bei der Suche nach Serena, nur wusste ich diesmal, dass nicht Ray, sondern der Wald mich dorthin bringen würde, wohin ich wollte.

Nach ein paar Minuten merkte ich, dass mir ein Schmetterling folgte.

»Ray«, sagte ich erfreut, fest davon überzeugt, dass er mir den kleinen, türkisfarbenen Begleiter geschickt hatte. Er tanzte um meinen Kopf herum, was bei der Suche nach dem gangbaren Weg durch den Wald allerdings etwas hinderlich war. Aber auch tröstlich. Mit dem Schmetterling als Begleiter fühlte ich mich nicht länger allein. Im Gegenteil, ich sah mich bestätigt, das Richtige zu tun: Ich war auf dem Weg zu Ray und er schickte mir einen Begleiter.

Zwei.

Nein, drei!

Mit jedem Meter kamen mehr Schmetterlinge hinzu und

schwärmten um meinen Kopf herum. Ich konnte vor lauter Türkis um meinen Kopf kaum noch die Schneise erkennen, trotzdem störten sie mich nicht. Jeden Einzelnen begrüßte ich freudig und dankte Ray, dass er mir den Weg durch den Wald damit versüßte und mich so wissen ließ, wie sehr auch er sich auf mich freute. Ich verstand nun endlich die Zeichen, die er mir geschickt hatte. Diese Herzen. Deren Botschaft war plötzlich so klar: »Gehe dorthin, wo dein Herz geprüft wird.«

Dann stand ich vor dem Baum, in dem Ray mir die Welt der Yowama erklärt hatte. Auf einem Ast über mir saß eine Krähe. Sie stieß einen heiseren Warnruf aus und flog in die Lüfte, und all die Zuversicht, die ich auf dem Weg hierher aufgebaut hatte, flatterte mit ihr davon. Auf einmal fühlte ich mich winzig und zerbrechlich, schutzlos inmitten dieser mächtigen Bäume, deren Magie über Jahrhunderte so viele Menschen ihren Familien entrissen hatte. Eine Zeit lang verharrte ich vor dem Baum und beobachtete mit zugeschnürter Kehle, wie die Schmetterlinge sich auf dem Stamm niederließen. Ich legte meine Hand an die Rinde. Sie war warm und rau, so wie ich es von meinem Kwaohibaum am Waldrand gewohnt war. Es hätte mir ein gutes, vertrautes Gefühl geben müssen. Stattdessen wurde ich unruhig, und in mir formte sich die Frage, ob ich wirklich bereit war.

Bereit, nie wieder in diese Welt zurückzukehren.

Bereit, in einem Zwischenreich bleiben zu müssen und vielleicht alles zu verlieren, meine Welt und Rays Welt.

Ich versuchte, mich zu beruhigen, denn wenn laut Sam noch nie jemand zurückgekehrt war, woher wusste er dann von der Gefahr, in einem Zwischenreich hängen zu bleiben?

War ich bereit, alles und alle für Ray zurückzulassen?

Ich bekam kaum noch Luft, so schwer drückte die Frage auf mein Herz.

Dad. Patrick. Dana. Gabriel.

Bo. Martha. Die Ranch.

Ich trat hastig zwei Schritte von dem Baum weg. Starrte auf die dunkle Öffnung, über deren oberes Ende sich die Schmetterlinge wie eine türkisfarbene Bordüre gelegt hatten.

Ray bittet mich zu sich, schoss es mir durch den Kopf. *Er wartet auf mich.*

Würde er das tun, wenn er nicht absolut sicher war, dass ich unbehelligt zwischen den Welten hin- und herpendeln konnte? Ich schüttelte langsam den Kopf. Nein, würde er nicht. Er würde mich nie in Gefahr bringen, also wusste er etwas, das Sam und ich nicht ahnten. Vielleicht war ich wegen der besonderen Bindung zu Ray *über* seinen Tod hinaus dazu auserwählt. Oder dies war der Weg, wie wir unsere Liebe leben mussten. Immer nur Zeichen suchen und sie interpretieren, konnte kaum die Erfüllung unserer Liebe sein. Wie sollten wir so die Welten verbinden?

Ich blinzelte zu dem türkisfarbenen Band über dem Eingang. Die Schmetterlinge strahlten vor dem Schwarz der Öffnung. Unschuldig und fröhlich, als gäbe es keinerlei Bedenken, den Baum zu betreten und auch wieder zu verlassen.

Rein. Raus. Heute voller Angst. Morgen mit leichtem Magenzwicken. Übermorgen als Routine. Wie so viele Ranchjobs, die das erste Mal eine riesige Herausforderung waren und sich mit etwas Übung später wie im Schlaf erledigen ließen.

Trotzdem blieb die Angst. Eine richtige Riesenscheißangst. Denn ein gewisser Restzweifel war noch da. Und der flüsterte: »Tu's nicht! Denk an Dad und Patrick und Dana und Gabriel«, in mein Ohr. Und ich dachte daran, wie es wäre, wenn ich sie nie wiedersehen würde. Es war unvorstellbar. Ich trat noch einen Schritt zurück. Starrte auf den Baum. Auf die Schmetterlinge. Und vielleicht hätte ich der Flüsterstimme in meinem Herz gehorcht, hätten nicht die Schmetterlinge wieder ein Herz geformt.

Nun war die Sache klar. Eine deutlichere Aufforderung konnte Ray mir nicht schicken. Auch wenn er sich ein wenig in der Höhe des Herzens vertan hatte, denn es verdeckte die obere Hälfte der Baumöffnung, und ich musste mich bücken, um durch den schmetterlingsfreien unteren Teil in den Baum zu gelangen.

Dann stand ich im Inneren. Es war so dunkel und kühl und still wie in einer Gruft. Wie damals, als Ray mich hierher mitgenommen hatte. Ich schauderte. Lauschte durch die Stille nach draußen. Eben waren dort noch die Geräusche des Waldes gewesen – warum konnte ich sie nicht mehr hören?

Da rief Dad nach mir.

»Dad!« Plötzlich wurde mir klar, dass ich einen Fehler machte. Einen riesigen, nie wiedergutzumachenden Fehler. »Dad!«, rief ich erneut, doch nur ein Krächzen kam aus meiner Kehle.

Ich wollte zur Öffnung, raus aus dem Baum, raus, bevor es zu spät war.

Doch es ging bereits nicht mehr.

Etwas erfasste mich. Zog mich tiefer in den Baum hinein, fegte mich von den Füßen und ich befand mich im freien Fall. An mir sausten Tunnelwände vorbei, schwarz, grau, braun, so schnell, dass alles zu einem dunklen Farbbrei verschwamm. Ich ruderte mit Armen und Beinen, doch ich bekam nichts zu fassen, woran ich mich hätte festhalten können. Stattdessen prasselten Bilder und Geräusche auf mich ein. Zuerst wusste ich nicht, was das war, dann wurde es klarer: Bilder aus meiner Vergangenheit. Stimmen aus meiner Vergangenheit. *Meine Groß-*

mutter. Meine Mutter. Mein Vater. Mein Bruder. Gabriel. Dana. Ray. Zuerst waren es schöne Bilder, schöne Worte, dann veränderten sie sich. *Meine Mutter. Bleich. Tot. Mein Vater. Grau und zusammengesunken. Vor ihm die Flasche Wodka, die Augen trüb. Dowby. Die Pistole in seiner Hand auf mich gerichtet.* Wut erfasste mich wie eine Sturmflut. Sie schwemmte alle positiven Bilder und Gedanken aus mir heraus und füllte mich mit Hass, bis ich schier darin ertrank. Ich spie meine Wut auf Dad und Dowby wieder aus, fluchte, trat um mich. Neue Bilder kamen, Bilder, die ich nicht kannte. *Dana und Patrick, Arm in Arm, sie zeigten auf mich, lachten über mich, Serena und Gabriel, sie küssten sich, so eingenommen von sich selbst, dass sie mich nicht einmal bemerkten, mein Vater und Bo, er führte sie zu einem Pferdeanhänger, nahm ein Bündel Geldscheine entgegen.* Ich wollte schreien, tu's nicht, nicht Bo, sie gehört mir. *Doch mein Vater steckte nur das Geld ein und wandte sich ab.*

Es war, wie Sam gesagt hatte. Vergangenheit und Zukunft. Ich wurde geprüft. Ob mein Herz rein war. Aber es war nicht rein. Es war voller Wut. Einer Wut, die mehr und mehr anschwoll, mich ausfüllte, beschwerte, mich schneller und schneller durch die Schwärze wirbelte. Ich hatte hoch gepokert.

Und verloren.

* * *

KAPITEL 15

EINE HAND STRICH SANFT über meine Wange.

»Wach auf, Rodeo-Girl.«

Ich öffnete meine Augen. Schnellte hoch.

Ray!

Er war es!

Ray zog mich in seine Arme. Küsste mich. Wieder und wieder. Und ich küsste ihn. Gierig und gedankenlos glücklich. Ich schmiegte mich, nein, presste mich an ihn, wollte, dass er mich fester und immer noch fester an sich drückte, während meinen Körper heiße Minischauder durchliefen.

Ich spürte ihn.

Spürte ihn richtig.

Kein Virtual Reality Yowama Style.

Keine Erinnerung.

Kein Traum, sondern der echte Ray, der seine Finger in meine Haare grub und seine Lippen so fest auf meine presste, dass es meinen Kopf nach hinten bog.

Ich hatte es geschafft! Ich war bei ihm!

Ich wollte, dass der Moment nie vorbeiging. Niemals.

Doch irgendwann nahm Ray seine Lippen von meinen, nur um sie dann über mein Gesicht und meinen Hals gleiten zu lassen, was erneut tausend winzige Schauder durch meinen Körper jagte. Ich klammerte mich an ihm fest, vor lauter Angst, er könnte sich plötzlich wieder in Luft auflösen.

Tat er aber nicht. Auch nicht, als er meinen Klammergriff löste und mich ein Stück von sich wegschob.

Er sah mich an, und etwas daran irritierte mich. Grün-grüne Augen, wie saftiges Gras mit dem türkisfarbenen Schimmer eines Bergsees. Diese Variation seiner Augenfarbe hatte ich noch nie gesehen, doch das war es nicht, was mich so irritierte. Es war der ernste Zug um seinen Mund.

Ich strahlte so sehr, dass mir bereits meine Wangen wehtaten. Er dagegen blickte, als würde er mir in der nächsten Sekunde eine Hiobsbotschaft überbringen. Mein Herzschlag setzte aus.

Und wenn er genau das gleich tat? Mir mitteilte, dass ich nach diesem Kuss wieder zurückmusste und wir uns nie wiedersehen würden? Verzweifelt suchte ich nach einem winzigen Anzeichen eines Lächelns. Den kleinen Fältchen links und rechts, von der Nase hinab zum Mundwinkel, nach dem Flackern in seinen Augen.

»Warum hast du das getan?«, fragte er.

Warum? Die Frage schmetterte wie ein verirrter Baseball gegen mein Hirn und legte mein Sprachzentrum lahm. *Warum????* Seine Küsse hatten nicht nach »warum?« geschmeckt.

»Du hättest das nicht tun dürfen!«

Ich starrte ihn nur an. Der türkisfarbene Schimmer in seinen Augen zerfloss in dem Grasgrün und färbte es zu dem Blaugrün des Herzens in der Bucht auf Clark's Island. Das Herz. Die vielen Herzen, die er mir geschickt hatte, wie konnte er mir nur diese Frage stellen?

»Ray …« Ich lächelte verunsichert. »Ray, wir sind wieder zusammen. Ich habe es geschafft!«

»Was hast du geschafft?«

»Ich bin bei dir! In deiner Welt. Ich weiß jetzt, wie es geht. Wir können uns so oft sehen, wie wir wollen!«

»Du bist nicht bei mir.« Ray ließ meine Schultern los und zeigte um sich. »Ich bin bei dir.«

Er … bei mir? Erst jetzt nahm ich die Umgebung um mich herum wahr. Hinter mir stand der mächtige Kwaohibaum mit der großen Öffnung, jetzt allerdings ohne das türkisfarbene Schmetterlingsherz. Vor mir lag der dunkle Wald.

Wie konnte Ray in *meine* Welt zurückgekehrt sein?

»Aber …«, stammelte ich. »Ich … ich bin durch die Schleuse geflogen!«

Rays Gesicht verdunkelte sich. »Ja, obwohl ich dich angefleht habe, es nicht zu tun!«

»Was? Wie … ?«, fragte ich verwirrt.

»Ich habe dir erklärt, dass es zu gefährlich ist und du es nicht schaffen kannst.«

»Aber …« Ich legte den Kopf zurück, um ihn besser ansehen zu können. »*Wann* hast du mir das gesagt?«

Er ließ mich los und trat einen Schritt von mir weg. Seine rechte Hand schloss sich um sein Amulett, und erst jetzt bemerkte ich, dass er genau dieselbe Kleidung trug wie bei unserem Abschied.

»Seitdem du mit Sam über die Schleuse gesprochen hast.« Er seufzte. »Ich habe andauernd mit dir geredet. Du *hörst* mir nur nie zu!«

»Was?« Ich starrte ihn fassungslos an. »Ich habe die ganze Zeit mit *dir* geredet. *Du* hast *mir* nicht geantwortet.«

»Ich habe dir immer geantwortet.«

Eben wollte ich protestieren, da legte er einen Finger auf meine Lippen. »Josie, Liebste, hör mir bitte jetzt zu«, sagte er sanft. »Du glaubst, du kannst nur mit den Ohren hören und mit dem Körper spüren. Du glaubst, du brauchst deine Sprache, um zu reden.« Er nahm den Finger von meinen Lippen, ergriff meine Hand und legte sie auf seine Brust. »Du brauchst nur dein Herz. Deshalb schicke ich dir seit Tagen immer wieder Herzen. Du solltest nur auf dein Herz hören. Dort hättest du mich gefunden.«

Meine Augen füllten sich mit Tränen. »Das habe ich ja versucht, aber ich weiß nicht, wie das gehen soll.«

Er zog mich wieder an sich, nahm mich fest in seine Arme und küsste meine Tränen weg. »Ich weiß. Du hast dein Leben lang gelernt, alle Sinne zu nutzen, nicht sie auszuschalten.«

Eine Weile standen wir nur da. Eng umschlungen, mein Kopf an seine Brust gelehnt, seine Lippen auf mein Haar gepresst. Und obwohl wir uns nicht vom Fleck rührten, bewegten wir uns sachte im Rhythmus einer Melodie, die urplötzlich in meinem Kopf erschien, so harmonisch und lieblich, dass ihre Töne wie ein Regenbogen vor meinem inneren Auge schillerten. Schließlich verstummte die Melodie und Ray ließ mich los. Er setzte sich auf den Boden und zog mich zu sich herunter. Dann legte er sich auf die Seite und umschlang mich mit seinen Armen. Seine Lippen wanderten über mein Gesicht, über meine Augen, meine Nase, meine Wangen, hinterließen eine Spur an warmen, weichen Küssen und fanden erneut meinen Mund.

Wir küssten uns. Lange. Innig. Wieder und wieder. Es war wunder-wunder-schön. Er küsste und streichelte mich und ich ihn, erst sanft und tastend, dann immer gieriger, verzweifelter. Es war, als wüssten wir beide, dass uns nur ein kleiner Moment dieser köstlichen Nähe zustand. Dass wir diesen Moment genießen und auskosten und auf immer in jede Faser unseres Körpers einbrennen mussten.

Irgendwann, eine viertel oder halbe oder ganze oder auch zwei Stunden später blinzelte Ray in den Himmel. »Für dich, Rodeo-Girl.«

Ich blinzelte ebenso nach oben. Über uns tanzten die Schmetterlinge, flogen wilde Formationen, stoben auseinander und verbanden sich wieder zu einem perfekten Kreis.

»Ich dachte wirklich, du hast mir die Schmetterlinge geschickt und sie dieses Herz am Eingang des Baums machen lassen, damit ich keine Angst habe, in die Schleuse zu gehen.« Ich verzog den Mund. »Ich habe dich weder gehört, noch deine Zeichen verstanden, das ist irgendwie kein gutes Zeichen, findest du nicht?«

»Anlaufschwierigkeiten. Wir üben das, versprochen.« Er lächelte. »Und ich dachte, meine Nachricht hätte nicht klarer sein können. Hör auf dein Herz, geh nicht in den Baum.«

Ich grinste zurück, dann prusteten wir gemeinsam los.

»Okay«, gluckste ich atemlos, »ich übe das mit dem Herzen hören und du verpackst Mitteilungen nicht mehr in Um-die-Ecke-gedacht-Rätsel. Lass die Schmetterlinge nächstes Mal einfach Buchstaben formen, dann verstehe ich, was du mir sagen willst.«

Ich schlang meine Arme um ihn. Seine Wange lag an meiner, seine Lippen waren nah an meinem Ohr.

»Mein Rodeo-Girl«, flüsterte er. »Ich liebe dich.«

»Ich dich auch«, flüsterte ich zurück, obwohl weit und breit keine Menschenseele war, die uns hätte hören können.

Wir setzten uns auf und lehnten am Fuß des mächtigen Kwaohibaums. Mein Kopf ruhte an seiner Schulter, sein Arm lag um meine Hüfte, über uns zwitscherten Vögel.

»Ray?«

»Ja?«

»Warum bist du nicht schon früher zu mir gekommen?«

»Es ist verboten.«

Ich hob meinen Kopf und sah ihn ängstlich an. »Wirst du jetzt wieder … böse?«

Er küsste meine Nasenspitze. »Nein, keine Angst. Ich nicht.«

Es sind die Feinheiten der Gespräche, in denen sich die tiefen Wahrheiten befinden. Die Worte und Satzteile, die wir überhören. Worte wie *ich nicht*. Ich maß ihnen keinerlei Bedeutung zu. Er würde nicht mehr böse werden. Alles war gut. Fertig.

Aber es war nicht alles gut. Zum einen waren da die offensichtlichen Probleme: die Vorfälle in Angels Keep, das Verschwinden von Rays Vater und weiterer Yowama aus dem Reservat, der Schatten gestern auf der Ranch. Zum anderen wäre es viel zu einfach gewesen, wenn Ray zurückkommen könnte und dann alles gut wäre. Dass bei diesen Yowama-Specials immer versteckte Mängel im Paket enthalten waren, hatte ich inzwischen begriffen.

»Wenn es verboten ist, warum bist du dann hier?«

»Deinetwegen.« Wieder küsste er mich. Diesmal auf die Stirn und die Augenbrauen. »Und es ist jede Sekunde wert.«

»Jede Sekunde?« Mein Herz setzte aus. Hieß das – er würde sich in ein paar Minuten wieder in Luft auflösen? »Wie viele Sekunden hast du?«

»So viele, wie du mir gibst.« Er drückte mir einen besonders dicken Kuss auf die Wange und ich lachte.

»Na, dann bleibst du, bis wir alt und runzelig sind!« Glücklich schmiegte ich mich in seinen Arm, als der erste Teil seiner Antwort zu mir durchsickerte. *Deinetwegen* … Die Antwort war zu einfach. Sie passte nicht zur komplexen Welt der Yowama.

Ich richtete mich auf und sah ihn prüfend an. »Warum durftest du meinetwegen zurück?«

»Weil du die Schleuse uneigennützig betreten hast.« Er küsste mich auf die Schläfe. »Du hast dich für mich und mein Volk in Gefahr begeben, nicht für dich selbst. Deshalb durfte ich dich auffangen und zurückbringen, bevor du das Zwischenreich erreichst.«

»Und dazu musstest du zurück in meine Welt«, schlussfolgerte ich. Zufrieden lehnte ich mich wieder an Rays Schulter, mein Kopf ruhte in der dafür wie maßangefertigten Kuhle unterhalb seines Schlüsselbeins und meine Finger fuhren ruhelos über seine Brust und sein Gesicht. Ich musste ihn unaufhörlich streicheln, um sicher zu sein, dass ich wirklich, wirklich, wirklich mit ihm hier saß und nicht mit seiner Yowama-Virtual-Reality-Version. Schließlich hielt er meine ruhelose Hand fest, schloss sie zur Faust und küsste sie. Dann öffnete er sie, sachte und vorsichtig – und ein Schmetterling erhob sich von meinem Handballen in die Luft. Ich sah dem wunderschönen Falter nach, wie er zwischen den Bäumen verschwand.

»Ray?«, sagte ich nach einer Weile. »Weißt du das mit deinem Vater schon?«

»Du hast es mir gestern erzählt.«

Natürlich, er hatte mich ja gehört. »Weißt du, wo er ist?«

»Nein.«

»Oh«, sagte ich bestürzt und richtete mich auf. »Ich dachte, ihr seht, was passiert?«

»Nicht mehr.« Ray beugte sich vor und sah auf sein Amulett. »Über dem Reservat und Angels Keep bilden sich immer mehr blinde Flecken.«

»Blinde Flecken?« Ich hob verständnislos die Brauen.

»Wie grauer Nebel. Wir können ihn nicht durchdringen. Er

wandert und breitet sich immer weiter aus. Keiner weiß, wo er herkommt oder was ihn wachsen lässt.«

Ich kräuselte meine Nase. *Nebel?* Bislang hatte ich nirgendwo auch nur einen Hauch davon wahrgenommen. Und ich hatte auch niemanden davon reden hören. »Könnt ihr dem Nebel nicht einfach folgen?«

Er lächelte. »Nein, es ist nicht diese Art Nebel. Sondern etwas, das unsere Wahrnehmung beeinträchtigt. Wahrscheinlich ist *Nebel* das falsche Wort.«

»Du meinst«, sagte ich, »etwas verhindert, dass ihr mitkriegt, was vor sich geht.«

»Ungefähr so.«

»Dann wisst ihr auch nicht, wie die beiden anderen Yowama aus dem Reservat verschwunden sind«, stellte ich fest.

»Leider nicht.« Er stand auf, reichte mir die Hand und zog mich hoch. »Ich muss dringend zu meiner Mutter und mit dem Ältestenrat reden. Kann ich Bo nehmen?«

»Klar. Ich bring sie auf die hinterste Koppel. Und danach? Kommst du zurück?«, fragte ich vorsichtig.

Er lächelte. »Solange du das willst.«

Ich weigerte mich, auf diese alberne indirekte Frage überhaupt zu antworten. Stattdessen schmiegte ich mich an ihn. Sein Duft verfing sich in meiner Nase, diese Mischung aus Harz und Limone, und ich wollte nur noch eines: ihn nie wieder loslassen. Da erschien Dasslers bohrender Blick vor meinem inneren Auge. Ich erstarrte.

»Was ist?«, fragte Ray und schob mich weit genug von sich, um mir in die Augen sehen zu können.

»Bei uns wohnt ein Typ vom FBI. Der hat Fragen über dich gestellt. Und über die Yowama.« Ich legte meine Hand auf Rays Brust. »Bist du auf der Ranch sicher? Ich meine… was passiert, wenn die dich mitnehmen und untersuchen? Bist du… du weißt schon, normal?«

Er grinste. »Ich bin wieder… ich. Aber es ist trotzdem besser, wenn erst mal niemand weiß, dass ich zurück bin.«

»Richtig du?« So ganz traute ich der Sache nicht, zumal ich ja vor allem den lebendig-toten Ray kennengelernt hatte. Ich tastete über seinen Hals, erspürte seinen Pulsschlag. *Ba-bam-ba-bam.* Sein Puls klopfte gegen meinen Finger und vermischte sich mit meinem eigenen Puls zu einem herrlichen Da-bam-da-bam-da-bam. Ich stellte mir vor, wie sein Herz das Blut durch den Körper pumpte, und begriff erst da: *Ray war lebendig.* Kein Toter mit einem Damoklesschwert über dem Kopf, beziehungsweise, einem Dämon im Nacken. »Wirklich, richtig lebendig? Mit allem Drum und Dran? Hunger und Schlafen und so?«

Nun lachte er auf, was mich ansteckte, obwohl ich gar nicht so recht begriff, worüber er lachte. Ich hatte ihn noch nie etwas essen sehen, so abwegig fand ich die Frage nun nicht. Er drückte mir einen weiteren Kuss auf die Wange.

»So richtig mit allem, Hunger und Schlafen und auch dem *und so.*«

»Und… und wenn du stirbst, bist du richtig tot?«

Er zögerte kurz. »Na ja, nicht lang.« Er tippte auf sein Amulett und sah mir tief in die Augen.

Ich verstand, und auf einmal fühlte ich mich ganz leicht. Ray hatte wirklich eine zweite Chance bekommen. Und ich schwor mir, alles zu tun, um sie zu nutzen.

* * *

KAPITEL 16

ICH WAR NATÜRLICH heillos verspätet für das Essen bei Dana. Nicht nur, dass ich ohnehin schon in Zeitverzug war, ich fand auch – und das kommt in Angels Keep extrem selten vor – keinen Parkplatz. Fluchend kurvte ich durch die Seitenstraßen und entdeckte schließlich eine winzige Lücke. Als ich am Dome vorbeilief, war klar, woher die Parkplatznot rührte: Er war rappelvoll. Also ging ich nicht durch den Laden, sondern benutzte den Hintereingang zu Wangs Wohnung.

Stimmengewirr und Lachen tönten aus dem Hauptraum. Ich blieb stehen und ein eigentümliches Gefühl überkam mich. Als wären die fröhlichen Geräusche falsch. Wobei im Dome natürlich grundsätzlich schon Stimmengewirr und Lachen herrschen sollten, aber nicht jetzt. Nicht, solange die Schatten noch immer durch die Spiele huschten. Langsam stieg ich weiter die Treppe hoch, und mit jeder Stufe wurden die Stimmen von unten leiser – die aus Wangs Wohnung allerdings lauter. Dana lachte so klar und hell, dass ich ihre Lachgrübchen und zusammengekniffenen Augen vor mir sah, und natürlich ließ Patricks meckerndes Lachen nicht auf sich warten.

Sie amüsierten sich. Gut. Genau so sollte das auch sein.

... nur leider weckte Danas Lachen in mir den Impuls, zur Ranch zurückzufahren. Wie sollte ich jetzt meinen Freunden gegenübertreten und tun, als sei nichts geschehen?

Ray war zurück!

Und ich durfte nicht darüber reden!

Ich atmete tief durch, öffnete die Wohnungstür und folgte den Stimmen.

»Sorry, Leute.« Ich trat in den Wohnraum und ging auf den runden Esstisch zu. Patrick bedachte mich mit seinem strengen Großer-Bruder-Blick und tippte auf die Uhr.

»Ich wurde aufgehalten«, schob ich hinterher und verkniff mir gerade noch, Patrick eine Grimasse zu schneiden.

»Laber nicht, setz dich!« Dana klopfte auf den leeren Platz rechts neben sich. »Wir haben schon angefangen.«

»Alles okay?«, fragte Gabriel mit einem Gesichtsausdruck, der irgendwo zwischen besorgt und verwundert lag. Nur Mike sagte nichts, nickte mir lediglich freundlich zu.

Ich setzte mich und bemerkte den leeren Platz neben Gabriel – nur, dass dort der Teller bereits benutzt war.

Da trat Serena durch die Küchentür, in der Hand einen Krug Eislimonade.

»Oh, Josie! Du hast es doch noch geschafft!« Sie schien sich wirklich zu freuen, mich zu sehen.

»Hier«, sie schenkte erst Gabriel, dann Mike ein Glas Limonade ein. »Mit extra viel Eis, Limone, Minze, Estragon, Kümmel und einem Schuss Pfeffer.«

Estragon, Kümmel und Pfeffer in einer Limonade? Ich verfolgte gebannt, wie die beiden ihre Gläser hoben und tranken. Gabriel verzog angewidert das Gesicht, Serena lächelte ihn aufmunternd an – und er trank das gesamte Glas aus!

Fasziniert beobachtete ich das Schauspiel. Kein Wunder, dass Dana so herzlich gelacht hatte. Offenbar war das eine Art Gesellschaftsspiel oder eine Wette und Gabriel und Mike hatten ihren Einsatz verloren.

»Und? Fühlt ihr schon, wie das Böse in euch verdampft?«, kicherte Dana, während Patrick die Augen rollte.

»Hrmpf.« Gabriel hielt sich die Hand vor den Mund und gab einen leisen Rülpser von sich.

»Ich spür nur, wie der Pfeffer meinen Rachen verätzt«, sagte Mike trocken. Er schenkte sich eine Cola ein und stürzte sie auf einen Schluck hinunter. »Oh. Ja. Besser.«

Gabriel griff ebenfalls nach der Colaflasche, doch Serena fiel ihm in den Arm. »Nicht. Das verringert die Wirkung, wenn du nachspülst.«

Tatsächlich zog Gabriel seinen Arm zurück – schielte dabei jedoch sehnsüchtig zur Cola.

»O-kay«, sagte ich gedehnt, »kann mir einer sagen, um was es hier geht?«

»Serena reinigt sie von bösen Geistern«, gluckste Dana und wischte sich die Lachtränen von den Wangen. »Oh Mann, Gabe, kannst du noch mal so gucken wie eben? Bitteeee …« Sie hob ihr Handy hoch. »Komm, trink noch einen Schluck von dem Wundersaft.«

Der Ausdruck, der sich sogleich auf Gabriels Gesicht breitmachte, war wirklich zum Schreien komisch. Vor allem mit den unzähligen Kerzen im Hintergrund, die auf der Anrichte, am Boden davor und um Mrs Wangs reich bestückte Opferschalen herum platziert waren. Exorzismus im Scary-Movie-Stil. Nur Serena lachte nicht. Sie schien die Aktion als Einzige ernst zu nehmen und nach dem, was sie mir über weiße Magie und ihre Mutter und Großmutter erzählt hatte, war ich mir ziemlich sicher, dass sie mit dem Gebräu *wirklich* irgendwelche Geister austreiben wollte.

Ich lehnte mich zu Patrick. »Kannst *du* mir erklären, um was es *genau* geht?«

»Gabriel und Mike haben *Zombie 4 – Das letzte Versteck* gespielt. Und jetzt denkt Serena, sie könnten von den Stimmen im Spiel infiziert worden sein, und deshalb vergiftet sie die beiden sicherheitshalber, bevor sie böse Mutanten werden.« Er verdrehte erneut die Augen, und ich konnte es ihm nicht verübeln.

Ich mochte Serena, und ich glaubte ihren Erzählungen über weiße und schwarze Magie – aber Kümmel, Pfeffer, Estragon, Minze und Limone als Geheimrezept gegen jene Mächte, die Gabriels Fernseher zum Explodieren gebracht hatten und den Schutzwall der Yowama aushebelten?

»Doch nicht böse *Mutanten*!«, meldete sich Serena zu Wort und rollte nun ihrerseits die Augen. »Der Saft neutralisiert schlechte Energie, bevor sie sich manifestiert.« Sie zeigte hinter sich auf die Kerzen. »Offenbar bin ich nicht die Einzige, die versucht, die negativen Schwingungen hier im Zaum zu halten.«

»Warum haben sie überhaupt gespielt?«, fragte ich. »Gabriel kennt den Mist doch.«

»Damit Mike uns sagen kann, ob die Stimmen Yowama sprechen«, sagte Patrick.

»Damit … *was?*« Hatten sie in meiner Abwesenheit mit Mike und Serena etwa über die toten Yowama gesprochen?

»War Danas Idee«, wies Patrick sogleich alle Schuld von sich. Er hatte meinen Blick verstanden. Dana nicht.

»Genial oder?«, trällerte sie, noch immer kichernd. »Da hättest du echt auch draufkommen können.«

»Tun sie aber nicht«, mischte Mike sich ein. »Ich habe kein Wort verstanden, von dem, was sie geflüstert haben. Aber abgefahren, was da passiert. Möchte echt wissen, wo das herkommt.«

»Na ja«, Dana versuchte ein ernstes Gesicht zu machen, »wir –«

»... wissen es nicht«, vollendete ich den Satz und trat ihr unter dem Tisch gegens Bein. Dabei spürte ich Serenas Blick auf mir.

»Autsch!«, protestierte Dana, redete aber wenigstens nicht weiter.

»Aber«, begann da Patrick, dessen Bein leider von meinem zu weit entfernt war. »Wir vermuten, dass die Yo-«

»... Yowama damit nichts zu tun haben, sondern dass es sich um kosmische Interferenzen handelt«, fiel Gabriel ihm ins Wort. »Aber Vermutungen sind eben nur ... Vermutungen. Die bringen uns nicht weiter, stimmt's, Patrick?«

Ich hätte Gabriel küssen können. War er hier der Einzige, der sich an unsere Abmachung hielt? Wie konnten Patrick und Dana so nachlässig mit unserem Geheimnis umgehen?

Patrick murmelte etwas und erhob sich abrupt. »Bereit für die Hauptspeise?«

Dana stand ebenfalls auf und half Patrick, die Teller in die Küche zu tragen. Ich nutzte die Gelegenheit und folgte ihnen mit der Vorspeisenplatte.

»Sagt mal, geht's noch?«, flüsterte ich den beiden in der Küche zu. »Ihr könnt doch nicht vor Mike und Serena die Yowama in Zusammenhang mit den Ereignissen hier bringen!«

»He, das ist Mike. Unser Lebensretter«, verteidigte sich Dana. »Und er ist Halb-Yowama. Wenn jemand die Wahrheit verdient, dann wohl er, oder?«

Da war etwas dran, aber langsam nahm die Zahl der Mitwisser gefährliche Ausmaße an. Je mehr davon wussten, desto größer die Gefahr, dass es sich weiterverbreitete – wie man jetzt und hier ja beobachten konnte.

»Kann sein«, flüsterte ich, »aber was ist mit Serena?«

»Wir haben ihr nichts gesagt«, murmelte Patrick. »Keiner von uns.«

»Sicher?«, hakte ich nach. »Habt ihr diesen Blick gesehen? Irgendwas hat sie mitbekommen. Verdammt, wir haben einen Schwur abgelegt. Wir vier. Sonst niemand.«

»Störe ich?« Plötzlich stand Mike in der Küche. Er schloss die Tür hinter sich. Wie ertappt, widmeten wir uns den schmutzigen Tellern.

»Nein, natürlich nicht«, fing Dana sich als Erste.

»Gut.« Mike machte ein ernstes Gesicht. »Ihr glaubt, dass die Yowama etwas damit zu tun haben, oder?«

»Nein!«, protestierte ich und spürte, wie mir die Röte ins Gesicht stieg. Hastig räumte ich einen Teller in die Spülmaschine.

»Die Schatten *haben* Yowama gesprochen.«

Klirrend landete der Teller auf einem anderen. Ich richtete mich auf und starrte Mike an. Was wusste er? Und was hatten die Schatten gesagt? Ich bemerkte das Zittern meiner Hand und sah, dass Mike es ebenfalls registriert hatte. Ich versenkte meine Hände in die Hosentaschen, ein nutzloser Versuch, meine Nervosität zu verstecken, denn sein Blick wanderte von meinen Händen zu meinem Gesicht. Das Grün seiner Augen war so hell wie nie. »Ich *weiß*, dass die Yowama etwas mit den seltsamen Vorfällen zu tun haben. Und ihr wisst es auch.«

Dana, Patrick und ich sahen uns betreten an.

»Wir … äh …«, stotterte ich, doch Mike redete weiter.

»Schon gut. Ihr wollt die Yowama schützen, das finde ich gut. Mein Vater war Yowama, ich bin auf eurer Seite.«

Dana stieß mich an, doch ich drehte meinen Kopf nicht zu ihr. Ich hatte jetzt keinen Nerv auf ihren *Siehste*-Blick, denn auch wenn Mike auf unserer Seite war, als Mitwisser war er weder von Sam noch von Ray abgesegnet worden. Wenn die Schatten Yowama sprachen, sollten Sam und Ray das Spiel testen.

»Was haben sie gesagt?«, fragte Patrick.

»Viel habe ich nicht verstanden, es war zu schnell und zu undeutlich, aber der Name *Seal* ist mehrmals gefallen. Sie suchen ihn offenbar.«

Seal?! In letzter Sekunde unterdrückte ich einen überraschten Ausruf. Seal war der letzte Yowama gewesen, den Dowby getötet hatte. Es war sein Amulett gewesen, das ich aus Dowbys Jackentasche gefischt hatte.

Mike sah in die Runde, dann blieb sein Blick an mir hängen. »Sagt euch das was?«

Ich nickte. Wie hätte ich es nach der Reaktion noch leugnen sollen? Ich machte einen Schritt auf Mike zu, vergaß jedoch, dass ich die Spülmaschine eingeräumt hatte.

»Ver-« Rumsend blieb ich mit dem Schienbein an der offenen Tür hängen, es klirrte, ich stolperte und hätte Mike nicht blitzartig reagiert, wäre ich mit Wumms in das schmutzige Geschirr geflogen.

Mike stellte mich auf beide Beine zurück. »Du wolltest etwas sagen?«

Ich räusperte mich und rieb verlegen über die Schramme an meinem Schienbein. Nun kam ich mir wirklich wie ein Vollidiot vor. Zuerst leugnete ich etwas, von dem Mike offensichtlich längst wusste, dass wir es wussten und dann musste er mich auch noch davor bewahren, in einen Haufen Teller zu krachen. »Seal war der bewusstlose Yowama auf der Farm, als du … du weißt schon. Er ist … ist …« Hilfesuchend sah ich zu Dana. Wie sollte ich über Seal reden, ohne Mike von der Deathline zu erzählen – denn das wollte ich nun auf gar keinen Fall. Schließlich war er Halb-Yowama und lebte nicht im Reservat. Ich hatte keine Ahnung, ob er davon wissen durfte. Dana blieb jedoch stumm. Entweder sie wusste ebenfalls nicht, was sie sagen sollte, oder zweifelte nach meinem Anschiss daran, was sie sagen durfte.

»… über die Deathline gegangen?«, vollendete Mike da meinen Satz. »Mein Vater hat zwar wegen meiner Mutter das Reservat verlassen, aber sein Wissen hat er mitgenommen.«

»Und das hat er dir weitergegeben«, murmelte ich, und kam mir ein weiteres Mal ziemlich blöde vor.

»Genau. Sein Wissen, seine grünen Augen und das Gespür für Tiere.«

Das mit den Augen und dem Gespür für Tiere wusste ich bereits. Mike war der mit Abstand beste Hufschmied, der je bei uns gearbeitet hatte.

»Ich frage mich viel mehr, woher *ihr* von der Deathline wisst?« Mikes Augen wanderten abwechselnd von Dana zu mir zu Patrick. »Ihr seid keine Yowama, und im Gegensatz zu mir *dürftet* ihr es nicht wissen.«

Volltreffer. Er hatte nicht nur ins Schwarze getroffen, er beschämte uns auch. Ich schob die Geschirrschublade in die Spülmaschine.

Wie konnten wir Nicht-Yowama, die noch dazu nur lebten, weil er Dowby erschossen hatte, ihm eine Information vorenthalten, die ihm viel mehr zustand als uns? Mike musste uns für total überheblich halten.

Aber das waren wir nicht. Keiner von uns. Ich hatte mich nur an meinen Schwur gehalten.

»Und?«, fragte er in unser betroffenes Schweigen hinein. »Wer weiß noch davon?«

»Gabriel.« Ich lächelte Mike zerknirscht an. »Er hat mir geholfen, Seals Amulett zu suchen, um ihn wieder zum Leben zu erwecken, damit er nicht auf dem Autopsietisch landet.«

»Ihr vier also. Und Serena?«

Ich schüttelte den Kopf. Ebenso Dana und Patrick. Synchron.

»Und woher wisst ihr davon?«, fragte Mike.

Ich wand mich. Ich wollte ihm nicht von Ray erzählen. Vor allem jetzt nicht, da Ray wieder zurück war. Je weniger Menschen erfuhren, dass er über die Deathline gegangen war, desto besser.

Dana stupste mich an. »Komm schon, Josie«, sagte sie leise. »Mike weiß eh schon alles.«

Eben doch nicht alles, aber wenigstens erkannte Dana, dass es meine Entscheidung war, Mike von Ray zu erzählen oder nicht, und ich entschied mich dagegen. Leider fiel mir auf die Schnelle keine alternative Erklärung ein.

»Josie?« Patrick beugte sich an Dana vorbei zu mir und wedelte mit seiner Hand vor meinem Gesicht. »Soll ich antworten?«

»Es war Ray, oder?«, fragte Mike.

Ich spürte, wie mein Puls in die Höhe schoss. Woher hatte Mike diese Info?

Dana schüttelte stumm den Kopf, als wollte sie sagen, dass er es von ihr ganz sicher nicht hatte. Und das glaubte ich ihr auch.

»Der Yowama, wegen dem du dich mit deinem Vater zerstritten hast«, fuhr Mike fort. »Er ist dein Freud, oder?«

Ich sagte nichts, das brauchte ich auch nicht, denn Mike deutet mein Schweigen ohnehin richtig. Er lächelte in sich hinein. »Ich hatte mir gleich so etwas gedacht. Dein Interesse an ihm und dann die Fragen über meine Eltern ... warum sonst hättest du all das wissen wollen.«

»Ja, Ray ist mein Freund«, bestätigte ich monoton.

»Warum ist er dann heute nicht mit dabei?«, fragte Mike.

Berechtigte Frage. Nur leider die falsche.

»Er ...« Ich verstummte, weil ich schlicht nicht wusste, was ich sagen sollte. Ich wollte Mike nicht erzählen, dass er tot war, nur um dann später erklären zu müssen, warum er es doch nicht war, wenn Mike irgendwann Ray auf der Farm über den Weg lief.

»Er ist tot«, sagte Dana. Ich schoss ihr einen wütenden Blick zu, doch sie hielt stand. »Ich weiß, dass du ihn schützen willst, Sweety, aber, hey, lass gut sein, ja? Mike ist unser Freund. Er kennt das Yowamageheimnis eh schon. Ganz ehrlich, was ist dabei, wenn Mike weiß, dass Dowby Ray auf dem Gewissen hatte?«

»Dana hat recht«, stimmte Patrick ihr zu. »Mike sollte wissen, dass der Mann, den er erschossen hat, ein Mörder war.«

Doch Mike reagierte nicht auf Patricks Worte. Stattdessen suchte er meinen Blick. »Tut mir leid wegen Ray. War ein guter Kerl.«

Dann richtete er sich an Patrick. »Übrigens finde ich es absolut okay, dass ihr mich nicht eingeweiht habt. Das spricht für euch, oder warum glaubt ihr, dass ich vorhin behauptet hatte, das Flüstern in dem Spiel sei kein Yowama gewesen? Wir sollten genau aufpassen, mit wem wir uns verbünden.«

Wir. Uns. Verbünden.

Drei Worte. Und plötzlich gehörte Mike zu uns.

Es war nicht geplant gewesen. Aber es ergab Sinn. Auch wenn ich nicht wusste, wie und wann ich meinen *Verbündeten* erklären sollte, dass Ray plötzlich wieder mit von der Partie war. Allerdings ahnte ich bereits, dass, egal welchen Zeitpunkt ich wählte, es immer der falsche sein würde.

* + *

KAPITEL 17

ZURÜCK AUF DER RANCH rannte ich sofort in den Stall. Es war kurz nach elf, sternenklar und so dunkel, dass ich Probleme hatte, die Stalltür zu entriegeln.

Ich schaltete meine Handylampe an, verharrte im Eingang und lauschte. »Ray?«, rief ich leise und hoffte, dass er schnell antworten und zu mir kommen würde. Ich legte die Hand über den Lichtschalter, bereit den Stall in goldgelbes Licht zu tauchen, sollte mich etwas erschrecken.

»Ray!«, rief ich, etwas lauter. *Keine Reaktion.*

Im Licht der Handylampe lief ich die Stalltrasse entlang. Mein Blick wanderte nervös von einer Seite zur anderen, und obwohl die Pferde ruhig waren, hatte ich panische Angst, dass gleich wieder ein Schatten durch mich hindurchflitzen würde.

Ich lief schneller, erreichte Bos Box.

Da stand sie. Und schnaubte leise. Aber … dann musste Ray doch ebenfalls hier sein! Ich schob die Tür auf und betrat die Box. Sie war leer – bis auf Bo natürlich, die mich neugierig anstupste. Ich streichelte über ihren Hals.

»He, wo hast du Ray gelassen?« Fieberhaft überlegte ich, was genau ich mit ihm ausgemacht hatte, und kam immer wieder zu dem gleichen Schluss: Sobald es dunkel genug war, sollte er Bo in den Stall bringen und in ihrer Box auf mich warten. Ich war mir ganz sicher, dass wir es so vereinbart hatten, denn nach sieben war der Stall für Gäste geschlossen und Sarah und Larry hatten Feierabend.

Die nächsten Minuten stand ich in der Box, meinen Kopf an Bo gelehnt. Überlegte.

Dann erinnerte ich mich an jenen Abschiedsbrief, den er damals in Bos Mähne eingeflochten hatte. Ich fuhr mit den Fingern an den langen, buschigen Haaren entlang. Sie waren von ihrem Ausritt mit Ray zerzaust und verknotet, dennoch ertastete ich das feine Grätenmuster eines schmalen Zopfs. Hastig befreite ich den darin eingeflochtenen Zettel.

Bin in deinem Zimmer. Ray.

Ich hastete aus dem Stall, verriegelte ihn mit zittrigen Händen und rannte weiter zum Haus.

»Hoppla, was ist denn mit dir los?«, begrüßte mich mein Vater lachend auf der obersten Stufe.

»Nix, muss nur aufs Klo!«, rief ich geistesgegenwärtig, und rannte an ihm vorbei zum Gäste-WC. Was ein guter Move war: Immerhin hatte ich so nicht nur eine Ausrede für mein ungewöhnliches Gerenne, sondern konnte mich auch noch sammeln und auf die unvermeidbare Vater-Inquisition vorbereiten.

Wie erwartet, stand mein Vater anschließend immer noch genau dort, wo ich ihn hatte stehen lassen.

»Alles okay?«

»Klar«, sagte ich leichthin, »ich hatte nur etwas zu viel von Serenas Speziallimonade.«

»Das ist wirklich nett, dass ihr sie auch eingeladen habt.« Er strich mir eine Haarsträhne aus dem Gesicht, und ich fühlte mich plötzlich wieder wie ein kleines Mädchen.

»Wie war's bei dir?«, fragte ich zurück. »Wo warst du eigentlich?«

»Seattle, hat Martha dir das nicht gesagt?«

»Ich meine, was hast du dort gemacht?«

Er winkte ab. »Geschäftlich, nichts Spannendes.«

Mir lag eine gesalzene Antwort auf der Zunge. *So wenig spannend wie deine letzte plötzliche geschäftliche Reise? Als unsere Ranch vor der Pleite stand?* Aber ich schluckte sie runter. Jetzt war nicht die Zeit für eine Grundsatzdiskussion. Ich wollte zu Ray, der hoffentlich wirklich in meinem Zimmer auf mich wartete.

»Na dann, gute Nacht, Dad.« Ich stellte meine Schuhe an die Garderobe und ging laut gähnend die Treppen hoch.

»Schlaf gut, Josie.« Kurz darauf hörte ich, wie die Bürotür hinter ihm zuklappte. Nichts Spannendes? Und dann verschwand er um elf Uhr nachts im Büro? Ein ungutes Gefühl kroch in mir hoch. Sollte ich zurückschleichen, durchs Schlüsselloch spähen und erkunden, was er noch so Wichtiges zu tun hatte? Ich hielt auf der Treppe inne und lehnte mich übers Geländer. Wie gebannt sah ich zur Bürotür. Was machte er dort? *Spinnst du?*, meldete sich meine innere Stimme. *Würdest du wollen, dass er so etwas bei* dir *macht?*

Schnell ging ich weiter, ein wenig erschrocken darüber, dass ich gerade ernsthaft in Erwägung gezogen hatte, meinen Vater zu bespitzeln. Dann stand ich vor meiner Zimmertür und dachte nur noch an eines: Ray.

Ich drückte die Klinke herunter.

»Na endlich«, begrüßte mich Rays gezähmte Raubtierstimme. Ausgestreckt lag er auf meinem Bett, die Arme hinter dem Kopf verschränkt, und lächelte mich müde an. Mit zwei Sätzen war ich bei ihm.

»Bist du irre?«, fragte ich leise, während ich mich in seinen Arm schmiegte. »Ich hätte mein Vater sein können.«

»Meinst du, ich erkenne deinen Schritt nicht?« Er drehte den Kopf zu mir und küsste meine Schläfe. »Und außerdem hat er vorhin schon nachgesehen, ob du da bist.«

Ich schmiegte mich enger an ihn. Umschlang seine Brust mit meinem Arm und legte den Kopf in die Kuhle an seinem Hals. Er strich mir eine Haarsträhne aus dem Gesicht, genau wie eben mein Vater. Nur, dass es sich bei Ray nicht anfühlte, als ordne er einem Kind das Haar. Bei Ray war es eine zärtliche Berührung, die meinen ganzen Körper in Aufruhr versetzte.

»Wie war dein Abend?«, fragte er.

»Hmm. Geht so.«

»Klingt begeistert.«

»Ich wäre lieber bei dir gewesen«, nuschelte ich in seine Halsbeuge und erntete einen weiteren Kuss auf meine Schläfe.

»Haben die anderen dir etwas angemerkt?«

»Nein.« Ich schnaufte. »Aber ich sollte sie bald einweihen. Dana hat Mike gesagt, dass du tot bist.«

Ray hob ruckartig den Kopf, seine streichelnde Hand hing in der Luft. »*Was?*«

»Psst!« Ich stützte mich auf den Ellbogen, um ihn besser sehen zu können. »Sie weiß schließlich nicht, dass du wieder hier bist.«

»Warum redet sie überhaupt mit Mike über mich?«

»Weil Mike sich gewundert hat, warum du nicht dabei warst.« Ich setzte mich auf und erklärte ihm kurz die Situation. »Vielleicht kann er uns helfen, immerhin wissen wir von ihm, dass die Schatten Yowama reden und über Seal gesprochen haben«, beendete ich meinen Bericht.

Rays sah mich skeptisch an. »Mir gefällt das nicht. Mike gehört nicht zu uns. Er ist noch nie im Reservat gewesen.«

»Oh Mann«, stöhnte ich auf. »Ich gehöre auch nicht zu euch. Und Dana und Gabriel und Patrick waren auch noch nie im Reservat.«

»Dass sie Bescheid wissen, gefällt mir auch nicht«, sagte Ray, »aber Patrick ist dein Bruder, und Dana und Gabriel haben bei der Suche nach meinem Amulett geholfen. Sie haben sich mein Vertrauen verdient.«

»Und Mike hat Dowby erschossen, um Dana und mich zu retten«, fuhr ich ihn an. »*Mein Vertrauen* hat er damit verdient.«

»Entschuldige.« Ray zog mich wieder zu sich aufs Bett zurück. »Das war unachtsam von mir. Er hat damit natürlich auch meines verdient. Es passieren nur gerade zu viele schlimme Dinge, die wir nicht verstehen, und jeder weitere, der über uns Bescheid weiß, ist ein zusätzlicher Risikofaktor.«

Das wusste ich ja. Und verstand es auch. Trotzdem ging mir diese Heimlichtuerei gewaltig auf die Nerven – vor allem, da Mike ohnehin bereits über die Yowama und die Deathline informiert war. Es ging mir so gewaltig auf die Nerven, dass es in mir brodelte. So sehr, dass ich es nicht über mich brachte, mich wieder an Ray zu schmiegen. Es fällt mir wirklich schwer, das aufzuschreiben. Aber ich lag neben ihm, und in mir breitete sich eine Düsternis aus, die mich wünschen ließ, er wäre die Nacht über im Reservat geblieben.

Ich hatte mich so unendlich nach ihm gesehnt. Hatte auf ein Wunder gehofft, darauf, dass Ray und ich wieder ganz normal zusammen sein konnten. Und nun war dieses Wunder geschehen und Ray war da. Und ich wünschte ihn weit weg.

»Josie?«

»Hmm.«

»Als ich vorhin gesagt habe, dass ich so lange bleiben kann, wie du mich hier haben möchtest, war das ernst gemeint«, sagte Ray behutsam.

Ich erstarrte. Dachte er, ich wollte, dass er für immer aus meinem Leben verschwand, nur weil wir gerade nicht einer Meinung waren? »Natürlich will ich, dass du bleibst.«

»Sicher?« Er heftete seinen Blick auf mich. »Ich spüre, wie es in dir brodelt.«

»Na und? Darf ich mich nicht darüber ärgern, dass ihr so stur seid? Was ist so falsch daran, um Hilfe zu bitten, wenn man mit einer Situation überfordert ist?«

»Wir haben *dich* um Hilfe gebeten.«

»Ja, eben!«, rief ich aus, senkte dann sofort wieder meine Stimme. »*Mich.* Ihr könnt mir doch nicht die Verantwortung für diesen ganzen Mist aufhalsen!«

»Es war ein Fehler. Sam hätte wissen müssen, dass du die Schleuse findest. Und du … du …« Sein Mund zitterte. Er schloss die Augen, presste die Lippen aufeinander.

»Ich was?« Unwillkürlich hob ich meine Hand und strich über sein Gesicht. »Was, Ray?«

Er öffnete die Augen, und ich sah, dass sie feucht schimmerten. »Du hast dich infiziert.«

»Ich … *was?*« Mühsam hielt ich meine Stimme im Zaum.

»Die dunkle Energie in der Schleuse. Ich spüre, wie sie in dir brodelt. Ich spüre, wie sie in dir wächst. Diese Wut, das bist nicht du.«

Instinktiv wusste ich, dass er recht hatte, auch wenn ich nicht verstand, *wie* ich mich mit negativer Energie infiziert haben sollte. Diese Finsternis in mir. Jene Wut, die mich hatte wünschen lassen, er wäre im Reservat geblieben – nein, das war nicht ich. Ich konnte die Wut nicht greifen. Nicht erklären. Sie war einfach da und viel zu stark für die kleine Meinungsverschiedenheit, die wir hatten. Ich legte die Hand auf meine Brust. Spürte dem Brodeln meiner Gefühle nach, die meinen Körper in einen Aufruhr versetzten, wie ich ihn noch nie erlebt hatte.

»Und jetzt?«

Ray legte seinen Arm um mich und zog mich an sich heran. »Du musst mich wieder zurückschicken.«

»Nein! Niemals!« Ich fuhr hoch und kniete mich neben ihm aufs Bett. »Das werde ich nicht tun.«

»Wir haben keine Wahl.« Ray griff nach meiner Hand. »Ich bin nur hier, weil ich dich zurückbringen durfte. Erinnerst du dich an meine Antwort, als du gefragt hast, wie viele Sekunden ich hier habe? «

»So viele, wie ich dir gebe«, sagte ich tonlos.

»Exakt. Ich bekomme meine Lebensenergie durch deine Liebe.« Er lächelte. »Liebe ist gute Energie. Sie nährt und heilt.«

»Aber ich liebe dich doch!«

»Ich weiß. Aber das, was in dir brodelt wird deine Liebe zu mir nicht zulassen. Es wird sie schwächen. Du wirst immer öfter an mir und den Yowama zweifeln und dir wünschen, ich wäre nicht da.« Er seufzte. Legte meine Hand auf sein Herz, sodass ich sein gleichmäßiges Schlagen spüren konnte. »Wir alle werden von der Energie beeinflusst, die uns umgibt, aber deine ist der Takt meines Herzens.«

Schweigend kniete ich neben ihm. Ich dachte an die Monate, als mein Vater nur ein Zimmer betreten musste, um die Stimmung auf den Nullpunkt zu drücken. An die Zeit, als meine Mutter noch lebte und allein ihre Anwesenheit mir das Gefühl gab, alles schaffen zu können. Serena hatte auch von Energie gesprochen. Der Energie des Kwaohibaums, der schlechten Energie in dem Spiel. Dass Gabriel und Mike sich damit infiziert haben könnten … Es klang alles so abstrakt. So wenig greifbar, und doch konnte ich die Existenz der Energie in uns und um uns herum nicht leugnen.

Plötzlich fühlte ich mich völlig erschöpft. Meine Wut und die Finsternis in mir hatten sich verzogen, dafür erfüllte mich nun eine totale Leere. Ich sank aufs Bett zurück. Ray zog mich an sich und ich schmiegte meinen Körper eng an ihn.

»Und wenn wir die schlechte Energie in mir bekämpfen?«

»Das tust du bereits. Und sie wehrt sich.« Er küsste meine Schläfe. »Du kannst es schaffen, aber du wirst all deine Kraft dafür brauchen.« Wieder küsste er mich. »Lass uns die Zeit nutzen, die wir haben.«

Ich schlang meine Arme so fest um ihn, dass sein Rückgrat ein Knacksen von sich gab. Er lachte leise.

»Nutzen, nicht mich kaputtmachen.« Er strich sanft über meinen Arm. »Ich muss morgen wieder ins Reservat. Wir werden meinen Vater suchen.«

»Wisst ihr denn, wo?«

»Ich versuche, mich an die blinden Flecken zu erinnern. Es dauert sicher den ganzen Tag.«

Den ganzen Tag. Ich drängte mich noch näher an ihn. Ich wollte nicht, dass er so lange weg war! Ich wollte diesen Tag mit ihm nicht auch noch opfern! Andererseits – wie sollten wir Zeit zusammen verbringen, solange niemand wissen durfte, dass er zurück war? Ich wünschte mir so sehr, dass wir in einer normalen Welt leben könnten, ohne Schatten und verschwundene Greenies und fiese, dunkle Energien, die einen zwangen, Dinge zu sagen und zu fühlen, die man weder sagen noch fühlen wollte.

Ich drehte mich zu ihm und schmiegte mich in seine Halsbeuge. Seine Nähe, sein Duft, seine Wärme waren einfach wunderschön. »Ich liebe dich so sehr«, wisperte ich. »So, so, so sehr.«

»Ich weiß.« Er strich über meine Haare, meinen Rücken, meinen Arm, und überall dort, wo seine Finger mich berührten, tanzten meine Nervenenden Zumba. »Das weiß ich doch«, wiederholte er, und seine Stimme klang dabei so traurig, als hätte ich ihm gerade mitgeteilt, dass seine Zeit bereits abgelaufen sei.

✶ ✦ ✶

KAPITEL 18

ALS ICH AM NÄCHSTEN MORGEN aufwachte, war dort, wo Rays Kopf hätte sein sollen, nur noch eine Kuhle im Kissen. Ich rollte meinen Kopf hinein, sog Rays Duft ein und ließ mich in meinen Gedanken und Gefühlen treiben. Von der fiesen Düsternis in mir war nichts mehr zu spüren, und ich wurde mit jeder Minute zuversichtlicher, dass Ray und ich dieses Problem irgendwie in den Griff bekommen würden. Es musste eine Lösung geben. Es gab für alles eine. Na ja, fast alles.

Von unten ertönte das Lachen der Gäste, Türenschlagen und Trampeln.

Gähnend setzte ich mich auf. Ich war so müde, als hätte ich die ganze Nacht kein Auge zugetan. Immer noch gähnend schlurfte ich ins Bad und stellte mich unter die Dusche. Ich schielte auf mein Tattoo. Meine Hälfte glänzte unter dem Wasserstrahl blau und rot und gelb und grün, Rays dagegen war so blass und matt, wie ich mich bei dem Anblick augenblicklich fühlte. Meine Zuversicht sank in sich zusammen. Wenn das Tattoo die Messlatte für Rays und meine Chance auf ein gemeinsames Leben war, sah es düster für uns aus.

»Kaffee und Honigtoast stehen schon an deinem Platz«, begrüßte Martha mich, als ich mich kurz darauf in die Küche schlich. Sie wirbelte mit zwei Pfannen gleichzeitig Pfannkuchen durch die Luft. »Fit für die Arbeit?«

Ich nippte an meinem Kaffee und zog den Arbeitsplan zu mir. Eigentlich war ich ganz froh, dass ich was zu tun hatte – so war ich wenigstens beschäftigt, und die Zeit bis Ray zurückkam, würde schneller vergehen. Ich studierte meine heutigen Jobs: vormittags Einzelreitstunden, dann Mustangschulung. Nachmittags Einstellpferde und Zuchtstuten versorgen, gefolgt von Halftertraining.

»Plan okay?« Patrick setzte sich zu mir und nahm sich einen Toast.

»Passt.«

»Schade, dass du gestern schon so früh gegangen bist.« Er biss in seinen Toast. »War noch echt lustig.«

»Ich war müde.«

»Wirklich?« Er musterte mich kurz, dann senkte er seine Stimme. »Ist es blöd für dich, wenn Dana und ich zusammen sind und du … du …«

… Ray vermisst, vollendete ich stumm seinen Satz.

»Ich war *wirklich* einfach müde. Und, nein, es ist nicht blöd für mich.« Blöd war nur, ihn und Dana und Gabriel in dem Glauben lassen zu müssen, dass ich Ray vermisste, während ich die Nacht mit ihm verbrachte.

Um halb elf erschien Dassler auf dem Reitplatz. Hinter ihm tauchte Sarah auf, Gorian und Gucci im Schlepptau.

»Der Herr«, sagte Sarah mit einer missmutigen Kopfbewegung zu Dassler, »will ins Gelände. Ich hab dir Gorian und Gucci gesattelt, die stehen heute eh noch auf dem Plan.«

»Danke«, sagte ich überrumpelt, sowohl von der Info, dass aus der Reitstunde ein Geländeritt wurde, als auch, dass es Dassler war, der ihn mit mir absolvieren würde.

»Bo ist nicht in ihrer Box«, fuhr Sarah fort und reichte mir meine Reitkappe, »weißt du, wo sie steckt?«

»Klar«, sagte ich, inzwischen unter Dasslers Adlerblick. »Danke fürs Satteln.«

»Wer ist Bo?«, fragte Dassler, kaum dass wir losgeritten waren.

»Meine Stute.«

»Und wo ist sie?«

Ich runzelte die Stirn. Was ging ihn *meine* Stute an?

»Ich frage nur, weil Sarah sich vorhin gewundert hat«, sagte er in meine ausstehende Antwort hinein. »Offenbar war Bo schon einmal verschwunden.«

»Sie ist auf der Koppel.« Ich trabte an, in der Hoffnung, dass Dassler sich mehr aufs Reiten als auf das Stellen von Fragen konzentrieren würde.

»Ach so.« Er versetzte Gorian ebenfalls in Trab. »Ich habe mir sagen lassen, dass du dich *besonders* gut mit diesem Ray verstanden haben sollst, der zurück ins Reservat ist. Und da frage ich mich, wie es sein kann, dass du so gar nicht weißt, wie man ihn erreichen kann.«

»Was wollen Sie eigentlich von ihm?«

»Mit ihm reden.« Er zeigte auf den Waldrand, der sich gute zweihundert Meter entfernt über die ganze Ebene erstreckte. Dunkel und mächtig hoben sich die Bäume und Büsche von den Feldern und Wiesen ab, dicht wie eine solide braun-grüne Mauer. »Ist das Yowamagebiet?«

»Ja.«

»Ich möchte einen Abstecher in den Wald machen.« Er wendete sein Pferd und ritt auf den Wald zu.

Ich folgte ihm. »Das ist verboten. Der Wald ist Sumpfgebiet.«

»Sumpf?« Er zog spöttisch die Brauen hoch. »Ich denke, wir wissen beide, dass es hier keinen Sumpf gibt.«

»Der Wald ist verboten.« Ich überholte ihn und versperrte ihm mit Gucci den Weg.

»Von wem?« Er manövrierte Gorian um uns herum und setzte seinen Weg fort.

»Keine Ahnung.« Ich schloss wieder zu ihm auf. »Der Wald ist verboten. Das weiß hier jedes Kind.«

»Es gibt keine offizielle Verordnung. Ich habe mich erkundigt. Gestern wollte ich mit dem Auto ins Reservat fahren, und weißt du, was passiert ist?«

Ich antwortete nicht. Natürlich wusste ich es. Viel zu schnell näherten wir uns dem Wald. Fieberhaft überlegte ich, wie ich Dassler von seinem Plan abbringen konnte, doch mein Gehirn war wie ausgeschaltet.

»Egal welchen Weg ich genommen habe, alle haben mich zur Staatsstraße zurückgebracht. Ist das nicht seltsam?«

»Vielleicht haben Sie die richtige Abzweigung verpasst«, murmelte ich, den Blick starr auf die Bäume gerichtet.

»Ich habe jeden Tag mit Menschen zu tun, die mich für dumm verkaufen wollen. Lass es einfach«, entgegnete er scharf. »Nach meiner Ankunft hier auf der Ranch habe ich die Aussicht bewundert, von der du mir so vorgeschwärmt hast. Und weißt du, was ich gesehen habe?«

Ich zuckte die Schultern, meinen Blick weiterhin auf den Waldrand gerichtet. Noch fünfzig Meter.

»Du bist in den Wald gerannt, von dem du behauptest, dass ihn niemand betreten darf.«

»Ich bin zu meinem Baum am Waldrand.«

»Nein«, korrigierte er mich. »An dem Baum bin ich gewesen,

aber da warst du nicht. Du warst *im* Wald und bist erst nach achtunddreißig Minuten zusammen mit dem Mädchen mit den bunten Haaren wieder herausgekommen.«

Langsam wurde es mir unheimlich. »Beschatten Sie mich?«

»Ich mache meinen Job. Und dazu muss ich ins Reservat, und so wie ich das sehe, bist du meine beste Chance, dorthin zu gelangen.«

Ich brachte Gucci zum Stehen, nur ein paar Meter vom Waldrand entfernt. »Ich werde mit Ihnen nicht da hinein reiten.«

»Das ist schade, aber ich kann dich leider nicht zwingen, das Richtige zu tun. Dann reite ich allein weiter.« Er trabte an mir vorbei.

»Nicht!«, rief ich ihm nach. Ich hatte keine Ahnung, was geschehen würde, wenn er sich erst einmal hineingewagt hatte. Ich wusste inzwischen, dass der Wald Unbefugte zwar einließ, aber dann bestimmte, wohin sie gehen konnten und wer wieder hinaus durfte. So funktionierte der Schutzwall des Yowamagebiets. Und Dassler wäre im Gegensatz zu Serena eine viel zu große Gefahr, wenn er erst einmal die Magie des Waldes durchschaut hatte.

Da stoppte Gorian mitten im Trab und buckelte. Dassler flog aus dem Sattel und landete genau zu Füßen der ersten Bäume.

Laut fluchend rappelte er sich auf.

Erleichtert drehte ich ab und ritt zur Ranch zurück. Gorian würde Dassler nicht in den Wald tragen, und dass Dassler zu Fuß von hier aus ins Reservat vordringen wollte, glaubte ich nicht. Ich versuchte nachzuvollziehen, warum Gorian so abrupt verweigert hatte – und kam auf nur eine Erklärung: Er hatte Angst vor dem Wald. Eine *natürliche* Angst. Dass es so etwas gab, war mir neu. Und es irritierte mich gewaltig. Die Magie des Waldes sollte Menschen, die nicht befugt waren, davon abhalten, in das Reservat einzudringen. Menschen. Nicht Tiere. Weil die Yowama dort etwas bewahrten, das in den falschen Händen großen Schaden anrichten konnte.

Aber – es wurde bereits Schaden angerichtet, und wie es aussah, wurde der durch die Yowama selbst ausgelöst. Die Schatten sprachen Yowama, und für die Vorfälle im Reservat konnte nur ein Yowama verantwortlich sein. Trotzdem bestanden Sam und Ray darauf, das FBI außen vorzulassen – obwohl das FBI auf der Seite des Rechts stand.

Erneut fragte ich mich, ob ich richtig handelte. Fragte mich, was die Yowama verbargen und warum ich ihnen mehr als dem FBI vertraute, obwohl ich so wenig über sie wusste.

Hatte mich meine Liebe zu Ray blind für die wahre Gefahr gemacht, die Angels Keep gerade zerstörte?

* * *

KAPITEL 19

IN DER MITTAGSPAUSE hielt ich es nicht mehr aus. Ich musste zu Dana. Ich musste ihr von Rays Rückkehr erzählen und von dieser seltsamen dunklen Energie, die mich gestern erfasst hatte und meine Liebe zu Ray überschattete.

Schon weit vor dem Kirkpatrick Boulevard parkten die Autos auf beiden Seiten der Straße. Und es war nicht schwer zu erraten, wo die meisten hinwollten. In der nächsten Seitenstraße hatte ich Glück: eine Lücke, gerade groß genug für mein kleines Auto.

Eilig lief ich zum Dome. Vor dem Geschäft standen mindestens dreißig Leute, manche hatten Getränke in der Hand, andere saßen auf dem Boden, als wäre der Gehweg die natürliche Erweiterung des Ladenlokals. Ich schlängelte mich durch die Menge und betrat den Dome.

Er war voll. So voll, wie ich ihn noch nie erlebt hatte.

Ich kämpfte mich zur Theke durch und stellte mich zu Dana und Gabriel hinter den Tresen. Bevor ich mich versah, hatte ich einen Lappen in der Hand und spülte Gläser.

»Können wir kurz reden?«

Dana sah sich um. »Jetzt?«

»In einer Stunde muss ich wieder arbeiten.«

»Ich kann nicht weg, Dad holt gerade Nachschub.« Sie wandte sich an die nächsten Kunden und nahm die Bestellung auf. »Drei Eistee und zwei Cola!«

Gabriel schenkte die Getränke ein und stellte sie vor Dana. »Ich würde auch gerne mit euch reden«, sagte er. »Über Serena.«

Dana stupste mich an und kicherte. »Huhu, Gabe ist verknallt.«

Gabriel lief puterrot an. »Du bist echt doof.«

»Aber nicht blind.« Dana gab dem Kunden drei Dollarnoten. »Bitte schön, euer Wechselgeld, und hey, wäre super, wenn ihr die leeren Gläser wiederbringt.« Dann zwinkerte sie mir zu. »Das war sooo süß gestern, als Gabe darauf bestanden hat, Serena zur Ranch zu fahren.«

»Hätte ich sie laufen lassen sollen?«, verteidigte Gabriel sich. »Josie war schon weg und Patrick wollte noch bleiben.«

»Verlie-hiebt. Unser Gabe ist verkna-hallt!« Dana lachte und nahm gut gelaunt die nächste Bestellung entgegen.

»Was wolltest du sagen?«, fragte ich Gabriel, während Dana Teigtäschchen auf zwei Tellern drapierte.

Gabriel senkte seine Stimme. »Serena sagt, dass die negativen Schwingungen im Dome ihr Angst machen. So etwas Extremes hätte sie noch nie erlebt.«

Dana sah von den Tellern hoch. »Und was sollen wir ihrer Meinung nach tun? Die Konsolen mit Pfeffer-Kümmelwasser besprayen?«

Gabriel räumte beleidigt die sauberen Gläser weg. »Du bist echt doof.«

»Wie kommt Serena darauf?«, fragte ich, verwundert, dass Dana Gabriels Warnung so einfach beiseite schob.

»Serena kann die Energiefrequenz messen, und als Mike und ich gespielt haben, ist die Frequenz stark nach oben gegangen und hat sich danach auf einem neuen, höheren Niveau eingependelt.«

»Und das hat sie wie gemessen?«, fragte ich nach.

Gabriel wurde wieder rot. »Das … äh, das habe ich sie nicht gefragt.«

Dana grinste und flüsterte hinter vorgehaltener Hand: »Verknallt, eindeutig.«

Vielleicht stimmte das sogar. Aber das war nicht der Punkt. Serenas Warnung wirkte nicht verrückter als die unerklärliche Störung des Spieles selbst. »Hat Serena das Spiel auch ausprobiert?«

»Kaum eine Minute, dann hat sie abgebrochen.« Dana schob eine Ladung Getränke über den Tresen und zählte das Geld. »Sie hatte Angst, sich zu infizieren.« Die Art, wie sie das Wort »infizieren« betonte, verriet genau, was sie von Serena hielt: *durchgeknallt*.

Dabei hatte Dana noch vor Kurzem selbst gesagt, dass ihre Eltern nicht mehr die gleichen wären und von etwas negativ beeinflusst würden. Allerdings schien sie das völlig verdrängt zu haben, seitdem der Dome wegen der Poltergeiststory so gut lief wie nie zuvor und die Gäste nur noch der Kick des Gruselspiels interessierte.

»Drei Pizzaecken Olive-Sardelle und einmal Salami«, rief Dana Gabriel zu.

»Kommt sofort!« Gabriel holte die Pizzaecken aus der Vitrine und schob sie in die Mikrowelle.

»Was hat Serena mit *infiziert* gemeint?«, wandte ich mich an Gabriel, als Dana mich anstupste und zum Eingang zeigte.

Dassler kämpfte sich durch die Menge zu uns durch.

»Sieh an, Josie …«, begrüßte er mich. »Sehr gut, ich wollte euch ohnehin gemeinsam zu dem Vorfall mit Marcus Dowby auf der Farroway Farm –«

Ein ohrenbetäubender Knall ließ uns herumfahren. Die Tür der Mikrowelle flog auf, die Pizzateile schossen brennend heraus.

»Was –«

KAWOOM.

Der große Wandfernseher gegenüber implodierte. Er krachte herunter und streifte eine Gruppe von Jungen. Einer von ihnen stürzte schreiend zu Boden. Eine Stichflamme schoss in die Höhe. Die Gäste kreischten, liefen durcheinander, rempelten auf dem Weg zur Tür gegeneinander. Panisch stürmten sie ins Freie. Nur Dassler stürzte zu dem Jungen und half ihm.

Wie erstarrt beobachtete ich das Chaos um mich herum. Wieder knallte es. Eiswürfel schossen einem Kugelhagel gleich durch die Luft und prasselten gegen unsere Arme, Köpfe und Rücken.

»Raus!«, brüllte Dassler, »alle raus!«

Dana, Gabriel, Dassler und ich rannten zur Hintertür. Doch kaum standen wir im Hof, rannte Dana wieder ins Haus. »Die Spieler!«

Dassler folgte ihr, drehte sich an der Tür zu uns um und schrie: »Ihr bleibt hier draußen, klar?!«

Dass Dana wieder hineingelaufen war, gefiel mir nicht, auch wenn ich es verstand – es war ihr Geschäft, sie war für die Gäste verantwortlich. Ich war froh, dass Dassler ihr hinterhergerannt war.

Zum ersten Mal betrachtete ich Dassler absolut unvoreingenommen als das, was er war: ein FBI-Agent, der nach Angels Keep gekommen waren, um uns zu *helfen*.

Ein weiterer Knall schreckte mich aus meinen Gedanken. Gabriel riss mich zur Seite, ein Scherbenregen prasselte neben mir nieder.

Ich schrie auf und wich weiter zurück. Oben quoll dichter Rauch aus Wangs Küche.

»Dana!«, rief ich und rannte zum Haus, doch Gabriel hielt mich fest.

»Dassler ist bei ihr!«

Ein weiterer Knall. Und noch einer. Diesmal von der zur Straße gelegenen Seite. Gefolgt von Schreien und Rufen und den ersten Sirenen, die sich von Weitem näherten.

Dann, endlich, stürmte Dana aus der Tür. Hinter ihr eine Gruppe Spieler, als Letzter Dassler, bleich, hustend und mit tränenden Augen.

Ich riss mich von Gabriel los und lief zu Dana. Erleichtert schloss ich sie in die Arme.

»Jetzt reicht's«, krächzte Dana zwischen zwei Hustenanfällen. »Was immer das ist. Es reicht. Tu was dagegen.«

Ich wusste, was sie mir damit sagen wollte. *Bring die Yowama dazu, mit dem FBI zusammenzuarbeiten. Zwinge sie, wenn nötig, aber mach dem Spuk ein Ende.*

Ich nickte. Vielleicht war *das* ja meine Aufgabe. Sam hatte gesagt, ich sei das Bindeglied. Zwischen was genau, hatte er nie erläutert, aber ich bekam langsam eine Ahnung davon, was ich tun musste.

* * *

KAPITEL 20

DAS SIRENENGEHEUL SCHIEN inzwischen aus jeder Richtung zu kommen. Ich drehte mich um, gerade als der nächste Feuerwehrtruck an Gabriel und mir vorbeiraste. Er stoppte gegenüber von *Wangs Virtual Reality Dome*. Der Dachstuhl des Hauses brannte lichterloh, die Flammen züngelten bereits gefährlich Richtung Nachbarhaus. Laute, harsche Befehle schallten zu uns herüber, die Leiter wurde ausgefahren, dann zielten Feuerwehrmänner mit dem Löschschaum auf die Flammen.

»Gabriel!« Ich packte seinen Ärmel.

Widerwillig löste er seinen Blick von den Löscharbeiten. »Ich komme ja schon.«

Wir gingen zu meinem Auto, das zum Glück außerhalb der Gefahrenzone in einer Seitenstraße stand. Um uns herum herrschte Chaos und ich konnte nur an eines denken: *Bitte keine Toten. Bitte keine Toten.* Unzählige Menschen glotzten sich die Augen aus dem Kopf und standen den Polizisten im Weg, die mit Absperrband Sicherheitszonen einrichteten und mit Kameras bewaffnete Reporter davon abhielten, sie zu betreten. Ich schnappte Fetzen von den Kommentaren auf, die Reporter in ihre Kameras riefen, wilde Mutmaßungen, was das Chaos verursacht haben könnte. Mit jedem Sirenenton und jeder Spekulation fühlte ich mich schlechter.

Hätte ich diese neue Katastrophe verhindern können, wenn ich Dassler vor zwei Tagen alles gesagt hätte, was ich wusste? Trug ich eine Mitschuld? Bislang gab es noch keine ernsthaft Verletzten. Weder bei den Wangs noch in dem Haus gegenüber. Aber es hatte in Angels Keep noch mehr Explosionen gegeben. Wir hatten sie gehört, wussten aber weder, wo sie sich ereignet, noch welchen Schaden sie verursacht hatten.

»Josie«, sagte Gabriel, als er in mein Auto einstieg. »Wir müssen mit Dassler reden.«

Ich startete den Motor. »Ich weiß«, sagte ich. »Heute Abend, okay?«

»Warum nicht –«

»Ich möchte erst mit Sam sprechen«, fiel ich ihm ins Wort und fügte in Gedanken ein stummes *und mit Ray* hinzu. »Ich fahre jetzt gleich zu ihm. Dassler ist im Augenblick eh beschäftigt.«

»Versprochen?«

Ich rangierte das Auto aus der Parklücke.

»Josie?«

»Versprochen!«, fuhr ich ihn an. Ich beschleunigte. Viel zu forsch, und am liebsten hätte ich das Gaspedal bis zum Anschlag durchgetreten und Angels Keep so schnell wie möglich so weit wie möglich hinter mir gelassen. Aber genau das konnte ich nicht. Aus irgendeinem Grund war ich zu einer Schlüsselfigur in diesem Wahnsinn geworden und nun gefangen zwischen zwei Welten. Egal was ich tat, einer der beiden würde ich schaden: jener der Yowama oder meiner eigenen.

Was sollte ich tun, wenn Ray und Sam mich baten, nicht mit

Dassler zu reden und mir endlich erklärten, *warum* sie den Bundesbehörden keinen Zugang zu den Yowama geben wollten? Was, wenn ihre Erklärung mich überzeugte?

Dann musste ich mein Versprechen an Gabriel und Dana brechen.

Egal, wie ich es drehte und wendete, ich steckte in einer riesenhaften Zwickmühle.

Mit einmal kochte Wut in mir hoch. Warum musste *ich* diese Wahl treffen und eine der beiden Welten verraten, um die andere zu retten?

»Danke«, sagte Gabriel und machte es mir damit nur noch schwerer. »Ich weiß, dass du zwischen den Stühlen sitzt. Aber es ist die richtige Entscheidung.«

Ich bog in seine Straße ein. Zum Glück war hier alles unversehrt. Keine Polizei, keine Feuerwehr, kein Chaos. Zumindest fast.

»Was macht Billy da?« fragte ich, als ich das Auto vor dem Haus parkte. Gabes kleiner Bruder schleppte eine Art Seesack zur Garage und hievte ihn auf einen Anhänger, vor, neben und auf dem bereits mehrere Kisten, Koffer und Tüten standen.

»Hey!« Gabriel steckte zwei Finger in den Mund und stieß einen gellenden Pfiff aus.

Billy schlurfte zu uns. »Wo warst du? Mama dreht hohl!«

»Bei Dana, das weiß Mama«, sagte Gabriel irritiert.

»Ja, aber der Laden ist in die Luft geflogen. Der ganze Kirk Patrick Boulevard ist in die Luft geflogen, haben sie gerade im Radio gebracht.«

Gabriel verdrehte die Augen und ließ Billy einfach stehen. Unschlüssig sah ich ihm nach, dann folgte ich Gabe ins Haus. Vielleicht wusste seine Mum, wo die anderen Explosionen stattgefunden hatten.

»Gabriel!« Seine Mutter ließ die Reisetasche in ihrer Hand fallen und stürzte zu ihm. »Ist bei dir alles okay?«

»Bei mir schon, aber was ist hier los?« Er zeigte auf die Unordnung im Flur. Überall lagen Sachen herum, Kleidung, Bücher, Schuhe, Töpfe, Spiele, Taschen, Kartons.

»Wir hauen ab.« Billy fischte die Playstation unter einer Regenjacke hervor und wickelte sie darin ein. »Geht das so?«

Seine Mutter nickte.

»Wir machen *was*?« Gabriel fielen fast die Augen aus dem Kopf. »Wohin?«

»Zu Onkel Brendan.« Seine Mutter nickte Billy zu. »Schau bitte mal, wie weit Bernie und Clas sind.«

Maulend stapfte Billy die Treppe nach oben.

»Wir *alle*?«, fragte Gabriel entsetzt. »Ich soll mir mit Billy, Bernie und Clas ein Zimmer teilen?«

Seine Mutter wickelte seelenruhig einen Pullover um den Controller. »Wir werden nicht hierbleiben und warten, bis unser Haus auch in die Luft fliegt. Unser Fernseher ist schon explodiert und es war *kein* Kurzschluss, das weißt du genauso gut wie ich.«

Er weiß es besser, schoss es mir durch den Kopf.

»Mum! Das kannst du mir nicht antun!«

»Es ist entschieden, Schatz.« Sie verstaute den Controller in der Reisetasche. »Komm, hilf mit, in zwei Stunden wollen wir los. Dann muss alles fix und fertig sein.«

Ich sah mich zweifelnd im Flur um. Wenn der Rest des Hauses in einem ähnlichen Zustand war, würde das wohl ein Wunsch bleiben. Da sah ich Gabriels flehenden Blick. Ich verstand, was er wollte und nickte. Automatisch. Ohne nachzudenken. So wie wir uns immer gegenseitig, ohne zu zögern, beistanden.

»Ich ziehe zu Josie.« Gabriel verschränkte die Arme vor der Brust.

»Und was sagt dein Vater dazu?«, wandte seine Mutter sich an mich.

»Der freut sich, wenn Gabe uns wieder hilft.«

Sie sah mich zweifelnd an. »Ist eure Ranch denn sicher?«

»Das FBI hat sich bei uns einquartiert«, antwortete ich ausweichend, und fragte mich, ob ich Gabriel wirklich einen Gefallen tat, wenn ich ihn in meiner Nähe bleiben ließ.

»Na gut«, Gabriels Mutter seufzte und ging zu ihrer Kiste zurück. »Aber bei dem geringsten Vorfall setzt du dich in den nächsten Bus.«

»Mach ich!« Gabriel strahlte mich an. Doch ich schaffte es nicht, zurückzustrahlen. Gabriel war mein bester Freund, und obwohl ich damals noch nicht ahnte, wie schnell und vor allem dramatisch sich die Lage zuspitzen würde, war mir klar, dass ein Asyl bei Onkel Brendan für ihn die bessere Option gewesen wäre.

✶ ✦ ✶

KAPITEL 21

SAMS TATTOOSTUDIO WIRKTE VERLASSEN, aber das konnte auch an den mit Fotos vollgepflasterten Schaufenstern liegen, die einem die Sicht in den Laden verwehrten. Ich eilte die Stufen hoch und drückte die Klinke hinunter. Knarrend gab die Tür nach.

»Sam?«

Das Studio war leer – was nichts bedeuten musste. Damals, bei meinem ersten Besuch hier, war Sam auch erst nach ein paar Minuten durch den Fransenvorhang gekommen.

»Sam!«, rief ich etwas lauter. »Ich bin's, Josie!«

Ich wartete, den Blick fest auf den Vorhang gerichtet.

»Sa-ham!«

Keine Antwort, keine Schritte, kein Türengeräusch, kein gar nichts. Langsam wurde ich nervös. Wäre er da, hätte er inzwischen reagiert. Beunruhigt ging ich zum Tresen. Würde Sam den Laden offen lassen, wenn er wegging? Angels Keep war zwar nicht Los Angeles, wo man laut Martha nicht mal einen Pferdeapfel unbeaufsichtigt liegen lassen konnte, aber niemand hier ließ seinen Laden nach Feierabend unversperrt.

Am Tresen suchte ich nach Stift und Zettel, um ihm eine Nachricht zu hinterlegen, und wie es aussah, war ich nicht die Einzige, die auf diese Idee gekommen war. Neben dem Terminkalender stapelten sich bereits fünf Notizzettel mit unterschiedlichen Handschriften. Hastig nahm ich sie hoch. Es waren Nachrichten. Mal wütend, mal besorgt und immer frustriert, weil Sam den verabredeten Termin hatte platzen lassen. Ich schlug Sams Terminkalender auf und glich die Namen dort mit jenen auf den Zetteln ab. Der erste verpasste Termin war gestern um drei Uhr gewesen, der letzte heute Vormittag.

Warum?

Hatte es etwas mit seinem Besuch auf der Ranch gestern Mittag zu tun?

Meine Finger krampften sich um den Stift. Seine Stimme erklang in meinem Ohr. *Es gibt keinen sicheren Ort mehr.*

Die Worte rieselten wie ein Eisschauer über meinen Rücken. War er nach Rays Vater und Macs Onkel der Nächste, der einfach verschwunden war?

Ich starrte auf die Nachrichten, als könnten sie mir alle Antworten geben, die ich so dringend brauchte. Was sollte ich tun? Den Sheriff informieren? Gedämpftes Sirenengeheul drang in den Laden. Nein, Sam war maximal seit einem Tag weg, im Laden gab es keine Anzeichen eines Kampfes und es war durchaus möglich, dass Sam ins Reservat gefahren war und in der Hektik vergessen hatte, den Laden abzusperren. Einfach so gehen konnte ich aber auch nicht.

Zügig lief ich zum Fransenvorhang und schob ihn zur Seite.

»Sam?« Ich wartete kurz, dann wagte ich mich weiter. Der vom Ladenbereich abgetrennte hintere Raum war vollgepfropft mit Spüle, zwei Schränken und einem Stapel verschlossener

Kartons. Auf der Spüle standen mehrere benutzte Tassen und Gläser, daneben sah ich eine weitere Tür.

Ich klopfte. Drückte die Klinke hinunter und stand in einem Flur. Er war klein und diente nur als Verbindung zwischen den Treppen nach oben und unten.

»Sam?«

Stille. Ich entschied mich für die Treppe ins Obergeschoss. Sie war aus einem Material, das ich noch nie gesehen hatte. Es schimmerte grünlich und war so glatt, dass meine Gummisohlen darauf quietschten. Am Ende der Treppe war eine Tür.

Wieder klopfte ich. Wartete. Drückte die Klinke. Auch hier war nicht abgeschlossen.

»Sam?« Ich blieb im Eingang stehen. Trotz des sonnigen Tages war die Wohnung dunkel. Lediglich an der Wand neben der Tür schimmerte etwas Grünes, das mich an die Leuchthinweise von Notausgängen erinnerte. Ich tastete danach und griff in etwas Glibberiges.

»Ihh!« Blitzschnell zog ich die Hand zurück und putzte sie angeekelt an meiner Jeans ab. Dann zog ich mein Handy hervor, dessen meistgenutzte Funktion in letzter Zeit die Taschenlampe war. So auch jetzt. Zuerst schaute ich nach, in was ich gerade hineingelangt hatte. Es sah aus wie ein Batzen grünes Slimey, welches ein Kind beim Verlassen der Wohnung an die Wand gepatscht hatte. Nur, dass grünes Slimey sehr schnell austrocknete, wenn man es an Wände oder Türen pappte – dieser Batzen war aber nicht trocken, sondern feuchtkalt.

Ich schüttelte verwundert den Kopf. Warum klebte grünes Leuchtslimey an Sams Wand? Ich leuchtete weiter herum. Suchte nach einem Lichtschalter. Vergebens. Im Lichtkegel der Taschenlampe ging ich den Flur entlang und öffnete die erste Tür. Auch dahinter war es dunkel. »Sam?«

Ich lugte in den Raum. Ein Klo. Kein Fenster. Ich tastete die Wand nach einem Schalter ab. Nichts.

Dafür ging mir langsam ein Licht auf. Ich richtete die Handylampe zur Decke. Keine Lampe. Nicht an der Decke, nicht an den Wänden.

Die nächste Tür. Endlich Helligkeit.

Freundlich strahlte die Sonne durch das Fenster einer geräumigen Küche. Über die Wände spannten sich Schnüre, an denen Kräuter und Gräser und Blumen trockneten. Es roch nach Kamille, Thymian, Estragon, Koriander und nach unendlich viel mehr, das ich nicht auf Anhieb zuordnen konnte. Auf einer Seite standen alte Holzregale voller Gläser mit getrockneten Kräutern oder unbestimmbarem Matsch. Keines war beschriftet, dabei sah für mich der Inhalt der meisten Gläser ziemlich ähnlich aus.

Ich ging zum Fenster. Auf der Fensterbank lag eine Sammlung an Steinen, wie ich sie noch nie gesehen hatte. Sie waren handtellergroß und flach und wirkten seidenweich. Manche waren gelblich, andere orange und alle hatten kristallene Einschüsse.

Davor stand ein Holztisch mit vier Stühlen. Der Tisch war alt und fleckig, aber nicht schäbig, sondern sah aus, als habe er eine besondere Beschichtung.

Zaghaft streckte ich meinen Arm aus und berührte die Platte. Das Holz war warm von der Sonne, und ich hatte das Gefühl, dass es in meinen Fingern bei der Berührung leicht bizzelte. Ich zog die Hand weg. Das Bizzeln verschwand. Doch kaum legte ich die Hand zurück auf den Tisch, war es wieder da. Ich bückte mich, um zu sehen, ob es einen Kriechstrom gab. Fehlanzeige. Kein einziges Kabel führte von dem Tisch weg. Ich blickte zur Decke. Auch hier. Wie erwartet: keine Lampe.

Ich sah mich weiter um, suchte nach den Geräten, die eine Küche normalerweise ausmachten: Mikrowelle, Herd, Kühlschrank, Spülmaschine. Es gab eine Spüle und eine Kochstelle, die man mit Holz befeuern musste. Immerhin. Wo aber war das Holz?

Ich öffnete die Einbauschränke neben der Spüle. Geschirr, Töpfe, Lebensmittel. Kein Holz. Wurde der Herd einfach nicht verwendet? Ich fuhr über den vorderen Kochring. Er fühlte sich abgenutzt an.

Es war wirklich seltsam. Kopfschüttelnd öffnete ich den nächsten Schrank. Gemüse, Butter, Marmeladen, ein paar Plastikdosen und abgepacktes Fleisch. Butter in einem Schrank? Ich berührte die Butter. Sie war kalt und hart. Nun war ich wirklich neugierig.

Ich untersuchte den Schrank. Einfache Holzbretter, kein Kühlaggregat, weder Surren noch Summen, kein Licht, das den Inhalt offenbarte, wenn man die Tür öffnete. Wie konnte die Butter kalt sein?

Ich verstand es nicht. Und es hinterließ bei mir ein seltsames Gefühl, denn es zeigte mir einmal mehr, dass ich viel zu wenig über die Yowama wusste, um Sams Rat korrekt einordnen zu können.

Sie waren anders.

Ihre ganze Welt funktionierte anders als unsere und niemand in meiner Welt wusste überhaupt davon! Mit Ausnahme von Patrick, Dana, Gabriel und mir. *Ja, weil Ray dein Leben gerettet hat. Sonst wäre es immer noch das Geheimnis der Yowama. Vergiss das nicht!*, mahnte mich plötzlich eine Stimme in meinem Kopf.

Hastig verließ ich die Küche. Kaum schloss ich jedoch die Tür hinter mir, war es wieder dunkel.

Kurz drehte ich mich zu den beiden letzten Türen im Flur. Sollte ich noch einen Blick hineinwerfen? Noch mehr Dinge entdecken, die mich verstörten? Sam würde ich hier ohnehin nicht finden – wäre er in der Wohnung, hätte er sich längst gemeldet.

»Hallo, Josie«, sagte in genau diesem Moment eine Stimme. Und es war nicht die von Sam.

✶ ✦ ✶

KAPITEL 22

ICH FUHR HERUM, mein Herz hämmerte. Jemand stand im Flur. Das sah ich. Aber nicht, wer. Ich sah nur, dass dieses Wesen grüne Leuchtaugen hatte, die direkt auf mich gerichtet waren.

»Was machst du hier?«, fragte derjenige mit den Leuchtaugen. Nur, es war kein Er, es war eine Sie!

»Bist du das, Tia?« Meine Stimme war zittrig, und ich hoffte inständig, dass mir gegenüber tatsächlich Rays Mutter stand.

»Ach ja, du siehst nichts ohne Licht.« Die Augen traten auf mich zu, an mir vorbei, dann öffnete sich die Küchentür und es fiel genug Tageslicht in den Flur, um zu erkennen, dass Augen und Stimme einem Yowamamädchen gehörten. Sie war etwa in meinem Alter und außerordentlich hübsch mit einem geflochtenen Zopf, der über ihre rechte Schulter fiel. Ich glaubte nicht, dass ich sie schon einmal gesehen hatte, jedenfalls nicht bewusst.

»Kennen wir uns?«, fragte ich zaghaft.

Sie streckte mir die Hand hin. »Ich bin Lynx. Und du bist Rays Freundin, die Macs Amulett gefunden hat.«

»Woher weißt du das?«

»Ich bin Macs Schwester. Ich habe dich im Reservat gesehen. Du bist … sagen wir, auffällig.«

»Tut mir leid wegen Mac«, sagte ich etwas hilflos.

Sie nickte, und ich glaubte, es in ihren Augen feucht schimmern zu sehen. »Ich muss Mac finden. Wir haben sein Amulett, vielleicht können wir ihn noch retten.«

»Ich dachte …« Ich biss mir auf die Zunge.

»Ich weiß, was du denkst. Die vierundzwanzig Tage sind um, Mac ist für immer verloren.« Tränen liefen über ihre Wangen, und ich verfluchte mich innerlich, dass ich nicht einfach meine Klappe gehalten hatte.

»Entschuldige.«

»Schon gut.« Sie wischte die Tränen weg. »So war es ja auch bisher. Aber jetzt ist Ray zurückgekommen. Das ändert alles, verstehst du?«

Eigentlich nicht. Ray war von jenseits der Deathline zurückgekommen, Mac dagegen war sehr wahrscheinlich zu einem Schatten geworden.

Lynx ging in die Küche und holte sich ein Glas aus einem der Schränke. So zielsicher, wie es nur jemand tut, der sich bestens auskennt. Sie drehte sich zu mir. »Du auch?«

»Gerne.«

Sie holte ein zweites Glas, füllte beide mit Wasser und setzte sich an den Bizzeltisch.

Ich ließ mich ebenfalls nieder, achtete dabei jedoch darauf, den Tisch nicht zu berühren.

»Tia ist nicht besonders glücklich, dass Ray zurück ist, weißt du das?«

Ich schüttelte den Kopf. Ich hatte angenommen, dass sie über sein Auftauchen glücklich sein *musste* – so wie ich.

»Du hast die Spielregeln verändert. Es ist noch nie jemand von jenseits der Deathline zurückgekommen.« Sie trank ihr Glas in einem Zug leer. »Vielleicht gibt es auch eine Möglichkeit für Mac.«

»Aber Mac ist nicht über die Deathline gegangen.«

»Eben.« Lynx senkte den Kopf. »Ich darf ihn nicht aufgeben.«

Betretenes Schweigen breitete sich aus und ich nippte hilflos an meinem Wasser. Es schmeckte anders als das Leitungswasser auf der Ranch. Erdiger.

»Warum ist Tia über Rays Rückkehr nicht glücklich?«, brach ich das Schweigen.

»Seine Kraft schwindet, und wenn er zu lange hierbleibt, kostet es ihn seine Unsterblichkeit. Wenn das passiert, verliert Tia ihn für immer.«

»Was?« Ich sprang auf. »Ich dachte … aber er hat doch sein Amulett!«

Lyx hob verwundert die Brauen. »Weißt du nicht, dass seit seiner Rückkehr die Kraft des Amuletts mit jedem Tag abnimmt? Sobald dessen Energie aufgebraucht ist, verliert er seinen Schutz.«

Wie ein eingesperrtes Raubtier zog ich Kreise durch die Küche. Gestern Nacht, als Ray mich gebeten hatte, ihn zurückzuschicken, hatte er *das* mit keinem Wort erwähnt. Er hatte nur davon gesprochen, dass er zurückmusste, weil das, was in mir brodelte, meine Liebe zu ihm nicht zulassen würde. Jedenfalls nicht in einer Form, die es ihm ermöglichte, in meiner Welt zu überleben.

»Ich habe ihn noch nie so schwach gesehen wie heute«, fuhr Lynx fort. »Was ist da los, Josie? Liebst du ihn nicht mehr?«

Tränen drückten meine Kehle hoch. »Ich schicke ihn zurück«, sagte ich tonlos. »Noch heute.«

»Dann hoffe ich, dass es nicht schon zu spät ist.« Lynx bedachte mich mit einem Blick, der eindeutig verriet, dass sie genau das dachte: Es *war* bereits zu spät, um Ray zurück über die Deathline zu schicken. Sie stand auf. »Was machst du überhaupt hier?«

»Ich wollte zu Sam«, sagte ich heiser, mühsam um Fassung ringend.

»Dann sind wir schon zwei. Er hätte vor drei Stunden im Reservat sein müssen.« Sie stellte ihr Glas in die Spüle. »Sam ist nie unpünktlich.«

Bei dem Wort *unpünktlich* sprang ich auf. »Ich muss zur Ranch.«

Sie reichte mir die Hand. »Siowa cha maquwama.«

»Siowa cha maquwama«, antwortete ich, *die Toten wachen über uns*. Die Toten, die wie Ray über die Deathline gingen und dort ein zweites, ewiges Leben zum Schutz der Menschheit lebten. Ein Leben, das für die Yowama wichtiger war als ihre Existenz in unserer Welt. Ein Leben, das ich Ray vielleicht bereits endgültig genommen hatte.

* * *

KAPITEL 23

»DA BIST DU JA ENDLICH!« Bevor ich auch nur Hallo sagen konnte, hatte Martha die Putzsachen auf das Gästebett geworfen und mich an ihre Brust gedrückt. Dann schob sie mich auf Armeslänge von sich. »Patrick ist zu Dana gefahren, um zu sehen, ob dir etwas passiert ist! Wo warst du denn nur?«

»Ich musste Gabriel heimbringen«, murmelte ich.

Sie schüttelte ihre kurzen Locken. »Ich hab's mir im Fernsehen angesehen. Was ist da nur los?«

Ich zuckte die Achseln, was mir weniger als eine Lüge erschien, wie laut »keine Ahnung« zu sagen.

»Also, ich glaube ja«, sagte Martha, »dass hier böse Mächte im Spiel sind. Keiner von uns ist mehr sicher.« Sie schniefte und tupfte sich mit dem Schürzenzipfel die Augenränder ab. »Unsere Stadt ist verloren, mein Mädchen, unser geliebtes Angels Keep. Und das ist nur der Anfang.«

Es klang wie eine typische Martha-Übertreibung. Nur lag sie diesmal vielleicht gar nicht so falsch – niemand war mehr sicher.

Die nächste Stunde putzte ich die restlichen Zimmer, zügig aber ordentlich genug, dass kein Gast Grund hatte, sich zu beschweren. Das letzte und mit Abstand das chaotischste war Serenas. Ich betrachtete den Haufen Klamotten über dem Stuhl und fragte mich, ob sie überhaupt irgendein Kleidungsstück in den Schrank geräumt hatte. Aber es konnte mir egal sein. Ich musste nur das Bad putzen und das Bett machen, Staub wischen, wo es ging, was bei dem Chaos nicht viel war, und einmal saugen.

Der Schreibtisch war ebenfalls zugemüllt. Hefte und Bücher mit seltsamen Runen, die Voliàn-Rute, dunkelbraune, krakelig beschriftete Apothekerfläschchen, Ketten und Armbänder mit Totenköpfen und eine bunte Sammlung an Federn. Das Chaos überzog das ganze Zimmer, vom Nachttisch bis zum Fensterbrett. Dort lagen Steine, die mir seltsam bekannt vorkamen. Ich ging näher heran. Es waren die gleichen, die ich eben bei Sam in der Küche gesehen hatte. Ein gelber, ein orangefarbener, flach und handtellergroß, beide hatten kristallene Einschüsse. Ich streckte meine Hand aus, zog sie aber wieder zurück, als die Zimmertür zufiel.

Ich fuhr herum. Serena stand im Zimmer.

»Hi, Josie.« Sie lächelte entschuldigend. »Sorry, bin nicht die Ordentlichste. Wegen mir kannst du das mit dem Putzen lassen.«

Sie stellte sich neben mich und legte die Hand auf den gelben Kristall. »Interessieren dich die Steine?«

»Ich habe solche schon mal gesehen. Sind sie besonders?«

Sie hob den gelben hoch und hielt ihn mir hin. »Nimm mal.«

Ich gehorchte und umschloss den Stein mit meiner Hand. Er fühlte sich genauso seidenweich an wie er aussah. Doch plötzlich wurde er warm. Regelrecht heiß. Erschrocken öffnete ich die Hand. Die kristallenen Einschüsse hatten sich dunkel verfärbt. Hastig legte ich den Stein zurück. Meine Handinnenfläche war gerötet und kribbelte.

Was war das für ein Ding?

»Eieiei.« Serena schnappte sich den orangefarbenen Stein. »Probieren wir es mit dem.«

Ich sah sie fragend an. Doch sie legte ihn wortlos in meine Hand. Er wurde noch heißer und die Kristalleinschüsse noch dunkler.

»Au!« Schnell gab ich ihn zurück. Mit einem erneuten »Eieiei« legte sie ihn behutsam neben den gelben Stein, dessen Kristalleinschüsse sich langsam Richtung Mittelgrau entfärbten.

»Was ist das?«

»Das sind Grenjansteine. Es gibt nichts, das so hochsensibel auf negative Energie reagiert wie diese Steine.« Sie zeigte auf den langsamen Farbwechsel. »Sobald sie auf negative Energie treffen, verfärben sich die Kristalle.«

»Und warum werden sie jetzt wieder klar?«

»Weil sie im Sonnenlicht liegen. So laden sie sich wieder mit positiver Energie auf.« Sie ging zu ihrem Schreibtisch und hob eines der Apothekerfläschchen hoch. »Du hast echt ein Problem, weiß du das?«

»Ich weiß«, sagte ich leise. Ein fettes Problem.

»Da fließt eine Scheißenergie in dir.« Sie musterte mich besorgt, aber auch neugierig. »Ich bin mir sicher, dass die vor zwei Tagen noch nicht da war. An dem Tag, als ich dich kennengelernt habe, war deine Aura noch hell.«

»Aura?« Ich kräuselte die Nase.

»Aura. Energie. Ausstrahlung. Alles dasselbe.« Serena schüttelte das Fläschchen. »Wenn jemand sagt, dass du Charisma hast oder eine tolle Ausstrahlung, zieht keiner eine Grimasse.«

»Sorry, Aura klingt so …« Ich suchte nach dem passenden Wort.

»Esoterisch?«, fragte Serena. »Deine Aura ist dunkler geworden, und jetzt gerade drehst du ganz schön am Dimmer. «

»Das siehst du?«, fragte ich ungläubig.

»Yep.« Sie lachte. »Es gibt Menschen, die können ein Telefonbuch auswendig aufsagen. Komplett unnütz, aber nachweisbar. Ich kann die Aura von Menschen sehen. Das kann ich zwar nicht beweisen, aber dafür ist es deutlich nützlicher.«

Ich schwieg, denn auch wenn ich Serenas Gabe nicht anzweifelte, wehrte sich etwas in mir, mich darauf einzulassen.

»Was ist passiert?«, fragte Serena.

Anstelle einer Antwort setzte ich mich auf ihr Bett. Wie gern hätte ich ihr von Ray und der Schleuse erzählt, aber wie konnte ich, ohne das Geheimnis der Yowama preiszugeben?

»Wenn ich dir helfen soll, musst du mir schon sagen, womit wir es hier zu tun haben.« Serena beugte sich über den Schreibtisch und verteilte die unzähligen Tütchen auf der Platte. »Ist es das Gleiche, was sich in diesen Spielen verbirgt?«

»Ich glaube nicht.« Meine Hände gruben sich in die Bettdecke. Wenn Serena etwas gegen die fiese Energie machen konnte, die Ray schwächte, dann durfte ich die Gelegenheit nicht verschenken. Vielleicht war es die einzige Chance, ihn zu retten. »Kannst du mir wirklich helfen?«

»Vielleicht. Wenn ich weiß, gegen was ich antreten soll.«

»Ich war …« Verzweifelt suchte ich nach einer Beschreibung, mit der ich die Yowama nicht preisgab. »Ich war im Zwischenreich zwischen diesem Leben und einem anderen.«

Serena zog ihre Brauen zusammen, aber sie wirkte nicht wie jemand, der zweifelte, sondern wie jemand, dessen Interesse gerade geweckt worden war.

»Eine Schleuse, die mich auf die andere Seite bringen sollte«, fuhr ich fort, »dort habe ich mich mit dunkler Energie infiziert.«

Nun trafen sich die Brauen fast über ihren schwarzen Augen und ihr Blick war eindeutig ungläubig. »Wie bist du wieder rausgekommen?«

»Mir wurde geholfen«, sagte ich knapp.

»Geholfen?«, fragte sie, die Stimme so ungläubig wie ihr Blick. »In einem Zwischenreich?«

Ich presste die Lippen aufeinander, meine Hände so fest in Serenas Bettwäsche gekrallt, dass ich die einzelnen Federn darin spürte. »Mehr kann ich nicht sagen.«

»Wow. Aus einem Zwischenreich gerettet …« Sie wandte sich dem Chaos auf ihrem Schreibtisch zu. Nach ein paar Minuten fischte sie eines der Tütchen heraus und legte es neben das Apothekerfläschchen. »So was habe ich noch nie gehört. Ich wusste nicht mal, dass es überhaupt möglich ist.« Sie fischte ein weiteres Tütchen heraus und legte es ebenfalls dazu. »Ich muss das mit meiner Granny bereden. Wenn einer weiß, was man da tun kann, dann sie.«

Serena lächelte mich mit einem Lächeln an, das wohl ermutigend sein sollte. War es aber nicht, denn ich sah den Zweifel darin. Es war der gleiche Ausdruck wie vorhin in Lynx Augen, als sie Ray für verloren erklärte.

* * *

KAPITEL 24

»UND JETZT?«

Sarahs Frage riss mich aus meinen Gedanken. Ich sah zu ihr und dem Mustang, der einigermaßen ruhig neben ihr an der Longe stand. »Das Ganze noch mal von vorne. Du kannst etwas mehr Spiel geben.«

Ich beobachtete, wie sie den Mustang lobte und weiter die Grundbefehle mit ihm übte. Meine Gedanken wanderten sogleich wieder zu Ray. Sein Leben in dieser Welt hing von meiner Liebe ab. Ich verstand die Logik nicht. Die Yowama waren als weise bekannt, gerade sie mussten doch wissen, dass es unklug war, einen Menschen von einem anderen abhängig zu machen. Gaben sie mir damit nicht totale Macht über ihn?

Ich wollte das nicht. Auf keinen Fall!

Ich wollte weder die Macht über Rays Leben, noch die Verantwortung dafür. Meine Augen folgten den Runden des Mustangs, und Sarahs ruhige, schmeichelnde Stimme drängte sich zwischen meine Gedanken.

»Ho, sehr gut, geht doch, Dragoon.« Sie winkte mir zu. »Hey, Josie, hast du das gesehen? Dragoon ist bald so weit.«

Ich hob den Daumen. Beobachtete, wie das vor ein paar Wochen noch völlig ungezähmte Wildpferd aufmerksam Sarahs Befehlen folgte. *Und was ist mit deiner Verantwortung für die Wildpferde, die du jeden Sommer rettest? Ohne dich würden sie nicht überleben, wenn die Ranger ihre Herden verkleinern.* Ich wischte die nörgelnde Stimme in meinem Kopf beiseite. Das war wohl kaum zu vergleichen. Ich übernahm für eine kurze Zeit die Verantwortung für sie, dadurch nahm ihr Leben eine andere Wendung. Bei Ray dagegen … er hatte so viel Lebenszeit, wie *ich* ihm gab! War ich auf ihn wütend oder wollte ich ihn nicht bei mir haben, dann schwächte ihn das. Bedeutete das nicht auch, dass ich bei *allem*, was ich tat, sagte, sogar *dachte*, darauf achten musste, ob das seinen Zustand beeinflusste? *Und weil du es weißt, beeinflusst das dein gesamtes Verhalten*, meldete sich eine andere Stimme in mir. *Deine Entscheidungen sind nicht mehr deine. Willst du das wirklich?* Ich spürte, wie mein Brustkorb eng wurde. Stimmte das? Waren meine Entscheidungen nicht mehr meine eigenen? *Dachtest du nicht, dass Dassler Bescheid wissen sollte?*, bohrte die Stimme weiter. *Du weißt, wie wenig die Yowama die Situation im Griff haben und trotzdem tust du nicht das Naheliegende, sondern folgst ihren Befehlen. Dabei weißt du nicht einmal, warum. Du sollst es auch nicht wissen. Das vertrauen sie dir nicht an. Aber Rays Leben schon. Kapierst du es denn nicht? Sie benutzen dich. Damit du ihnen folgst, knebeln sie dich mit deinen Gefühlen für Ray. Was ist nur los mit dir? Wie kannst du so blind und dumm sein?* Mein Burstkorb war nun so zugeschnürt, dass ich schwer atmete. In mir breitete sich eine dunkle Wut aus, wie ich sie erst einmal in meinem Leben gespürt hatte – bei Rays und meinem Streit gestern Nacht. Ich wollte es nicht. Ich wollte nicht so über Ray und die Yowama denken, aber ich kam gegen die Stimme in mir nicht an. Fluchend sprang ich vom Gatter. Trat dagegen. Zwei Mal, drei Mal. Ich wollte das Holz splittern sehen, ich wollte es krachen hören, doch das Gatter sprang nur auf und knallte gegen den Zaun.

»Was ist los?«, rief Sarah.

»Ich übernehme.« Ich lief auf den Platz und schnappte ihr die Longe aus der Hand. Mit zwei Griffen löste ich sie, dann schwang ich mich in den Sattel.

Bevor Sarah protestieren konnte, galoppierte ich schon durch das offene Gatter hinaus ins Gelände.

»Josie!«, rief Sarah mir nach, doch ich ignorierte sie. Ich wusste auch so, was sie mir sagen wollte: Es war zu früh für einen Geländeritt mit Dragoon, zu früh, für die wilde, freie Seele, die wir gerade zu zähmen versuchten, unmöglich für mich, ihn zu bändigen.

Nass geschwitzt ritten Dragoon und ich auf den Hof. Ich war total ausgepowert, aber wenigstens hatte meine Wut sich bei dem Machtkampf mit Dragoon aufgelöst, und ich war wieder ich selbst.

»Mensch! Wo warst du?« Patrick lief auf uns zu und hielt Dragoon, während ich abstieg. »Unsere Gäste hauen ab! Wir müssen was tun!«

»Wie? Wovon redest du?« Ich band Dragoon am Sattelplatz an und gab ihm ein paar wohlverdiente Leckerlies.

Patrick zeigte zum Haus. Vor der Veranda stand mein Vater mit zwei Gästen, die beide einen Koffer festhielten.

»Das sind die Dritten heute, die vorzeitig abreisen.«

»Vielleicht besser so«, murmelte ich. »Wenn man Martha zuhört, stehen wir kurz vor der Apokalypse.«

»Aber Dad lässt sie *kostenfrei* stornieren. Soll ich dir mal vorrechnen, was das für unsere Kasse bedeutet?«

»Lass.« Ich öffnete Dragoons Sattelgurt. »Wir können es eh nicht ändern, sobald Angels Keep zur Ausnahmezone erklärt wird.«

Patrick trat direkt neben mich und nahm meinen Arm. »Doch, wir können schon was tun«, zischte er. »Du weißt ganz genau, was zu tun ist, und tust es nicht.«

Ich holte tief Luft. Atmete aus. Ich wusste nur zu gut, was zu tun war, doch es würde Patrick nicht gefallen. Aber ich würde mich nicht auf einen Streit einlassen. Aus seiner Sicht war er absolut im Recht. Patrick hatte schließlich keine Ahnung, in welcher Zwickmühle ich mich wirklich befand. Und jetzt war nicht der Moment, ihm zu erklären, warum ich Dassler erst einweihen konnte, wenn Ray wieder sicher zurück über die Deathline gegangen war.

»Wann, Josie?«, bohrte Patrick weiter. »Was muss noch passieren?«

»Ich kümmere mich drum.« Ich hob den Sattel von Dragoons Rücken. »Versprochen.«

Patrick legte seine Hand auf das nasse Fell des Hengstes. »Was hast du mit dem armen Kerl gemacht?«

»Wir hatten eine kleine Meinungsverschiedenheit darüber, wohin wir reiten sollen.«

Er sah mich verständnislos an, dann riss er die Augen auf. »Du warst mit ihm im Gelände? Bist du komplett irre?«

Ich lachte auf. Besser hätte Patrick meinen Zustand nicht auf den Punkt bringen können. In mir kämpfte mein echtes Ich mit einem dunklen Ich und brachte mich dazu, Dinge zu tun, zu fühlen und zu denken, die ich nicht tun, fühlen und denken wollte. Wenn das nicht irre war, was dann?

Er nahm mir den Sattel ab und schüttelte missbilligend den Kopf. »Ganz ehrlich, das ist *nicht* lustig.«

»Ich weiß.« Ich legte meine Hand auf seinen Arm. »Danke.«

»Danke wofür?«, fragte er verwirrt.

»Dass du dich an unsere Abmachung hältst, obwohl du denkst, dass es falsch ist.«

Sein Blick wurde noch verwirrter. »Du bist meine Schwester. Du musst dich bei mir nicht für etwas bedanken, das selbstverständlich ist.«

Ich drückte kurz seinen Arm und sah ihm nach, als er mit dem Sattel zum Stall ging. Nach ein paar Schritten drehte er sich noch einmal um.

»Du bist nicht allein in der … Sache. Ich stehe hinter dir. Und Dana. Und Gabriel. Wir sind ein Team. Vergiss das nicht.« Damit drehte er sich wieder um und lief weiter zur Sattelkammer.

Mechanisch striegelte ich Dragoon. Nein, ich war nicht allein. Ein warmes Gefühl durchflutete mich. Auch wenn ich Ray zurück über die Deathline gehen lassen musste, Patrick, Dana und Gabriel würden für mich da sein. Und ich würde lernen, so mit meinem Herzen zu hören, dass ich Rays Nachrichten verstand. Unruhe überkam mich und verscheuchte das gute Gefühl, dass mich eben noch hatte lächeln lassen. *Falls* Ray ein zweites Mal die Deathline überqueren konnte. Wenn es nicht bereits zu spät war. Ich winkte Sarah zu mir.

»Kannst du bitte Dragoon fertig machen und zurück auf die Koppel bringen?«

»Klar.«

Ich gab ihr den Striegel und lief zum Stall. Hoffte, dass Bo und Ray bereits zurück waren.

Schon bevor ich Bos Box erreicht hatte, sah ich sie. Ihre Mähne war noch zerzauster als gestern. Mein Herzschlag schaltete schlagartig auf Marathonmodus. Hastig betrat ich die Box. Unterdrückte einen Aufschrei.

In der Ecke saß Ray, nein, er saß nicht, er lag da, zusammengekauert wie ein Embryo.

»Ray!« Ich stürzte zu ihm. »Was ist los mit dir?«

»Alles gut.« Er zog eine Grimasse, die wohl ein Lächeln darstellen sollte, aber stattdessen verriet, dass seine Worte eine Lüge waren. Es war nicht alles gut. Ganz und gar nicht. Er war so bleich, dass selbst seine Lippen ihr Rot verloren hatten. Er sah krank aus. Sterbenskrank. Mühsam klopfte Ray auf das Stroh neben sich.

Ich setzte mich zu ihm, mein ganzer Körper zittrig von seinem Anblick. *Das ist deine Schuld!*, raunte eine Stimme in mir.

Mit leisem Ächzen hob er seinen Arm und legte ihn um mich. Doch er zog mich nicht näher zu sich heran, der Arm lag ungewohnt schwer und kraftlos auf meiner Schulter.

»Es ist nicht alles gut«, sagte ich mit wackeliger Stimme.

»Schsch.« Er lehnte seinen Kopf an meinen. »Lass uns einfach ein wenig hier sitzen, ja?«

Behutsam schmiegte ich mich an ihn. Wir saßen reglos auf dem piksigen Stroh, während meine Gedanken um Lynx Mahnung kreisten: *Dann hoffe ich, dass es nicht schon zu spät ist.*

»Es tut mir so leid«, flüsterte ich.

»Das ist nicht deine Schuld.« Ich spürte die Bewegung von Rays Lippen auf meinem Haar.

»Deine Mutter sieht das anders.«

Er richtet sich abrupt auf. »Wann hast du mit meiner Mutter gesprochen?«

»Gar nicht. Lynx hat es mir erzählt.« Ich legte kurz meinen Finger an seine Lippen, damit er sich die nächste Frage sparte. »Ich habe sie in Sams Wohnung getroffen, und dort war ich, weil ich Sam … weil ich …« Meine Stimme erstarb unter seinem aufmerksamen Blick.

»Weil …?«

»… die Situation in Angels Keep total aus dem Ruder läuft«, presste ich hervor. »Danas Dome hat gebrannt.«

Rays Blick war mit einmal hellwach. »Was ist geschehen?«

Ich erzählte ihm von den Explosionen und Bränden. »Wenn ihr nicht mal mitkriegt, *was* hier los ist, wie wollt ihr es dann bekämpfen? Ihr *müsst* mit Dassler reden, bitte, Ray!«

Er schloss für einen winzigen Moment die Augen. »Das wolltest du Sam sagen, oder?«

»Ja.« Unwillkürlich hatte mein Ton eine trotzige Note angenommen. »Ihr müsst euch eingestehen, dass ihr es nicht mehr im Griff habt.«

»Wir haben nie behauptet, dass wir es im Griff *haben*. Wir haben gesagt, wir müssen es *allein* in den Griff *bekommen*.«

»Aber, warum?«, rief ich verzweifelt. »Warum könnt ihr nicht mit einer Behörde zusammenarbeiten? Ihr müsst doch nur das Nötigste sagen.«

Wieder schloss er die Augen. Ich wartete, dass er sie öffnete und mir antwortete, und je länger ich wartete, desto entschlossener wurde ich, ihn diesmal nicht mit einem billigen »Vertrau-mir-und-tu-um-was-ich-dich-Bitte« davonkommen zu lassen.

»Du warst also heute in Sams Wohnung?«, fragte er nach gefühlten zehn Minuten.

Ich nickte, etwas irritiert, da a) wir das ja bereits geklärt hatten und b) das keine Antwort auf meine Frage war.

»Ist dir dort etwas aufgefallen?«

»Es gibt keine Lampen.«

»Stimmt. Aber, dass wir im Dunkeln perfekt sehen können, weißt du ja schon. Sonst etwas?«

»In der Küche standen keine elektronischen Küchengeräte. Und ein Schrank hat gekühlt, obwohl es nur ein Schrank war.«

»Hast du in Sams Wohnung irgendwo eine Steckdose gesehen?«

Hatte ich? Darauf hatte ich nicht geachtet. Ich scannte die Bilder in meinem Kopf – keine Steckdose, so weit ich wusste.

»Es gibt keine.« Ray umschloss meine Hände. »Weder in Sams Wohnung noch im Reservat. Ist dir noch etwas aufgefallen?«

»Neben der Tür war ein grüner Batzen mit so Zeug.«

»Hast du ihn berührt?«

Ich verzog bei dem Gedanken an den feuchtkalten Haufen das Gesicht. »Ja.«

Ray ließ meine Hände los. Zum dritten Mal schloss er die Augen. Um seinen Mund zuckte es, als kämpfe er mit sich.

»Ray?«, fragte ich zaghaft. »Was ist los?«

Er schüttelte kaum merklich den Kopf, die Augen weiterhin geschlossen und die Finger um sein Amulett gelegt.

Hilflos saß ich neben ihm, unschlüssig, wie ich reagieren sollte. »Habe ich etwas falsch gemacht?« Ich sah auf meine Hände, die Ray so plötzlich losgelassen hatte, und eine böse Ahnung stieg in mir auf. »Hätte ich das grüne Zeug nicht berühren dürfen?«

Noch immer antwortete er nicht. Ich starrte auf meine Hände, roch an ihnen, bemerkte jedoch nichts Ungewöhnliches.

»Ray?«

Er öffnete die Augen. *Dunkles Tannengrün*, schoss es mir durch den Kopf, vorhin waren sie noch viel heller gewesen.

»Du weißt, wie besonders unser Amulett ist«, begann er und hielt es auf meine Augenhöhe.

»Ja.«

»Es wird aus diesem grünen … Zeug, wie du es nennst, gemacht.«

»O-kay«, sagte ich langsam und versuchte mir vorzustellen, wie man ein Material, das an der Luft nicht austrocknet, zu einem Amulett verarbeiten konnte.

»Diesen Stoff nennen wir das *Grün der Erde, es* schenkt uns besondere Kräfte, damit wir es beschützen können – in diesem und in unserem zweiten Leben.« Er presste das Amulett an seine Brust. »Niemand außerhalb des Stammes weiß, dass es existiert, so ist es am besten geschützt.«

»Deshalb gibt es keinen Zugang zum Reservat«, murmelte ich.

»Wir bestimmen, wer uns besuchen darf und wer nicht.« Er ließ das Amulett los und streckte die Hand nach mir aus. Ich ergriff sie. Sie war erschreckend kalt. »Du bist nun der erste und einzige Mensch außerhalb, der davon weiß.«

Ich schluckte. »Warum?«

»Weil wir dich um Hilfe gebeten haben und du sie uns verweigern wirst, wenn wir dich nicht wie eine von uns behandeln.«

»Hast du nicht gesagt, es war ein Fehler, mich um Hilfe zu bitten?«, warf ich ein.

»Es war ein Fehler, dir in dem Zusammenhang von der Schleuse zu erzählen.« Er lächelte müde. »Deine Hilfe einzuholen, war kein Fehler. Es ist deine Bestimmung, das Grün der Erde vor diesem Angriff zu bewahren.«

Ich schüttelte den Kopf. Das konnte er nicht ernst meinen, oder wenn er es ernst meinte, dann war mit der Bestimmung irgendwas enorm schiefgelaufen.

»Man kann vor seiner Bestimmung nicht davonlaufen, Rodeo-Girl.«

Vielleicht. Aber ich hatte auch nicht vor mich zu drücken. Ich wusste nur schlicht nicht, wie ich sie erfüllen sollte.

»Was ist so besonders an dem *Grün*, dass ihr es vor den Menschen beschützen müsst?«, fragte ich, um von dem Thema *Bestimmung* abzulenken.

Er ließ meine Hand los und zeigte auf das Heu neben mir. »Nimm eine Handvoll davon.«

Ich sah ihn verwundert an, fischte dabei das Heu vom Boden.

»Jetzt denk daran, wie das Heu war, bevor es getrocknet wurde.«

Wieder verzog ich verwundert das Gesicht und dachte an die saftigen Grashalme, die geschnitten und dann getrocknet worden waren. Plötzlich veränderte sich das Heu in meiner Hand. Zuerst die Konsistenz, es wurde fülliger, feuchter, dann die Farbe, aus dem Blassgrün wurde kräftiges Grasgrün. Fassungslos starrte ich auf frische Grashalme. »Da…das…« Ich war sprachlos.

»Das Gras ist jetzt deins.«

Ich war so überrumpelt, dass ich die Bedeutung seiner Worte gar nicht beachtete. »Aber… wie?«

»Du hast die grüne Masse in Sams Wohnung berührt. Kannst du dir das Ausmaß der Möglichkeiten vorstellen?«

Ich starrte immer noch auf die frischen Halme in meiner Hand. »Aber… das ist doch… Ray! Damit könnte man Wüsten wiederbeleben! Man könnte jede Hungersnot vermeiden!«

»Wirklich?«, fragte Ray trocken. »Weißt du, warum die Wüsten so schnell wachsen?«

»Die Wälder werden gerodet?«

»Land- und Viehwirtschaft sind nicht mehr im Einklang mit der Natur und der Wassermangel wird in gefährdeten Gebieten noch durch den Tourismus verschärft.«

»Aber dann ist es doch umso wichtiger!«

Ray packte meine Hand, so plötzlich und fest, dass die Halme zu Boden fiel. »Nein, Josie. Es wäre der Untergang. Nenne mir ein Beispiel, wo Menschen *verantwortlich* mit einer neuen, mächtigen Ressource umgegangen sind.«

Eine. Das konnte nicht so schwer sein.

Ich lag falsch.

Es *war* schwer. Bei Erdöl dachte ich an die Kriege um erdölreiche Regionen und die von Autos verstopften und Abgasen verpesteten Städte, bei Kohle an die Kinder, die früher in die Bergwerke geschickt wurden und an die Umweltverschmutzung, bei Atomkraft an den radioaktiven Abfall und die Bedrohung durch Atombomben. Ich dachte an das Internet und den lawinenartigen Anstieg der Online-Kriminalität und den Laden von Jakes Vater, der letztes Jahr schließen musste, weil die Leute sich nur noch beraten ließen, um dann alles online zu kaufen … Ich strengte mich wirklich an, aber egal, was mir in den Sinn kam, das Positive war überschattet von negativen Folgen für einen Großteil der Menschheit.

»Wir leben in einer Welt, in der weniger als sechzig Personen so viel besitzen wie die arme Hälfte der Weltbevölkerung. Je reicher die Reichen werden, desto ärmer werden die Armen. Es müsste nicht so sein, wenn die Menschen, die Macht und Geld haben, nicht immer noch mehr Macht und Geld wollten, egal, wie viel Elend sie dabei anrichten.« Ray hielt meine Hand so fest, dass es wehtat. »Das FBI arbeitet für Leute, die Macht haben. Glaubst du, einer von denen ließe sich die Gelegenheit entgehen, eine Materie zu besitzen, die mächtigere Eigenschaften hat, als sich je irgendwer hätte erträumen können?«

Er ließ mich los. Ich rieb meine Handgelenke und starrte ihn an. Wahrscheinlich hatte Ray recht. Nein, ganz sicher. Wenn dieser Glibber wirklich so mächtig war, und davon war ich mit Blick auf das frische, saftige Gras vor meinen Füßen überzeugt, dann könnte, nein, dann würde es in den falschen Händen zu einer Katastrophe führen.

»Bislang haben wir das Grün der Erde behütet, indem wir es von der Menschheit abgeschirmt haben. Irgendjemand weiß nun davon und nutzt die dunkle Magie der toten Yowama, um unseren Schutzwall zu zerstören.«

»Warum zerstört er dann Angels Keep, wenn er es auf das Reservat abgesehen hat?«, fragte ich.

»Wir glauben, dass die Dämonen der toten Yowama euren Strom benutzen, um immer stärker zu werden. Und das werden sie, jeden Tag, sie durchlöchern unseren Schutzschild und sie erzeugen diese blinden Flecken.«

»Und weil sie das Stromnetz anzapfen«, folgerte ich, »kommt es zu den extremen Entladungen und Explosionen.«

Ray nickte. »Euer Strom macht sie stark, bald vielleicht stärker als uns.« Er lehnte sich erschöpft zurück. »Wenn wir das Grün der Erde nicht schützen können, wird es das Ende der freien Welt sein.«

»*Ende der freien Welt?*« Ich zog die Stirn kraus. »Ist das nicht etwas übertrieben?«

»Ist es das?« Er lächelte mich müde an. »Ihr entwickelt künstliche Intelligenz, die schlauer wird, als ihr selbst seid, und erforscht, wie man den Menschen direkt mit dem Internet verbinden kann. Ihr handelt, ohne euch über die Konsequenzen eures Tuns Gedanken zu machen.«

»Wo hast du das denn her?« Ich schüttelte den Kopf. Menschen mit dem Internet verbinden? Wir waren doch keine Cyborgs!

»Wir halten unsere Augen und Ohren offen. Dazu haben wir unsere Außenposten.«

Er sprach von Yowamas wie Sam. Und ich bemerkte die

Logiklücke in seiner Argumentation. »Wenn dieser Glibber auf keinen Fall in die falschen Hände geraten darf, warum klebt er dann bei Sam an der Wand, wo ihn jeder sehen kann?«

»Sams Wohnung ist genauso geschützt wie das Reservat.«

»Ich bin einfach reinmarschiert. Und Lynx auch.«

»Ihr dürft. Wer keine Erlaubnis hat, kommt nicht die Treppe hoch.«

Das also steckte hinter dem ungewöhnlichen, grünlich schimmernden Treppenbelag. Aber selbst wenn das funktionierte, um Sams Wohnung vor unbefugten Eindringlingen zu schützen, sah ich in Rays Begründung, das FBI außen vorzulassen, einen Denkfehler. Gerade weil es sich bei dem mysteriösen Grün um etwas extrem Mächtiges handelte, war es sehr wahrscheinlich, dass wer auch immer die Yowama getötet und Rays Vater entführt hatte, hinter genau dieser Materie her war. Wäre es nicht deutlich schlimmer, wenn das Grün der Erde in die Hände des unbekannten Mörders fiele, als in die Hände eines Staates?

»Rodeo-Girl.« Rays Stimme war nur ein Hauch. Er winkte mich an seine Seite. Ich setzte mich wieder neben ihn und er lehnte den Kopf an meine Schulter. »Wenn es so weit ist, hör nicht auf dich. Denk nur an meine Worte.«

Ich zog die Brauen hoch. *Hör nicht auf dich?* Warum?

Ich spürte, wie die Wut mich erneut erfasste, als jemand den Stall betrat.

Ray spreizte seine Finger. Schon tippelte Bo zu uns und stellte sich so hin, dass wir von der Boxentür aus nicht zu sehen waren.

»Josie?« Es war Serena. Ich sprang auf. Vielleicht hatte sie eine Waffe gegen meine dunkle Wut gefunden!

»Ich komme gleich wieder«, flüsterte ich.

»Josie! Bist du hier?«

Ich trat aus der Box auf die Stalltrasse und ging Serena entgegen, als Dana in den Stall lief. »Mann! Josie! Wo bleibst du denn? Dassler wartet auf uns, und wir stehen da wie die Idioten, weil wir nicht wissen, was wir sagen dürfen.«

Ich packte sie an den Schultern und bohrte meinen Blick in ihren. »Nichts. Okay?«

»Echt jetzt?« Dana schüttelte entnervt den Kopf. »Josie, verdammt –«

»Ich weiß jetzt, warum wir nichts sagen dürfen«, flüsterte ich. »Ich brauche Zeit, darüber nachzudenken. Bitte.«

Dana verdrehte die Augen. »Du weißt schon, dass du nervst, oder?«

Ich hielt sie noch immer fest, bemerkte Serenas neugierigen Blick. »Ja oder nein?«

»Was glaubst du?«, schnappte Dana.

»Danke.« Ich ließ Dana los und packte Serenas Arm. Ehe sie protestieren konnte, zog ich sie mit mir zum Ausgang. Dort verriegelte ich die Tür und hoffte, dass diesmal der Riegel verschlossen bleiben würde, bis ich selbst ihn wieder öffnete.

* * *

KAPITEL 25

ATEMLOS ERREICHTEN WIR das Büro, wo Patrick, Gabriel und Dassler auf uns warteten. Ausgerechnet Dassler, die Person, die ich nach meiner Unterhaltung mit Ray am wenigsten treffen wollte. Patrick lehnte am Schreibtisch, Gabriel lümmelte in Dads Lehnstuhl unter dem Fenster und Dassler stand neben ihm. Dana ging zu Patrick und setzte sich zu ihm auf den Schreibtisch. Der warf ihr einen fragenden Blick zu. Sie schüttelte kaum merklich den Kopf, worauf er entnervt das Gesicht verzog. Ich zuckte entschuldigend die Schultern und stellte mich an meinen Stammplatz neben der Tür.

»Gut, dann sind wir also vollzählig«, begann Dassler. Er machte eine bedeutungsvolle Pause. »Nach den Explosionen heute Nachmittag ist die Situation in Angels Keep zu einer Frage der nationalen Sicherheit erklärt worden.« Dassler nickte, als wolle er seine Worte noch bekräftigen. »Und damit ist eure Mithilfe und Offenlegung aller Details, die zur Aufklärung der Ereignisse führen können, eure patriotische Pflicht.«

Ich wusste nicht, was er mit dieser pathetischen Ansprache

bezwecken wollte, bis mein Blick auf Patrick fiel. Seine Wangen waren rot gefleckt, und ich sah ihm an, dass er darauf brannte, Dassler absolut alles zu erzählen, was er wusste. Ich warf ihm einen warnenden Blick zu.

»Abgesehen davon, macht ihr euch strafbar, wenn ihr Informationen zurückhaltet, die Fragen der nationalen Sicherheit betreffen.« Dassler fixierte Dana. »Das kann eine Haftstrafe oder auch die Aberkennung der Aufenthaltsberechtigung zur Folge haben.«

»Jetzt halten Sie aber mal die Luft an!«, protestierte Dana. »Wir haben nichts Unrechtes getan. Keiner von uns! Oder wollen Sie mir vorwerfen, dass ich Aliens beauftragt habe, den Laden meines Vaters abzufackeln?«

»Nein«, sagte Dassler, unbeeindruckt von Danas Ausbruch. »Aber du könntest mir erzählen, was du auf der Farroway Farm wolltest, als Marcus Dowby erschossen wurde.«

Ich hielt die Luft an. Betete, dass Dana jetzt nichts Falsches sagte.

»Ich wusste, dass Dowby an der Ranch interessiert war und wollte ihn fragen, ob er den O'Learys ein Stück Land abkaufen würde. Das hätte den O'Learys den Arsch gerettet.«

Dassler zog fragend eine Braue hoch.

»Na, wegen der Pleite.« Dana tippte Patrick an die Schulter. »Kannst du mal bitte bestätigen, dass ihr fast bankrott wart und du einen Teil eures Landes verkaufen wolltest, um die Schulden zu bezahlen?«

Patrick nickte. »Sie können das überprüfen.«

Dassler war nun sichtbar verwirrt. »Was hat das mit den Ereignissen in Angels Keep zu tun?«

»Na, keine Ahnung«, sagte Dana. »Sie haben mich gefragt, warum ich zur Farroway Farm bin. Zum Arschretten. Und dort habe ich eine über den Kopf bekommen, und mehr weiß ich nicht.« Danas Wortwahl sprach Bände. Dassler hatte bei ihr falsch gepokert. Er wollte sie mit der Bemerkung über die Aberkennung der Aufenthaltsberechtigung einschüchtern. Er hatte klargemacht, dass sie nicht dazugehörte. Das war wie beim Stierkampf das rote Tuch zu schwingen.

Dassler wandte sich an mich. »Und du? Was wolltest du dort?«

»Ich habe Dana gesucht.«

»Und du wusstest, dass sie dort sein würde.«

»Ich habe einen Tipp bekommen.«

»Und da bist du ganz allein hingefahren?«

Ich verschränkte meine Arme vor der Brust. Natürlich war ich nicht allein gewesen. Ray hatte mich begleitet, was ich aber jetzt sicher nicht erwähnen würde. »Ich habe unseren Hufschmied als Back-up zur Farm bestellt, weil ich Dad und Patrick und Gabriel nicht erreichen konnte.«

»Und wo kam dieser Yowama her, der auf der Farroway Farm mit Dana gefangen gehalten wurde?«

Keiner sagte etwas.

»Ich höre?«

»Er war dort im Keller«, meldete sich Gabriel das erste Mal zu Wort. »Wir hatten ihn davor noch nie gesehen.«

»Und wo ist er hin?« Dassler machte zwei Schritte auf mich zu und sah mir direkt in die Augen.

»Zurück ins Reservat.«

»Wo du ihn hingebracht hast. Zusammen mit deinem Yowamafreund Ray.«

Ich zuckte zusammen, was Dassler mit einem triumphierenden Lächeln quittierte.

»Wie kam es, dass du als Einzige mit ins Reservat durftest?«

»Ich war als Kind schon einmal dort. Mit meiner Mutter.«

»Und deswegen hast du freien Zugang?« Er nahm seinen Blick keine Sekunde von mir. »Ich *weiß*, dass die Yowama nur bei einem sehr besonderen Anlass Fremde in ihr Reservat lassen. Also hör auf, mir Unsinn zu erzählen.«

Mit einem Mal hatte ich das Bedürfnis, ihm alles zu beichten. Von Ray, den toten Yowama, dem Amulett, der Deathline, den Schatten und dem geheimnisvollen Grün der Erde, das irgendwo im Reservat verborgen war und auf das es der Mörder der Yowama abgesehen hatte.

Es wäre so einfach.

Dann wäre alles heraus und die Verantwortung läge bei Dassler und seinen Leuten.

Ich musste nur den Mund aufmachen und die Wahrheit erzählen. Das konnte ich ohnehin viel besser, als mir eine Lügengeschichte aus den Fingern zu saugen. Dassler machte nur seinen Job. Er war nicht der Feind, sondern hier, um uns zu beschützen.

Da kam Dana mir zu Hilfe.

»Josie hat einem Yowama das Leben gerettet. Für Sie zählt das vielleicht nicht, aber die Yowama haben das wohl als einen *besonderen Anlass* gesehen.« Dana stieß sich von dem Schreibtisch ab und ging zu mir. Dort quetschte sie sich zwischen Dassler und mich, als wollte sie mir eine Verschnaufpause verschaffen.

Dassler trat einen Schritt zurück. Ich atmete auf. *Hör nicht auf dich, Josie.* Wie aus dem Nichts tauchte Rays Stimme in meinem Kopf auf. *Hör nicht auf dich.*

Nun löste auch Patrick sich vom Schreibtisch und kam zu Dana und mir. Er stellte sich neben Dana und schirmte mich so gegen Dassler ab. Fehlte nur noch Gabriel als dritter Musketier.

Als hätte er meine Gedanken gehört, knarzte der Sessel und kurz darauf stand Gabriel auf Danas anderer Seite. Sie waren wie ein lebender Schutzschild, der Dassler von mir fernhielt.

»War es das?«, fragte Patrick.

»Nein, sicher nicht.« Dassler trat einen weiteren Schritt zurück. »Was hat Dowby gesagt, bevor er starb?«

Ich zwängte mich zwischen Dana und Gabriel. Die Frage konnte nur ich beantworten, und das würde ich auch tun. »Er wollte uns im Moor versenken. Und dann die Ranch übernehmen, sobald mein Vater pleite ist, und alle unsere Pferde zum Abdecker bringen.«

»Mehr nicht?«

»Nichts, an das ich mich erinnere. Ich stand unter Schock.«

»Warum wollen Sie wissen, was Dowby gesagt hat? Was soll das mit den Explosionen heute zu tun haben? Dowby ist längst tot«, warf Gabriel ein.

»Routine«, sagte Dassler. »Reine Routine.«

* * *

KAPITEL 26

»OKAY«, SAGTE DANA, kaum dass Dasslers Schritte im Gang verhallt waren. »Ich möchte jetzt wissen, warum wir immer noch einen Maulkorb haben. Nach dem, was heute mit dem Dome passiert ist, solltest du mir besser einen verdammt wichtigen Grund liefern.«

Gabriel nickte zustimmend. »Was ist los mit dir, Josie? Ich dachte, du wolltest –«

»Ray ist hier«, schnitt ich Gabe das Wort ab.

»Ray … *was?*«, rief Dana.

»Wo?« Gabriel fielen fast die Augen aus dem Kopf. »Wie?«

»Hier?«, fragte Patrick skeptisch. »Richtig als Mensch, nicht als … Geist?«

»Er ist im Stall. Und es geht ihm nicht gut. Ray hat nur noch wenig Zeit, bis er wieder zurück muss.« Meine Augen wurden feucht. »Er hat mir etwas erzählt, das … das ich nicht ignorieren kann.«

»Oh, Josie! Sweety!« Dana umarmte mich. »Er kommt zurück und kann nicht bleiben? Was ist das denn für ein saublödes Spiel?«

Eine Träne kullerte aus meinem Auge. Ich wischte sie weg. »Ein beschissenes.«

Kurz herrschte betretenes Schweigen, dann räusperte Patrick sich.

»Was hat er dir erzählt?«

»Das kann ich euch nicht sagen.«

»Was?«, protestierte Patrick, doch ich hob die Hand, bevor er weitersprechen konnte.

»Es ist nicht meine Entscheidung. Kommt mit und fragt ihn selbst.«

Gemeinsam gingen wir los. Jeder in seine Gedanken versunken.

»So ein Fiesling«, sagte Dana unvermittelt.

»Was?« Patrick hob verwundert die Brauen. »Warum ist Ray ein Fiesling?«

»Dassler, du Knalli!« Dana schnaubte. »Glaubt echt, er könnte mich mit diesem Abschiebemist kleinmachen! Ich möchte wissen, wieso der sich so auf uns eingeschossen hat.«

Das interessierte mich allerdings auch brennend. Natürlich war da der Todesfall auf der Farroway Farm, aber der hatte auf den ersten Blick nichts mit den Störungen und Ausfällen zu tun – warum also seine Fragen danach? Was wusste Dassler?

»Find ich auch seltsam«, gab Gabriel zu. »Aber das zeigt doch eigentlich nur, dass er einen guten Riecher hat. Ein Grund mehr, ihm alles Wichtige zu erzählen. Egal, was Ray sagt.«

»Ich finde Gabe hat recht.« Patrick drehte sich zu Gabriel um. »Das FBI spielt einfach in einer anderen Liga als die Yowama.«

»Du hast doch keine Ahnung!«, entfuhr es mir. »Wenn hier jemand in der allerersten Liga spielt, dann die Yowama.«

»So erstklassig kann die wohl nicht sein, nach dem, was heute in Angels Keep los war.«

Was sollte ich dem entgegenhalten? Patrick hatte ja recht – die Situation in der Stadt war total außer Kontrolle. Und solange er nicht wusste, was ich wusste, konnte ich ihm seine Einschätzung der Lage nicht übel nehmen.

Plötzlich wurde die Stalltür aufgerissen. Serena stürmte heraus.

»Gut, dass ihr da seid! Da liegt ein Typ in Bos Box. Ihm …« Sie schnaufte. »Der sieht aus, als ob er gleich abnippelt.«

»Was?«, riefen Gabriel und Patrick gleichzeitig.

»Scheiße!«, zischte Dana.

»Oh mein Gott!«, murmelte ich entsetzt, rannte an Serena vorbei in den Stall und riss die Tür zu Bos Box auf.

»Ray!« Ich beugte mich über ihn, horchte nach dem Schlagen seines Herzens. Es pochte. Leise, aber regelmäßig. »Ray«, flüsterte ich, »was ist los?«

Da brach hinter mir ein Tumult los. Bo wieherte, Dana schrie. Ich sprang auf. Bo war gestiegen und trieb die anderen aus der Box. Selbst Patrick. Ich nahm Kontakt zu ihr auf und bat sie, sich zu beruhigen. Dann schloss ich die Tür.

»Was soll das?«, maulte Patrick.

»Willst du, dass einer einen Hufschlag abbekommt?«, fauchte ich ihn an. Ich lief zu Ray zurück und kniete mich neben ihn. »Was ist mit dir?«

Er antwortete nicht. Tränen schossen in meine Augen. »Sag mir, was ich tun kann, um dir zu helfen.«

Ich streichelte sein bleiches Gesicht. Es war feucht von kaltem Schweiß. Behutsam legte ich meine Wange an die seine. »Kannst du mir antworten?«

Patrick schlüpfte herein und ging neben mir im Stroh in die Hocke.

»Hi Ray, brauchst du einen Arzt?«

»Was ist mit ihm?«, rief Gabriel. »Ist es schlimm? Soll ich Hilfe holen?«

»Nein!«, antwortete ich. »Wenn du helfen willst, dann schließ die Stalltür, bevor hier noch jemand reinläuft.«

Dann wandte ich mich wieder Ray zu. »Soll ich dich zu einem Arzt bringen?«

Endlich reagierte er. Jedenfalls glaubte ich, ein Kopfschütteln zu erkennen.

»Und? Was ist mit ihm?«, bohrte Dana weiter.

»Wer ist das?«, fragte Serena.

»Josies Freund«, erklärte Dana. »Er dürfte eigentlich nicht hier sein.«

»Könntet ihr alle mal den Mund halten?«, rief ich, völlig entnervt von den permanenten Unterbrechungen.

Tatsächlich trat augenblicklich Stille ein. Da spürte ich Rays Finger um mein Handgelenk. »Josie«, flüsterte er. Sonst nichts. Mein Herz setzte aus. Verabschiedete er sich gerade von mir?

»Wir müssen ihn ins Haus bringen.« Patrick stand auf. »Gabriel?«

»Bin da.«

»Du hilfst Josie und mir, Ray ins Haus zu bringen, und Dana und Serena, ihr passt auf, dass die Luft rein ist.«

»Kriegen wir hin«, sagte Dana.

»Klar.« Serenas Armreifen klirrten. »Da bin ich gut drin.«

Gemeinsam hievten wir Ray hoch. Jemand schob die Boxentür auf, dann übernahm Gabriel meine Position.

»Gut.« Patrick nickte Dana und Serena zu. »Ihr gebt die Vorhut. Sobald ihr winkt, kommen wir nach. Und du«, er wandte sich an mich, »gibst acht, dass niemand uns entdeckt, wenn wir an der Veranda vorbeimüssen.«

»Verstanden.« Mein Gehirn war vor Angst um Ray völlig

leer, und ich war froh, dass Patrick die Führung übernommen hatte. Ray hing kraftlos zwischen den beiden, und seine Schritte waren so langsam, dass mir wieder die Tränen in die Augen schossen.

Ich fühlte mich hilflos. Und schuldig.

Wenn Dana nicht eingegriffen hätte, wäre ich bei dem Gespräch mit Dassler fast schwach geworden. Und obgleich ich wusste, dass dieser Impuls von der dunklen Energie in mir beeinflusst wurde, wäre trotzdem ich es gewesen, die den Verrat begangen hätte.

An der Stalltür steckte ich den Kopf raus und wartete, bis Dana mir zuwinkte. Dann schlichen wir los. Der schwierigste Part war, unbemerkt an der Veranda vorbeizukommen, auf der auch Dassler sitzen konnte. Sie war zwar gute zehn Meter von dem Weg entfernt, aber man hatte von dort freien Blick.

Kaum kamen wir in Sichtweite der Veranda, drang Serenas Stimme zu uns.

»'tschuldigung! Hallo!«, rief sie, und tatsächlich drehten sich alle Köpfe zu Serena, die in der Verandatür stand. »Ich suche meine Voliàn-Rute, hat jemand sie gesehen? Ist ein Erbstück von meiner Oma, nicht, dass einer von Ihnen denkt, das wäre Feuerholz. Hat ein paar Zeichnungen auf dem unteren Teil.«

Gemurmel erhob sich, dann sagte ein Gast, der mir bisher nicht bewusst aufgefallen war: »Eine Rute? Was machst du damit? Kleine Jungs schlagen?«

Gelächter ertönte. Dann Serenas Stimme. »Ne, die nehm ich nur für die großen.«

Wieder klang Lachen zu uns herüber. Wir hatten es fast geschafft. Ich hoffte, dass Serena noch einen Knaller auf Lager hatte.

»Jetzt mal im Ernst, Leute, falls jemand die Rute sieht«, sie malte ein Ypsilon in die Luft, »macht kein Feuer damit und auch keine Steinschleuder daraus, das wäre nicht gut für den, der es versucht.«

»Uih, ich fürcht mich schon. Was passiert denn dann ...« Es war wieder dieser Witzbold.

»So was hier«, antwortete Serena, pfiff gellend und schleuderte ihren Arm nach vorne. Etwas Schwarzes schoss aus ihrem weiten Ärmel hervor. Mit ausgebreiteten Flügeln flog es direkt auf den Witzbold zu, umkreiste seinen Kopf und kehrte dann, begleitet von überraschten Rufen und erschrockenem Quieken, zu Serena zurück. *Eine Fledermaus!?* Serena trug eine Fledermaus unter ihrem Fledermausärmel? Mir fielen fast die Augen aus dem Kopf. Serena hob den Arm und das Tierchen flog direkt in die Weiten ihres Ärmels zurück.

»Okay, danke für eure Aufmerksamkeit, das war eine kostenlose Mini-Vorstellung mit besten Grüßen des Hauses.« Serena verbeugte sich, und tatsächlich klatschten die Leute wie verrückt.

»Schnell, die Luft ist grad rein«, raunte uns Dana zu, als wir die Stufen zum Haus hochstiegen. Sie selbst lief wieder zur Verbindungstür und lehnte sich dagegen. Wir schleppten Ray zur Treppe, als Schritte aus dem Gästetrakt ertönten. Dana scheuchte uns weiter. »Macht schon!«

Verdammt! Wie sollten wir Ray so schnell die Treppe in unseren Privatbereich hochschaffen? Den Schritten nach dauerte es keine drei Sekunden mehr, bis jemand die Verbindungstür öffnete!

Und genau so war es. Die Türklinke wurde mit Schwung nach unten gedrückt, die Tür aufgeschoben. Dana warf sich mit Wucht dagegen, die Tür knallte wieder zu, es krachte. »Au, verflucht!«

»Schnell«, flüsterte ich, die Tür fest im Blick. Schon wurde die Klinke erneut betätigt.

»Moment!«, rief Dana, »meine Jacke hat sich verhakt!« Sie schoss mir einen *Macht-endlich!*-Blick zu und nestelte dann lautstark an der Klinke herum. Kaum waren wir im ersten Stock, öffnete Dana unter vielen Entschuldigungen die Tür.

Wir schleppten Ray weiter, auf den Dachboden zu Gabriel, wo er am sichersten vor dem plötzlichen Auftauchen meines Vaters war. Endlich lag Ray in dem zweiten Gästebett, und obwohl er immer noch genauso schwach und bleich aussah wie im Stall, fühlte es sich so an, als wären wir einen Schritt vorangekommen. Ich setzte mich zu ihm und streichelte seine Hand.

Die Tür ging auf und Dana und Serena kamen ins Zimmer. Dana zog den Sitzsack zum Bett und ließ sich draufplumpsen. »Wie geht's ihm?«

»Schlecht.« Patrick schüttelte den Kopf. »Wir brauchen einen Arzt.«

»Ich weiß nicht …«, murmelte Gabriel. Mir war klar, was er dachte: Wenn Ray tot und doch nicht tot war, was würde der Arzt bei ihm wohl feststellen?

Zudem litt er an etwas, das ohnehin kein Arzt diagnostizieren, geschweige denn würde heilen können. Nur ich konnte ihm helfen, aber das ließ diese schwelende dunkle Energie in mir nicht zu.

»Was fehlt ihm?« Serena kniete sich neben das Bett und legte eine Hand auf Rays Stirn, eine auf seine Brust.

Ich beobachtete sie. Die Art, wie Serena Ray berührte, wie sie ihn betrachtete, war vollkommen anders als die erschrockenen, teils hilflosen Reaktionen von Patrick, Gabriel und Dana. »Du erinnerst dich an unser Gespräch vorhin?«

»Wegen der Steine?« Sie nickte.

»Ray hat mich vor dem Zwischenreich gerettet.«

Serena nahm die Hand von seiner Stirn und legte sie neben die andere Hand auf Rays Brust. »Eieiei.«

Sie hob beide Hände, schüttelte sie aus und legte sie dann wieder auf seine Brust.

»Kannst du ihm helfen?«

Serena schüttelte den Kopf. »Weiß ich nicht. Ich kann es versuchen.« Sie stand auf. »Ich komme gleich wieder.«

Kaum hatte Serena die Tür hinter sich geschlossen, heftete Danas Blick sich auf mich. »Steine?«

»Grenjansteine«, erklärte ich. »Sie hat sie in ihrem Zimmer.«

»Aha.« Dana rollte die Augen. »Dann bin ich jetzt ja voll informiert.«

»Vor dem Zwischenreich gerettet?« Patrick war hinter mich getreten. Seine Stimme war gefährlich leise. »Was hast du getan, Josie? *Warum* ist Ray zurückgekommen?«

Ich hob Rays schlaffe Hand und schmiegte sie an meine Wange. Dann fing ich an zu erzählen.

»... deshalb muss er so schnell wie möglich zurück, wenn es nicht schon zu spät ist«, schloss ich meinen Bericht.

Gabriel, Dana und Patrick sahen mich an, als wäre ich gerade mit einer Ladung grüner Männchen von einem Ufo ausgesetzt worden.

Patrick war ziemlich bleich um die Nase, Gabriel hatte rote Flecken auf den Wangen.

»Du hast echt einen Vogel«, schimpfte Dana los. »Warum machst du so was denn im Alleingang?« Sie tippte zur Verdeutlichung an ihre Stirn. »Und wenn er dich nicht gerettet hätte? Hm?? Was dann? Meinst du, wir hätten dich in dem Baum gesucht?«

»Psst. Bitte.« Serena war unbemerkt wieder ins Zimmer geschlüpft. »Das Letzte, was Ray jetzt braucht, sind negative Energien, die ihr euch an die Köpfe schleudert.«

Sie kniete sich wieder neben Ray, hob mit einer Hand seinen Kopf und flößte ihm mit der anderen etwas aus einem kleinen Fläschchen ein. Es stank so sehr, dass ich mir die Nase zuhielt. Ray jedoch trank widerstandslos das gesamte Fläschchen aus. Dann legte er sich zurück und schloss die Augen.

»Gut, Leute, Ray braucht jetzt Ruhe.« Serena scheuchte uns wie die Hühner Richtung Tür, drehte sich noch einmal zu mir um. »Du auch, Josie. Er braucht jetzt *richtig* Ruhe.«

Zweifelnd blickte ich zu Ray. Er nickte, ohne die Augen zu öffnen. Als hätte er meinen Blick durch seine geschlossenen Lider gesehen.

* * *

KAPITEL 27

DIE KRISENSITZUNG FAND in dem ehemaligen Blümchenzimmer meiner Großmutter statt, das Dana inzwischen wieder bezogen hatte. Dana und Serena saßen wie Sitzklone im Schneidersitz auf der rosenbestickten Tagesdecke, Gabriel hatte sich den Schaukelstuhl ergattert, Patrick lehnte am Fenstersims und ich hockte auf der antiken Kommode.

»Was war denn das für eine irre Nummer da unten«, platzte Dana heraus und stieß Serena mit dem Ellbogen an. Die grinste, langte in ihren Ärmel und hielt uns ein handgroßes schwarzes kugelförmiges Ding hin. Dann klopfte sie dagegen und pfiff. Das schwarze Metallteil erwachte zum Leben und ein Kopf schälte sich heraus. Keine Sekunde später hatte das Ding nicht nur Kopf, sondern auch Flügel, drehte eine Runde durch das Zimmer und säbelte dabei drei Köpfe des zehn Jahre alten Trockenblumenstraußes ab.

»Du hast eine echte Bat-Drohne?!«, rief Gabriel und sprang auf. Die Fledermaus landete in Serenas Hand und verwandelte sich mit einem kurzen Surren wieder in den handgroßen Metallknödel. »Wahnsinn.«

»Okay, Leute, können wir zur Sache kommen?« Dana sah mich streng an. »Ich fasse einfach nicht, dass du uns nicht Bescheid gesagt hast. Erst bringst du dich mit einer Kamikazeaktion in Lebensgefahr, und dann verschweigst du uns, dass Ray wieder …« Mit einem Seitenblick auf Serena brach sie mitten im Satz ab. Sie musste es ohnehin nicht aussprechen. Denn wir alle wussten, welches Wort fehlte: *lebt.*

»Stopp.« Ich verschränkte die Arme vor der Brust, was auf der Kommode gar nicht so einfach war, ohne die Balance zu verlieren. »Ich bin extra in meiner Mittagspause in den Dome, um es dir zu sagen. Du hattest aber keine Zeit.«

»Stimmt«, gab Gabriel zu, vernichtete seinen hilfreichen Kommentar jedoch gleich mit dem nächsten Satz. »Ich würde trotzdem gerne wissen, wie lange er schon … zurück ist.«

Verdammt. Zu viel Genauigkeit. Das war schon immer Gabriels Problem gewesen. Und jetzt war es meins.

»Komm, raus damit!« Dana verschränkte ebenfalls ihre Arme vor der Brust. »Also, wann?«

»Seit unserem Essen mit Mike.« Jetzt war es heraus.

Patrick schüttelte verständnislos den Kopf. »Warum hast du uns nicht Bescheid gesagt?«

»Wann denn?«, fauchte ich. »Ihr wisst doch selbst, was die letzten vierundzwanzig Stunden hier los war! So was erzählt man nicht mal schnell zwischen zwei Explosionen!«

»Du hättest uns sagen können, dass du Ray zurückholen willst«, beharrte Patrick. »Das war, bevor das Feuer im Dome ausgebrochen ist.«

»Dann hättest du mich nicht gehen lassen!«

Patrick sah mich an. Schüttelte den Kopf. »Glaubst du das wirklich?«, fragte er leise. »Wenn einer hier im Raum weiß, wie sehr du dir gewünscht hast, Ray zurückzubekommen, dann ich.«

Betroffen senkte ich meinen Blick. Dachte an die vielen Tage und Nächte, in denen Patrick und ich über Mum geredet hatten, darüber, was wir alles tun würden, um die Zeit zurückzudrehen, den Unfall ungeschehen zu machen.

»Ich wäre der Letzte, der dir diese Chance verweigert hätte. Im Gegenteil, ich wäre mit dir zu dem verdammten Baum gegangen und hätte davor gewartet, bis ihr zusammen wieder herauskommt. Das hättest du wissen müssen.« Er stierte auf den Boden, holte dann tief Luft und sah wieder zu mir. »Wir haben die ganze Zeit deinen Wunsch respektiert und den Mund gehalten, obwohl wir alle drei finden, dass Dassler Bescheid wissen sollte. Ich dachte, wir sind ein Team. Dass du uns ausschließt, ist nicht fair.«

»Es tut mir leid.« Ich verzog meine Lippen zu einem entschuldigenden Lächeln. »Es tut mir wirklich leid. Wir *sind* ein Team und ich schließe euch nicht mehr aus.«

»Okay, Entschuldigung akzeptiert«, sagte Dana. »Kannst du mir das mit der Energie noch mal erklären? Die ist seit dem Zwischenfall in dem Baum in dir drin und killt jetzt Ray? Das klingt echt abwegig. Besser gesagt, total gaga.«

Vom Fenstersims kam ein Räuspern. »Ich finde das nicht abwegig«, sagte Patrick.

Ich glaubte, mich verhört zu haben. Nicht nur, dass Patrick Dana widersprach, sondern vor allem, dass er die Existenz der negativen Energie in mir nicht anzweifelte. Zu gut erinnerte ich mich noch an sein entnervtes Augenrollen, als Serena bei dem gemeinsamen Abendessen Gabriel und Mike mit dem Limone-Minze-Estragon-Kümmel-Pfeffer-Was-weiß-ich-Eiswasser von schlechter Energie reinigen wollte.

»Im Universum gibt es schwarze Löcher, die so krasse Gravitationsenergie erzeugen, dass sie ganze Galaxien verschlucken«, erklärte Patrick. »Josie hat erzählt, dass sie in einen Strudel hineingezogen wurde. Nehmen wir an, der Strudel ist wie bei einem schwarzen Loch die Bündelung von Energie, dann finde ich es nicht abwegig, dass etwas von dieser Energie bei ihr hängen geblieben sein könnte. Abstrakt, schwer nachzuvollziehen, aber nicht abwegig.«

»Genau, wie bei einer Verstrahlung«, fiel Gabriel ein. »Strahlen können wir auch nicht sehen, aber keiner bestreitet, dass sie in unseren Körper eindringen können.«

Dana sah immer noch skeptisch aus. Dann zuckte sie die Schultern. »Gut, überstimmt. Josie hat ein Problem. Nun lasst uns über die Schatten reden. Hat Ray dir dazu was gesagt?«

»Also, weiß Ray jetzt, was die Schatten wollen?«, bekräftigte Patrick Danas Frage.

»Nein, aber sie zerstören den Schutz des Reservats – Rays Vater wurde entführt.«

»Oh, verdammt.« Dana sah mich betroffen an. »Aus dem Reservat?«

Ich nickte.

Gabriel verstand die Tragweite ebenfalls sofort. »Das ist übel.«

Nur Patrick und Serena wussten nicht, dass Rays Vater Geheimnisträger war und unter besonderem Schutz stand.

»Ist es dann nicht doch besser, wenn wir mit Dassler –«

»Nein«, unterbrach ich Gabriel, das wiederbelebte Heu vor meinem inneren Auge. »Ray hat mir erklärt, warum das auf keinen Fall sein darf, und ich stimme ihm zu. Es wäre zu gefährlich.«

Dana runzelte ihre Stirn, ihre Nase und den Mund gleichzeitig. »Obwohl sie nicht einmal mehr das Reservat schützen können?«

»Lass mich das noch mal rekapitulieren«, sagte Patrick ruhig und wanderte vom Fenster zur Kommode, wo er vor mir stehen blieb. »Aus dem Reservat verschwinden Yowama, darunter auch Rays Vater. Es geht bei der ganzen Sache um etwas extrem Gefährliches, was, kannst du uns nicht sagen, aber du stimmst Ray zu, der meint, das FBI müsse draußen bleiben.«

»Ungefähr so.«

»Obwohl das alles eindeutig *extrem gefährlich* ist«, wiederholte Patrick.

»Es *wird* extrem gefährlich, wenn das, worum es geht, in die *falschen* Hände gelangt«, korrigierte ich ihn.

»Und wieso wäre das FBI die falschen Hände?«, bohrte Patrick weiter. »Für mich ist das unsere beste Chance. Das sind Menschen, die jeden Tag ihren Kopf für unsere Sicherheit hinhalten.«

»Das mag zu 99 Prozent stimmen«, warf Serena ein. »Aber ein Prozent faule Eier reichen, dass der ganze Laster stinkt.«

Patrick unterbrach seinen Kreisel vor mir und sah Serena prüfend an. »Du glaubst, dass Dassler ein faules Ei ist?«

»Ich glaube, ich verstehe, was sie meint. Es geht nicht um Dassler«, mischte Gabriel sich ein. »Sondern darum, dass er einen Bericht schreiben müsste, und wenn es hier um Macht geht, also um etwas, das demjenigen, der es besitzt, besonders viel Macht gibt, dann könnte der durchaus in die falschen Hände gelangen.«

Patrick stöhnte. »Was schaut ihr euch für Filme an?«

»Die Nachrichten«, sagte Serena freundlich. »Fakt ist, zu viel Macht hilft nicht, wenn man ein guter Mensch sein will. Wie willst du sicherstellen, dass nicht irgendeiner in der Kette sagt, yeah, gute Gelegenheit, jetzt bin ich mal dran?«

»Das reicht!«, Dana warf ungeduldig die Hände in die Luft.

»Kann ich euch mal auf die Erde zurückholen? Wir wissen nicht, um was es geht. Wie sollen wir dann einschätzen können, welche Gefahr davon ausgeht?«

»Die Gefahr, dass *ein* Mensch darüber entscheidet, wer leben darf und wer nicht.« An die Tür gelehnt stand Ray, etwas wackelig, aber er stand!

»Ray!«, rief ich und sprang von der Kommode. Ich lief zu ihm und nahm seine Hand. »Wie geht es dir?«

»Seit wann bist du hier?« Dana sah ihn an, als wäre er gerade unter einer Tarnkappe hervorgekrochen.

»Lange genug, um zu erkennen, dass ihr mehr wissen müsst, um meine Bitte zu verstehen.« Ray hob eine der abgesäbelten Rosenblüten auf. »Zeigst du es ihnen?«

Ich nahm die bräunliche, knitterige Blume und wünschte mir, dass sie wieder voller Leben wäre. Fasziniert beobachtete ich, wie sie in meiner Hand zunächst die Textur und dann die Farbe änderte und schließlich als frischer, saftiger Rosenkopf auf meinem Handteller lag.

Serena fand als Erste die Sprache wieder. »Krasse Sache. So was hab ich noch nie gesehen.«

Die anderen starrten noch immer stumm auf meine Hand. Dann stand Dana vom Bett auf und ging zu mir. Vorsichtig berührte sie die Blüte. »Das ist … scheiße … *was* ist das?«

»Wie machst du das?« Patrick stellte sich neben Dana. »Ist das ein Trick?«

»Ich habe etwas angefasst, und jetzt kann ich das.«

»Verwandelt sich jetzt immer alles, was du berührst?«, fragte er und trat hastig einen Schritt zurück.

Ich sah zu Ray. Das war eine gute Frage.

»Nein. Nur, wenn sie das will und solange es noch wirkt. Es verbraucht sich, wenn man es nur kurz berührt hat.«

Patrick atmete erleichtert auf.

Nun stand auch Gabriel von seinem Stuhl auf und berührte die Rose. »Damit könnte man richtig viele Probleme lösen. Man könnte Hungersnöte bekämpfen und –«

»Nein, Gabriel«, sagte Ray müde. »So ticken die Menschen nicht. Wenn wir Yowama eines gelernt haben, dann, dass in eurer Welt derjenige gewinnt, der sich bereichern will, nicht jene, die unser aller Welt zu einem lebenswerteren Ort machen wollen.«

Betreten sahen wir zu Boden. Wir konnten nun wirklich nicht leugnen, dass der Zustand unseres Planeten derzeit nicht der beste war.

»Wir wissen, was wir tun. Wir schützen diesen mächtigen Stoff, das Grün der Erde, seit dem ersten Tag, und wir haben es nie missbraucht. Wir haben Möglichkeiten, die das FBI oder die NSA oder sonst eine Behörde nie haben werden. Es gibt keine bessere Wahl als die Yowama für diese Aufgabe. Ich sage nicht, dass wir das Problem in Angels Keep oder im Reservat in ein paar Tagen gelöst haben werden, aber ich verspreche euch, wir werden es in den Griff bekommen.« Er legte seine Hand auf die Brust. »Ich bitte euch, das bei eurer Entscheidung zu bedenken.«

Wieder reagierte Serena als Erste. »Meine Stimme hast du. Ich schweige und hab das nie gesehen oder gehört.« Sie ging zu uns und stellte sich mitten in den Halbkreis, den Dana, Patrick und Gabriel um Ray und mich gebildet hatten. »Hallo? Müsst ihr echt erst überlegen, was hier richtig und was falsch ist?«

Dana räusperte sich. »Mich hat Ray auch überzeugt.«

»Mich auch«, sagte Gabriel.

Nun sahen wir alle zu Patrick.

Er stieß einen Seufzer aus. »Bleibt mir was anderes übrig? Ich beuge mich der Mehrheit.«

Erleichtert atmete ich auf. Ich war felsenfest davon überzeugt, die Yowama bekämen das Problem in den Griff. Ich dachte, wir hätten das Schlimmste hinter uns.

Ich glaube nicht, dass ich in meinem Leben jemals eine Situation so falsch eingeschätzt habe wie diese.

* * *

KAPITEL 28

»RAY?« ICH HOB MEINEN KOPF von seiner Schulter. Seine Augen waren auf das Dachfenster gerichtet, auf den Himmel, dessen freundliches, helles Blau langsam vom dem Grauschleier der Dämmerung überzogen wurde.

»Hm?« Er wandte mir seinen Blick zu.

»Wenn ich einer vertrockneten Rose neues Leben geben kann, kann ich das nicht auch bei dir machen?« Ich wartete gespannt auf seine Antwort. Hoffte auf ein Ja, ein Rezept, wie wir die Zeit, die Serena uns mit ihrem Trank verschafft hatte, auf immer verlängern könnten.

»Nein.«

»Das heißt«, fragte ich, und versuchte mir meine Enttäuschung nicht anmerken zu lassen, »so etwas geht nur bei Pflanzen?«

»Nein, auch bei Menschen.«

»Aber nicht bei dir.« Es war eine Feststellung und eine Frage zugleich. Ray nickte, ging aber nicht weiter darauf ein. »Hängt das mit der Deathline zusammen? Oder dem Amulett?«

Ray sah mich nur an. Ich versank in dem Grün seiner Augen

und verstand. Er musste nicht geheilt werden, denn in der Welt der Yowama war er nicht krank. Er gehörte schlicht nicht mehr in diese Welt. Er richtete seinen Blick wieder auf das Fenster.

»Ray?« Ich blickte ebenfalls in den Himmel. Das verschleierte Blau war inzwischen durchzogen von lilaschimmernden Fäden. »Wie funktioniert das Grün der Erde eigentlich?«

»Es funktioniert einfach.«

»Woher wisst ihr, was man damit machen kann?«

»Woher weißt du, wie man einen Apfel isst?«

»Weil ich gesehen habe, wie andere einen essen.«

Ich schmiegte mich näher an Ray und ließ mir das Gesagte durch den Kopf gehen. Die Yowama lebten mit dem Grün der Erde im Einklang und benutzten es intuitiv als Teil ihres Lebens, aber nie, um sich zu bereichern oder anderen zu schaden. Sie *missbrauchten* es nicht. Ich blieb an dem Wort hängen, das der Schlüssel zu allem war. Die ganze Magie des Waldes und des Reservats und der Yowama hatte nur einen Zweck: sicherzustellen, dass das Grün der Erde niemals und von niemandem missbraucht wurde.

»Ray?« Ich malte ein Fragezeichen auf seine Brust. »Was passiert, wenn wir die Quelle nicht mehr beschützen können?«

»Dann sind die Menschen denjenigen ausgeliefert, die die Quelle kontrollieren.« Er seufzte. »Wer sie kontrolliert, hat mehr Macht als je vor ihm ein Mensch auf der Welt. Das Grün der Erde kann Leben geben und nehmen, es kann die Natur blühen oder vertrocknen lassen und es gibt dem Besitzer die Macht über jedes Leben, mit dem es direkt oder indirekt in Berührung kommt. Denk an das Heu – du hast die Struktur des Heus verändert. Nur durch deinen Willen. Oder denk an die Butter in Sams Schrank.«

»Puh.« Ächzend richtete ich mich auf, begleitet vom langsamen, tiefen Knarzen des Betts. »Ganz schöne Verantwortung, die ihr da habt.«

Er küsste mich auf den Nacken, und ein Kribbeln lief mir über den Rücken. »Die *wir* haben, Rodeo-Girl. Du bist jetzt eine von uns.«

»Josie! Kommst du mal runter?« Die Stimme meines Vaters dröhnte von unten hoch.

Wie von der Tarantel gestochen sprang ich vom Bett. »Ich schau, was er will.«

»Josie!«, rief mein Vater erneut.

Ich rannte die Treppen runter und brachte vor Erstaunen meinen Mund nicht mehr zu, als ich am letzten Treppenabsatz sah, wer neben meinem Vater stand.

»Lynx!«, rief ich aus, »das ist aber eine … Überraschung!«

»Hi, Josie.« Lynx lächelte, als wäre es absolut normal, dass sie abends bei mir vorbeischneite. »Hast du kurz Zeit?«

»Klar. Ach, Dad,«, fügte ich mit einem Blick auf meinen Vater hinzu, »das ist Lynx. Ich habe sie im Reservat kennengelernt.«

Er reichte Lynx die Hand, »Freut mich. Na dann …« Er nickte uns zu und ging zum Salon, aus dem gedämpfte Stimmen zu uns drangen.

»Ist Ray bei dir?«, fragte Lynx leise. »Ich muss ihn dringend sprechen.«

»Komm mit.«

Gemeinsam liefen wir die Treppen hoch zum Dachboden.

Als ich die Tür öffnete, stand Ray bereits davor. »Was ist passiert?«, fragte er Lynx besorgt.

»Sam ist immer noch nicht wieder aufgetaucht.«

Ray schlug mit der flachen Hand gegen den Türrahmen. »Verdammt!«

»Wir haben den Rat einberufen.«

»Höchste Zeit.« Er schlüpfte in seine Schuhe. »Wie bist du hier?«

»Truck.«

»Du gehst?« Meine Stimme war mit einmal rau. »Kommst du wieder?«

Er zögerte. Legte dann seine Hand auf meine Schulter. »Das weiß ich nicht. Ich habe euch etwas versprochen, und mir bleibt nicht viel Zeit, um meinen Beitrag dazu zu leisten.«

Nun hatte ich gar keine Stimme mehr. In meinen Ohren schrillten seine Worte: *Das weiß ich nicht … Mir bleibt nicht viel Zeit …* Sagte er mir gerade, dass wir uns vielleicht nie wiedersehen würden? Es war, als hätte jemand meine Stimmbänder zusammengeknotet. Ich stand vor ihm, starrte ihn an und in mir brannten tausend Feuer. Ich wusste, es war zwecklos, ihn aufhalten zu wollen, aber ich konnte auch nicht nichts tun. Resolut legte ich meine Hand auf die Klinke. Räusperte mich. »Wenn du gehst, komme ich mit.«

Ray schüttelte den Kopf. »Das geht nicht.«

»Warum?«

»Weil ich in dem Rat über dich reden werde, und da kannst du nicht dabei sein.«

»Dann warte ich eben davor, bis ihr fertig seid.«

»So was kann die halbe Nacht dauern«, warf Lynx ein. »Und das Reservat ist nicht mehr sicher.«

Ray löste sanft meine Hand von der Klinke. »Lynx hat recht. Du bist hier sicherer.«

»Ich pfeife auf meine Sicherheit!«, rief ich, den Tränen nahe.

»Genau deshalb ist es besser, wenn du hierbleibst.« Er zog mich an sich und drückte seine Lippen auf mein Haar. »Bitte.«

Ich widersprach nicht. Ein Streit hätte ihm noch mehr von seiner Kraft geraubt, und das wollte ich auf keinen Fall. Also schlang ich meine Arme um seinen Hals und drückte mich fest an ihn.

»Komm wieder, bitte«, flüsterte ich und küsste ihn kurz auf den Mund.

Seine Antwort war ein Lächeln. Kein Versprechen.

Ich stand in der offenen Tür und sah ihnen nach, als sie die Treppen hinuntergingen. Heiße Tränen stiegen in meine Augen.

Du siehst ihn vielleicht gerade das letzte Mal … Der Gedanke füllte mein Denken, strömte in Wellen durch meinen Körper, floss als Tränen über mein Gesicht. Ich hielt mich am Türrahmen fest, nicht weil ich schwankte, sondern um mich davon abzuhalten, ihm nachzustürmen.

Dann hörte ich die Haustür zufallen und sank am Türstock zu Boden. Die Tränen rannen noch immer über mein Gesicht. Ich weinte leise, kein Schluchzen, kein Ton kam aus meiner Kehle. Ich hätte ihn nicht gehen lassen dürfen. *Mum*, flehte ich stumm, *wenn du mich hörst und irgendwo da draußen bist, bitte, bitte, pass auf ihn auf.*

Von unten vernahm ich Stimmen und Schritte, dann das Klacken der Tür zum Gästetrakt. Ich rappelte mich auf, wischte mir mit dem Arm die Tränen aus dem Gesicht und stieg die Treppen hinab. Zielstrebig steuerte ich auf die Tür zum Gästetrakt zu. Ich hatte Ray weder dazu bringen können zu bleiben, noch mich mitzunehmen, aber ich würde nicht tatenlos hier herumsitzen und darauf warten, ob er zurückkam oder nicht.

Ich würde Ray von hier aus helfen. Egal, was ich tun musste, damit er bleiben konnte, ich würde es tun.

Ich wollte die eine winzige Chance nicht verstreichen lassen und übersah dabei die Yowama-Lektion, die ich in den letzten Wochen so oft schon schmerzhaft gelernt hatte: dass bei diesen Dingen immer versteckte Mängel im Paket enthalten waren.

* * *

KAPITEL 29

»WIR WOLLTEN DICH gerade holen«, sagte Serena, als ich ihr Zimmer betrat.

Gabriel lehnte am Fensterbrett. In der Hand hielt er den gelben Grenjanstein, und ich sah selbst aus vier Meter Entfernung, dass die Einschüsse kristallklar waren. Ich war froh, dass Gabriel hier war – bei dem, um was ich Serena gleich bitten würde, brauchte ich meinen besten Freund an der Seite.

»Wie geht es Ray?«, fragte er.

»Er ist weg.«

»Oh.« Serena sah kurz von den Fläschchen auf, mit denen sie an dem chaotischen Schreibtisch hantierte.

»Wie … *weg*?«, fragte Gabriel und legte den Grenjanstein auf das Fensterbrett zurück.

»Lynx hat ihn abgeholt. Sie sind ins Reservat.«

»Wer ist Lynx?« Gabriel runzelte die Stirn.

Ich ging zum Schreibtisch. »Sie ist eine Yowama. Wir haben uns bei Sam getroffen.«

Hinter Serena blieb ich stehen und beäugte die Pülverchen, Kräuter und Apothekerfläschchen, und die Hoffnung, die mich im Laufschritt zu ihrem Zimmer getrieben hatte, erlosch. Glaubte ich wirklich daran, dass sie mir helfen konnte, diese verdammte negative Energie loszuwerden, die Rays Leben bedrohte? In mir begann sich die inzwischen schon vertraute Wut auszubreiten. Ich atmete tief ein. Schloss die Augen. Verbannte alle Gedanken aus meinem Kopf und wartete darauf, dass die Wut sich zurückzog.

Als ich die Augen wieder öffnete, hielt Gabriel mir einen getrockneten Estragonzweig hin.

»Kannst du das noch mal machen?«

Ich stellte mir vor, wie saftig und grün der Zweig gewesen war und spürte, wie sich der getrocknete Estragon in meiner Hand veränderte.

»Das ist der absolute Hammer.« Gabriel nahm mir den frischen, duftenden Zweig aus der Hand. »Damit kannst du im Fernsehen auftreten.«

»Ja. Dann gründest du eine Sekte«, sagte Serena trocken. »Und zockst alle als neuer Messias ab.«

Gabriel schüttelte irritiert den Kopf. »Quatsch.«

»Ich kenn genug Leute, die würden genau das machen.« Serena drehte sich zu mir um. »Ich habe mit meiner Granny geredet. Sie sagt, sie hat noch nie davon gehört, dass jemand aus dem Zwischenreich zurückgekommen ist. Bist du erst einmal drin, verschmilzt du unwiderruflich mit der Energie dort. Wie in einem schwarzen Loch.«

»Aber …«

»Was hat Ray genau gesagt? Dass er dich aus dem Zwischenreich geholt hat? Oder dass er dich auf dem Weg dorthin abfangen konnte?«

Ich rief mir unsere Unterhaltung vor dem Kwaohibaum in Erinnerung. Meine Fragen. Seine Antworten.

»Bevor«, sagte ich schließlich. »Er hat mich abgefangen, bevor ich das Zwischenreich erreicht habe.«

»Ahh!«, Serena nickte zufrieden. »Dann haben wir eine Chance.« Sie hielt ein winziges Fläschchen über ein Glas, in dem bereits ein Teesieb mit Kräutern hing, und zählte laut zwanzig Tropfen ab. Unwillkürlich trat ich zurück. Der Wunsch, so schnell wie möglich den Raum zu verlassen, wuchs mit jedem Tropfen.

»Sehr gut.« Serena blickte von ihrem Gebräu hoch. »Wenn du gerade den dringenden Wunsch hast, dich aus dem Staub zu machen, dann ist es genau das Richtige für dich.«

»Und du glaubst, das klappt?« Gabriel stellte sich neben Serena und betrachtete zweifelnd das Chaos aus Fläschchen und Beutelchen. »Das sind doch nur Kräuter und so Zeugs.«

Serena verschloss vorsichtig das Fläschchen und steckte es in eine schwarze Samthülle. Dann stand sie auf und holte den gelben Grenjanstein vom Fensterbrett. »Weißt du, was mich immer wieder ärgert?«, fragte sie Gabriel.

Er zuckte die Schultern, aber ich sah ihm an, dass er sich bei der Frage nicht besonders wohl in seiner Haut fühlte.

»Wenn ein Patient Krebs hat und Chemo und Bestrahlung verpasst bekommt, sagt niemand, *das ist doch nur Chemie* oder *das sind doch nur Strahlen.* Man glaubt es einfach, weil das Stand der Wissenschaft ist.« Sie zeigte auf den Schreibtisch. »Warum vertraut man der Chemie und nicht der Natur? *Wir* sind ein Naturprodukt. Und viele der Wirkstoffe in Medikamenten sind chemische Klone von natürlichen Wirkstoffen.«

»Aber …« Auf Gabriels Wangen erschienen blassrote Flecken. Er musste Serena wirklich gern haben, denn so oft hatte ich Gabriel noch nie erröten sehen. »Josie ist doch nicht krank!«

»Wirklich?«, fragte Serena. »Wenn man sich mit einem *Virus* infiziert, ist man krank. Wenn man sich mit einer fremden Energie infiziert aber nicht. Und was ist mit Stress? Kann Stress krank machen?«

»Sicher, das weiß doch jeder«, murmelte Gabriel.

»Und was ist Stress, wenn nicht negative Energie?« Serena griff nach meiner Hand und legte den Stein hinein. Sogleich verfärbten sich die Kristalle tiefschwarz und der Stein wurde heiß. Ich zuckte zurück. Sie nahm den Stein und legte ihn in Gabriels Hand.

»Autsch! Heiß!«, protestierte er.

»Das ist Josies Energie. Fühlt sich das für dich gesund an?« Sie legte den Stein auf das Fensterbrett zurück.

Gabriel hob abwehrend die Hände. »Du hast gewonnen.«

Sie lächelte ihr Zahnpastalächeln. »Darum geht es mir nicht. Ich möchte, dass du verstehst, dass dies hier kein Hokuspokus, sondern eine jahrtausendalte Heilkunst ist, die den Menschen als Einheit von Körper und Seele begreift und nicht als Ansammlung von Organen und Zellgewebe.«

Sie setzte sich wieder an den Schreibtisch und verrührte das Gebräu in dem Glas mit einem Holzlöffel. Ich sah ihr stumm zu, doch in mir drin begehrte alles auf. *Geh, Josie. Hau ab, die ist verrückt! Sie vergiftet dich mit dem Zeug,* wütete eine Stimme in mir. Ich konzentrierte mich auf meinen Atem. Versuchte die Stimme abzuschalten, doch sie wurde immer lauter, immer drängender. *Das ist alles Unsinn, dir geht es top! Du musst hier verschwinden. Fünf Schritte, mehr braucht es nicht und die bist die Irre los.* Wieder trat ich einen Schritt weg von Serena, noch einen, Richtung Tür.

Serena drehte sich wieder zu mir. Ihr Lächeln schien mir plötzlich, als wolle sie mich verhöhnen. »Das Energiefeld eines

Menschen ist eine komische Sache. Es macht keinen Lärm. Riecht nicht. Und trotzdem kann es jeder *spüren*. Ich spüre gerade, dass du dich unwohl fühlst.«

»Tu ich nicht«, presste ich hervor. Dabei wollte ich inzwischen nur noch weg. Ich musste wieder eine Rückwärtsbewegung gemacht haben, denn plötzlich stand Gabriel neben mir und griff nach meiner Hand.

»Serena will dir helfen.« Er presste meine Hand unangenehm fest.

»Warum bist du zu mir gekommen?«, fragte Serena.

»Das weißt du doch.«

»Ich möchte, dass du es aussprichst.«

Ich zuckte die Achseln. Natürlich wusste ich genau, warum ich zu Serena gegangen war, aber ich konnte es nicht über die Lippen bringen. Es war, als wäre ich in zwei Personen geteilt, und die Josie, die Serenas Hilfe wollte, hatte gerade Redeverbot.

»Josie?«, fragte Gabriel nach.

»Ich gehe jetzt.«

»Nein, tust du nicht.« Serena packte meine andere Hand. »Du weißt, warum du hier bist, ich weiß es, und wir ziehen das jetzt durch.«

In meinem Kopf lieferten sich »Ja bitte« und »Verpiss dich« ein gedankliches Tauziehen.

»Für Ray«, fügte Serena hinzu.

RayRayRay echote es in meinem Kopf.

Plötzlich verebbte der Widerstand in mir. »Okay, mach. Was immer das heißt, aber mach schnell.«

Sie hielt mir das Gebräu unter die Nase. Es stank nach Brackwasser, und genau so sah es auch aus. Unbeschreiblich ekelig. Ich schüttelte mich. Spürte, wie der Widerstand in mir wieder wuchs. Hastig griff ich nach dem Glas.

Noch bevor Serena etwas sagen konnte, hatte ich es schon an die Lippen gesetzt. Der Gestank war unerträglich, alles in mir rebellierte. Selbst meine Hand reagierte, zitterte und verschüttete das Ekelgebräu.

Serena umfasste meine Hand.

»Trink!«, sagte sie sanft. »Für Ray.«

Rayrayray. Ich schloss die Augen. Doch kaum berührten die ersten Tropfen meine Lippen, wollte ich das Glas wieder absetzen. Das Gebräu schmeckte auch wie Brackwasser, es war widerlich. Serena presste das Glas an meine Lippen.

»Trink, los!«, drängte sie.

Ich gehorchte. Trank. Große, lange Schlucke, ohne abzusetzen. Ich spürte, wie das Zeug links und rechts an meinem Kinn herunterlief, über meinen Hals, in meinen Kragen. Dann ließ der Druck auf meine Lippen nach.

»Na also.« Serena nickte zufrieden und stellte das fast leere Glas auf den Schreibtisch zurück.

Ich wischte mir über den feuchten Mund. Mir war speiübel. Ich würgte, wollte zur Toilette rennen, es wieder loswerden, doch Serena hielt mich fest.

»Tief durchatmen.«

Tief durchatmen?? Wie sollte das gehen? Ich war mir absolut sicher, dass ich mich übergeben würde, sobald ich den Mund öffnete. Ich atmete stoßweise durch die Nase. Schluckte. Schüttelte mich. Der Geschmack in meinem Mund bettelte nach Zahnpasta, so minzig und scharf wie nur irgend möglich. Dann wurde mir heiß. So heiß, dass innerhalb von Sekunden Schweiß auf meiner Stirn perlte. Der Gestank war nun überall, strömte aus meinen Poren, hing in meiner Nase, klebte an meinem Gaumen, es war schrecklich. Dann begann ich zu zittern. Zunächst nur die Hände. Serena ergriff sie, doch es half nichts.

Im Gegenteil. Nun zitterte mein ganzer Körper, und die Übelkeit wurde so übermächtig, dass ich nicht mehr dagegen ankonnte. Ich stürzte zum Badezimmer und übergab mich, noch bevor ich die Toilette erreichte.

Das eben noch grüne Gebräu schoss in einem schwarzen Schwall aus mir heraus und über die Fliesen, den Boden und schließlich ins Waschbecken. Ich hielt mich mit beiden Händen daran fest. Mein Kopf hing über dem Becken, das schwarze Zeug lief mir aus der Nase und trieb mir die Tränen in die Augen.

Dann, endlich, war es vorbei. Erschöpft japste ich nach Luft.

»Josie?« Ich hob den Kopf und sah Gabriel im Spiegel. »Geht es wieder?«

Ich konnte ihm nicht antworten, nur nach Luft japsen. Da erschien Serena neben ihm im Spiegel. Ihre Stirn lag in Falten, und das beunruhigte mich mehr als die schwarze Flüssigkeit, die ich gerade von mir gegeben hatte.

»Das dürfte nicht passieren«, murmelte Serena und schaffte es, noch mehr Falten auf ihre Stirn zu quetschen. »Ganz und gar falsche Reaktion.«

Sie bewegte sich weg. Ich hörte, wie es unter ihrem Fuß quatschte. »Oh nee«, stöhnte sie. »Das Zeug ist überall.«

»Ich hol Putzzeug.« Gabriels Gesicht verschwand aus dem Spiegel.

Ich wollte Serena fragen, was nicht hätte passieren dürfen. Sie hatte mir etwas zu trinken gegeben, das wie Brackwasser aussah, wie Brackwasser roch und auch so schmeckte. Das zu erbrechen schien mir absolut keine verwunderliche Reaktion zu sein. Doch ich konnte nicht sprechen. Meine Finger waren um den Beckenrand gekrallt. Ich hatte das Gefühl, als wäre er mein einziger Halt und dass ich, sobald ich losließe, umkippen würde.

»Gut, machen wir dich erst mal sauber.« Serena löste behutsam meine Hände vom Beckenrand und schob mich zwei Schritte weiter unter die Dusche.

Willenlos lehnte ich mich an die kühle, gekachelte Wand, rutschte wie in Zeitlupe daran entlang zu Boden und blieb in der Wanne sitzen. Ich war völlig am Ende. So sehr, dass ich nicht einmal protestierte, als Serena das Wasser aufdrehte und mich mitsamt meiner Kleidung abduschte.

Ich ließ sogar zu, dass sie mich anschließend sanft aus meinen nassen Klamotten schälte, ein Handtuch um mich wickelte und mir ein Glas reichte, damit ich meinen Mund ausspülen konnte.

Erst da, als ich die Minze des Mundwassers roch, kam wieder Leben in mich. Ich schüttete die klare Flüssigkeit in meinen Mund und gurgelte. Wieder und wieder, bis das Glas leer war und mein Gaumen brannte.

»Ich habe gleich frische Klamotten für Josie mitgebracht.« Gabriel stürmte ins Bad. »Oh …« Mit einem Seitenblick auf mich zog er sich ins Zimmer zurück. »Ich wusste nicht, dass du in der Dusche bist.«

»Sie ist in ein Handtuch gewickelt«, stöhnte Serena. »Hast du noch nie ein Mädchen im Handtuch gesehen?«

Ohne hinzuschauen, wusste ich, dass Gabriel spätestens jetzt wieder knallrot anlief.

»Do…doch«, stotterte Gabriel, blieb aber am Türrahmen stehen und vermied jeden Blickkontakt.

»Gib mir mal das Putzzeug.« Serena streckte ihren Arm nach dem Eimer aus.

»Ich mach schon.« Gabriel trat zum Waschbecken, ließ Wasser in den Eimer laufen und begann den Boden zu wischen. Serena stieg zu mir in die Duschkabine.

»Darf ich?«, fragte sie und nahm meine Handgelenke. Sie legte den Daumen auf meine Pulsadern und übte in regelmäßigen Abständen leichten Druck darauf aus.

»Soll das so schwarz sein?«, fragte Gabriel nach dem mindestens zehnten Auswaschen des Putzlumpens.

»Das soll gar nicht sein«, gab Serena zurück, die noch immer alle paar Sekunden auf meine Pulsadern drückte. Ich wusste nicht, warum sie das machte, aber es tat mir gut.

Langsam begann ich mich wieder zu spüren. Die nassen Haare klebten unangenehm kalt an meiner Haut, meine Schultern lehnten an den kühlen, harten Kacheln, meine Füße standen im noch warmen Restwasser der Dusche.

»Was hast du ihr eigentlich gegeben?«, fragte Gabriel und hielt beim Putzen der Fliesen inne.

»Eine sehr besondere Kräutermischung.« Serena sah mich nachdenklich an, fühlte dann meine Stirn. »Ich habe mich genauestens an die Vorgaben meiner Granny gehalten.«

Eine Pause folgte, in der nur Gabriels Schrubben und Lappenauswaschen zu hören war. Es war ein sanftes Hintergrundgeräusch – *schrrsch-schrusch-wuschschh* – gleichmäßig und beruhigend, dem ich noch viel länger hätte lauschen können.

»Bist du fertig?«, fragte Serena, als es verstummte. Sie hockte immer noch bei mir in der Duschwanne und ließ mich keine Sekunde aus den Augen.

»Sauber.« Gabriel warf den Lappen in den Eimer und verließ damit das Bad.

Serena half mir beim Ankleiden und zog mich hoch. Ich stolperte neben ihr aus dem Badezimmer, ihren Arm fest um meine Hüfte liegend, meine Knie wackelig wie Jelly.

»Wird sie wieder?«, fragte Gabriel besorgt.

»Sie … sie hätte nicht so reagieren dürfen, und solange ich nicht verstehe, was da eben abgegangen ist, bleibe ich lieber in Josies Nähe.«

»Ich auch.« Gabriel stellte sich an meine andere Seite und legte den Arm ebenfalls um meine Hüfte. »Bringen wir sie auf den Dachboden, da haben wir alle Platz.«

Noch nie war mir der Weg vom Gästetrakt zum Dachboden so lange vorgekommen. Etwas war schiefgelaufen. Serenas Worte hätten klarer nicht sein können. Aber die Bedeutung ihrer Worte sickerte nicht in meinen müden Kopf. Doch selbst wenn ich die Bedeutung verstanden hätte, die Konsequenzen hätte ich mir selbst in meinem schlimmsten Albtraum nicht vorstellen können.

* * *

KAPITEL 30

»JOSIE! WO STECKST DU?« Der ungeduldigen Stimme meines Vaters folgte das Schlagen einer Tür, dann kamen schnelle Schritte die Treppe hinauf.

Schlaftrunken schälte ich mich aus dem Bett. Ich brauchte ein paar Sekunden, um zu begreifen, dass ich mich in Gabriels Zimmer auf dem Dachboden befand. Im selben Bett, in dem ich vor ein paar Stunden noch mit Ray gelegen hatte. Dunkel, sehr dunkel erinnerte ich mich an das Fiasko in Serenas Zimmer. Dads Schritte polterten über den Flur, die Tür flog auf und mein Vater stand im Zimmer.

»Hier bist du!«, sagte er erleichtert. Dann bemerkte er mein Nachthemd und stutzte. »Hast du etwa hier oben geschlafen?«

»Ich … ähhh … ich … « Mein Hirn war noch zu müde für eine halbwegs glaubhafte Erklärung.

»Guten Morgen, Mr O'Leary!« Dad und ich fuhren gleichzeitig herum und sahen zu Gabriels Bett. Gähnend setzte Serena sich auf. »Wie spät ist es denn?«

»Halb neun!« Mein Dad wirkte eher erleichtert als überrascht, Serena hier zu sehen. »Josie, du hättest vor einer halben Stunde unten sein sollen. Was ist los mit dir?«

Ich spürte, wie mir heiß und kalt wurde, und das hatte nichts mit Dads vorwurfsvollem Ton zu tun. Es war mein Körper, der gerade Temperatur-Pingpong spielte.

»Entschuldigen Sie, Mr O'Leary, aber, Gabriel wollte den Frühdienst übernehmen.« Serena hielt inne, ihre Augen wurden mit einmal groß. »Ist Gabriel etwa nicht unten?«

»Ich habe nur auf Josie geachtet.« Dad drehte die Augen nach oben, als kramte er in seinem Kopf nach der richtigen Antwort und nickte dann. »Jetzt, wo du es sagst, ich habe Gabriel tatsächlich schon gesehen. Er war an Dasslers Tisch.«

»Brauchst du mich dann? Wenn Gabriel meine Arbeit macht …« Ich kämpfte gegen die Hitze- und Kälteschauer in meinem Körper an und hoffte nur, dass mein Vater nicht bemerkte, wie mir gerade der Schweiß ausbrach.

»Du müsstest schnell zum Baumarkt nach Angels Keep fahren.« Er drückte mir eine Liste in die Hand. Ich überflog sie. Eintausend Nägel, dreißig Kanthölzer, Industriebänder, zwei Rollen Stacheldraht.

»Was hast du denn vor?«

»Erkläre ich dir heute Mittag.« Dad sah auf die Uhr. »Ich hätte gern, dass du sofort los –« Er stoppte abrupt und zog seine Brauen zusammen. »Geht es dir nicht gut?«

»Mir?« Ich zeigte auf mich.

»Du schwitzt.« Er legte seine Hand auf meine Stirn. »Fieber hast du keines.«

»Alles gut, Dad.«

Seine Brauen wanderten noch weiter zusammen, er musterte mich kritisch, zuckte dann die Schultern und zog eine zweite Liste hervor. »Und das brauchen wir vom Supermarkt.«

Die Liste war lang. Riiiiichtig lang. Konserven. H-Milch. Päckchenbrot. Tiefkühlkost. Definitiv nicht die Artikel, die normalerweise auf einer unserer Einkaufslisten standen.

»Dad! Was soll das?«

»Fahr einfach, okay?« Er drehte sich zu Serena, nickte ihr kurz zu und verließ den Raum.

Kaum war er draußen, stand Serena neben mir. Sie fühlte ebenfalls meine Stirn und prüfte meinen Puls.

»Wie fühlst du dich?«

»Mal heiß, mal kalt«, sagte ich zögernd. »Ich bin so kaputt, als wäre ich heute Nacht einen Marathon gelaufen.«

Serena ging zum Fenster und holte zwei Grenjansteine, die sie dort geparkt haben musste. Wortlos reichte sie mir den gelben. Ich umschloss ihn. Innerhalb von Sekunden wurde er knallheiß. »Au!« Ich öffnete die Hand und ließ den Stein fallen. Krachend landete er auf den Bodendielen. Die kristallenen Einschüsse waren schwarz, meine Handfläche war rot und brannte. Schnell umfasste ich das halbvolle Wasserglas neben dem Bett, doch das Brennen ließ nicht nach.

»Verdammt!«, fluchte Serena. »Ich hab dir das schon angesehen, aber so heftig …«

»Was bedeutet das?« Die Hitzewallungen stoppten so plötzlich wie sie angefangen hatten, dafür drückte nun etwas so schwer auf meine Brust, als wäre ich gerade aus dem Galopp abgeworfen worden und auf dem Rücken gelandet.

»Es ist stärker geworden.« Serena schüttelte den Kopf. Ihre vollen Lippen so schmal, dass man nur eine dünne Linie sah. »Ich verstehe das nicht. Es ist eine total atypische Reaktion. Als würden die normalen Gesetze der Heilkunst bei dir nicht gelten.«

»Was meinst du damit?«

»Schon gestern, als du das Zeug ausgespien hast – das, was du gespuckt hast, war schwarz, klebrig und schleimig. So schnell kann kein Körper eine Substanz wandeln. Es geht rein physikalisch nicht.« Wie mit einem Scanner ließ sie ihre Hände in etwa fünf Zentimeter Abstand an meinem Körper entlanggleiten. Schüttelte wieder den Kopf. »Da drin ist die Hölle los, Josie, spürst du das nicht?«

Wieder schossen heiße und kalte Wellen durch mich hindurch. »Mir ist, als hätte ich Fieber und Schüttelfrost«, flüsterte ich. »Was bedeutet das?«

»Ich weiß es nicht.« Serena hob den Grenjanstein vom Boden auf und warf ihn auf das Bett. »Verdammt, Josie, es tut mir wahnsinnig leid. Ich habe keine Erklärung oder Antwort und keinen blassen Schimmer, wie ich das wieder geradebiegen kann. Ich …« Sie brach ab. »Es tut mir leid.«

Ich stand ganz still, atmete gegen die Hitze- und Kältewellen an und versuchte zu verdauen, was Serenas Worte für mich tatsächlich bedeuteten: Wenn »es« stärker wurde, hieß das, Ray würde schwächer werden. Mein Versuch, Ray zu helfen, hatte das Gegenteil bewirkt. Ich griff mir an die Kehle und schluckte krampfhaft, als könne sich so das Korsett lockern, das meine Lungen zusammenquetschte. Ray war nicht zurückgekommen. Hieß das … ich verbat mir, den Gedanken zu Ende zu führen. Nein, ich würde Ray wiedersehen. Ich würde das Problem lösen. Irgendwie.

»Wir müssen Sam finden«, sagte ich. »Er weiß vielleicht, was los ist.«

»Wer ist Sam?«, fragte Serena.

»Sam ist Yowama. Und er hat Grenjansteine.«

Serena klatschte in die Hände. »Was stehen wir dann hier noch rum?«

Und schon lief sie aus Gabriels Zimmer, so schwungvoll, als wäre bereits alles wieder gut. Ich sah ihr nach, und eigentlich hätte sich jetzt das Korsett um meine Lungen lösen sollen, doch es schnürte mir noch immer die Luft ab, als wüsste ich tief im Inneren bereits, was uns erwarten würde.

»Was hat dein Vater vor? Das sind …« Serena pflückte die Einkaufsliste von der Mittelablage des Trucks und fuhr mit dem Finger über die einzelnen Positionen. »Einhundertzehn Dosen! Und dann noch die Tiefkühlsachen und die Päckchen … Zehn Kilo Mehl? Drei Kilo Zucker, drei Kilo Kaffee …« Sie schüttelte den Kopf. »Das klingt nach Hamsterkauf. Ich glaub, er weiß irgendwas, das ihn verdammt beunruhigt.«

»Aber was?« Ich steuerte Dads Truck am Supermarkt vorbei und fuhr direkt zu Sams Tattoostudio. Die Einkaufsliste beunruhigte mich auch. Allerdings nicht so sehr, wie die Tatsache, dass ich nicht wusste, wo Ray war und welche Auswirkungen mein Zustand nach der Einnahme von Serenas Gebräu auf ihn hatte.

»Warte hier«, befahl ich Serena, als ich vor Sams Studio parkte.

»Aber …«, protestierte sie, doch ich knallte einfach die Tür des Trucks zu und lief die Stufen zum Studio hoch.

»Sam?«, rief ich, die Türklinke noch in der Hand. »Sam?«

Das Studio war leer. Ich hielt mich nicht damit auf, den Laden intensiv abzusuchen, sondern lief gleich durch den Fransenvorhang weiter in das Hinterzimmer und von dort ins Treppenhaus. Abrupt stoppte ich.

Wo zum Teufel *war* das Treppenhaus? Dort, wo ich gestern die Stufen hochgestiegen war, ragte nun eine Wand auf. Wo kam die her? Hier müsste eine Treppe sein! Ich war doch nicht verrückt!

Ich tastete über den rauen Putz, als die Antwort in meinen Kopf träufelte. *Mir ist der Zugang verwehrt.* Sam hatte mich ausgeschlossen.

Ich gehörte nicht mehr dazu. Entweder, wegen dem, was gerade in meinem Körper ablief, oder weil die Yowama es bei ihrer Ratssitzung so beschlossen hatten. *Ich werde im Rat über dich reden.* Das hatte Ray gestern gesagt. Aber warum wollte er das?

Hektisch zupfte ich mein T-shirt über die Schulter und betrachtete das Tattoo. Rays Hälfte war kaum noch zu erkennen.

Ich schlug auf die Wand ein, die überhaupt nicht da sein sollte. *Ray! Sam! Lasst mich rein! Bitte!*

»He, Josie? Wo steckst du?«, drang Serenas Stimme zu mir. Ich ging in den Vorraum, verschloss die Tür und trat durch den Fransenvorhang ins Studio. Serena kam auf mich zu, dicht gefolgt von Mike.

»Hi, Mike«, begrüßte ich ihn, »willst du auch zu Sam?«

»Ist er da?«

Ich schüttelte den Kopf. »Leider nein.«

»Schon komisch«, sagte Mike gedehnt. »Gestern war er auch nicht da.«

»Finde ich auch«, mischte Serena sich ein und lief zur Theke. »Er lässt den Laden einfach offen, wenn er nicht da ist?«

»Weißt du, wo er ist?«, fragte Mike.

»Ha! Da wundern sich wohl noch andere Leute, wo Sam sein könnte!« Serena hob mehrere Notizzettel hoch.

»Ich mache mir Sorgen«, sagte Mike. »Das sieht Sam überhaupt nicht ähnlich. Er ist kein Typ, der sich bei Problemen einfach aus dem Staub macht.«

»He, Josie, da ist auch eine Nachricht von dir!« Serena hielt den Zettel hoch, stöberte dann weiter.

»Lasst uns gehen.« Ich steuerte zur Tür, doch Serena beugte sich weiterhin über die Zettel, als hätte sie mich nicht gehört.

»Serena?« Das Gefühl, ein unerwünschter Eindringling zu sein, übermannte mich. Ich wollte mit einmal nur noch raus.

»Gleich«, rief sie, beugte sich wieder über die Zettel und lief dann zu Mike und mir. »Wann warst du gestern da? Vor dir gibt es keine Nachricht«, fragte sie Mike.

»Ich? Keine Ahnung, gegen fünf?« Mike machte die Tür auf. »Ich bin gestern Nachmittag direkt nach meinem letzten Job hergekommen.«

Wir traten durch die Tür. Ich nahm einen großen Schluck der frischen Morgenluft und spülte das beklemmende Gefühl herunter, das mich im Studio überfallen hatte.

»Was wolltest du von ihm?« Serena schloss die Tür und stellte sich neben Mike.

»Wahrscheinlich das Gleiche wie ihr – ihn fragen, ob die Yowama einen Plan haben. Das FBI will die ganze Gegend evakuieren.«

»*Was?*« Ich schlug die Hand vor den Mund. Deshalb also wollte mein Vater all die Vorräte! Weil er damit rechnete, dass in Kürze alle Läden dichtmachten.

»Auch die Ranch?«, fragte Serena.

»Hört ihr kein Radio?« Mike nickte. »Die haben den Ausnahmezustand verkündet. Sie wollen die ganze Gegend umkrempeln, um herauszufinden, woher die Störungen im Stromnetz und in den Telefonverbindungen kommen.«

»Verdammt!«, rief Serena, sie zupfte an meinem Ärmel. »Los, Josie, wir müssen Sam finden! Und Ray«, sie wandte sich an Mike. »Weißt du, wo er sein könnte?«

Ich schoss Serena einen warnenden Blick zu, doch es war bereits zu spät.

»Ray?« Mikes Gesicht war plötzlich nur Zentimeter von meinem entfernt. Er bohrte den Blick seiner grünen Yowamaaugen in meine. »Hast du nicht gesagt, er sei über die Deathline?«

»Dana hat das gesagt.«

»Und warum würde Dana so was sagen, wenn es nicht wahr ist?« Mike kam noch näher, so nah, dass ich seinen Atem auf meinem Gesicht spürte. »Wie oft muss ich dir noch beweisen, dass ich auf eurer Seite bin? Vielleicht kann ich helfen – ich weiß mehr, als du denkst.«

Ich trat einen Schritt zurück. Er ebenfalls. Seine Augen jedoch nahm er nicht von mir. Ich spürte, dass es Serena schier zerriss, sich nicht in unsere Unterhaltung einzumischen. Aber sie blieb stumm. Ebenso wie ich selbst. Und Mike.

In meinem Kopf jagten sich die Gedanken. Mike einbeziehen oder nicht? In gewisser Weise hatte Ray mir sein Okay gegeben. Sam war verschwunden, und ich wusste nicht, ob Ray je zurückkommen würde. Mike war Halbyowama. Er hatte bereits bewiesen, dass er auf unserer Seite stand …

»Also gut«, begann ich und erzählte Mike von Rays Rückkehr und seinem Zustand. »Sam sagt, ich bin das Bindeglied, irgendwie scheint er große Hoffnungen in mich zu setzen, aber ich weiß nicht, was ich tun soll«, schloss ich meinen Kurzbericht.

Mike nickte nachdenklich. »Hast du Zugang zum Reservat?«

»Ich weiß es nicht.« Wenn mir die Wand den Zugang zu Sams Wohnung versperrte, würden mich die Bäume dann noch durchlassen?

Mike musterte mich prüfend, dann sah er auf seine Uhr. »Ich schaue später noch mal hier vorbei. Wenn Sam da ist, komme ich mit ihm zur Ranch. Wenn nicht, hole ich dich ab und wir versuchen einen Weg ins Reservat zu finden. Sonst …«

»Sonst?«, fragte Serena nach.

»Sonst informiere ich Dassler, dass wir es mit einem Yowamaproblem zu tun haben. Und dann wird *er* versuchen, die Yowama aufzustöbern.« Mikes Augen wurden schmal. »Und ich garantiere euch, das wird kein Spaß.«

Serena ergriff meine Hand und drückte sie. Und ich wusste, ohne dass es Worte gebraucht hätte, was sie mir damit sagen wollte: *So weit werden wir es nicht kommen lassen. Niemals.*

* * *

KAPITEL 31

»KANNST DU MAL PLATZ MACHEN?«, maulte Patrick und schob sich schwer beladen an mir vorbei in die Speisekammer. Ächzend knallte er die Kartons mit Dosen und Milch neben meinem Vater auf den Boden.

Ich stellte den Sack Kartoffeln auf die Milch. »Stimmt was nicht?«

»Allerdings«, schnauzte er, jedoch nicht in meine Richtung, sondern an meinen Vater gewandt. »Kannst du mir mal verraten, was das soll?« Er zeigte auf die von Dosen, Gläsern, Flaschen und Schachteln überquellenden Regale und die Kartons am Boden. »Erst schickst du unsere Gäste nach Hause und dann wirfst du mindestens 1000 Dollar für Vorräte raus.«

»1035 Dollar und sechzehn Cent, wenn man die Sachen aus dem Baumarkt miteinrechnet«, korrigierte ich Patrick.

Wie auf Kommando verschränkten wir beide unsere Arme vor der Brust.

»Ich habe meine Gründe«, nuschelte Dad, während er akribisch die Vorräte stapelte und einräumte.

»Und welche?« Patrick griff nach der Dose, die mein Vater gerade verstauen wollte.

»Lass das.« Dad versuchte Patrick die Dose aus der Hand zu winden.

»Welche Gründe?« Patricks Finger waren so fest um die Dose gekrallt, dass mein Vater von ihr abließ und sich stattdessen der Milch zuwandte.

»Dad«, sagte ich und legte beruhigend eine Hand auf Patricks Schulter. Ein Streit würde zu absolut gar nichts führen. »Du hattest mir etwas versprochen, erinnerst du dich?«

Mein Vater drehte sich immer noch nicht zu uns um.

»Wir saßen in deinem Auto.«

Dads Arme sanken auf das Regal.

»Keine Geheimnisse. Du hast es versprochen.«

Langsam drehte er sich um. »Ich habe es nicht vergessen.« In seinem Gesicht las ich Angst, und das wiederum machte mir Angst. »Ich habe den Verdacht, dass jemand uns die Ranch wegnehmen will. Ich warte auf ein Schriftstück aus Seattle, dann weiß ich, ob ich richtig liege oder falsch.«

»Warum sagst du uns nicht, wen du in Verdacht hast?«

»Weil es die Situation noch schwieriger machen würde. Sie ist kompliziert genug.« Er hob die Hand wie zum Schwur. »Vorgestern hast du mich gefragt, warum ich in Seattle war. Deshalb. Ich habe einen Privatdetektiv beauftragt und warte auf seinen Bericht. Heute oder morgen müsste es so weit sein. Sobald ich Bescheid weiß, wisst ihr Bescheid.«

Ich fragte mich, wen mein Vater in Verdacht haben könnte, Dowby war scharf auf die Ranch gewesen, aber der war tot. Ein Gedanke durchzuckte mich – verdächtigte Dad den geheimnisvollen Unbekannten, der Dowby angestiftet hatte? Wusste er, wer hinter all dem steckte?

»Dad …«

Er winkte ab. »Sobald ich es weiß, Josie. Punkt.«

»Sinn ergibt das nicht«, sagte Patrick. »Wer spekuliert jetzt noch auf die Ranch? Wir müssen eh alle weg, wenn sie mit der Evakuierung anfangen.« Patrick wandte sich zum Gehen, blieb aber in der Tür noch mal stehen. »Gabes Tante war schon hier, um ihn zu holen.«

»Warum?«, fragte ich überrascht.

»Das FBI zwingt sie, die Eisdiele zu räumen. Und wenn sie Angels Keep räumen, dann lassen die uns nicht hierbleiben. Wozu also das alles?« Er zeigte auf die vollen Regale.

»Ich gehe hier nicht weg«, sagte mein Vater, und es klang nicht trotzig oder aufgeregt, eher wie eine beiläufige Information.

»Du hast keine Wahl, wenn sie dich holen kommen«, gab Patrick zurück.

»Man hat immer eine Wahl.« Dad bückte sich nach den Kartoffeln. »Ich bleibe auf meiner Ranch und ihr geht mit Martha nach San Francisco.«

»Spinnst du?«, rutschte es mir heraus. »Ich gehe nirgendwohin. Ich habe genauso viel Recht hier zu bleiben wie du.«

»Und wenn Dassler euch keine Wahl lässt?«

Dad drehte sich zu uns, in der Hand den schweren Kartoffelsack. »Ich werde diesem Dassler nicht die Ranch deiner Mutter überlassen. Punkt. Und ich werde Josie nicht zwingen, die Ranch zu verlassen, solange ihr hier keine akute Gefahr droht.« Krachend hievte er den Sack auf das Regal.

»Oh Mann«, stöhnte Patrick, »manchmal habe ich den Eindruck, ich bin der Einzige hier, der klar denken kann.«

Kopfschüttelnd verließ mein Bruder die Kammer. Ich lief ihm nach und sah zu meinem Erstaunen, dass Gabriel und Dana auf der Ladefläche des Trucks saßen. Dana gestikulierte wild mit den Armen und sprach auf Gabriel ein. Kaum sah sie uns, verstummte sie jedoch, das Gesicht so verheult, wie ich es bei ihr noch nie gesehen hatte.

»Was ist los?«, fragte ich.

»Meine Eltern wollen, dass ich mit ihnen zu meinem Opa nach Korea fliege.« Dana schniefte. »Und meine Mum redet schon davon, dort einen Dome aufzumachen.«

»Was?« Ich starrte sie entsetzt an. »Sie wollen zurück?«

»Für immer?«, presste Patrick hervor, genauso geschockt wie ich. »Das können deine Eltern doch nicht machen!«

Dana sprang von der Ladefläche. »Können sie sehr wohl. Sie wollen so schnell wie möglich weg.«

Gabriel nickte. »Wir haben es gerade im Radio gehört. Die evakuieren die ganze Gegend, weil sie nicht wissen, warum in manchen Vierteln gar kein Storm mehr ist und in anderen Überspannung herrscht.«

»Du kommst erst mal zu uns.« Patrick legte seinen Arm um Danas Schultern, sein Gesicht hatte in den letzten Sekunden merklich an Farbe verloren. Er zeigte auf die Vorräte im Truck. »Dad und Josie bestehen darauf, hierzubleiben – solange es noch sicher ist.«

»Wirklich?« Dana sah zu mir.

»Ja, sicher!« Ich drückte ihr einen Kuss auf die Wange. »Glaubst du, ich lass dich nach Korea ziehen? Spinnst du?«

Dana umarmte Patrick und mich gleichzeitig. »Danke«, sagte sie leise. »Danke.«

»Freunde.« Gabriel stellte sich zu uns und legte ebenfalls seine Arme um uns. »Gibt es was Wichtigeres?«

Kurz standen wir da, Arm in Arm in Arm und steckten unsere Köpfe zusammen wie Footballspieler vor dem nächsten Spielzug. Dann lösten wir uns voneinander.

»Und du?«, fragte ich Gabriel. »Bleibst du auch?«

»Ich muss mit meiner Tante fahren.« Er kickte einen Kiesel über die Einfahrt. »Entweder ich zieh jetzt gleich los oder ich soll sie heute Abend in Bellingham treffen.«

»Heute Abend«, sagten Dana und Patrick simultan. »Wir bringen dich hin.«

Ich konnte nicht anders. Ich musste einfach grinsen. Auch, wenn das angesichts der katastrophalen Lage, in der wir uns befanden, total daneben war.

Oder genau das Richtige.

✶ ✦ ✶

KAPITEL 32

JOSIE.

Rays Stimme war so plötzlich und real in meinem Kopf, dass ich mich unwillkürlich nach allen Seiten umsah. Doch er war nirgendwo. *Ich warte auf dich.* Diesmal musste ich mich nicht umsehen, denn ich wusste, wo er auf mich wartete.

»Ihr müsst alleine weiter ausladen.« Ohne weitere Erklärung drückte ich Gabriel meine Tüten in die Hand und rannte los. Durchs Haus, an den Ställen vorbei zu den Trekkingpferden. Schon von Weitem sah ich Ray am Sattelplatz zwischen zwei Pferden stehen. Er zog den Gurt des Schimmels fester, tätschelte ihm dann freundschaftlich den Hals. Ich lief noch schneller, mein Herz klopfte zum Zerspringen. Vom Rennen, aber vor allem von seinem Anblick.

»Ray!«

Er drehte sich zu mir, lächelte und breitete seine Arme aus. Ich warf mich hinein und presste mich so eng an ihn, wie es nur ging. Ich spürte seine Arme, seinen Atem, seinen Herzschlag.

»Rodeo-Girl … du hast mich gehört. Siehst du, geht doch.«

Seine Stimme war endlich wieder dieses Grollen und Schnurren in einem.

»Du bist zurück …« Ich seufzte glücklich. Denn auch wenn mir klar war, dass dieses Glück nur von winziger Dauer sein würde, ich durfte mich wenigstens noch von ihm verabschieden.

»Nur kurz«, sagte er behutsam, »dann muss ich deine Welt wieder verlassen.«

Ich presste mich fester an ihn. »Ich weiß. Wir haben es verbockt. Serena wollte mir helfen, und das hat es noch schlimmer gemacht! Es tut mir so leid!«

»Du hast gar nichts verbockt.« Er zog mich an sich. »Ich spüre die negative Energie nicht mehr. Sie ist weg.«

Weg? Ich dachte an die Hitze- und Kältewallungen, an die Verfärbung des Steins heute früh. War das ein letztes Aufbäumen gewesen? Oder der letzte Schritt des Prozesses, den Serena eingeleitet hatte?

Da spürte ich seine Lippen auf meinen und ich ließ mich in seinen Kuss fallen und fallen und fallen. Jede Zelle in meinem Körper reagierte, alarmierte, vibrierte. Ich erwiderte seinen Kuss, gierig, leidenschaftlich, unersättlich.

Er streichelte über meine Haare, meinen Rücken.

Du bist wieder du selbst, Liebste, spürst du es jetzt?, sagte er, ohne den Kuss zu unterbrechen.

Ich hörte ihn. In meinem Herzen. Und ich antwortete. Aus meinem Herzen. *Ich spüre es. Ich spüre dich. Ich spüre UNS. Wir haben es geschafft!*

Viel zu früh löste er seinen Mund von meinem, aber wenigstens schlang er seine Arme noch fester um mich. »Wir müssen los.«

»Wohin?« Ich hob den Kopf. Traute mich kaum, die Frage zu stellen. »Musst du jetzt …. zurück?«

»Nein.« Er löste seine Umarmung und nahm meine Hand. »Wir reiten zur Quelle.«

Ich atmete auf. Noch war es nicht Zeit zum Abschiednehmen. »Was machen wir dort?«, fragte ich, als ich auf den Schimmel stieg.

»Wir müssen dir ein Amulett schmieden.«

»Ich bekomme ein Amulett?« Fassungslos starrte ich ihn an. Damit hatte ich in hundert Jahren nicht gerechnet! Dann ging ein Strahlen über mein Gesicht – ein Amulett! Ich würde ihm irgendwann über die Deathline folgen können! »Heißt das …?«

»Das war es, was ich gestern mit dem Rat besprechen wollte.« Er drückte mir die Zügel des Schimmels in die Hand. »Ich erklär es dir auf dem Weg.«

In flottem Trab ritten wir auf den Wald zu.

»Sam ist immer noch verschwunden.« Ray trieb sein Pferd in eine schnellere Gangart, und ich musste mich anstrengen, um neben ihm zu bleiben. »Mein Vater ebenfalls. Und ich muss in etwas über einer Stunde zurück über die Deathline, sonst ist mein Zeitfenster zu. Du brauchst ein Amulett, damit du freien Zugang zum Reservat hast.«

Mein Herz sackte schlagartig nach unten. Eine Stunde! Aber … er war doch wieder stark. Und wir waren wieder eins!

»Wenn die schlechte Energie weg ist, warum kannst du dann nicht bleiben?«, krächzte ich.

»Gestern Nacht ist meine Kraft erloschen. Um kurz nach eins«, fuhr Ray fort. »Ich habe genau zwölf Stunden, wieder über die Deathline zu gehen, ansonsten sterbe ich wie ein normaler Mensch.« Er lächelte mich an. »Davon haben wir alle nichts.«

»Aber …«, wiederholte ich, als mir schlagartig klar wurde,

was gestern Nacht um ein Uhr geschehen war. Die extreme Reaktion auf Serenas Mittel. »Ist es, weil ich –«

»Nein«, entgegnete er sanft. »Was du gestern getan hast, war richtig. Es hat dich befreit, ich habe den Kampf gespürt. Er war heftig, und weil du dafür deine gesamte Kraft gebraucht hast, war für mich keine mehr übrig.«

»Was?«, schrie ich auf.

»Es ist gut, Rodeo-Girl«, sagte er und griff nach meiner Hand. »Noch habe ich den Schutz des Amuletts, und das heißt, ich kann wieder über die Deathline.« Er ließ meine Hand los. »Dieser Körper, dieses Leben hier ist nur *eine* Form meines Ichs. Es loszulassen, ist für mich nicht schwer.«

»Ich hätte das nicht tun dürfen.«

»Doch. Es war richtig. Du hast dich bewusst für den Kampf entschieden und du hast gewonnen. Dass es so schnell ging und so heftig war, lag daran, dass du mit dem Grün der Erde in Kontakt gekommen warst. Es hat die Wirkung wie ein Katalysator verstärkt. Ich habe versucht dich zu warnen. Ihr konntet das nicht wissen.«

»Du hast es versucht?« Meine Stimme war noch immer krächzend.

»Du hast mich nicht gehört.« Er knickte im Vorbeireiten einen verdorrten Ast ab und gab ihn mir. »Versuch ihn zu beleben.«

Ich umschloss den Ast mit einer Hand und dachte daran, wie gesund und saftig und grün er einmal gewesen war. Doch nichts passierte.

Ray nickte, als hätte er genau das erwartet. »Der Säuberungsprozess hat die Kraft des Grüns in dir restlos aufgebraucht. Und jetzt müssen wir uns beeilen.« Er schnalzte mit der Zunge und trieb sein Pferd erneut an.

Ich schleuderte den Ast weg und folgte Ray im gestreckten Galopp. Die Baumschneise, die uns den Weg wies, wurde plötzlich breiter, als passten die Bäume die Wegbreite dem Tempo unserer Pferde an. Das war verrückt. Aber genau so war es. Die Bäume flogen links und rechts an mir vorbei, und ich musste mich kein einziges Mal bücken, um einem tief hängenden Ast auszuweichen oder den Schimmel zu korrigieren, damit er nicht über eine Wurzel stolperte. Ich beugte mich tief über den Hals meines Pferdes und ließ die Zügel locker – es brauchte keine Befehle für diesen Weg. An jedem anderen Tag hätte ich vor Freude gejuchzt. Der Ritt durch den Wald war absoluter Wahnsinn, vor allem, wenn ich jetzt an ihn zurückdenke, an das Zischen des Windes in meinen Ohren, an die ständige Bewegung des Waldes um uns herum. Damals jedoch war ich nur damit beschäftigt, meine aufsteigenden Tränen im Zaum zu halten.

Ich würde Ray endgültig verlieren. Auch wenn er dachte, ich hätte das Richtige getan, hatte ich versagt.

✶ ✦ ✶

KAPITEL 33

DER RITT ZUR QUELLE kam mir viel zu kurz vor. Nicht nur, weil mir unsere letzten gemeinsamen Minuten wie Sand durch die Finger rannen. Ich hatte auch die Entfernung überschätzt, denn die Strecke mit dem Auto über Angels Keep war deutlich länger.

Wie beim letzten Mal stockte mir der Atem, als wir aus dem Wald herausritten und auf der Lichtung anhielten. Es war einfach atemberaubend schön: die alten Bäume mit den ausladenden Kronen, die samtig grünen Wiesen, die grün schillernden Schmetterlinge, der tiefgrüne, riesige Teich mit dem Wirbel. Grün beruhigt, heißt es in der Farbenlehre. Nährt die Hoffnung und mildert die Trauer. Das stimmt. Grün beruhigt. Grün tröstet. Grün gibt Kraft.

»Lass uns anfangen.« Hand in Hand liefen wir die letzten Meter zu dem Teich, wo das Grün der Erde seinen Ursprung hatte, das so unfassbare Kraft in sich trug.

»Woher kommt das Grün der Erde?« Ich kniete mich an den Rand des Teiches und verfolgte das unablässige Farbenspiel des Wirbels.

»Aus der Erde. Es ist der Ursprung allen Lebens auf der Welt.«

»Und ihr beschützt es.«

Ray drückte meine Hand. »*Wir* beschützen es. Seit der Ältestenrat beschlossen hat, dass ich dich zur Amulettträgerin machen darf, gehörst du offiziell zu uns.«

»Heißt das … ich gehe auch über die Deathline, wenn ich sterbe?«

Anstelle einer Antwort küsste Ray meinen Handrücken, was ich als »Ja« interpretierte.

»Hat das Amulett noch andere Fähigkeiten?«

»Allerdings.« Er grinste. »Du wirst sie nach und nach entdecken, so wie alle anderen Träger auch.«

Ich lächelte. War ja klar, dass seine Antwort nebulös blieb. Aber es störte mich nicht mehr. Vielleicht lag es an der Quelle. Seit ich neben ihr kniete, verspürte ich weder Trauer noch Panik über den drohenden Abschied. Grün beruhigt. Und das hier war Grün XXXL.

»So, jetzt geht es los.« Ray zückte sein Messer und schnitt erst sich und dann mir eine etwa ein Zentimeter lange Haarsträhne ab. Er nahm jeweils die Hälfte der beiden Strähnen und rollte sie ineinander, bevor er sie auf meinen Handteller legte.

»Deine und meine Haare?«, fragte ich. »Macht man das immer so?«

»Nie. Aber das hier ist kein normales Amulett, sondern ein besonderes.«

»Was ist daran besonders?«

»Es trägt unser beider DNA in sich.«

Ray schien die Erklärung absolut ausreichend zu finden, und ich fragte mich, ob die Yowama so viel klüger waren oder ob sie einfach Dinge so hinnahmen, ohne alles bis ins Detail erklären zu müssen.

»Jetzt legst du die Haare auf die Oberfläche, aber ohne sie zu berühren.«

Ich beugte mich über den grünen Teich, bemerkte, dass er einen sehr eigentümlichen Duft verströmte, nicht unangenehm, aber es war ein Duft, den ich noch nie gerochen hatte, gleichzeitig bitter und lieblich und erdig. Vorsichtig legte ich die ineinander verflochtenen Haare ab und achtete darauf, die grün schimmernde Masse nicht zu berühren. Es machte *blubb*, und die Strähnen waren weg.

»Gut. Jetzt hältst du deine flache Hand über den Punkt, an dem die Haare verschwunden sind.«

Ich folgte Rays Anweisung.

Nichts passierte.

Gar nichts. Nicht einmal ein weiterer *Blubb*.

Langsam wurde mein Arm schwer, doch ich wagte nicht, ihn zu bewegen. Die Haare waren längst versunken, und rein logisch betrachtet, mussten sie längst von einem der Wirbel erfasst und an einen ganz anderen Ort des Teiches transportiert worden sein. Je länger ich meinen Arm wie eine Bittstellerin über das Grün hielt, desto mehr glaubte ich, dass die Quelle mich nicht für gut genug befand, ein Amulett zu tragen.

»Dauert das immer so lang?« Mein Oberarm brannte inzwischen von der ungewohnten Haltung.

»Psst.« Ray starrte auf den Teich.

Blubb.

Endlich.

Blubb.

Auf der Oberfläche bildete sich eine kleine Blase, nicht mehr als daumennagelgroß. Dann noch eine. *Blubb. Blubb. Blubb.* Die

Blasen kamen schneller, wurden größer, höher, es sah aus, als koche der Teich unter mir. Intuitiv vergrößerte ich den Abstand zwischen der Oberfläche und meiner Hand. Sogleich drückte Ray sie wieder zurück.

»Nicht bewegen.«

Meine ganze Schulter brannte inzwischen vor Anstrengung. Da schnalzte die nächste Blase hoch und berührte meine Handinnenfläche. Erschrocken zuckte ich zurück, doch Ray packte blitzartig meinen Arm und hielt meine Hand genau dort, wo sie sein sollte. Wieder blubberte es, die nächste Blase platzte und ein Tropfen flog. Als wäre damit der Damm gebrochen, spritzte nun in rasendem Tempo ein Tropfen nach dem anderen nach oben und blieb an meiner Hand hängen, als gäbe es keine Schwerkraft.

Ich spürte die Wärme der Grüns in meiner Hand, aber ich spürte kein Gewicht. Es war leicht wie Federn, nur fühlte es sich nicht so an. Die Blasen verebbten, dann war die Oberfläche des Teichs wieder ruhig.

»Du kannst die Hand jetzt wegnehmen.« Ray drehte meine Handfläche nach oben und zeigte auf das darin liegende Amulett. »Siowa cha maquama.«

Ich strich darüber, erwartete, dass es an meiner Haut kleben würde, aber es lag ganz leicht und lose da. Es sah völlig anders aus als die Amulette, die ich bisher gesehen hatte. Es war grün, ja, und hatte die übliche leichte Tropfenform mit dem kleinen Loch am oberen Rand. Aber im Gegensatz zu Rays und Seals hatte es auf der einen Seite ein so eindeutiges Muster, dass es unter Tausenden aufgefallen wäre, und auf der anderen Seite war mein Abbild als Relief eingearbeitet.

»Wow.« Ehrfürchtig reichte ich es Ray. »Das ist echt der Hammer. Warum hat deines kein Bild?«

Er lächelte und zog sein Amulett aus dem Kragen. »Hat es.« Er zeigte mir erst die eine, dann die andere Seite. Auf der einen Seite war sein Gesicht als Relief eingeprägt, auf der anderen Seite ein Muster, das in Teilen mit meinem übereinstimmte.

»Kann ich das erkennen, weil ich jetzt auch Amulettträgerin bin?«

Ray nickte.

Er stand auf. »Wir müssen zurück, die Zeit rennt.«

»Ray?« Ich stellte mich vor ihn, das Amulett wie eine Opfergabe in der Hand. »Was erwartet ihr von mir als Amulettträgerin?«

»Nichts. Wir vertrauen darauf, dass du wissen wirst, was zu tun ist.«

»Aber …« Ich griff nach seinem Arm, als könnte ich mich daran festhalten. »Ich weiß nicht, was das ist!«

»Du wirst es wissen. Hör auf dein Herz.« Er schlang seine Arme um mich, legte seinen Kopf an meinen und hielt mich fest.

Die Zeit rannte und gleichzeitig stand sie so still wie wir. *Niemand erwartet von dir etwas, das du nicht erfüllen kannst. Vertrau auf dein Schicksal. Es gibt einen Grund, warum du für diese Aufgabe bestimmt bist. Es gibt einen Grund, warum wir füreinander bestimmt sind. Frage nicht, vertraue.*

Ich hörte seine Worte – oder soll ich es lieber Gedanken nennen? –, ohne dass er sie aussprach. Und obwohl sie mich bezüglich meiner Aufgabe ratlos zurückließen, trösteten sie mich auch. Denn wir brauchten keine Worte mehr, um miteinander zu kommunizieren. Hieß das nicht, dass wir wieder eins waren? Dass wir auch verbunden blieben, nachdem er meine Welt verlassen hatte …

Abrupt löste Ray seine Arme von mir.

»Komm! Wenn wir noch länger trödeln, müssen wir den Pferden das Fliegen beibringen.«

Fliegen. Das beschreibt den Ritt zurück zur Ranch ziemlich genau. Das Tempo unserer beiden gutmütigen Trekkingpferde war rekordverdächtig. Links und rechts verschwammen die Bäume zu grün-braunen Flitzestreifen, vor uns veränderte sich der Wald so rasend schnell, dass es mir unmöglich war, nachzuvollziehen, wohin der Baum verschwunden war, der eben noch mitten im Weg gestanden hatte.

In weniger als fünfzehn Minuten waren wir zurück am Sattelplatz der Trekkingpferde. Er war verlassen.

Ray sprang von seinem Pferd und lief zu mir. Er riss mich regelrecht von dem Schimmel und küsste mich bereits, bevor meine Füße den Boden berührten.

Ich schloss die Augen und prägte mir jedes einzelne Detail ein, das sein Kuss bei mir auslöste. Die Schauder und die Ministromstöße auf meiner Haut, den Beerengeschmack und die Weichheit seiner Lippen, seinen unvergleichlichen Rayduft, und den Wunsch, dass seine Arme mich so nah an ihn pressten, dass wir miteinander verschmelzen könnten.

Dann war der Kuss zu Ende.

»Zeit zu gehen.«

»Und wenn ich dich wieder nicht höre und spüre?«, fragte ich mit vor Panik zittriger Stimme.

»Das wirst du.« Er küsste meine Stirn, meine Nase, meinen Mund. »Du weißt jetzt, wie es geht.«

Ray legte seine Hand an meine Wange. Sie war so warm und stark. Ich legte meine darüber, nur einen Wunsch in meinem Herzen: BLEIB BEI MIR.

»Ewig wir.« Er löste seine Hand von meiner Wange und strich mir über das Haar. »Sag es.«

Ich schluckte den Bullenfrosch runter, der es sich in meiner Kehle bequem gemacht hatte, räusperte mich, erst dann brachte ich einen Ton heraus. »Ewig wir.«

Sogleich wurde seine Hand auf meinem Haar leichter, kaum noch spürbar. Er verblasste …

… wurde zu weißem Nebel …

… und dann stand ich allein zwischen den Pferden, die friedlich und zufrieden das Gras zu ihren Füßen ausrupften.

Ich liebe dich. Ewig und immer.

Es war eindeutig Ray, dessen Stimme mir diese Worte zuflüsterte. Dann war es wieder still.

»Ray?« Ich wartete auf eine Antwort.

Es kam keine mehr.

Die Stille umfing mich wie ein Totenmantel, hüllte mich in sich ein, verschlang mich regelrecht. »Nein!«, brüllte ich gegen die Stille an, »nein!«

Doch Ray war weg. Seine Stimme war weg.

Ich hatte ihn wiederbekommen und erneut verloren. Er hatte mich allein gelassen mit all den Problemen in Angels Keep, die ich lösen sollte, ohne zu wissen, wie.

Tränen vernebelten meinen Blick, benetzten mein Gesicht, sammelten sich im Kragen meines Shirts.

Du hast mich nicht verloren, Rodeo-Girl. Ich bin bei dir, wann immer du mich brauchst. Du bist nicht allein.

Da spürte ich etwas Feuchtes an meiner Hand. Der Schimmel stupste mit seinen Nüstern gegen meinen Handrücken, als wollte er mich auffordern, ihn endlich abzusatteln.

Unwillkürlich musste ich lachen. »Ist ja gut, ich habe verstanden.« Ich klopfte ihm lobend den Hals und machte mich ans Absatteln. Jeder Handgriff Routine, die kein Denken erforderte. Ich dachte aber auch nichts. Nicht an Ray oder meinen

Verlust, nicht an das Grün der Erde oder meine Mutter, nicht daran, was ich als Nächstes tun sollte. Ich erledigte meinen Job, so wie ich ihn schon tausend Mal erledigt hatte und doch ganz anders als sonst. Ich löste den Gurt und spürte das Aufatmen des Schimmels, seine Erleichterung, als ich den schweren Sattel von seinem Rücken zog, die Leichtigkeit, mit der er zur Seite tänzelte, als ich sein nass geschwitztes Fell striegelte. Ich spürte, welche Bürstenstriche er genoss und wo es lieber schnell gehen sollte. Ich erledigte meine Arbeit nicht nur, ich erlebte sie. Selbst nachdem die Pferde gestriegelt waren und ich die Sättel in die Kammer brachte. Zum ersten Mal roch ich das Holz, das Leder und das Sattelfett in dem Sattelkammerduft, sah ich die vielen kleinen Ritzen und Risse, die den Holzbohlen der Wände ihre einzigartige Struktur verliehen, hörte das tausendfache Krabbeln und Flüstern und Surren der Insekten, die unsere Sattelkammer zu ihrem rechtmäßigen Zuhause erkoren hatten. Meine Gedanken schweiften nicht, denn ich, mein *ganzes Ich* verschmolz mit der Sache, die ich gerade tat.

Ich hätte eigentlich heulen müssen, Ray war weg, aber mir war nicht nach Trauern zumute. Ich vermisste Ray nicht, denn er war in allem um mich herum. In der Luft, dem Sattel, der Hütte. Ich spürte ihn, die andere Form seines Ichs, die Form, die den Wald und unsere Gegend zu dem magischen Ort machte, den ich so liebte.

Ich legte eine Hand auf meinen Oberarm, über das Tattoo. Kurz wollte ich nachsehen, was mit Rays Halbkreis des Tattoos geschehen war, doch ich ließ es.

Ich musste nicht nachsehen, um zu wissen, dass es wieder in voller Kraft erstrahlt war.

* * *

KAPITEL 34

»HI.«

Wie aus dem Nichts stand Lynx vor mir, als ich mit dem Pferdefutter aus dem Materialtrailer trat. Ich schrak so zusammen, dass mir der Eimer aus der Hand fiel und die Karotten und das Brot über den Boden kullerten.

»Lynx!«, rief ich. »Ist etwas passiert?«

»Er ist weg, oder?« Ihre Arme waren vor der Brust verschränkt, an der Seite trug sie eine reich verzierte Tasche.

»Ja, du hast ihn knapp verpasst.«

»Ich wollte zu dir. Tia schickt mich.«

Ich nickte, denn ich konnte mir denken, warum: Lynx sollte sichergehen, dass ich Ray hatte gehen lassen.

Lynx öffnete die Umhängetasche und zog einen Skizzenblock hervor. Mit einer feierlichen Geste hielt sie ihn mir entgegen. »Den soll ich dir geben. Er ist von Ray. Ich soll dir sagen, dass keine Zeichnung jünger als sechs Monate ist.«

Ich griff danach. Er war schwerer als er aussah, das Papier dick und weich. Gespannt schlug ich ihn auf.

Die Seiten waren gefüllt mit Zeichnungen, von Greenies, ihren Pferden, dem Reservat. Es war eindeutig Rays Hand gewesen, die diese Zeichnungen angefertigt hatte, das erkannte ich sofort an der Art, wie er den Pferden Leben eingehaucht hatte. Es waren zeitlose Skizzen – warum ließ Tia mir ausrichten, dass Ray in den letzten sechs Monaten keine Zeichnungen hinzugefügt hatte?

»Tia sagt, du brauchst immer einen Beweis, um an etwas zu glauben. Hier hast du ihn.«

Ich ließ den Skizzenblock sinken. Was mir Rays Skizzen beweisen sollten und warum es wichtig war, wann er sie angefertigt hatte, war mir zwar nicht klar, aber ich freute mich, dass ich sie ansehen durfte, egal aus welchem Grund.

Lynx verschloss ihre Tasche wieder.

»Darf ich ihn behalten?«, fragte ich und presste den Block an meine Brust. Es war das Einzige, was mir von Ray als jederzeit reale, sichtbare, berührbare Erinnerung geblieben war, und ich würde diese Zeichnungen wie einen Schatz hüten.

»Sie gehören dir. Siowa cha maquama.« Lynx wandte sich zum Gehen, drehte sich dann noch einmal zu mir. »Erklär es mir«, forderte sie. »Warum seid ihr so ungläubig?«

»Ungläubig?« Ich sah sie mit offenem Mund an. Nach allem, auf was ich mich eingelassen hatte, machte sie mir diesen Vorwurf? »Wie kannst du das sagen?« Ich drückte den Block enger an meine Brust. »Ich habe Ray geglaubt, dass ich mich mit etwas …« Ich suchte nach einem passenden Wort. »… Bösem infiziert habe, was in meiner Welt total absurd klingt und *ist,* und habe trotzdem Zeug geschluckt, das nach verschimmeltem Brackwasser schmeckt!«

»Total absurd …« Sie lächelte spöttisch.

»Ja, total«, erwiderte ich, ein wenig sauer. »Etwas Böses ist kein Virus oder Keim, mit dem man sich infizieren kann.«

»Und doch heißt es in eurer Bibel, dass ihr das Böse im Keim ersticken sollt.«

»Das ist doch bildlich gesprochen!«, rief ich.

»So wie man früher sagte, dass jemand, der Wahnvorstellungen hatte, vom Teufel besessen war.«

»Weil man es nicht besser wusste.«

Sie lächelte. Nicht spöttisch, eher mitleidig, was mich ärgerte.

»Eine Frage.« Lynx löste ihre Arme aus der Verschränkung und zeigte auf mich. »Wenn Ray dir gesagt hätte, dass du beim Durchqueren der Schleuse ein Trauma durchlebt hast und jetzt an einer posttraumatischen Belastungsstörung leidest, hättest du dann auch nur eine Sekunde an seinen Worten gezweifelt?«

Ich zuckte die Schultern. Mein Gang durch die Schleuse *war* traumatisch gewesen.

»Nein, hättest du nicht«, beantwortete Lynx ihre Frage selbst. »Weil der Begriff in deiner Welt akzeptiert ist.«

»Wahrscheinlich«, gab ich zu.

»Löse dich von Begrifflichkeiten. Öffne deinen Geist.« Lynx hob die Hand wie zum Gruß. »Jede Zeit hat ihre eigenen Erklärungen und Begrifflichkeiten für Dinge, die wir nicht verstehen. Egal, wie weit wir den menschlichen Körper erforschen werden, die Seele wird uns immer ein Rätsel bleiben. Wir können sie nicht fassen, sezieren und unter ein Mikroskop legen. Aber wir wissen, dass es das Unfassbare und Unerklärliche der Seele ist, das uns ausmacht.«

Ich strich nachdenklich über den Skizzenblock. In Lynx Worten steckte mehr Wahrheit, als mir angenehm war. Ich hatte inzwischen zu viel an Unerklärlichem erlebt, um es länger leugnen zu können. Und doch sperrte sich noch immer etwas in meinem Kopf, wenn ich mit einer neuen Variante des Unerklärlichen konfrontiert wurde.

Sie griff in ihre Tasche und zog ein sehr kleines, in dunkles Leder gewickeltes Päckchen hervor. »Das soll ich dir auch noch geben.«

Gespannt wickelte ich es auf. Ein feines, geflochtenes Lederhalsband kam zum Vorschein. Ich betrachtete es kurz, dann zog ich mein Amulett aus der Jackentasche und fädelte es auf das Halsband.

Lynx streckte ihre Hand nach dem Amulett aus und betrachtete es.

»Es hat wirklich funktioniert …«, sagte sie und schüttelte den Kopf.

»Warum sollte es nicht?«

»Weil du keine Yowama bist.« Sie runzelte die Stirn. »Nur ein Stammesangehöriger kann ein Amuletttträger sein.«

Demonstrativ legte ich mir das Band um den Hals. »Und, wer ist jetzt ungläubig?«

»Touché.« Sie hielt ihre Hand in die Höhe und ich klatschte sie ab. Eigentlich war Lynx gar nicht so übel.

Den Skizzenblock an mich gepresst, lief ich im Eilschritt zum Haus, direkt in den Gästetrakt und dort zu Serenas Zimmer. Ich klopfte, brannte darauf, ihr zu erzählen, was hinter meiner Reaktion auf ihren Trank steckte – und dass sie mir genau das Richtige gegeben hatte. Ich klopfte. Mehrmals. Dann drückte ich die Klinke. Die Tür war nicht abgesperrt. Überrascht blieb ich im Türrahmen stehen.

Das Zimmer war leer.

Und damit meine ich nicht nur, dass Serena nicht da war – auch ihr Chaos war verschwunden.

Sie war abgereist. Jetzt erst bemerkte ich die Stille, die über der gesamten Ranch lag. Einige Gäste waren inzwischen auf dem Heimweg, das wusste ich, aber nicht alle, und dann waren da noch Martha und Patrick und Dana und Gabriel und Sarah und Larry und Peter und Dad.

Die mussten doch hier irgendwo rumschwirren.

Ich lief von Zimmer zu Zimmer, klopfte – öffnete Türen, immer wieder: Leere. Meine Schritte wurden schneller, ich rannte in den zweiten Stock.

»Hallo?« Inzwischen klopfte ich nicht mehr, riss eine Tür nach der anderen auf. Nur eine war abgesperrt. Dasslers.

Vom Gästetrakt lief ich in die Küche.

»Hallo! Martha! Dad!«

Leere.

Mit zittrigen Beinen stand ich im Türrahmen. Teile des Frühstücksgeschirrs standen verwaist neben der Spüle, als hätte jemand mitten beim Aufräumen Martha oder Dana oder wer gerade Dienst hatte, weggeholt. Ich hörte mich selbst keuchen. Was war hier passiert?

Ich war nur zwei Stunden weg gewesen – die konnten sich doch nicht alle in Luft aufgelöst haben!

»Dad! Patrick!« Meine Stimme war schrill vor Panik. Mein Vater würde niemals die Ranch verlassen, ohne zu wissen, wo ich war!

Ich jagte die Treppe hoch in unseren Privatbereich, runter ins Arbeitszimmer, zum Empfangstresen. Dann lief ich zum Stall.

Da endlich hörte ich Stimmen. *Dad!* Ich hätte heulen können vor Erleichterung. Kaum hatte ich die Stalltrasse betreten, ließen mich die Worte meines Vaters allerdings im Schritt verharren.

»Ich weiß nicht, wo Josie ist«, sagte er, so aggressiv, dass ich mich unwillkürlich an die Wand drückte. »Und wenn ich es wüsste, Sie wären der Letzte, dem ich verraten würde, wo meine Tochter sich aufhält.«

Mir stockte der Atem. Wer wollte von Dad wissen, wo ich war?

»Halten Sie solche Aussagen für klug?« Das war Dasslers Stimme! »Sie haben wohl vergessen, wer ich bin?«

»Ich weiß *genau*, wer Sie sind. Das Schwein, das mir nach Elenas Tod die Ranch wegnehmen wollte.« Dads Stimme bebte vor Wut. Dassler wollte *was????* Ich verstand kein Wort.

»Ich habe Sie sofort erkannt, als Sie bei uns eingecheckt haben«, fuhr Dad fort. »Und wissen Sie was? Ich habe einen Privatdetektiv auf Sie angesetzt, der nach jedem noch so kleinen Dreckhaufen in Ihrem Leben sucht. Ich werde Sie fertigmachen. Sie haben es damals nicht geschafft, und diesmal kommen Sie damit auch nicht durch!«

»Falsch«, zischte Dassler. »Ich *bin* damit längst durch. Sie vergessen, dass hier nun Ausnahmezustand herrscht und ich das Sagen habe.«

»Sie haben mir gar nichts zu sagen!«

Dann krachte es. Ächzen. Brüllen. Wie erstarrt verfolgte ich die Kampfgeräusche. Es waren nur Sekunden, dann knallte etwas gegen Holz, Hisley wieherte und ich erwachte aus meiner Starre.

Ohne nachzudenken, lief ich weiter in den Stall, sah, wie Dassler meinen Vater gegen Hisleys Box presste, seine Arme hinter dem Rücken verschränkte und ihm mit einem *Klack* Handschellen anlegte.

»Sie hatten die Anordnung, die Ranch binnen einer Stunde zu verlassen.« Dassler räusperte sich. »Mr O'Leary, hiermit verhafte ich Sie wegen Nichtbefolgens einer militärischen Anordnung und Widerstands gegen die Staatsgewalt.«

Mein Blut gefror mir in den Adern. *Die Ranch war leer, weil Dassler sie im Eiltempo hatte räumen lassen.* Alle waren weg, nur Dad hatte sich ihm widersetzt.

In mir schäumte es. Ich wollte mich auf Dassler stürzen, als sich plötzlich eine Hand über meinen Mund legte und eine Stimme in mein Ohr hauchte: »Wenn du schlau bist, verschwindest du jetzt von hier.«

* * *

KAPITEL 35

LYNX ZOG MICH RÜCKWÄRTS aus der Stalltrasse, so lautlos, dass nicht einmal die Pferde ihre Köpfe zu uns drehten. Ich ließ mich wortlos von ihr aus dem Stall führen.

So sehr ich meinem Vater zu Hilfe eilen wollte, so sehr ich vor Empörung bebte, ich durfte nicht riskieren, dass Dassler mich ebenfalls aus dem Weg räumte. Er hatte Dad nach mir gefragt. Und das sicher nicht ohne Grund.

In meinem Kopf rasten die Gedanken. Was hat Dad damit gemeint, dass Dassler ihm schon einmal die Ranch hatte wegnehmen wollen? Wann? Und ... wie?

Draußen vor dem Stall ließ Lynx mich los. Ich legte meinen Finger an den Mund und zeigte Richtung Trekkingpferde. Leise liefen wir den Weg entlang. Immer wieder blickte ich hektisch zurück. Betete, dass Dassler meinen Vater erst aus dem Stall rausbrachte, wenn wir außer Sichtweite waren.

Hinter mir hörte ich meinen Vater – gedämpft durch die Stallwände, aber die Stimme bewegte sich eindeutig Richtung Ausgang.

Ich lief schneller, machte Lynx ein Zeichen, dass sie sich

rechts halten sollte, verließ den Weg und sprintete über die hohe Wiese.

»Lassen Sie mich los, Sie Dreckskerl!«, brüllte mein Vater, die Stimme so laut und klar, dass ich mich nicht umdrehen musste, um zu wissen, dass sie den Stall verlassen hatten. Ich packte Lynx am Arm und warf mich ins hohe Gras.

Schwer atmend lagen wir Seite an Seite. Die Stimme meines Vaters bewegte sich in Richtung Haus. Ich wartete, bis sie leiser wurde, dann stand ich auf und lief gebückt weiter zum Materialtrailer.

Ich stürzte in den Trailer und kauerte mich verstört in die Ecke unter die Reitwesten. Lynx ließ einen kritischen Blick durch den Trailer schweifen, dann nickte sie und hockte sich neben mich.

»Sie haben alle weggeschickt«, sagte ich tonlos. »Was bedeutet das?«

»Vor allem, dass uns die Zeit davonläuft.« Lynx umschloss ihr Amulett mit beiden Händen. »Der Schutz des Reservats wird schwächer.«

»Du spürst das?«

Sie presste ihren Nagel in den Anhänger und hielt ihn vor meine Nase. Dort, wo eben ihr Nagel gewesen war, sah man nun einen sichelförmigen Abdruck. »Normalerweise ist ein Amulett härter als Diamant. Es ist unzerstörbar.«

»Wie die Innenwände der Kwaohibäume«, murmelte ich.

»Genau.« Sie musterte mich. »Wenn die Widerstandsfähigkeit des Amuletts nachlässt, ist es ein sicheres Zeichen dafür, dass der Schutzwall ums Reservat schwächer wird.« Sie ließ ihr Amulett in der Luft baumeln. »Das hier ist Katastrophenalarm.«

Ich nahm mein eigenes Amulett in die Hand, dabei rutschte

Rays Skizzenblock von meinem Schoß und landete auf dem Boden. Ich hob ihn auf. Zwei Seiten hatten sich verknickt. Ich strich glättend darüber, vorsichtig darauf bedacht, keine weiteren Seiten zu beschädigen. Als ich sie prüfend musterte, entfuhr mir ein überraschter Laut.

Fassungslos starrte ich auf das Bild meiner Mutter.

Meine Mum!

Unzählige Fragen purzelten durch meinen Kopf. Warum hatte Ray meine Mutter gezeichnet? Ich sah genauer hin. Ich kannte dieses Bild. Es hing als Foto im Zimmer meines Vaters neben der Urkunde, die sie an dem Tag gewonnen hatte. Sie war siebzehn gewesen, stolz präsentierte sie ihre erste Goldmedaille, die sie für den Staat Washington ergattert hatte. Ich versank in den flüssigen Strichen, die so eindeutig das Gesicht meiner Mutter wiedergaben. *Mum! Was machst du in diesem Block? Mum! Kannst du mich hören? Bist du bei mir? Kannst du mir nicht helfen? Irgendwie?*

»Was ist los?«, fragte Lynx. Sie nahm mir die Skizzen ab. »Wer ist das?«

»Meine Mum«, flüsterte ich. Woher kannte Ray das Foto? Hatte er es in Dads Zimmer gesehen, als er bei uns auf der Ranch gewesen war?

Lynx hob die Brauen. »Deine Mutter?« Ihrem Gesichtsausdruck entnahm ich, dass sie sich genau die gleiche Fragen stellte wie ich mir.

Kopfschüttelnd blätterte Lynx zur nächsten Seite.

»Das ist der Typ aus dem Stall«, sagte sie und zeigte auf eine Porträtzeichnung, die eindeutig Dassler darstellte. »Wer ist das?«

»Der ist vom FBI«, flüsterte ich zurück. Dads Stimme ertönte in meinem Kopf. *Ich weiß genau, wer Sie sind. Das Schwein, das mir nach Elenas Tod die Ranch wegnehmen wollte.* Das konnte kein Zufall sein. Dasslers Interesse an der Ranch und sein Porträt in diesem Block, eine Seite hinter meiner Mutter. Es musste einen Zusammenhang geben!

»Wie kommt der Typ in Rays Skizzenblock?«

»Keine Ahnung.«

Lynx hob den Block dicht vor ihre Augen und studierte Dasslers Porträt. Dann blätterte sie weiter. Zeigte mir die nächste Seite. »Kennst du den?«

Es war wieder ein Mann, dieser jedoch war mir fremd.

»Nie gesehen.«

Lynx setzte sich zu mir und blätterte weiter. Auf der nächsten Seite war eine Tropfenform abgebildet, unterteilt in pizzascheibenartige Drittel. In dem untersten, dem größten Pizzastück, war meine Mum abgebildet, in dem linken Dassler, in dem rechten der Fremde. Über dem Tropfen stand ein Satz in Yowama.

»Was bedeutet das?«, fragte ich Lynx.

Sie fuhr mit dem Finger über die Yowama-Zeichen. »Das heißt *triadisches Gleichgewicht* und bedeutet, drei Energien stehen im gegenseitigen Einfluss, um Balance herzustellen.«

»Warum?«

»Weil jedes System nur im Gleichgewicht funktioniert. Denk an Erde, Sonne und Mond. Die Erde braucht Sonne und Mond, der Mond braucht die Erde und die Sonne ist das Energiezentrum.« Sie tippte auf das Bild meiner Mutter. »Sie ist das Zentrum des Systems.«

Ich starrte in die perfekt nachempfundenen Augen meiner Mutter und wünschte, ich könnte darin die Antwort finden, was sie in diesem Skizzenheft verloren hatte. »Das Zentrum von welchem System?«

»Des triadischen Gleichgewichts.« Lynx stand abrupt auf. Sie knallte gegen die Stange, an der die Reitwesten hingen, und rummms!, löste sich die Stange auf einer Seite aus der Verankerung und die Westen rutschten alle gleichzeitig zu Boden.

»Pssst!« Erschrocken stand ich ebenfalls auf. Der Lärm musste mindestens bis zum Stall zu hören gewesen sein. »Aber wozu ist so ein System gut?«, wisperte ich.

»Es ist eines unserer Schutzsysteme. Die Triade wird dann angewendet, wenn wir außerhalb des Reservats ein Problem in den Griff bekommen müssen«, flüsterte sie zurück. Lynx blätterte konzentriert weiter durch den Block und gab ihn mir zurück. »Nichts. Kein einziger Hinweis, warum das triadische Gleichgewicht geschaffen wurde.« Lynx legte ihre Hand auf meinen Arm. »Jetzt verstehe ich, warum Ray dir das Amulett geschmiedet hat. Als deine Mutter gestorben ist, wurde das triadische System zerstört. Du sollst das Gleichgewicht wiederherstellen!«

»Und wie?«

»Das weiß ich nicht. Und da dir bisher niemand gesagt hat, was du tun sollst, weiß es der Rat wohl auch nicht.«

Ihr Blick wanderte zu meinem Amulett. »Deine Mutter war das Zentrum. Sie war keine Amulettträgerin. Du allerdings jetzt schon.« Nachdenklich strich sie über ihren dicken schwarzen Zopf. »Ich weiß nicht, ob das schlau war, wenn du an ihre Stelle treten sollst.«

Ich legte meine Hand über das Amulett. Ray war es wichtig gewesen, dass ich es trug, er musste einen Grund dafür haben. *Ray? Hattest du einen Grund? Warum hast du mir nicht von meiner Mutter erzählt?*

Ich wartete, legte meine Hand auf die Brust, hörte auf mein Herz. Doch Ray hörte ich nicht.

Ray?

In meinem Kopf ertönte ein Rauschen. Ein Störgeräusch. Schriller und schriller peitschte der Ton durch meinen Kopf. Ich ließ den Skizzenblock fallen, presste meine Hände gegen die Ohren, doch der Ton schrillte immer höher in meinem Trommelfell.

Lynx bewegte ihre Lippen, doch ihre Worte drangen nicht durch. Sie packte meine Schultern und schüttelte mich. Langsam wurde das Schrillen leiser, verebbte schließlich zu einem dünnen Piepton.

»Was ist mit dir?« Lynx schüttelte mich noch immer.

Ich öffnete meinen Mund so weit, dass es in meinen Ohren knackte. Das Piepen verschwand. »Ich weiß nicht, was das war. Ich wollte Kontakt mit Ray aufnehmen, und dann war da so ein krasser Ton in meinem Kopf.«

Alle Farbe wich aus Lynx Gesicht. Sie hob ihr Amulett, drückte den Nagel in die Oberfläche und hielt es dann an ihr Ohr. Erschrocken riss sie es wieder weg. »Verdammt! Der Schutzwall bricht zusammen!« Sie wirbelte herum und war mit einem Satz aus dem Trailer. Ich lief ihr nach, doch Lynx hatte sich schon auf ihren Rappen geschwungen und ritt wie eine Wahnsinnige auf den Wald zu.

In mir schnürte sich alles zusammen. *Ray, Sam, Gabriel, Dana, Patrick, mein Dad*… wenn wenigstens einer von ihnen jetzt bei mir wäre!

Ich sah zum Wald, in dem Lynx bereits verschwunden war. Ihr nach?

Ich schaute zur Ranch zurück. Es lag eine eigentümliche, bedrückende Stille in der Luft. Das Haus selbst wirkte verlassen, geradezu gespenstisch verwaist.

Entschlossen ging ich darauf zu, und je näher ich kam,

desto gespenstischer wirkte alles. Vor dem Stall lagen Striegel und Bürsten, ein umgeworfener Futtereimer war auf den Waschplatz gerollt und spiegelte sich in einer Wasserlache, die stumm bezeugte, dass vor kurzer Zeit hier noch ein Pferd abgespritzt worden war. Ich warf einen schnellen Blick in den Stall, zumindest die Boxen waren alle korrekt verschlossen. Ich stutzte.

Die Pferde. Wer sollte sich um sie kümmern, nachdem die Ranch evakuiert worden war? Man konnte sie doch nicht sich selbst überlassen! Sie mussten alle auf die Koppeln! Ich entriegelte Guccis Box, als mir Dasslers abgesperrtes Zimmer einfiel.

Dassler hatte nicht vor, die Pferde sich selbst zu überlassen. Er plante gar nicht, die Ranch zu verlassen. *Sie sind das Schwein, das mir nach Elenas Tod die Ranch wegnehmen wollte.* Dassler hatte seine Absicht in die Tat umgesetzt. Ich ballte meine Fäuste. »Oh nein. So nicht. Du hast deinen Plan ohne mich gemacht«, murmelte ich.

Nun wusste ich auch, warum er nach mir gesucht hatte. Warum er sich von Anfang an auf mich eingeschossen hatte. Er war Teil der Triade, die seit dem Tod meiner Mutter nicht mehr im Gleichgewicht war. Und er versuchte, das nun für sich zu nutzen.

Steckte Dassler hinter allem?

War er der Mann hinter Dowby? Der unbekannte Drahtzieher, der die Yowama töten ließ, um sie in Schatten zu verwandeln?

Wollte er deshalb so genau wissen, was auf der Farroway Farm passiert war und was Dowby gesagt hatte?

Mit einem *Tack* verriegelte ich Guccis Box wieder. Die Pferde mussten sich gedulden. Dassler würde wiederkommen. Das war sicher.

Im Laufschritt verließ ich den Stall. Auf mich wartete eine Aufgabe. Und jetzt, wo ich wusste, wer mein Gegner war, wusste ich auch, was ich als Erstes zu tun hatte.

* \+ *

KAPITEL 36

MIT DEM GENERALSCHLÜSSEL bewaffnet lief ich zu Dasslers Zimmer, sperrte auf und ließ die Tür fluchtbreit weit offen. Nacheinander riss ich alle Schubladen im Zimmer auf. Leer, leer, leer. Im Schrank hingen ein Anzug und zwei Hemden, in einem Fach lag etwas Unterwäsche. Ich suchte nach seinem Koffer, fand ihn unter dem Bett. Hastig zog ich ihn hervor, öffnete ihn. Schmutzige Wäsche. »Das gibt's doch nicht!«, rief ich frustriert aus. Er musste doch irgendwelche Papiere, Akten oder so was haben! Ich klopfte den Koffer ab, lauschte nach einem Hohlraum, tastete den Boden ab, riss daran. Nichts.

Falls er Unterlagen bei sich hatte, und dessen war ich mir absolut sicher, dann bewahrte er sie offensichtlich nicht im Zimmer, sondern in seinem Auto auf. Und das wahrscheinlich aus gutem Grund: Er wollte mit Sicherheit nicht, dass Martha oder ich sie zu Gesicht bekamen und herausfanden, was er im Schilde führte.

Als Letztes ging ich ins Bad. Ich checkte seinen Kosmetikbeutel, als mein Blick auf ein kleines, rundes Döschen fiel. Neugierig öffnete ich es, blinzelte verwundert hinein. Strahlend blaue Kontaktlinsen zur Verstärkung der Augenfarbe. Ich verzog verächtlich das Gesicht. So also kam er zu seinem krass blauen, irritierendem Scanblick. Er arbeitete mit billigen Tricks. Ich legte das Döschen zurück und verließ das Bad, sein Zimmer, den Gästetrakt.

Als Nächstes sprintete ich in mein Zimmer. Dort stopfte ich das absolut Nötigste in meinen Rucksack. Unterwäsche, ein paar T-Shirts, eine Jeans, ein Sweatshirt, dazu Zahnbürste, Zahnpasta und ein Handtuch. Bevor ich in die Küche lief, streckte ich meinen Kopf aus dem Badezimmerfenster.

Von Ferne hörte ich Motorengeräusche. *Verdammt!* Mir lief die Zeit davon!

In der Küche packte ich wahllos Proviant für ein paar Tage ein. Dann lief ich weiter in Dads Büro. Als Erstes holte ich Pass und Geld aus dem Safe und verstaute beides in dem Rucksack. Dann nahm ich alle Dokumente, die Dad dort hinterlegt hatte. Mit fliegenden Fingern blätterte ich durch die schwere Mappe. Geburtsurkunden, Heirats- und Mums Todesurkunde, Eigentümerurkunde für die Ranch, Zeugnisse, Autopapiere, Kaufverträge … absolut nichts, das auf eine Verbindung zwischen Mum und Dassler hinwies, absolut nichts, das auf Mums Verbindung zu den Yowama hinwies – aber die gab es! Rays Zeichnung war ein eindeutiger Beweis dafür.

Enttäuscht legte ich die Mappe in den Safe zurück. Sah mich um. Ordner neben Ordner stand in den Regalen, gefüllt mit der minutiösen Dokumentation jahrelanger Arbeit auf der Ranch. Dort würde ich nichts finden.

Mein Blick fiel auf die gerahmten Fotos unserer Familie. Natürlich! Die alten Alben aus Mums Jugend. Vielleicht war Dassler auf einem der Fotos. Oder der unbekannte Dritte in der Triade.

»Hallöle, ist ja doch jemand da … Tür war offen.«

Ich wirbelte herum. Im Türrahmen stand ein Mann. Schlaksig, relativ jung, Kopfhörer groß wie Knieschoner auf den Ohren. Ich hatte ihn noch nie gesehen.

»Ja?« Mein Herz klopfte bis in meinen Hals.

»Ich suche Mr Jack O'Leary.«

»Um was geht es?«

»Eilzustellung.«

Ein Ruck ging durch mich. Darin musste der Bericht des Privatdetektivs sein, auf den mein Vater gewartet hatte! Ich ging zu dem Mann. »Wo soll ich unterschreiben?«

»Persönliche Übergabe.«

»Ich bin seine Tochter.« Ich zückte den gerade geholten Pass.

Er schüttelte den Kopf. »Persönlich heißt, Jack O'Leary, und ausnahmslos Jack O'Leary.«

»Verdammt noch mal!«, explodierte ich. »Hier herrscht Ausnahmezustand!«

Ein *Aha*-Ausdruck erschien auf dem Gesicht des Mannes. »Daher der verrückte Verkehr! Stau, Stau, Stau … aber nur in die eine Richtung. Ich war der Einzige, der nach Norden fuhr.«

Ich näherte mich ihm. »Und Sie wurden nicht angehalten und gebeten, umzukehren?«

Er kratzte sich am Kopf. »Ja, angehalten schon, dann hat mich der Bulle gefragt, wo ich hinwill, ich hab gesagt, ich hab eine Eilzustellung zur O'Leary Ranch, und dann durfte ich weiterfahren.«

»Ja, weil ich hier auf Sie warte.« Ich deutete auf den Rucksack. »Jetzt geben Sie mir endlich den Brief.«

»Okay. Gewonnen. Ausnahme im Ausnahmezustand.« Er grinste. »Klingt gut.«

Ich grapschte mir den Umschlag und unterschrieb auf seiner Liste. Dann steckte ich den Umschlag in meinen Rucksack, obwohl es mir unter den Fingern brannte, ihn sofort aufzureißen. Doch nicht jetzt. Nicht hier. Als der Paketfahrer die Ranch erwähnt hatte, durfte er weiterfahren. Also wussten Dasslers Leute bereits, dass er die Ranch übernommen hatte.

Ich musste hier weg. Schnell.

Hinter dem Boten sperrte ich die Haustür ab, rannte in Dads Zimmer und riss Mums alte Alben aus dem Schrank. In Windeseile blätterte ich sie durch. Verfluchte mich, dass ich den Skizzenblock im Materialtrailer hatte liegen lassen. Dassler würde ich erkennen – aber den Unbekannten?

Ich stopfte alle Fotos in meinen Rucksack, auf denen ich eine Person zu erkennen glaubte, die dem Unbekannten ähnlich sehen könnte. Dann warf ich die Alben in den Schrank zurück, schulterte den Rucksack und lief zur Hintertür hinaus zum Stall.

»Psst«, raunte ich Bo zu, als ich sie gesattelt aus dem Stall brachte. Das Geklapper der Hufe auf dem Weg schien in der Stille unnatürlich laut.

»He, Josie, warte!«

Ich fuhr herum, Mike kam auf mich zugerannt.

»Hi, Mike.«

»Mensch, wo warst du?« Mike kam näher und schüttelte verärgert den Kopf. »Ich dürfte gar nicht mehr hier sein.«

»Was machst du dann bei uns?«

Er sah mich verwundert an. »Du hast mich vorhin versetzt! Wir waren verabredet! Schon vergessen?«

»Sorry.« Ich schlug mit der flachen Hand gegen meine Stirn. Natürlich, wir hatten ausgemacht, dass er noch mal nach Sam schauen wollte und dann entweder allein oder mit ihm gemeinsam zur Ranch käme. »War etwas hektisch die letzten Stunden.«

»Allerdings.« Er zeigte auf Bo und meinen Rucksack. »Was hast du vor?«

»Mich vor Dassler in Sicherheit bringen.« Ich stieg auf Bo. »Er hat Dad verhaftet.«

»Er hat *was?*«, rief Mike und sah mich mit offenem Mund an.

»Ich glaube, er steckt hinter der ganzen Sache.« Ich warf einen nervösen Blick zum Wohnhaus. »Ich muss ins Reservat. Ein paar Dinge klären.« Kurz zögerte ich, dann zeigte ich auf den Stall. »Wenn du mitwillst, dann hol dir Gucci. Ich warte bei den Trekkingpferden auf dich, ich muss dort noch was aus dem Trailer holen. Aber mach schnell, Dassler kann jeden Moment kommen.«

* * *

KAPITEL 37

»LASS UNS KURZ PAUSE machen«, sagte ich, als wir tief genug in den Wald hineingeritten waren. Wir hielten auf einer kleinen Lichtung, die gerade genug Platz bot, um die Pferde abzustellen und sich auf den Boden zu setzen.

»Also, sprich«, sagte Mike, »was ist das für eine Geschichte mit dem FBI-Mann? Wie kommst du darauf, dass er hinter all dem steckt?«

Ich kramte Rays Skizzenbuch aus dem Rucksack und schlug die Seite mit Dassler auf. »Erkennst du ihn?«

»Natürlich. Dassler in jung. Ich habe vor zwei Stunden noch mit ihm gesprochen.«

Ich blätterte um und zeigte ihm die Zeichnung mit der Triade.

»Wo … wo hast du das her?«, rief er, den Blick ungläubig auf die Zeichnung gerichtet.

»Ray hat das gezeichnet.«

Mike zeigte auf den Unbekannten. »Das ist mein Vater.«

Mikes Vater?? Ich brachte meinen Mund nicht mehr zu.

Meine Mutter. Mikes Vater. Es wurde immer verrückter.

»Warum hat Ray meinen Vater gezeichnet?« Mike pochte mit dem Knöchel auf die Zeichnung. »Was hat er mit Dassler zu tun? Und … wer ist diese Frau?«

»Das ist meine Mutter«, sagte ich leise.

»Deine … Mutter?« Mike faltete seine Hände und legte sie an den Mund. Ich wartete, ob er es weiter kommentieren würde, aber er saß nur da, den Blick unablässig auf das Bild gerichtet.

»Eine Triade.« Er nahm die Hände vom Gesicht. »Deine Mutter ist tot. Mein Vater ist tot. Die Triade existiert nicht mehr. Die Frage ist: Wozu wurde sie geschaffen? Was sollte sie im Gleichgewicht halten?«

»Keine Ahnung«, sagte ich, »aber ich finde es seltsam, dass ausgerechnet der einzige Überlebende hier auftaucht, nachdem die Probleme in Angels Keep angefangen haben. Das kann doch kein Zufall sein.«

»Zufall? Als Teil der Triade? Wohl kaum.« Mike erhob sich und lief auf der winzigen Lichtung hin und her.

»Und dann ist da die Sache mit der Ranch. Mein Vater hat gesagt, er wollte sie ihm nach Mums Tod abnehmen.«

Mike blieb abrupt stehen. »Er wollte was?«

»Unsere Ranch.« Ich stutzte. »Als ich ihm sein Zimmer gezeigt habe, hat er seltsame Fragen gestellt, von wegen, ob die Ranch Grenzgebiet zu den Yowama sei und wie viele Yowama bei uns arbeiten …«

»Warum sollte er das fragen? Müsste er so was nicht wissen, wenn er Teil der Triade ist?« Mike sah mich nachdenklich an. »Weißt du, wie die Triade funktioniert? Ich weiß nur, es ist das Gleichgewicht der drei und wird zum Schutz der Quelle eingesetzt.«

»Weißt du das von deinem Vater?«, fragte ich und erinnerte mich an seine Worte in Danas Küche über das Erbe seines Vaters: *sein Wissen, seine grünen Augen und das Gespür für Tiere.*

Mike nickte. »Die Deathline, das Grün der Erde, der Schutzwall, die Triade… Er wollte, dass ich verstehe, wie besonders die Yowama sind.« Mike verzog den Mund und zuckte dann die Schultern. »Das ist zwar schön, ändert aber nichts daran, dass ich nie dazugehört habe. Im Gegensatz zu dir war ich noch nie im Reservat. Und *ich* bin Halb-Yowama.«

Ich konnte nicht genau bestimmen, ob es Frust oder Traurigkeit war, die in Mikes Stimme mitschwang, jedenfalls tat er mir leid. Ich ging zu ihm und legte meine Hand auf seinen Arm. »Hey, das ändern wir genau jetzt. Wenn wir das hier hinter uns gebracht haben, bist du einer von ihnen, versprochen.«

Er lächelte schief, als bezweifle er meine Worte. »Wenn du meinst…«

Ich hob den Daumen und nickte. »Auf jeden Fall. Aber jetzt müssen wir erst mehr über die Triade rausfinden. Wir fragen den Rat. Er wird mir sicher etwas dazu sagen können. Schließlich haben sie Ray gestattet, dass er mich zu einer Amulettträgerin macht.«

Mike schnappte nach Luft. »Du hast ein … *Amulett*?«

»Seit einer Stunde…« Ich zog das Amulett aus meinem Kragen und zeigte es ihm, als mir ein Gedanke kam. »Wenn in einer Triade zwei Personen die dritte im Gleichgewicht halten, also wenn zwei Personen dafür sorgen, dass diejenige nicht aus dem Ruder läuft, könnte es dann nicht sein, dass dein Vater und meine Mum die Gegenpole zu Dassler waren?«

»Warum Dassler? Wozu?«

»Das weiß ich eben nicht«, begann ich. »Aber er hat unsere Ranch besetzt, und zuvor wollte Dowby uns die Ranch wegnehmen, und da frage ich mich…«

»… ob Dassler der Mann hinter Dowby ist?«, vervollständigte Mike meinen Satz. Er schlug seine Fäuste gegeneinander. »Dassler als Dowbys Auftraggeber?« Mike stoppte abrupt. »Verdammt, Josie, ich habe ihm vorhin von den Yowama erzählt, und dass –«

»Warum?«, rief ich.

»Weil ich weder dich noch Sam noch sonst einen Yowama erreicht habe und uns hier die Stadt um die Ohren fliegt!« Er setzte seine Runden um die Pferde fort. »Ich konnte doch nicht ahnen, dass Dassler mittendrin steckt! Aber vielleicht sucht er deshalb nach dir – weil ich ihm erzählt habe, dass du die einzige Nicht-Yowama bist, die möglicherweise Zugang zum Reservat hat.«

»Nein«, sagte ich nachdenklich, »er war schon vorher an mir interessiert und … er weiß schon lange über die Yowama Bescheid. Muss«, setzte ich nach. »Ich kann mir nicht vorstellen, dass er Teil einer Triade ist, ohne je mit den Yowama in Berührung gekommen zu sein.«

Unwillkürlich tastete ich nach meinem Amulett. War es weicher geworden? Laut Lynx war der Schutzwall kurz vor dem Kollaps, und wenn Dassler hinter den Morden an den Yowama steckte und er derjenige war, der die Schatten dirigierte, damit sie den Schutzwall des Reservats einrissen, dann war er kurz vor seinem Ziel. Lange würde es nicht mehr dauern, bis er einfach ins Reservat eindringen konnte.

Ich stand auf, ging zu Mike und stoppte sein Herumgetigere. »Dein Vater und meine Mutter.«

»Was ist mit ihnen? Sie sind beide tot.«

»Ja«, ich nahm Mikes Hände. »Sie beide waren Teil des Gleichgewichts. Und jetzt sind wir zusammen auf dem Weg ins Reservat. Vielleicht ist das die Lösung. Vielleicht können wir die Triade erneuern.«

»Weißt du denn, wie das geht?«, fragte er skeptisch.

Ich zog ihn mit mir zu den Pferden. »Nein, aber wir werden es herausfinden. Jetzt.«

Ich ließ Bo freien Lauf, vertraute darauf, dass sie und der Wald mich genau dorthin brachten, wo ich hinwollte – ins Reservat. Hinter mir hörte ich Mike und Gucci. Es klang, als wären sie nur eine Handbreit hinter uns. *Mum, was hast du mir verheimlicht? Waren wir deshalb gemeinsam im Reservat? Damals, als ich fünf Jahre alt war? Hast du an dem Tag eingewilligt, Teil der Triade zu werden?*

Schon tauchten die bunten Dächer des Reservats vor uns auf. *Mum, du steckst hier mit drin, hilf mir, ja?* Ich zügelte Bos Tempo und drehte mich zu Mike. »Das Reservat. Und, wie findest du es?«

Er brachte Gucci neben mich. »Verdammt stiller Ort.«

Nun fiel es auch mir auf. Nirgendwo war jemand zu sehen. Ich dachte daran, wie ich mit Ray durchs Dorf gelaufen war, an die vielen Greenies auf dem Dorfplatz, die mich freundlich begrüßt hatten. Wo waren sie alle?

Am Marktplatz stieg ich von Bo und lief zu dem kleinen Café.

»Hallo?« Es war leer, auf den Tischen standen jedoch Teller, Tassen und Gläser, die meisten waren noch halb voll oder sogar unangetastet. Über einem der Stühle hing eine Jacke, neben einem anderen stand eine Tasche. Es sah aus, als hätten die Besucher des Cafés den Ort hastig verlassen. *Wie auf der Ranch.*

»Wo sind die Bewohner?« Mike trat neben mich und zeigte nach draußen. »Überall stehen Autos – das ist doch nicht normal …«

Mir wurde schlagartig übel. Was war hier los? Ich rannte aus dem Café, über den Platz und riss die Tür zum Versammlungshaus des Ältestenrates auf.

»Hallo? Ist jemand hier?«

Die Szene vor meinen Augen ähnelte der im Café. Auf dem runden Tisch in der Mitte des Saales standen Gläser und Becher, die Stühle waren zurückgeschoben, einige lagen umgeworfen am Boden. Angst kroch in mir hoch. Nicht um mich. Ich hatte Angst um die Yowama, und Angst, ohne ihren Rat und ihre Hilfe meine Aufgabe nicht erfüllen zu können.

Ich lief zurück auf den Marktplatz, stellte mich in die Mitte und legte die Hände wie einen Trichter vor meinen Mund. »Hallo!!! Ist jemand hier? Irgendwer?«

Stille.

Trotzdem lief ich von Haus zu Haus, klopfte und hämmerte an die Türen. »Tia!«, brüllte ich, »Lynx!«

Jemand musste hier sein! Musste! Ich brüllte weiter nach Tia, bis Mike mir die Hand auf die Schulter legte.

»Hör auf«, sagte er. »Wir sind zu spät.« Er führte mich zur Einfahrt des Reservats und kniete sich auf den Boden. »Siehst du das?«

Sein Finger fuhr deutlichen und übergroßen Reifenspuren nach. »Das stammt nicht von den Trucks, die hier rumstehen, sondern von Lastwagenreifen. Ich tippe auf Militärlaster, wie sie auch in Angels Keep bei der Evakuierung eingesetzt wurden.«

»Oh Gott, Mike, heißt das …« Ich schlug die Hand vor den Mund, ich konnte es nicht aussprechen.

»Dassler hat sie abholen lassen.« Er erhob sich. »Der ist so verdammt schnell, dass … So ein Mistkerl!« Er spie in den Staub. »Er hat das von langer Hand geplant. Ich habe mittags mit ihm gesprochen, jetzt ist es vier.«

»Er hat nur darauf gewartet, dass der Schutzwall nachgibt«, murmelte ich, mehr zu mir selbst als zu Mike.

»Der Typ hat uns alle verarscht.« Mike trat gegen die Reifenspur und verwischte sie. Sand und Dreck wirbelten hoch, doch er schien das überhaupt nicht zu merken. Er trat immer weiter in den Sand.

»Hör auf!«, schrie ich ihn an, die Hand schützend vorm Gesicht. »Das bringt uns nicht weiter!«

Mike hielt inne. »Entschuldigung.« Er wedelte den in der Luft hängenden Staub von mir weg.

Ich ging zum Marktplatz zurück und setzte mich auf die Stufen des Versammlungshauses. Der Platz war gähnend leer und totenstill. Wer beschützte jetzt die Quelle mit dem Grün der Erde? Dassler hatte das wirklich sehr clever eingefädelt. Schutzwall außer Kraft setzen, Yowama aus dem Weg räumen … Ich stutzte. Die geparkten Autos. Die Auslagen vor den Dorfläden, die Tische und Stühle im Café – die Yowama mussten sich doch widersetzt haben! Aber nichts deutete auf einen Kampf hin! In meinem Kopf formten sich Bilder, Yowama, die wehrlos den Anweisungen der schwer bewaffneten Soldaten folgten und widerstandslos in die Lastwagen stiegen, die sie an einen unbekannten Ort bringen sollten.

»Sie haben sich einfach so mitnehmen lassen«, murmelte ich.

»Bitte?« Mike setzte sich neben mich.

»Sie haben sich nicht gewehrt.«

»Natürlich nicht.« Mike sah mich an, als hätte ich etwas vollkommen Absurdes gesagt. »Das sind Yowama. Yowama sind Bewahrer, keine Zerstörer.«

»Ich habe nicht von zerstören gesprochen, sondern davon, sich zu wehren!« Ich hielt mein Amulett hoch. »So ein Brimborium, um die Quelle zu schützen, und dann wählt man ein Volk aus, das sich nicht zur Wehr setzt? Was für ein Unsinn!«

»Es ist schlau.« Mike lächelte. »Siowa cha maquama.«

»Ja, ich weiß, die Toten wachen über uns, aber …« Ich verstummte. Natürlich. *Siowa cha maquawama.* Die Lebenden müssen sich nicht wehren, denn die Toten wachen darüber, dass ihnen niemand zu nahe kommt.

»Die Yowama bewachen die Quelle«, fuhr Mike fort und lächelte nachsichtig. »Was meinst du, wer eignet sich besser als Bewacher von etwas so extrem Mächtigen? Ein Volk, das kämpferisch ist oder eines das friedlich ist?«

Trotz meiner Kritik an der mangelnden Kampfbereitschaft der Greenies, war die Antwort eindeutig: Das friedliche Volk war die bessere Wahl, denn Kampf hat etwas mit Macht zu tun, und ein Volk, das große Kämpfer hervorbringt, leidet früher oder später an deren Machtgier.

»Die Friedensfraktion«, antwortete ich. »Bewacht von den Toten. Nur, die versagen gerade. Und wenn dann die Lebenden sich nicht wehren, haben wir ein Problem.«

»Nicht ganz«, korrigierte mich Mike. »Die Yowama haben ein Problem, und *wir* sind ihre einzige Chance, Dassler aufzuhalten, bevor er sich die Quelle aneignet.« Er sprang auf die Füße und baute sich vor mir auf. »Lass uns rekapitulieren, was wir über Triaden wissen.«

»Sie wahren ein Gleichgewicht.«

»Und die Yowama setzen sie zum Schutz ein. Das Gleichgewicht einer Triade neutralisiert negative Energie.« Mike machte eine bedeutungsvolle Pause. »Deine Mutter und mein Vater. Beide sind tot, wir sind hier. Dassler besetzt die Ranch und vertreibt die Yowama aus dem Reservat. Das ist kein Zufall.«

Ich schüttelte den Kopf. »Ich glaube grundsätzlich nicht an

Zufälle. Wir sind hier, weil wir die Triade wieder ins Gleichgewicht bringen müssen. Ich habe nur keine Ahnung, wie.«

Mike drehte sich weg und stapfte vor mir auf und ab und auf und ab, als spiele er mit sich selbst Pingpong. Meine Gedanken kreisten um die Triade und die Verbindung zwischen Dassler, Mikes Vater und meiner Mutter. Brauchte eine Triade eine Nicht-Yowama, damit das Kräftegleichgewicht funktionierte?

Da blieb Mike vor mir stehen und zeigte mit ausgestrecktem Zeigefinger auf mich. »Du und ich, wir müssen unsere Kräfte vereinen.«

»Das tun wir doch gerade, oder?«

»Wir schmieden zusammen einen Plan, das ist was anderes.« Er beugte sich zu mir herunter, den Zeigefinger weiterhin ausgestreckt, bis er das Amulett berührte. »Wir müssen mir ein Amulett machen. *Damit* vereinen wir unsere Kräfte.«

Instinktiv legte ich meine Hand um meinen Anhänger. Als müsse ich ihn vor Mikes Berührung schützen. Was er sagte, klang logisch – wir mussten unsere Kräfte vereinen –, aber waren wir überhaupt befugt, ein Amulett zu schmieden? Und wenn ja, wie würde uns das helfen, die Triade wieder ins Lot zu bringen und Dassler aufzuhalten?

»Siehst du nicht, dass dies unsere beste Chance ist?«, rief Mike aufgeregt. »Wir dürfen die Quelle nicht Dassler überlassen!«

Damit hatte er natürlich recht, und selbst wenn wir gegen Dassler verlieren würden, wir durften nichts unversucht lassen.

»Gut«, sagte ich, meine Hand noch immer fest um mein Amulett geschlossen. »Lass es uns versuchen.«

* ✦ *

KAPITEL 38

ES KLAPPTE NICHT.

Mikes Hand schwebte schon viel zu lange über der Quelle, und an seinem verkniffenen Gesicht erkannte ich, dass sein Arm und seine Schulter von der verkrampften Haltung inzwischen ebenso brannten wie bei mir vorhin.

Die Quelle hätte längst anfangen müssen zu blubbern. Doch die Oberfläche des Teichs blieb ruhig, von dem Wirbel abgesehen, der seine Mitte unaufhörlich in Bewegung hielt.

»Bist du sicher, dass man *so* ein Amulett schmiedet?«, fragte Mike mit zusammengebissenen Zähnen.

»So habe ich meines gemacht. Eine andere Art kenne ich nicht.«

»Kann man nicht einfach reinlangen und einen Batzen in Form kneten?« Mikes Arm zitterte.

»Nein, eines weiß ich: Es muss zu dir kommen.« Ich beobachtete ihn. Seine verkrampfte Haltung, das verbissene Gesicht, und in dem Moment wusste ich, dass er seine Hand auch zwei Tage lang über die Quelle halten könnte, es würde nicht klappen. »Das wird so nichts, hör auf.«

Mike schüttelte seinen Arm aus und ließ sich auf das Gras am Rand der Quelle plumpsen. »Was habe ich falsch gemacht?«

»Nichts.« Ich strich über mein eigenes Amulett. »Glaube ich jedenfalls. Ich bin nicht gerade die Expertin hier. Aber ich weiß, dass dein Amulett zu dir kommen muss, und wenn das nicht passiert, hast du vielleicht kein Recht darauf.«

»Weil ich nur Halb-Yowama bin?«, fragte er bitter.

»Ich bin gar keine Yowama«, beruhigte ich ihn. »Frag nicht, warum es bei mir funktioniert hat, aber Ray hat eine Haarsträhne von sich dazugetan, vielleicht hat das geholfen.«

»Dann … warte!« Er nestelte an seinem Kragen und holte ein Medaillon an einer Kette hervor. »Ich habe eine Haarsträhne meines Großvaters. Er war Yowama. Und Amulettträger. Lass es uns damit versuchen!«

Mike öffnete das Medaillon, darin waren das Bild eines Mannes und eine Locke, die er zu einem Strang zusammenzwirbelte. Dann legte er den Haarstrang auf die Oberfläche. Es machte Blubb und die Haare verschwanden. Mike streckte seine Hand aus und wartete …

… wartete.

Nichts passierte. Kein Blubb, kein nichts. Als bemerke die Quelle ihn nicht.

Frustriert zog er seine Hand wieder zurück. »Siehst du? Ich gehöre nicht dazu. Nicht einmal jetzt.« Er schüttelte den Kopf, und ich sah, wie sehr es ihn traf.

»Es tut mir leid, ich weiß nicht, nach welchen Kriterien die Quelle entscheidet.« Ich erhob mich, doch Mike hielt mich am Arm fest.

»Und wenn du es versuchst?«

Unsicher zuckte ich die Schultern – wenn Mike als Halb-Yowama sein Amulett nicht schmieden konnte, warum sollte es dann bei mir klappen? »Ich kann es versuchen.« Gespannt nahm ich seinen Platz ein und hielt meine Hand über die Stelle. Mike stand daneben und starrte auf meine Hand. Ich spürte seine Ungeduld.

»Hör auf, mich anzustarren«, sagte ich. »Das dauert.«

»Sorry.« Mike setzte sich. Die Arme um die Knie geschlungen. »Was für ein unglaublicher Ort«, sagte er nach ein paar Minuten.

»Ja, er ist wirklich besonders.« Mein Arm wurde langsam schwer, und ich fragte mich, wie lange ich noch warten sollte, bevor ich auch aufgab.

Da begann die Quelle plötzlich zu blubbern und Tropfen zu schleudern.

Mehr und immer mehr, bis das Blubbern wieder versiegte und die Quelle zu ihrer gleichmäßigen Wirbelbewegung zurückfand. Mike saß so still neben mir, als hielte er die Luft an. Schließlich war es vorbei. Das Blubbern und Tropfenschießen verebbte, verstummte, endete.

Ich drehte meine Hand und hielt Mike das Amulett hin. »Auf unseren gemeinsamen Kampf!«

Mike riss es von meinem Handteller. Er umschloss es mit seinen Fingern und presste es an seine Brust.

»Endlich«, stieß er hervor, dann lief er über die Wiese, weg von der Quelle, hin zu dem riesenhaften, alten, knorrigen Kwaohibaum, dessen Krone sich wie ein schillerndes Dach aus Smaragden und Amethysten über die Wiese erstreckte.

»Mike!«, rief ich verwirrt, »wo willst du hin? Was machst du?«

Er antwortete nicht, sondern sprintete weiter durch das hohe Gras.

»Mike!«

In dem Moment fuhr eine eisige Kälte durch meinen Körper. Ich schauderte, fror plötzlich so, dass meine Zähne klapperten. Vergeblich versuchte ich Mike nachzulaufen, der inzwischen den mächtigen Kwaohibaum erreicht hatte. Doch ich konnte mich nicht von der Stelle rühren. Panisch öffnete ich den Mund, um Mike zur Hilfe zu rufen, aber ich brachte nicht mehr als ein Japsen hervor.

Was passierte gerade mit mir? Ich keuchte, unbeantwortete Fragen jagten durch meinen Kopf: Was hatte ich falsch gemacht? Was hatte ich ausgelöst? Wurde ich bestraft, weil ich kein Recht gehabt hatte, Mike ein Amulett zu schmieden? *Mike,* schrie ich lautlos, *hilf mir!*

Mit einmal ließ die entsetzliche Kälte nach. Ich fror und zitterte noch immer, aber die Starre verschwand. Schwerfällig bewegte ich meine Arme, die Beine und wagte einen wackeligen Schritt.

Da sah ich einen Schatten.

Den mächtigsten, dunkelsten und dichtesten Schatten, den ich je gesehen hatte. Und er befand sich genau hinter Mike.

»Mike!«, schrie ich. »Pass auf!«

Mike schnellte herum, jedoch zu spät. Der riesige Schatten, mindestens doppelt so groß und breit wie Mike, fuhr in ihn hinein und verschwand in seinem Körper.

Ich mobilisierte all meine Kraft, um Mike zu erreichen, doch meine Schritte waren noch immer langsam und ich so erschöpft, als hätte *mir* der Schatten gerade all meine Kraft geraubt.

»Mike«, schrie ich, »halte durch, der Schatten verschwindet wieder.«

Da streckte Mike die Hand aus, in der er das Amulett hielt. Wollte er so das Amulett vor dem Schatten schützen oder ihn aus sich herauslocken? Falls das sein Plan gewesen war, funktionierte er. Der Schatten glitt aus Mike heraus und schwirrte um seinen ausgestreckten Arm herum.

Ich blieb stehen. Versuchte zu begreifen, was sich da vor meinen Augen abspielte. Hatte Mike gerade die Lösung gefunden, wie wir die Schatten bändigen konnten?

Fasziniert beobachtete ich Mike und den Schatten, der um seinen linken Arm herumwirbelte. Das Wirbeln verwirrte mich. Bisher waren die Schatten, denen ich begegnet war, durch mich hindurchgehuscht und im Nichts verschwunden. Aber dieser Schatten war anders. Er spielte mit uns. Ich hatte seine Kraft gespürt, als er mich lahmgelegt hatte. Eisig kroch die Angst meine Wirbelsäule hoch. Dieser Schatten war ein Gegner, dem wir nicht gewachsen waren.

»Mike!«, schrie ich, »lass das Amulett fallen und versuch ihn loszuwerden!«

Doch Mike schien mich nicht wahrzunehmen. Er war wie in Trance, hielt die Hand mit dem Amulett in die Luft, während der Schatten es umkreiste. Dann wurde das Wirbeln ruhiger, der Schatten kleiner, schrumpfte von übermenschlich auf menschlich und verharrte schließlich bewegungslos in der Luft.

»Mike«, rief ich und machte einen zaghaften Schritt auf ihn zu, zögerte.

Ein Zittern lief durch den Schattenumriss UND durch Mike. Mikes Körper bäumte sich auf, kurz sah es so aus, als schwebe er in der Luft, dann hörte das Zittern auf, und Mike stand still, den Kopf auf die Brust gesackt, seinen Arm mit dem Amulett weiter ausgestreckt.

»Mike!« Wieder machte ich einen Schritt auf ihn zu. Meine Beine waren so zittrig, dass ich mich kaum aufrechthalten konnte. »Mike! Was ist mit dir?«

Nun veränderte sich der Schatten. Zunächst schälte sich ein

Arm, dann der andere aus seinem diffusen Umriss, dann Beine, ein Oberkörper. Starr vor Angst verfolgte ich, wie das Amulett zu leuchten begann. Es flackerte, heller-dunkler-heller-dunkler, das Flackern folgte einem regelmäßigen, schnellen Rhythmus, während der Schatten sich immer weiter zu verdichten schien. Mit jedem *Hell-Dunkel* wurde die ätherische Erscheinung körperlicher, menschlicher. Ich umschloss mein Amulett. Was immer da gerade passierte – es war nichts Gutes.

Wie gebannt starrte ich auf das Flackern. *Wie ein Herz*, schoss es mir durch den Kopf. *Der Schatten übernahm die Energie des Amuletts!*

»Mike«, schrie ich schrill, »wirf das Amulett weg. *Lauf!*«

Doch es war bereits zu spät. Mike hatte das Amulett schon freigegeben und der eben noch formlose Schatten nahm mit jeder Sekunde mehr Menschengestalt an. Ich sah den Rhythmus des Amuletts in seiner Brust leuchten, dann wurde die Hülle immer lichtundurchlässiger und das Leuchten schwächer, bis es ganz verschwand.

Der Schatten hatte sich verwandelt. Neben Mike stand ein Mann in schwarzer Hose und Lederweste.

Es war unfassbar. Unglaublich.

Der Mann war der von dem Bild im Medaillon. Der Mann war Mikes Großvater.

Mike hatte seinen Großvater von jenseits der Deathline zurückgeholt!

Ich hatte keine Ahnung, wie er das geschafft hatte, aber wenn das Grün der Erde uns dabei geholfen hatte, dann sicher, weil er uns im Kampf gegen die Schatten beistehen sollte.

Aufgeregt lief ich zu Mike und seinem Großvater.

»Mike«, rief ich, als ich nur noch ein paar Schritte entfernt war. »Geht es dir gut?«

»Wie soll es ihm schon gehen?«, knurrte sein Großvater, so angesäuert, als wäre er verärgert über seine unerwartete Wiederauferstehung. »Natürlich geht es ihm gut.« Er packte Mike am Oberarm. »Hat es dir die Sprache verschlagen? Antworte der Lady.«

»Gut.« Mike räusperte sich.

»Hallo, Mr …« Ich suchte nach Mikes Nachnamen in meinem Kopf. »Biwanga.« Ich hielt ihm meine Hand hin. »Ich bin froh, dass Sie uns helfen werden.«

»Euch helfen?« Er lachte. Laut und herrisch. Verunsichert zog ich meine Hand zurück.

»Granddad Lapu«, sagte Mike, dem die Reaktion seines Großvaters sichtlich unangenehm war. »Lass gut sein.«

Doch Granddad Lapu war nicht zu stoppen. Er lachte und lachte, und mit jedem Lacher wurde deutlicher, dass hier gerade etwas gewaltig schieflief.

Ich wich zurück.

Da endlich stoppte das irre Lachen und Mikes Großvater zeigte auf mich. »Willst du sie etwa laufen lassen?«, herrschte er Mike an.

Laufen lassen? »Mike«, stammelte ich »Was …«

»Erschieß sie wie die anderen«, forderte sein Großvater.

Ich wich weiter zurück.

»Mach schon! Wir brauchen sie nicht mehr.« Der alte Mann formte seine Hand zu einer Pistole und zielte auf meinen Kopf. Panisch stolperte ich rückwärts.

»Nein.« Mike stellte sich neben mich und packte meinen Arm. »Vielleicht brauchen wir sie noch.«

»Dann sperr sie weg.«

Ich versuchte Mikes Hand abzuschütteln. Doch er war kräftiger. Mit einem Ruck drehte er mir den Arm auf den Rücken und schob mich wie eine Gefangene vor sich her.

Verwirrt folgte ich dem Druck auf meinem Arm, stolperte vor Mike durch das hohe Gras. Mein Atem ging flach und schnell, in meiner Brust war vor lauter Angst keine Luft mehr zum Atmen.

Ich hatte dem Falschen vertraut. Ich hatte versagt. Anstatt die Quelle zu schützen, hatte ich sie preisgegeben.

✶ ✦ ✶

KAPITEL 39

»SPERR SIE DA REIN.« Mikes Großvater öffnete die Tür eines fensterlosen Schuppens. Er grenzte an ein schönes, bunt bemaltes Yowamahaus, das vollkommen abgeschieden auf einer Lichtung stand. Wir waren nur ein paar Minuten gelaufen und noch weit vom Dorf entfernt – was war das für ein Gebäude?

Mike schubste mich in den Schuppen. Durch die offene Tür fiel gerade genug Licht, um mir einen schnellen Eindruck zu verschaffen: ein einzelner Raum, die Wände mit Yowama-Mustern verziert, in der Mitte standen mehrere Hocker kreisförmig angeordnet um eine Feuerstelle, deren kupferfarbener Kamin mit vier schlanken Säulen im Boden verankert war und durch die Decke führte. Mike schubste mich zu der Feuerstelle und stieß mich zu Boden.

»So«, sagte er, ohne den Druck auf meinen Arm zu verringern. Ich ächzte, wandte ihm den Kopf zu. Fieberhaft überlegte ich, wie ich Mike dazu bewegen konnte, auf meine Seite zurückzukehren. Ich versuchte, seinen Gesichtsausdruck auszumachen, doch das Licht war zu schwach. Nur das Grün seiner Augen leuchtete in kaltem Neongrün. *Mitleidslos*, ging mir durch den Kopf. Schnell verscheuchte ich das Furcht einflößende Wort.

Mike zog mit der freien Hand Kabelbinder aus einer seiner vielen aufgenähten Hosentaschen, zerrte mir den anderen Arm hinter den Rücken und schnürte meine Handgelenke zusammen. Ich stöhnte leise, als ich spürte, wie das harte Plastik sich in meine Haut grub. Er führte einen weiteren Kabelbinder um meine Handgelenke und band mich damit an eine der Kaminsäulen. Dann fesselte er meine Beine. Trotz des matten Lichts zögerte er kein einziges Mal, wenn er das Ende des Kabelbinders in die winzige Öse einführen musste. Er sah mit seinen grünen Augen perfekt in der Dunkelheit »So«, sagte Mike noch mal, zerrte die Fußfessel noch enger und trat dann einen Schritt zurück.

»Warum?«, fragte ich rau.

»Kannst du dir das nicht denken?«

»Nein, oder glaubst du, ich hätte dich mit hierher genommen, wenn ich gewusst hätte, dass du dein Volk verrätst?« Meine Stimme war mit jedem Wort kräftiger geworden, und ich spürte, wie die Wut über seinen Verrat meine Angst verdrängte.

»Mein Volk?«, spie Mike hasserfüllt aus. »Du meinst die Yowama, die meinen Großvater verbannt und mich nicht in ihrem Kreis akzeptiert haben? Redest du von denen?« Seine Stimme wurde mit jeder Silbe aggressiver. »Oder meinst du *dein* Volk? Die Bullies vom Pausenhof und die Zicken, die mich als Menschen zweiter Klasse behandelt haben?«

Betroffen sah ich zu Boden. Ich wusste nichts über Mike. Nicht, was er für eine Kindheit und Jugend gehabt hatte, nicht, mit wie viel Hass und Enttäuschung sein Großvater seine Umgebung verpestet haben musste, um so viel Wut zu säen. Aber wenn ich hier lebend raus wollte, musste ich seine Wut besänftigen und ihn an seine gute Seite erinnern.

»Mike«, sagte ich so freundlich wie möglich.

»Vergiss es!«, fuhr er mich an. »Glaubst du, ich kenn diese Tricks nicht? Die sanfte Stimme, den Appell an die Vernunft: Ach, Mike, du bist doch nicht so«, imitierte er meine Stimme.

Ich presste meine Lippen zusammen. Wo mir eben noch Wut neuen Mut gemacht hatte, lähmte mich nun die Angst. Er würde kein Mitleid haben.

Er drehte sich um und ging zur Tür.

»Mike!«, rief ich mit vor Angst hoher Stimme. »Wie kann ich dich umstimmen?«

»Gar nicht.« Er zog die Tür hinter sich zu, wandte sich dann durch den Spalt noch einmal zu mir. »Jetzt sind *wir* dran. Und wir werden uns nehmen, was uns zusteht. Und daran wirst auch du nichts ändern können.«

Klack. Die Tür fiel hinter ihm ins Schloss und verbannte mich in absolute Dunkelheit.

»Mike!«, brüllte ich und riss an meinen Fesseln, hämmerte mit den Füßen auf den Boden. »Mike! Komm zurück!« Ich schrie und brüllte bis ich heiser war, dann übermannten mich die Tränen.

Mum, Ray, wo seid ihr? Warum lasst ihr mich im Stich? Sioma cha maquama, wo seid ihr Toten?

* * *

KAPITEL 40

DEN SCHMERZEN NACH hatte ich mir meine Handgelenke an den Kabelbindern blutig gescheuert. Trotzdem schaffte ich es nicht, sie aufzusprengen. Aber ich musste. Ich atmete zehn Mal tief ein und aus, verbannte den Schmerz in meinen Handgelenken aus dem Bewusstsein und zerrte erneut an meinen Fesseln.

Weg. Du musst fliehen. Dana, Patrick, Gabriel und Serena finden. Dad befreien. Du musst. Musst. Musst.

Ich biss die Zähne zusammen und drückte mit aller Kraft meine Hände auseinander. Da schnalzte das Hartplastik entzwei und meine Arme schossen zur Seite. Meine rechte Hand traf auf etwas Weiches.

»He! Pass doch auf, wenn ich dich schon losschneide!«

»Lynx!«, rief ich erleichtert. Ich hätte sie küssen können vor Freude. »Wo kommst du her? Ich dachte … du …«

»Ich habe sie beobachtet. Sie sind mit drei Militärlastwagen gekommen.« Nun sah ich Lynx grüne Leuchtaugen vor mir. Sie zog an dem Kabelbinder um meine Beine, es machte *schnapp!*, und sie waren frei. »Dassler hat die Yowama weggebracht. Dein

Vater war auch dabei, sie müssen von der Ranch direkt weiter ins Reservat gefahren sein. Lass uns hier verschwinden. Komm. Schnell.«

Sie zog mich hoch und packte meine Hand. Meine Füße fühlten sich schwer und unbeweglich an wie Betonklötze, dann kribbelten sie, als liefen tausend Ameisen durch die Adern. Ungeschickt stolperte ich hinter Lynx durch den pechschwarzen Raum, stolperte über einen der Hocker und rempelte unsanft gegen sie.

»'tschuldigung«, murmelte ich und unterdrückte einen Fluch.

Dann hörte ich ein leises Zischen und mir schlug erdiger Geruch entgegen.

»Achtung, Stufen«, sagte Lynx und zog mich mit sich nach unten. Ohne zu sehen, wohin wir gingen, wusste ich, dass wir die Scheune verlassen hatten und in einem unterirdischen Gang sein mussten. Es roch feucht, ab und zu streifte ich eine unebene Wand. Unsere Schritte wurden von dem sandigen Boden verschluckt und außer meinem keuchenden Atem war absolut nichts zu hören. In Gedanken war ich bei meinem Vater. Wo hatte Dassler ihn hingebracht? Was hatte er mit ihm vor? Wir mussten an Dassler rankommen, und ich sah nur eine Möglichkeit, das zu schaffen: Wir mussten so schnell wie möglich zur Ranch – Dassler hatte sie an sich gerissen, also würde er dorthin zurückkehren. Wieder stolperte ich und rempelte gegen Lynx.

»Kannst du bitte mal gucken, wo du hintrittst?«, fuhr sie mich entnervt an.

»Sorry, ich sehe nichts.«

»Warum benutzt du nicht dein Amulett?« Lynx stoppte, was ich daran merkte, dass ich erneut in sie hineinlief. Sie lupfte mein Amulett und drückte es mir in die Hand, als wäre es eine Taschenlampe.

»Nutze dein Amulett!«, wiederholte sie.

»Wie denn?« Hilflos drückte ich auf dem Amulett herum, doch es passierte nichts.

»Sag ihm, dass du Licht brauchst.«

Ich presste mein Amulett und bat es, mir Licht zu schenken. Es funktionierte, wie genau, weiß ich bis heute nicht, aber trotz der Dunkelheit konnte ich nach kurzer Zeit den Weg und Lynx so einwandfrei erkennen, als hätte ich eine eingebaute Weitwinkel-Taschenlampe.

»Es klappt!«, rief ich, begeistert von meiner neuen Fähigkeit.

»Natürlich tut es das.« Lynx schüttelte den Kopf. Auch das konnte ich nun sehr genau erkennen. »Ich kapier einfach nicht, warum ihr alles immer so kompliziert macht.«

Ich glaubte, mich verhört zu haben. *Wir* machten Dinge kompliziert? Sollte das ein Witz sein? Es gab wohl kaum etwas Komplizierteres als all dieses ganze Yowama-Zeug. Und außerdem – eine klitzekleine Bedienungsanleitung, wie man das Amulett nutzt, wäre durchaus hilfreich gewesen.

Im Eiltempo lief ich weiter hinter Lynx her.

»Wohin führt der Weg?«

»Zur Quelle.« Sie zeigte zurück. »Der Schuppen, in den Mike dich gesperrt hatte, gehört zum Haus der Geheimnisträger. Der Gang ist die Verbindung von dem Haus zur Quelle.«

Ein ungutes Gefühl beschlich mich. Was, wenn Mike dort war? Oder wenn … Sorge überschwemmte mich wie eine Glutwelle. »Was, wenn Mike entdeckt hat, dass ich nicht mehr da bin und uns durch den Gang folgt?«

»Er kann ihn nicht öffnen.«

»Sicher? Sein Großvater hat ein Amulett.«

Lynx blieb stehen und blitzte mich aus tannendunkelgrünen Augen an. »Ja, weil du ihm eines gemacht hast. Aber solange wir in dem Gang sind, kann er nicht geöffnet werden.«

»Verstehe …«, sagte ich nickend, »ein Schutzmechanismus, oder?«

»Ganz genau.« Sie ging weiter.

»Lynx«, begann ich zaghaft, »woher weißt du, dass ich ein Amulett für Mikes Großvater gemacht habe?«

»Ich habe euch beobachtet.«

»Aber …«, rief ich aus, »warum hast du mich nicht gestoppt? Jetzt ist Mikes Großvater zurück und hat die Macht des Amuletts auf seiner Seite! «

Wieder blieb Lynx stehen, so plötzlich, dass ich trotz guter Sicht um ein Haar in sie hineingerempelt wäre.

»Es steht mir nicht zu, die Entscheidung der Quelle zu hinterfragen. Wenn sie ein Amulett hergibt, dann, weil es richtig ist.«

»Nein, die Quelle lag falsch! Ich lag falsch! Ich habe mich in Mike getäuscht!« Warum sah Lynx das nicht– es war so eindeutig!

Lynx schüttelte nachsichtig den Kopf. »Ja und Nein. Du hast dich in Mike getäuscht, ja. Aber die Quelle täuscht sich nicht. Sie hat Mike das Amulett verweigert, das für seinen Großvater hat sie dir anvertraut. So etwas hat sie nicht ohne Grund getan. Vertrau der Quelle.«

»Aber …«, protestierte ich, doch sie schnitt mir das Wort ab.

»Ich weiß, es ist schwer für dich. Du brauchst für alles eine Erklärung. Vertrau einfach darauf, dass alles einen Sinn hat.« Sie lächelte traurig. »Als Mac zum Dämon wurde, wollte ich es zuerst auch nicht akzeptieren. Aber deine Zweifel blockieren deine Sicht auf das Wahre.«

Sie drehte sich um und ging zügig weiter. Ich zerlegte ihre Worte in meinem Kopf und versuchte vergeblich zu verstehen, wie es das *Wahre* sein konnte, einem gemeinen, offensichtlich irren Mann ein Amulett zuzugestehen.

»Wir sind da.« Wieder zischte es leise, dann standen wir im Inneren eines riesigen Kwaohibaums. Ich wusste sofort, welcher es war – jener mit der kolossalen Krone nahe der Quelle.

Ich trat hinaus, sah mich besorgt nach allen Seiten um.

»Sie sind nicht hier«, sagte Lynx.

»Woher weißt du das?«

»Weil sie vorhin im Haus der Geheimnisträger waren und der Gang der schnellste Weg hierher ist.«

Ich glaubte Lynx, dennoch fühlte ich mich auf der Lichtung unwohl. Vor meinen Augen wiederholte sich das Schauspiel mit Mike und dem wirbelnden Schatten, der mithilfe des Amuletts die Gestalt von Mikes Großvater angenommen hatte. Ich fühlte wieder die Kälte, die mich erfasst hatte, als der Schatten in mich hineingetaucht war, und schauderte.

Schnell verbannte ich den Gedanken daran und sah zur Quelle, die ruhig ihre grün-grünen Kreise zog, und weiter zum Waldrand, wo Mike und ich vorhin unsere Pferde abgestellt hatten. Mein Herz stockte. *Bo! Gucci!* Sie waren weg!

»Ich habe deine Pferde vor Mike und seinem Großvater in Sicherheit gebracht.« Lynx trat hinter mich und stieß eine Abfolge von kurzen Pfiffen in verschiedenen Tonlagen aus. Sekunden später trabten Bo, Gucci und Lynx' Rappe aus dem Wald.

Ich rannte Bo entgegen. »Bo!«, rief ich und schmiegte mich an ihren Hals. Nie war ich glücklicher gewesen, sie zu sehen.

»Komm jetzt!« Lynx saß bereits auf ihrem Rappen, der mächtig nervös auf der Stelle tänzelte.

Ich schwang mich auf Bo und wir ritten los. Im gestreckten

Galopp, schneller und immer schneller, sodass die Bäume zu einem Flirren verschwammen.

Wir stoppten erst wieder in der Nähe der Koppeln. Lynx stieg als Erste ab.

»Lass uns hoffen, dass Dassler wirklich sein Quartier hier einrichtet.« Sie winkte mich zu sich. »Komm, finden wir heraus, wohin er meine Leute gebracht hat.«

Sie ging vor. Lautlos. Nicht ein einziger knacksender Zweig verriet sie. Im Gegensatz zu Lynx bewegte ich mich trotz aller Vorsicht wie ein Elefant durch den dichten Wald. Je näher wir uns an die Ranch heranschlichen, desto nervöser wurde ich. Wie stellte Lynx sich das vor? Wollte sie Dassler oder seine Mitarbeiter belauschen? Sie einfach über den Verbleib der Yowama zur Rede stellen? Das wäre Wahnsinn.

Wir erreichten den Waldrand. Nun mussten wir über freies, gut einsehbares Gelände, bis wir uns hinter den Stallungen verstecken konnten.

Lynx stand neben mir und beobachtete die Ranch. Ihr Blick flitzte in unglaublichem Tempo hin und her.

»Ich glaube nicht, dass hier schon jemand ist«, flüsterte ich. »Scheint alles ruhig zu sein.«

Lynx legte den Finger auf die Lippen und schüttelte den Kopf. Dann zeigte sie zum Stall. Jetzt bemerkte auch ich die zwei Decken und Sättel, die jemand während unserer Abwesenheit davor abgelegt hatte.

Lynx Finger wanderte weiter zur Waschstelle. Eine Jacke in Tarnfarben hing an dem Haken für Trockentücher.

Ich schluckte. Lynx war vielleicht keine Kämpferin, aber sie nahm ihre Umgebung völlig anders wahr als ich. Während ich nur nach einem Menschen Ausschau gehalten hatte, war Lynx jede kleinste Veränderung der Umgebung aufgefallen.

Da schlenderte ein Mann in Armeehosen und Stiefeln aus dem Stall, in der Hand zwei Trensen. Er sah sich kurz um, kratzte sich am Hinterkopf und marschierte dann direkt auf uns zu.

Ich hielt die Luft an, duckte mich tiefer in den Schutz des Waldes und wagte erst wieder zu atmen, als er abdrehte und zu den Koppeln weiterlief.

»Jetzt«, hauchte Lynx, ohne die Lippen zu bewegen. Sie rannte los. Ich zögerte. Der Soldat musste sich nur umdrehen, dann würde er uns entdecken. Lynx Manöver war viel zu riskant! Sie sprintete über die Wiese Richtung Stall. Ich sah zu dem Mann. Er marschierte zügig auf die erste Koppel zu. Bislang schien er Lynx nicht bemerkt zu haben. Da begriff ich, warum Lynx genau jetzt ihre Deckung verlassen hatte: Sobald der Soldat die Koppel erreicht hatte, wurde seine Blickrichtung unvorhersehbar.

Ich sprintete los. Hoffte, dass ich es noch rechtzeitig schaffen würde, bevor er sich das erste Mal umdrehte, um das Koppelgatter hinter sich zu schließen. Hoffte, dass meine Schritte nur in meinen eigenen Ohren so laut klangen. *Runter*, schallte es in meinem Kopf. Ich ließ mich mitten im Lauf in die hohe Wiese fallen und lugte durch das Gras in seine Richtung, den ganzen Körper in Hochspannung, bereit aufzuspringen und in den Wald zurückzurennen.

Der Soldat war stehen geblieben und sah sich aufmerksam um. Ich erkannte es an der gerunzelten Stirn, dem konzentrierten Blick, als er unangenehm lange in meine Richtung starrte. Dann schüttelte er den Kopf und ging weiter zur Koppel. Ich atmete auf. Er war noch gute zwanzig Meter von der Koppel entfernt, ich noch etwa dreißig Meter vom Stall.

Ich schnellte hoch und rannte, sprang mit einem Satz über

den Kiesweg und stoppte erst, als ich bei Lynx hinter dem Stall anlangte.

»Was sollte das?«, fuhr sie mich kaum hörbar an. »Du hättest uns fast auffliegen lassen.«

»Sorry«, flüsterte ich zurück, »Was jetzt?«

»Wir gehen ins Haus. Checken die Lage, dann entscheiden wir, was wir als Nächstes tun.«

»Bist du sicher?« Zweifelnd richtete ich mein Augenmerk auf das Haupthaus. Fenster, die vorhin geschlossen waren, standen nun offen. Die Verandatür war angelehnt, gedämpfte Stimmen schwirrten durch die Luft.

»Wir teilen uns auf.« Sie zeigte zur Veranda. »Ich übernehme die Seite.« Ihr Finger wanderte Richtung Haustür. »Du diese. In fünf Minuten treffen wir uns wieder hier.«

»In fünf Minuten?« Ich spürte, wie meine Beine vor Anspannung zitterten. Was sollte ich in *fünf* Minuten denn erreichen?

»Schärfe deinen Blick. Konzentriere dich auf das Wesentliche.« Sie blickte angestrengt zum Haus, dann flitzte sie los. Diesmal zögerte ich nicht, sondern sprintete hinter ihr her. Auf Höhe der Veranda bog Lynx ab. Ich sah ihr nicht nach, sondern lief zur Haustür weiter, sprang die Stufen hoch und drückte die Klinke herunter.

Die Tür war nicht abgeschlossen. Ich trat ein, presste mich seitlich an der Wand entlang und versuchte die Stimmen zu orten, die ich deutlich hören konnte. Eine Unterhaltung. Es mussten also mindestens zwei Personen im Haus sein.

Aber wo? Ich lauschte.

Oben?

Ich ballte die Fäuste. Dort waren mein, Patricks und Dads Zimmer. Niemand hatte darin etwas verloren. Absolut niemand. Zitternd vor Wut schlich ich zur Treppe und presste mich hinter den Stufen an die Wand, während oben Schubladen auf- und zugeschoben wurden.

»Was suchen wir eigentlich?« Die Stimme war tief und rauchig, und ich war mir sicher, sie noch nie gehört zu haben.

»Alles, worin das Mädchen oder ihre Mutter Informationen gesammelt haben könnten.« Die andere Stimme kannte ich auch nicht. Sie war heller und die Aussprache überdeutlich. »Tagebuch, Kamera, Briefe … Die beiden sind der Schlüssel, sagt der Chef.«

Meine Zimmertür knallte gegen die Wand, Schritte kamen in den Flur, die rauchige Stimme wurde lauter. »Und warum suchen wir dann nicht einfach die beiden?«

»Tun wir. Also, das Mädchen.« Die helle Stimme folgte der rauchigen in den Flur, *tap, tap, tap*, die nächste Tür flog auf. »Die Mutter ist tot. Auf das Mädchen hat Dassler ein Kopfgeld ausgesetzt.«

Ein *Kopfgeld*????

Ich drückte mich tiefer unter die Treppe. Was erhoffte er sich nur von mir?

»Na toll«, maulte die tiefe Stimme. »Ich darf die Schmutzwäsche durchwühlen und die anderen können die Belohnung einstreichen. Ist doch Scheiße.«

Wieder knallten Schubladen und Schranktüren, und so wie es schepperte und krachte, gingen die beiden bei ihrer Suche nicht zimperlich mit unseren Sachen um.

Das Wesentliche formte sich in meinem Kopf. Ich wusste, dass die beiden da oben absolut nichts finden würden, was sie irgendwie weiterbringen würde. Ich hatte kein Tagebuch, und das meiner Mutter hatten wir ihr mit ins Grab gegeben. Das Wesentliche hatte ich also bereits gehört. Ich checkte den Flur und hastete dann auf Zehenspitzen zum Büro. Ultraleise drückte ich die Klinke herunter, lauschte und spähte gleichzeitig hinein. Leer. Eilig lief ich zum Schreibtisch.

Wesentlich. Ich umschloss mein Amulett, spürte, wie ich mich fokussierte.

Mit einem Blick erfasste ich den kompletten Schreibtisch. Es lag nichts darauf, was meine Aufmerksamkeit auf sich gezogen hätte. Nichts, das nicht dorthin gehörte. Nichts *Wesentliches.* Mein Blick wanderte weiter, auch sonst gab es hier nichts, was mir nicht bekannt war oder darauf deuten würde, dass Dassler hier Dokumente aufbewahrte.

Ich sah auf die Uhr. Meine fünf Minuten waren seit zwei Minuten um. Nichts wie raus. Ich öffnete die Tür einen Spalt und linste in den Flur.

»Ne, sorry, das ist einfach Scheiße, und wenn es das ist, muss man es auch mal sagen dürfen.« Rauchstimme polterte die Treppe hinunter und in mein Blickfeld. Ein bulliger Mann, Mitte Dreißig, raspelkurze Haare. »Fünftausend Dollar Kopfgeld und ich durchwühl hier Schubladen. Das ist doch zum Kotzen.«

»Jetzt mal langsam, ist ja nicht so, als ob du nichts verdienst, während du hier ein Zimmer nach dem anderen auf den Kopf stellst.« Die helle Stimme erschien auf der Treppe. Es war eine Frau, was mich der Tonlage nach nicht verwunderte. Meine Augen arbeiteten wie ein Zoom. *Wusch* holten sie die Abzeichen der Frau ins Visier, sausten *wusch* zu den Abzeichen des Mannes und verglichen sie. Sie stand mindestens zwei Ränge über ihm.

»Als Nächstes ist das Büro dran.« Die Frau zeigte genau in meine Richtung. Ich schnellte zurück, mein Herzschlag hatte einen Aussetzer. Sie wollten hier hinein? *Du Idiot! Fünf Minuten hat Lynx gesagt! Hättest du dich daran gehalten, wärst du längst wieder am Stall!*

»Und was suchen wir hier? Auch ein Teenager-Tagebuch?«, maulte der Soldat.

»*Wir* suchen hier gar nichts, das ist jetzt *dein* Job«, sagte die Frau. Sie waren nun beide am Fuß der Treppe angelangt und gingen zielstrebig auf das Büro zu. »Mr O'Leary hat einen Eilbrief aus Seattle bekommen. Der Brief ist unser Zielobjekt und ich erwarte ihn ungeöffnet zu meinen Händen in spätestens zehn Minuten. Verstanden, Seargent?« Die Stimme der Frau hatte deutlich an Schärfe zugelegt.

Ich dachte an Dads Worte im Stall, und ich wusste sofort, warum Dassler nach dem Brief suchte. *Ich habe einen Privatdetektiv auf Sie angesetzt, der nach jedem noch so kleinen Dreckhaufen in Ihrem Leben sucht. Ich werde Sie fertigmachen.* Ich dachte an die Worte des Paketboten. ... *dann hat mich der Bulle gefragt, wo ich hinwill, ich hab gesagt, ich hab eine Eilzustellung zur O'Leary Ranch, und dann durfte ich weiterfahren.* Dassler wusste, dass der Brief ausgeliefert worden war. Und er wusste, dass er ihn belasten konnte. Aber er ahnte nicht, dass er in meinem Rucksack steckte. Ein Ruck ging durch den Mann, er stand mit einmal stramm. »Verstanden, Corporal. Gebe mein Bestes.«

Mrs Corporal drehte ab und ging Richtung Küche, während der Seargent weiter strammstand.

Was tun? Würde ich rausrennen, hätte ich bei dem Seargent noch das Überraschungsmoment auf meiner Seite, aber die Frau würde früh genug seine Rufe hören, um mich auf dem Weg zur Tür abzufangen.

Mich verstecken? In einem Raum mit drei Regalwänden, in dem sich nur der Schreibtisch als Versteck eignete und das auch nur, solange man nicht genauer hinsah. Der Seargent würde aber sehr genau hinschauen.

Da drehte er sich um und kam weiter auf das Büro zu. *Verdammt, verdammt, verdammt!*

Könnte ich es noch schaffen? Ich lief zum Fenster, riss es auf. Das Büro lag im Erdgeschoß, aber genau am Kellerschacht. Ich schätzte die Entfernung ab. Keine Chance.

Die Schritte des Seargent kamen näher. Ich stürzte zur Tür, dem einzigen halbwegs sinnvollen Versteck. Mein Herz überschlug sich fast, als ich mich hinter die Tür stellte und hoffte, dass er sie nicht zu heftig aufstoßen würde.

Er trat ein und natürlich tat er genau das. Die Tür knallte an meine Schuhspitzen und flog ihm wieder entgegen. Womit er nicht gerechnet hatte. *Bang,* traf sie seinen Kopf.

»Scheiße, verdammt!«, brüllte er und hämmerte mit der Faust gegen die Tür.

Diesmal stoppte ich sie mit den Händen und hielt gleichzeitig die Klinke fest, damit sie nicht zurückfederte. Was mir etwas Zeit verschaffte.

Etwas. Denn früher oder später würde er die Tür schließen müssen, um an die Regale dahinter zu gelangen.

Sein erster Weg führte zum Schreibtisch. Ich lauschte dem Geschiebe und Geschleife und Geknalle. Mühsam unterdrückte ich den Impuls, hinter der Tür vorzuspringen und ihn von der Ranch zu jagen. Ich konzentrierte mich auf mein Ziel: ungesehen rauskommen. Er war stärker und er war nicht allein. Um an ihm vorbeizukommen, musste ich ihn von mir ablenken. So wie Serena die Gäste auf der Terrasse mit ihrer Fledermausdrohne.

Und wenn ich …? Ich ergriff mein Amulett. Sah Richtung Fenster und dachte an die Vögel, die draußen vor sich hin schimpften. Dachte daran, wie sie um den Kopf des Seargent schwirren würden.

Jetzt!

Sekunden später flatterten gut zehn Vögel durch das Fenster.

»Was zum ....«, brüllte der Mann.

Ich linste hinter der Tür hervor, sah, wie er die Arme über den Kopf riss und sein Gesicht schützend zur Wand drehte.

Blitzschnell flitzte ich hinter der Tür hervor, durch den Flur und zur Tür hinaus. Das aufgeregte Krähen und Flattern der Vögel und die Flüche des Seargent drangen aus dem offenen Bürofenster.

Ich lief so schnell ich nur konnte hinter den Stall, wo Lynx bereits wartete.

»Kannst du dich nicht ein Mal an die Abmachung halten?«, fauchte sie. »Fünf Minuten waren ausgemacht.«

»Sorry.«

Ich wollte weiter zum Waldrand, doch Lynx hielt mich zurück.

Und tatsächlich kam gerade der andere Soldat von der Koppel zurück, zwei Pferde im Schlepptau. Wir warteten, bis er mit ihnen am Sattelplatz war und sie anband.

Genau da rannten wir los und stoppten erst wieder, als wir den Wald erreicht hatten.

»Ich musste gerade aus *meinem* Zuhause fliehen, weil Dassler ein Kopfgeld auf mich ausgesetzt hat«, keuchte ich und hielt Lynx am Arm fest. »Er hat unser Heim und meinen Dad gestohlen. Du bist keine Kämpferin, aber jetzt ist es Zeit eine zu werden. Lass uns den Mistkerl fertigmachen.«

Lynx stieß einen kurzen Pfiff aus, um die Pferde herbeizuholen. »Hast du einen Plan?«

Sie setzte ihren Rucksack ab, was mich irritierte, denn ich war mir hundert Prozent sicher, dass sie vorhin keinen getragen hatte.

Erwartungsvoll sah sie mich an.

Ich lächelte. Ja, ich hatte einen Plan. Na ja, vielleicht keinen ganzen Plan, und sicher keinen, dem Gabriel sein Plan-Gütesiegel verpassen würde, aber immerhin wusste ich, wie unser nächster Schritt aussehen würde.

* * *

KAPITEL 41

FARROWAY FARM. Der Anblick reichte, um meinen Puls in die Höhe zu treiben. Hier hätte Dowby uns fast ermordet. Hier hatte Mike Dowby in Notwehr getötet. Wobei ich mir jetzt nicht mehr sicher war, ob Mike ihn erschossen hatte, um uns zu retten, oder um ihn aus ganz eigenen Gründen aus dem Weg zu schaffen.

In mir tobte ein Fluchtreflex. Unter mir tänzelte Bo nervös am Platz. Sie war kurz davor, zu scheuen. Weil sie etwas witterte? Oder weil meine Nervosität sich auf sie übertrug?

Lynx fixierte die Farm mit ihrem Röntgenblick und ich tat es ihr gleich.

Das Wesentliche.

Konzentriert fokussierte ich mich auf die wichtigsten Punkte.

Die Fenster – war dort eine Bewegung? Licht? Schatten? Waren sie offen? Geschlossen?

Der Hof – sah man frische Reifenspuren? Müll? Dinge, die nicht dort hingehörten? Etwas, das bei meinem letzten Aufenthalt noch nicht da gewesen war? Kameras zur Überwachung?

Schließlich nickten Lynx und ich uns zu und ritten die letzten Meter zur Farm. Mit jedem Schritt wuchs mein Unbehagen.

»Was ist los?«, fragte Lynx. »Hast du etwas gesehen?«

»Hier habe ich Macs Amulett gefunden.« Meine Stimme zitterte.

Lynx griff nach Bos Zügeln. »Hier wurde sein Mörder erschossen. Kein guter Ort. Aber, sind wir nicht deswegen hier?«

»Schon, trotzdem …« Ich fröstelte und hoffte, dass sich unser Besuch auf der Farroway Farm wenigstens lohnen würde.

Lynx übernahm die Führung, Bos Zügel fest in ihrer Hand. Ich hielt meinen Blick starr auf die Farm gerichtet und hoffte, dass nach Dowbys Tod niemand seine Sachen ausgeräumt hatte. Dass wir dort Dokumente und Aufzeichnungen finden würden, die uns weiterbrachten. Hinweise, warum Dowby und Dassler so scharf auf die Ranch waren. Welche Rollen Dassler, Mikes Vater und meine Mutter bei der Triade gespielt hatten und was sie in Schach halten sollte.

Die Hufe der Pferde klackten laut über den Asphalt und hallten in meinen Ohren, als wir in den Hof ritten. Ich beobachtete ängstlich die Fenster, doch auch von Nahem wirkte die Farm verwaist.

Trotzdem war das Haus unverschlossen – was Lynx nicht zu beunruhigen schien, mich dagegen schon.

Sie marschierte ins Haus, inspizierte alle Räume im Erdgeschoß und stellte dann ihren Rucksack im Wohnzimmer neben dem durchgesessenen Sofa ab. »Was hast du da eigentlich drin? Der wiegt eine Tonne.«

Verdutzt zeigte ich auf mich. »Ich? Wieso ich?«

Lynx Blick wanderte von mir zu dem Rucksack. »Das ist nicht deiner?«

»Nein, wie kommst du darauf?«

»Der Soldat in der Küche hat seinem Kollegen gesagt, dass du ihn vergessen hättest.«

»Ich?«

»Er hat gesagt: *Das Mädchen hat ihn liegen lassen*, ich dachte, er meint dich und hab ihn mir geschnappt.« Neugierig öffnete sie ihn und breitete dann Dauerbrot und -wurst, Konserven, Äpfel und andere Lebensmittel, die ich heute früh eingekauft hatte, auf dem Sofa aus. »Damit ist ein Problem wenigstens gelöst. Wir haben genug zu essen.«

»Vielleicht gehört er Sarah. Oder Dana. Ist außer Essen noch was drin?«

Lynx durchsuchte die Seitentaschen und zog ein Handy und zwei Päckchen Taschentücher hervor. Ich nahm das Smartphone. Dana gehörte es nicht. Ich drückte auf den Knopf, ein Sperrbildschirm erschien. Schulterzuckend gab ich es Lynx, die alles wieder in den Rucksack packte und sich dann auf das frei geräumte Plüschungetüm setzte. Es knarzte und ächzte, als würde es gleich zusammenbrechen.

»Was für eine Bruchbude!«

Ich setzte mich aufseufzend zu ihr. »Der Besitzer ist seit ein paar Jahren tot. Früher war das eine der schönsten Farmen in der Gegend.« Ich zeigte in das hintere, leere Eck im Wohnzimmer. »Dort stand ein Klavier. Wenn wir auf der Ranch waren und Oma Farroway gespielt hat, haben Patrick und ich uns unter das Fenster gehockt und ihr heimlich zugehört. Sie hat keine Zuhörer geduldet, dabei konnte sie richtig gut spielen.«

»Warst du oft hier?«

Ich strich über den verblichenen, abgewetzten Plüschstoff des Sofas, dessen Blumenmuster nur noch zu erahnen war. Ich dachte an die Besuche auf der Farm, den Duft nach Eierkuchen, die Oma Farroway frisch für uns zubereitete, die vielen Tiere, die auf der Farm herumliefen, Katzen, Hunde, Hühner, Gänse, Ziegen, die sehnsüchtig um den eingezäunten Gemüsegarten herumschlichen, aus dem wir immer körbeweise Gemüse abstaubten.

»Als Kind. Bis Oma Farroway gestorben ist. Danach eher selten, eigentlich nur, um dem alten Farroway zu helfen.«

»Oma?« Lynx hob erstaunt die Brauen hoch. »Das ist das Elternhaus deiner Mutter?«

»Nein.« Ich deutete auf eine Reihe vergilbter Fotos an der Wand. »Das ganz rechts ist Oma Farroway, auf dem Bild daneben ihre Schwester, die Mums Pflegemutter war, aber vor meiner Geburt gestorben ist. Und weil Mum nie den Kontakt abgebrochen hat, war ihre Pflegetante für mich so was wie eine Oma.«

»Und die leiblichen Eltern deiner Mutter?«

»Sie war Waise.« Ich zog meinen Rucksack zu mir. »Ihre Mutter ist bei der Geburt gestorben und ihr Vater kurz danach. Lange her. Als meine Mum Patrick bekommen hat, wollte sie mehr über ihre Eltern herausfinden, aber soweit ich weiß, war das ziemlich schwierig. Ich weiß aber, dass ihr Vater Engländer war, weil sie ein paar Jahre später sogar nach England geflogen ist, um Kontakt zu seiner Mutter aufzunehmen. Die war aber dement und konnte sich nicht einmal daran erinnern, dass sie einen Sohn gehabt hatte.« Ich öffnete den Rucksack und zog den Eilbrief an meinen Vater heraus. »Die Leute von Dassler haben nach diesem Brief gesucht. Was immer dort drin steht, Dassler will nicht, dass es jemand liest.«

Ich riss den Umschlag auf. Darin befand sich ein handgeschriebener Brief und mehrere gefaltete Kopien. Hastig überflog ich das Schreiben.

Sehr geehrter Mr O'Leary,

in Beantwortung Ihrer Anfrage bezüglich Mr Tim Dassler, bestätige ich folgenden Sachverhalt: Der Antrag auf Übereignung der Ranch nach dem Tod Ihrer Frau Elena O'Leary ging von Mr Dassler aus, mit der reichlich unspezifischen Begründung, er hätte vorrangige Ansprüche auf die Ranch. Dementsprechend wurde dem Antrag aus Mangel an sachlich stichhaltigen Beweisen nicht stattgegeben.
Wie angefordert, anbei der Hintergrundcheck über Tim Dassler. In der Kurzversion: aufgewachsen in Missouri, Collegeabschluss, danach Sportstipendium an der Columbia University, Ausbildung zum Bundesagenten. Übernahme beim FBI, mehrere Auszeichnungen, schnelle Karrieresprünge.
Der ausführliche Bericht mit Belegen liegt bei.

Ich überflog die beigefügten Kopien. Zeugnisse, Zeitungsberichte über seine Siege als Springreiter und Einsätze beim FBI, in denen Dassler herausragende Leistungen erbracht hatte, Mietverträge, Versicherungspolicen. Nachdenklich schob ich die Blätter übers Sofa zu Lynx.

Dassler wollte nach dem Tod meiner Mutter die Ranch. Es gab nur einen Grund, warum er daran Interesse haben könnte: als Basislager, von dem aus er seine Operation planen und ausführen konnte. Er wollte an das Grün der Erde, und unsere Ranch grenzte direkt ans Gebiet der Yowama.

Fragte sich, wie Mike ins Bild passte. Waren er und Dassler Partner oder Gegner? Oder war Dassler bis zu dessen Tod der Partner von Mikes Vater, und danach sprang Mike ein? Eine

Verbindung musste existieren – sie waren beide Teil der Triade, die nach dem Tod meiner Mutter keine mehr war.

Lynx war noch immer vertieft in die Unterlagen über Dassler. Nachdenklich zog ich den Skizzenblock aus dem Rucksack und schlug noch mal das Bild der drei auf.

Mum, Dassler und Mikes Vater.

Mikes Großvater war völlig irre. Das wusste ich inzwischen. Dassler nicht. Die Belagerung der Ranch, die Räumung des Reservats, das war perfekt geplant. Genau betrachtet, kam nur er als Kopf infrage – *falls* Dassler, Mike und dessen Großvater ein Team waren.

Ich blätterte weiter, vielleicht barg der Skizzenblock noch mehr Hinweise.

»Den Typ kann ich wirklich nicht einschätzen«, sagte Lynx und schob die Unterlagen über Dassler zurück zu mir. »Aber ich bin mir absolut sicher, dass er Yowamablut in sich hat.«

»Dassler?« Ich sah überrascht von dem Skizzenblock hoch.

»Er braucht kein Licht«, erklärte sie. »Und bewegt sich lautlos.«

Ich schlug mir vor die Stirn. »Mensch! Die Kontaktlinsen! Damit verstärkt er nicht seine Augenfarbe, er versteckt sie!«

»Wovon redest du?«

»Dassler hat blaue Kontaktlinsen in seinem Bad.« Ich stutzte. »Aber warum macht er das? Grüne Augen sind doch weit verbreitet.«

»Das schon«, sagte Lynx, »aber nicht Augen, die andauernd ihre Farbe dem Gemütszustand seines Trägers anpassen.«

Ich versuchte mich daran zu erinnern, ob Mikes grüne Augen sich auch immer verändert hatten – falls ja, war es mir nicht so intensiv aufgefallen wie bei Ray. »Ist das bei allen Yowama der Fall? Auch wenn sie Halb-Yowama sind wie Mike?«

»Die meisten, je nachdem, was ihnen vererbt wurde.« Lynx zog die Beine an ihre Brust und verschränkte die Hände über den Schienbeinen. »Das ist doch bei euch auch so. Ein Kind ist ein Läufer, das nächste ein Wunderkind am Klavier und das dritte ein Mathegenie.« Sie zeigte mit dem Kopf auf Rays Skizzenblock. »Das war Rays besondere Gabe.«

Meine Finger glitten über die feinen, markanten Striche, die so leicht wirkten und doch so genau und lebendig Menschen und Tiere einfingen. »Ja, die Zeichnungen sind fantastisch.«

»Das meine ich nicht.« Sie schüttelte den Kopf. »Er war ein Seher. Ray hat Dinge gesehen, die in der Zukunft liegen.«

Ich bekam meinen Mund nicht mehr zu. Das war … *wow* … Ray hatte in die Zukunft sehen können? Er hatte … all das gewusst, was gerade passierte?

»Allerdings konnte er das Gesehene nicht immer deuten.« Lynx ließ ihre Beine los und stand auf. »Wir sollten etwas essen.« Sie kniete sich neben den Rucksack und begann darin zu kramen.

Ich wandte mich wieder dem Skizzenblock zu. Blätterte weiter, sah die Bilder nun mit völlig anderen Augen. Ray hatte Dinge gesehen, die in der Zukunft lagen. Dinge, deren Bedeutung er nicht immer verstand. Wie die Triade. Ich blätterte weiter. Nach den Ereignissen der letzten Tage war es gut möglich, dass einiges, was für Ray noch keinen Sinn ergeben hatte, es für uns jetzt sehr wohl tat. Wie die Triade. Wir wussten jetzt, dass sie mit dem Tod meiner Mutter zusammengebrochen war. Dass zwei der drei Träger die Hauptakteure bei den Ereignissen in Angels Keep waren. Was sonst hatte Ray gesehen, das inzwischen von Bedeutung war?

Ich blätterte zur nächsten Seite. Starrte auf die Zeichnungen. Blätterte weiter. Weiter. Weiter.

Das war nicht möglich.

»Du schaust aus, als hättest du gerade einen Geist gesehen.«

Wortlos blätterte ich zurück und reichte Lynx den Block. Ich beobachtete sie beim Betrachten der Bilder. Das erste zeigte mich auf einem Bullen. Nicht auf dem Plastikbullen, den ich geritten hatte, als ich Ray kennenlernte, aber es war ein Rodeoritt und ich so perfekt getroffen, als hätte ich tagelang Modell gesessen. Auf der nächsten Seite lag Ray mit klaffenden Wunden am Boden und ich kniete neben ihm.

Ich zeigte auf das Bild. »Ray hat mich bei einer Explosion vor den herumfliegenden Splittern beschützt. Damals habe ich erfahren, dass er tot war.«

Lynx blätterte weiter. »Wow. Er wusste die ganze Zeit, dass du zur Amulettträgerin werden würdest.«

Ich nahm mein Amulett und hielt es an meine Lippen. »Ja«, flüsterte ich. Mit einem Mal ergab Rays Vertrauen in die Ewigkeit unserer Liebe Sinn. Er hatte gewusst, dass ich als Amulettträgerin eines Tages zu ihm über die Deathline gehen würde.

»Er hat dich gut getroffen.«

Ich versank in dem Bild. Mein helles Struwwelhaar, das kein Zopf bändigen konnte. Meine Augen, Nase, der Mund. Er hatte sogar das Tattoo exakt abgebildet.

»Von wann ist das Bild?«

Ich suchte nach einem Datum. Fand keines. Oben drüber waren einige Yowamazeichen, die mir jedoch nichts sagten. Ich zeigte sie Lynx.

»Okay …«, sagte Lynx. »Er wusste schon seit fast einem Jahr, dass ihr füreinander bestimmt seid.«

»Und er hat sich nicht geirrt! Er *ist* meine Bestimmung.« Ich zog die Jacke aus und rollte den T-Shirtärmel hoch. Rays Halbkreis war wieder da. Kräftig und farbenfroh und perfekt mit meinem verschmolzen. »Es war fast weg und ist jetzt wieder da.« Ich sprang vom Sofa und stieß polternd den Essensstapel um, den Lynx mir zugeschoben hatte.

»Ich verstehe nicht, was du mir gerade sagen willst.« Seufzend türmte sie die Dosen und eingeschweißten Päckchen wieder aufeinander.

»Das mit dem Rodeoritt und der Explosion und dem Amulett, das ist alles eingetreten. Vielleicht liegt hier die Lösung versteckt, wie wir die Quelle vor Mike und Dassler retten können. Wir müssen es nur erkennen.«

»Gut, wir schauen uns die Bilder an. Erst du, dann ich.«

Den Skizzenblock auf meinem Schoß, blätterte ich konzentriert durch die verbleibenden Seiten. Skizzen von Yowama, die ich nicht kannte, von einem Gebäude, das ich nicht zuordnen konnte. Das letzte Bild zeigte ein Amulett mit einem Loch. Hatte das eine Bedeutung? Falls ja, wusste ich nicht welche. Enttäuscht legte ich den Block zur Seite und lehnte mich in dem Sofa zurück.

»Also das«, Lynx blätterte durch die Zeichnungen der Yowama, »sind unsere verschwundenen Leute.« Ihre Finger strichen zärtlich über das Porträt eines jungen Mannes.

»Ist das Mac?«

»Ja. Genau so sah er aus.« Sie blätterte schnell weiter, zur Ranch, kam zu dem unbekannten Gebäude. »Sagt mir nichts.«

»Und das Amulett mit dem Loch? Was kann das bedeuten?«

Sie hob ihren Anhänger hoch. »Wenn ein Yowama stirbt, hat er vierundzwanzig Stunden Zeit, bevor das Amulett ihn automatisch über die Deathline bringt. Wenn er früher gehen will, kann er ein Loch in die Mitte bohren.«

»Aber das Amulett ist doch hart«, warf ich ein.

»Nur solange du lebst. Wenn du stirbst wird es weich.« Sie

drückte ihren Finger in das Amulett. Es entstand eine kleine Delle. »So wie jetzt.«

»Meinst du, das Amulett mit dem Loch ist ein Hinweis?«

»Kann sein«, sagte Lynx, den Blick auf die Delle in ihrem Amulett gerichtet. »Aber ich wüsste nicht, worauf.« Sie erhob sich. »Ich bringe mal die Pferde in die Scheune.«

Ich sah ihr nach und ein Gefühl der Verzweiflung überfiel mich. Bisher waren wir keinen Schritt weitergekommen.

Dad war verhaftet, der Kontakt zu Ray seit dem schrecklichen Schrillton abgebrochen, Patrick, Dana, Gabriel und Serena waren irgendwohin geschickt worden. Mike hatte mich benutzt, um seinen völlig irren Großvater zurückzuholen, und wir mussten nun mitansehen, wie Dassler sich darauf vorbereitete, mit ihnen das Grün der Erde an sich zu reißen. Was immer das für die Menschheit bedeuten mochte.

Nichts Gutes, sagte Ray.

Ich erschrak. Aber es war ein freudiges Erschrecken. Genau genommen ein wunderbares.

Ray! Wo bist du gewesen?

Bei dir.

Und warum habe ich dich vorhin nicht gehört?

Wir wurden angegriffen. Unser Energiefeld ist gestört.

Wieder bohrte sich ein schriller Ton in meine Ohren. Ich presste die Hände darauf, wartete, dass er nachließ.

Da stürzte Lynx zurück ins Wohnzimmer. »Runter!«

Sie duckte sich unter das Fenster. Ich krabbelte zu ihr, noch immer das verklingende Schrillen im Ohr.

»Was ist los?«, flüsterte ich.

»Es kommt jemand. Ein Auto.« Sie sah zur Tür. »Gibt es hier ein Versteck?«

»Den Keller.«

Lynx warf die Vorräte wahllos in den Rucksack zurück, ich verstaute den Skizzenblock in meinem. Inzwischen hörte auch ich das Brummen des Motors.

Hektisch checkte ich den Raum. Wir durften nichts Verdächtiges liegen lassen.

»Fertig?«, fragte ich Lynx und hob zwei Päckchen Dauerbrot vom Boden auf.

»Los.« Sie folgte mir zum Keller. Die Tür war unversperrt, aber der Schlüssel steckte. Ich zog ihn rasch ab und nahm ihn mit.

Draußen knirschten Reifen über den Splitt, dann schlugen Autortüren. Meine Hand zitterte. Mein letzter Besuch des Kellers flammte in blitzlichtbeleuchteten Bildern vor mir auf.

»Jetzt mach schon!«, drängte Lynx.

Schritte kamen über den Kies, aber nicht bis zur Tür, sondern entfernten sich wieder, als liefe jemand um das Haus, um erst einmal durch die Fenster zu spähen.

Dann hämmerte es an die Tür. Ein Mal, zwei Mal, drei Mal.

Lynx schob mich zur Seite und zog die Kellertür hinter sich zu.

Genau in dem Moment, als die Haustür geöffnet wurde.

* * *

KAPITEL 42

DIE HAUSTÜR FLOG ins Schloss, dann kamen Schritte durch den Flur. Langsame, gemütliche Schritte, als hätte der Neuankömmling alle Zeit der Welt. Als befände er sich auf vertrautem Terrain. Ich hielt den Atem an. Wenn er sich hier auskannte und sicher fühlte, dann hieß das … was? Dass es ein Komplize von Dowby war? Jemand der Dowby hier öfter besucht hatte und wusste, dass die Farm jetzt leer stand! Dassler? Mike? Schweißtropfen kitzelten über meine Stirn. *Sag was! Zeig mir, wer du bist!*

Da klopfte es.

Die Schritte entfernten sich, etwas weniger gemütlich, aber auch nicht besonders eilig. Die Tür ging wieder auf. Eine zweite Person stürmte in den Flur, schnelle, sehr schnelle Schritte, kurze Pause.

»Josie?!«

Lynx presste ihre Hand auf meinen Mund.

»Hier ist niemand, wir haben doch alle Fenster gecheckt.«

»Bo ist in der Scheune!«

Endlich schaffte ich es, Lynx Hand von meinem Mund wegzuschieben.

»Das sind Gabriel und Serena!« Ich drängte mich an ihr vorbei und riss die Kellertür auf.

»Ahhhh!« Gabriel sprang zur Seite und starrte mich entsetzt an, beide Hände auf sein Herz gepresst. »Verdammt! Willst du mich umbringen?«

Mit einem Satz war ich bei ihm und schlang meine Arme um seinen Hals. »Mann bin ich froh, dich zu sehen!«

Er räusperte sich. »Ebenso.«

Ich ließ Gabriel los und drehte mich zu Lynx und Serena. »Das ist Lynx«, stellte ich sie vor. »Und das sind Gabriel und Serena. Was macht ihr hier?«

»Wir verfolgen mein Handy.« Serena drehte das iPad in ihrer Hand zu mir und deutete auf einen roten Punkt. »Mein Ortungsprogramm sagt, dass es hier sein muss.«

»Ist es.« Lynx ging zur Kellertreppe zurück und hievte den Rucksack in den Flur. »Und deine anderen Sachen auch.«

Doch Serena sah nicht einmal hin, ihr Blick haftete gebannt auf der offenen Kellertür. »Ist Ray auch hier?«

Ray … Ich blieb stumm. Nicht, weil mich die Frage getroffen hätte, sondern weil ich nicht sicher war, was ich sagen sollte: *Nein* oder *in gewisser Weiser ist er hier und in anderer nicht.*

»Er musste zurück über die Deathline.« Lynx war schneller als ich.

»Oh Gott!« Serena lief zu mir, als wollte sie mich trösten, blieb jedoch vor mir stehen. Sie senkte den Kopf. »Es tut mir so leid«, sagte sie leise, »das ist meine Schuld.«

»Nein.« Ich ergriff Serenas Hände. »Ist es nicht. Du hast nichts falsch gemacht.« Spontan umarmte ich sie. »Die schlechte Energie ist weg.«

»Echt?« Serenas Stimme war nur ein Fiepen, das so gar nicht zu ihr passte.

Ich ließ sie los. »Echt. Und jetzt erzähl, was ist auf der Ranch passiert? Wo sind Dana und Patrick?«

»Können wir das bitte drinnen besprechen?« Lynx quetschte sich an Serena und mir vorbei ins Wohnzimmer.

Wir setzten uns auf das Sofa, außer Lynx, die sich vor Serenas Rucksack auf den Boden kniete und die Essensvorräte erneut ausbreitete.

»Kurz nachdem du weg warst, ist Dassler auf der Ranch aufgetaucht und hat mit einem Evakuierungsbescheid rumgewedelt.« Gabriel schüttelte den Kopf. »Wir waren praktisch noch am Einräumen der Vorräte, als es hieß, alle müssten die Ranch verlassen.«

Ich konnte mir einigermaßen genau vorstellen, wie mein Vater reagiert hatte. »Dad hat Dassler rausgeworfen«, riet ich.

»Genau. Und der hat gedroht, in einer Stunde wiederzukommen und jeden zwangszuevakuieren, der dann nicht weg ist.« Gabriel schüttelte den Kopf noch heftiger. »Wir wollten bleiben, aber dein Vater hat darauf bestanden, dass wir Serena nach Seattle zum Flughafen bringen und Patrick und Dana mich danach bei meiner Tante abliefern.«

»Was ihr aber nicht getan habt.« Lynx sah von den Essensvorräten auf.

»Natürlich nicht. Wir wollten auf keinen Fall weg, solange wir nicht wussten, was mit Josie ist. Und während wir unterwegs beratschlagt haben, was wir tun können, ist mir aufgefallen, dass mein Handy weg ist. Ich hatte es in den Rucksack gesteckt, den ich für Dana und Patrick mit Essen gefüllt habe, und auf der Ranch stehen lassen. Also sind wir direkt umgekehrt und kurz hinter Angels Keep auf eine Militärkolonne gestoßen, die von Dassler angeführt wurde.« Sie verstummte und sah zu Gabriel.

»Josie, dein Vater –«

»Dassler hat ihn verhaftet. Wissen wir«, sagte Lynx, diesmal ohne aufzusehen.

»Ihr … wisst das?« Serena brachte ihren Mund nicht mehr zu.

»Ich war dabei –«, begann ich.

»Zum Glück ich auch«, unterbrach mich Lynx, »und wenn ich sie nicht davon abgehalten hätte, Dassler anzugreifen, säße sie jetzt nicht hier.«

Gabriel rollte die Augen. »Sie wollte einen auf Josie machen? Direkt los, ohne Plan und Hirn?«

Lynx nickte. »Du kennst sie schon länger?«

»Ja, ja, schon gut …« Ich machte mit den Händen ein Time-out-Zeichen. »Und was habt ihr dann getan? Wo sind Patrick und Dana?«

»Wir haben uns getrennt«, sagte Gabriel. »Die beiden sind Dassler gefolgt, um rauszufinden, wo sie euren Dad hinbringen. Und Serena und ich sind den Rest der Strecke zur Ranch gelaufen, um dich zu suchen.«

»Wir haben uns echt Sorgen gemacht«, ergänzte Serena, »vor allem, als wir gesehen haben, dass dein Auto noch im Hof stand und sich inzwischen Dasslers Leute auf der Ranch breitgemacht hatten.«

»Und dann«, fiel Gabriel ein, »hat Serena ihr Handy geortet, um zu sehen, ob es noch in der Küche ist und …«

»… war ziemlich überrascht, dass es sich durch den verbotenen Wald bewegt.« Serena grinste. »Und da haben wir uns überlegt, ob du meinen Rucksack geschnappt hast und –«

»Na ja, eigentlich waren wir uns ziemlich sicher.« Gabriel zog den Autoschlüssel meines Vaters aus der Tasche. »Ich habe mir den Pick-up ausgeliehen. Schlüssel war wie immer unter der Sonnenblende.«

»Hier.« Lynx schob jedem von uns ein kleines Türmchen mit Essensvorräten zu. »Das ist die Ration für heute.«

Serena griff als Erste nach ihrer Portion. »Oh! Danke! Ich verhungere.«

Ich schielte auf Serenas Abendbrot: Brot. Käse. Chips. Trockenobst. Wusste Lynx, dass Serena Vegetarierin war? Aber woher sollte sie? Oder gab es heute für niemanden Wurst? Gespannt inspizierte ich mein Dinner. Brot. Salami. Gurken. Kekse. Als hätte Lynx einen sechsten Sinn für unsere Vorlieben.

»Danke, Lynx«, sagte nun auch Gabriel und hielt eine Dose Thunfisch mit Mais hoch. »Da hatte ich heute Mittag schon Bock drauf.«

Ich legte meine Vorräte neben mich. »Wie seid ihr an den Straßensperren vorbeigekommen? Oder sind die weg?«

»Wir haben die alte Straße genommen.« Gabriel öffnete das Thunfisch-Mais Gemisch. »Die kennen Dasslers Leute nicht.«

»*Straße?*« Serena schnalzte mit der Zunge. »So was verdient bei uns zu Hause nicht mal die Bezeichnung *Feldweg*.«

Wenn Gabriel den Weg meinte, der in meiner Erinnerung gerade Konturen annahm, dann musste ich Serena zustimmen.

»Und wieso seid ihr hier?«, fragte Serena.

Zusammen mit Lynx erzählte ich die Geschehnisse der letzten Stunden, zeigte ihnen den Bericht über Dassler und Rays Skizzenblock.

»Heilige Scheiße, Josie, und was jetzt?«, fragte Serena, als ich geendet hatte.

»Wir hoffen, dass Dowby hier Dokumente oder Notizen aufbewahrt hat, die uns weiterhelfen. Nach seinem Tod wurde die Ranch nicht geräumt. Was immer hier war, muss noch zu finden sein.«

Das Tageslicht war zu einem matten Schein verblasst, der

das Wohnzimmer kaum noch erhellte. Ich war froh darüber, denn ich wollte nicht, dass Serena und Gabriel mitbekamen, wie meine Augen feucht wurden. Mit einmal war mir bewusst geworden, wie viel auf dem Spiel stand und wie klein die Chancen standen, das Ruder herumzureißen – selbst wenn wir einen wichtigen Hinweis fänden.

Gabriel drückte mich kurz an sich. »He, gib dir nicht die Schuld, okay? Du hast nach bestem Wissen und Gewissen gehandelt.«

»Sag mal«, fragte Serena. »Hat dieser Mike nicht Dowby *erschossen*?«

»Ja.«

»Und trotzdem glaubst du, er und Dowby waren Partner.«

Glaubte ich das? Ja. Dowby hatte von einer *ganz großen Sache* gesprochen, bei der er *in der ersten Reihe* säße. Er hatte Seal im Keller der Farm gefangen gehalten und ihm sein Amulett weggenommen. Mikes Großvater hatte Mike aufgefordert, mich zu erschießen *wie die anderen*, und das ließ nur eine Schlussfolgerung zu: Dowby und Mike hatten gemeinsam die Yowama getötet und ihnen ihre Amulette abgenommen.

»Ja«, sagte ich langsam. »Dowby hat zu viel Aufmerksamkeit auf sich gezogen, vor allem, nachdem Ray ihm die Nase gebrochen hatte. Er hat zu viel geredet und wir waren ihm auf die Spur gekommen. Ich glaube, Mike hat Dowby erschossen, um nicht selbst aufzufliegen.«

»Verstehe«, sagte Serena. »Wie clever … Mike schaltet Dowby aus und wäscht sich damit zu einhundert Prozent rein.«

»Das ist nicht clever«, korrigierte Lynx sie. »Etwas, das einem anderen Schaden zufügt, kann nie clever sein.«

»Warum?« Serena legte ihren Kopf schief. »Clever sagt doch nichts über Gut und Böse aus.«

»Ähem … Leute«, funkte Gabriel dazwischen. »Bevor wir jetzt eine Grundsatzdiskussion starten – echt clever wäre, wenn wir etwas finden würden, womit wir Mike«, Gabriel spie den Namen in den nun fast dunklen Raum, »einen fetten Strich durch seine Rechnung machen könnten.«

»Ja.« Ich stand vom Sofa auf und schlug meine Faust in die flache Hand. »*Das* wäre echt clever.«

* * *

KAPITEL 43

»Oben ist nichts.« Ich deutete mit dem Kopf Richtung Küche. »Wir sollten dort weitersuchen.«

»Woher willst du das wissen?«

»Als ich das letzte Mal hier war, gab es keine einzige Fußspur in dem Staub auf der Treppe, Dowby war nie oben – außer, er ist geflogen.«

»Für mich sieht das nach einer Menge Fußspuren aus.« Lynx wischte mit dem Finger über die fette Staubschicht auf den Holzbohlen, in der unzählige Fußabrücke zu erkennen waren.

»Die Polizei hat das Haus nach weiteren Personen durchkämmt. Vertrau mir einfach.« Ich zwinkerte ihr zu und ging zur Küche, vorbei an Wohn- und Esszimmer, wo unsere bisherige Suche deutliche Spuren hinterlassen hatte.

In der Küche sah ich mich um. *Konzentriere dich auf das Wesentliche.* Ich hielt nach den verräterischen Anzeichen eines Verstecks Ausschau: Kratzern oder ungewöhnlichen Spuren an den Dielen, die auf ein Versteck unter dem Boden hinwiesen, nach besonders vielen Abdrücken auf einem der Holzpanele der Wand, das auf einen eingebauten Mechanismus hinwies, nach allem, das von der Norm abwich. Lynx marschierte an mir vorbei und begann eine Schranktür und Schublade nach der anderen aufzureißen. Auf. Durchwühlen. Zu. Es krachte und schepperte und klirrte in einem fort.

Plötzlich verstummte der Lärm. Lynx tauchte aus einem Unterschrank wieder auf, in der Hand eine große, verbeulte mit verblichenen Weihnachtsmotiven bedruckte Keksdose. Sie schüttelte sie, ein Rascheln verriet, dass der Inhalt bestimmt nicht aus Keksen bestand. Hastig hob sie den Deckel. »Gotcha.«

Sie reichte mir die geöffnete Dose, darin lagen Fotos, gefaltete Briefe, Zeitungsausschnitte und Dokumente. Ich spürte, wie meine Hände zu zittern begannen. Was würden wir hier drin finden? Was würden die Dokumente mir über meine Mutter verraten?

»Gabriel! Serena!«, rief ich, wobei sich meine Stimme bei der letzten Silbe in einem albernen Kiekser überschlug.

Sogleich hörte ich ihre Schritte die Kellertreppe hochtrampeln, dann sah ich das immer schwächere Licht von Gabriels Handylampe auftauchen.

»*Tadá!*« Stolz hielt Gabriel eine Petroleumlampe in die Höhe. Dem Geruch nach hatten sie die Lampe gerade frisch befüllt. »Es werde Licht!«

»Ja, wenn wir ein Feuerzeug oder Streichholz oder so was hätten.« Serena tauchte hinter ihm auf. »Und was habt ihr?«

»Arbeit«, sagte ich, und meine Stimme klang mit einem Mal dünn und heiser.

Kurz darauf brannte die Lampe und wir saßen alle um den wackligen Küchentisch. Ich schüttete den Inhalt der Kiste auf den Tisch.

»Hier.« Gabriel schob ich das erste Häufchen hin.

»Für dich.« Das nächste bekam Serena.

Da spürte ich Gabriels Hand auf meiner linken. Serenas Hand auf meiner rechten.

»Was immer wir finden, Josie«, sagte er, »deine Mutter war ein wunderbarer Mensch. Nichts hier drin«, er zeigte auf die Häufchen, »kann das je ändern.«

Ich nickte dankbar, denn antworten konnte ich nicht, so sehr zitterten inzwischen mein Kinn und meine Lippen in dem verzweifelten Versuch, nicht in Tränen auszubrechen. Mum war tot, und egal, was ich hier fand, ich würde sie nie dazu befragen können. Nie von ihr selbst erfahren, was sich wirklich zugetragen hatte, warum sie Teil dieser Triade war und wieso sie es mir verschwiegen hatte.

Serena drückte sanft meine Hand. »Ich kannte sie nicht, aber du und Patrick, ihr seid Beweis genug, dass Gabriel recht hat.«

Wieder nickte ich und Serena ließ meine Hand los. Mechanisch teilte ich den restlichen Inhalt zwischen Lynx und mir auf.

»Nach was suchen wir?«, fragte Serena.

»Nach allem, was uns den Zusammenhang zwischen Dassler, meiner Mutter und Mikes Vater erklären kann. Details zur Triade«, erklärte ich, wieder halbwegs gefasst. Ich löste meine Hand aus Gabriels und zog Rays Skizzenblock zu mir. Nervös blätterte ich die Seite mit der Triade auf. »Dassler kennen wir alle, das ist Mikes Vater, das meine Mutter. Vielleicht sind sie auf den Fotos zu finden. Vielleicht werden sie in den Briefen oder Unterlagen erwähnt, meine Mutter hieß Elena O'Leary, ihr Mädchenname war Elena Albridge. Wie Mikes Vater mit Vornamen hieß, weiß ich nicht, der Nachname ist Biwanga.« Ich lehnte den Block gut sichtbar an die nun leere Keksdose, damit wir die Fotos mit der Zeichnung abgleichen konnten. »Vielleicht finden wir aber auch gar nichts«, fügte ich leiser hinzu.

»Vielleicht sind das einfach nur uralte Erinnerungen von den Farroways.«

Ich begann damit, meinen Haufen zu sortieren, die Hände fahrig wie die eines Alkoholikers. Fotos. Briefe. Zeitungsausschnitte. Alles, was ich in die Finger nahm, war vergilbt und alt und verströmte bereits einen leichten Modergeruch.

»Ist das nicht deine Mutter?«, rief da Gabriel. Er fuchtelte mit einem Foto vor meiner Nase herum.

Ich nahm es ihm ab. *Meine Mutter.* Eine Hitzewelle durchfuhr mich, mein Blick klebte an dem Foto. Ich hatte es noch nie gesehen, Mum dürfte Anfang zwanzig gewesen sein, als das Foto aufgenommen worden war. Gekleidet in Reithose, Strickjacke und Reitstiefel, lehnte sie an dem Gatter zur Farroway Farm und grinste so fröhlich, als habe ihr Gegenüber gerade einen Scherz gerissen. Ihr Foto, ihr Anblick, ihr Lächeln – es war kaum zu ertragen. *Mum, wenn du hier irgendwo bist – du fehlst mir so sehr, und nur weil ich dir das so selten sage, heißt das nicht, dass es nicht so ist.*

Behutsam legte ich das Bild zur Seite und suchte die Fotos aus meinem Stapel heraus. Es waren nur fünf. Gleich das zweite zeigte Dassler. Ebenfalls in den Zwanzigern. Ebenfalls in Reitkleidung. Ebenfalls lässig ans Gatter der Farroway Farm gelehnt, ein entspanntes Lächeln im Gesicht, das ihn richtig sympathisch wirken ließ.

Verdammt! Mir gefiel das nicht. Dassler und meine Mutter auf der Ranch. Eine weitere Verbindung. Waren sie gleichzeitig hier gewesen? Kannten sie sich? *Ja, offensichtlich.* Es war einfach zu unwahrscheinlich, dass sie zufälligerweise beide hier gewesen und beide Teil der Triade waren. Ich brachte das Foto näher an mein Gesicht, fokussierte mich auf Dasslers Augen. Das Foto war alt und schon etwas vergilbt, aber seine Augen waren eindeutig grün. Damals hatte er die Kontaktlinsen also noch nicht getragen – oder hatte er sie nur auf der Farm nicht getragen, weil er dort seine Zugehörigkeit zu den Yowama nicht verstecken musste?

In meinem Magen rumorte es. Dassler und meine Mutter. Waren sie befreundet gewesen? Vielleicht sogar ein Liebespaar, bevor meine Mutter Dad kennengelernt hatte? Was verband sie, abgesehen von der Triade? Wobei die Triade nur durch eine Zeichnung belegt war und im Vergleich zu den Fotos irgendwie … nicht real.

Die Triade ist real, meldete sich Ray mit einmal.

Dann sag mir, was sie bedeutet.

Das kann ich nicht, sagte Ray, *ich weiß nicht, welches Gleichgewicht durch die Triade geschützt wurde. Ich sehe nur Bilder, keine Geschichten.*

»Schau mal, ist sie das nicht auch?« Serena reichte mir noch ein Foto. Es war meine Mutter. Aber … als Kind!

»Krass, dass du sie darauf erkannt hast«, murmelte ich.

Serena legte das Foto meiner Mutter als junge Frau neben das Kinderfoto. »Das Lachen und die Augen sind identisch. Ich finde eher krass, dass Dowby ein Kinderfoto deiner Mutter hatte.«

Ja, das fand ich auch. Krass. Befremdlich. Beängstigend. Ein Schauder lief über meinen Rücken. Was würde ich noch hier finden?

»Schau mal, da ist Dassler als Milchbubi.« Wieder war es Serena, die das Foto herausgefischt hatte. Sie musste einen außerordentlich guten Blick für Physiognomien haben.

»Und hier Mikes Vater.« Ich legte ein weiteres Foto aus meinem Stapel dazu. Es zeigte ihn ebenfalls als jungen Mann, die Haare zu einem Pferdeschwanz gebunden, die Arme verschränkt, in Jeans und Holzfällerhemd. Dieses Foto war nicht auf der Farroway Farm geschossen worden. Im Hintergrund war der Eisenwarenhandel auf dem Kirkpatrick Boulevard zu sehen, der schon vor Jahren dichtgemacht hatte.

»Yep, und da ist er als Kind.«

Schweigend betrachteten wir die restlichen Fotos. Menschen, die keinem von uns etwas sagten, Bilder von der Farm, von Angels Keep, von Pferden und Rindern und Autos.

»Gut«, sagte ich, als wir durch waren. »Wir haben also Mum, Dassler und Mikes Vater als Kinder und Erwachsene. Sagt uns das etwas?«

»Wir brauchen die Verbindung.«

»Die Triade«, sagte Lynx.

»Ich will die Verbindung, *warum* die drei eine Triade bildeten.« Ich schwankte zwischen den aussortierten Briefen und Dokumenten, dann griff ich zu den Dokumenten. Schlicht, weil es weniger waren und sie allesamt besser lesbar zu sein schienen, als die vorwiegend handgeschriebenen Briefe. Es waren Dokumente, die Farm betrefend, Rechnungen, Mahnungen, Kaufangebote, allerdings absolut nichts, was uns irgendwie weitergeholfen hätte.

»Wann hatte deine Mutter Geburtstag?«, fragte Gabriel.

»Zweiundzwanzigster Mai.«

»Schau mal.« Gabriel reichte mir eine verknitterte Geburtsurkunde. *Enola Biwanga, Mutter Sihu Biwanga, Vater Lapu Biwanga.* Ich starrte auf das Datum. Es war der Geburtstag meiner Mutter. Mehr. Es war die Geburts*stunde* meiner Mutter. Ich weiß das, weil meine Mutter mir so oft erzählt hatte, dass sie zur Elfenzeit geboren wurde. Der Stunde vor Mitternacht. Es war nur nicht der Name meiner Mutter. Bevor sie meinen Vater heiratete, hatte sie Elena Albridge geheißen.

»Enola …« Serena strich nachdenklich über ihr Kinn. »Das ist ziemlich nah an Elena, findet ihr nicht?«

Ich nickte, meine Kehle war wie zugeschnürt. Meine Mutter, *eine Yowama?* Aber … sie hieß Albrigde! Sie war nach England geflogen, um ihre Großmutter kennenzulernen. Sie hatte nicht ausgesehen wie eine Yowama. Und … warum hätte sie das vor mir geheim halten sollen?

Serena zog die Petroleumlampe näher zu sich. »Interessant. Zwillinge. Tomos Biwanga. Gleicher Tag, halbe Stunde früher.«

Serena reichte mir das Blatt. Ein unangenehm schwummriges Gefühl breitete sich in mir aus. Ich überflog die Geburtsurkunde. Zweiundzwanzigster Mai. Halb elf. Meine Mutter hatte einen Zwilling? Ich einen Onkel? Was ging hier vor sich? *Mum! Falls das stimmt, wer ist dein Zwilling? Wieso war das ein Geheimnis?*

»Tomos?«, überlegte Lynx, »könnte das Dassler sein? Oder Mikes Vater? Wisst ihr, wie sie mit Vornamen heißen?«

»Dassler heißt Tim«, sagte ich.

Serena tippte mit dem Finger an ihre Lippe. »Ich schätze, dass aus Tomos Tim wurde«, mutmaßte sie, »außer Mikes Vater wurde ebenfalls am selben Tag geboren.«

Wie auf Kommando beugten wir uns über unsere Häufchen. Papier raschelte. Gabriel murmelte halblaut vor sich hin, hielt dann mehrere hellbraune Blätter hoch. »Die kann ich nicht lesen.«

»Ich schon.« Lynx überflog eins nach dem anderen. Nickte. »Gut möglich, dass es die Geburtsurkunde von Mikes Vater ist. Hakan Biwanga ist vier Jahre älter als Enola und Tomos.« Sie legte das erste Blatt auf den Tisch. »Und das«, sie breitete zwei förmlich aussehende Blätter nebeneinander aus, »sind so was wie Totenscheine. Für Sihu und Lapu Biwanga. Seht euch das Datum an.«

»Puh.« Serena verzog bestürzt den Mund.

»Verdammt.« Gabriel schnaufte.

Ich sagte nichts. Starrte nur auf das Datum und versuchte die Zusammenhänge zu verstehen, zu begreifen, dass meine Mutter eine Yowama sein könnte.

Eine Vollblut-Yowama. Was mich zur Halb-Yowama machen würde.

Aber es konnte nicht sein. Weil sie dann im Reservat hätte aufwachsen müssen. Weil sie dann anders gewesen wäre. Oder?

»Glaubst du, Sihu ist bei der Geburt der Zwillinge gestorben?«, fragte Gabriel.

»*Zusammen* mit ihrem Mann?« Serena zog die Brauen hoch. »Du weißt schon, wie das mit einer Geburt funktioniert?«

»Sie könnte doch gestorben sein und er hat sich aus Verzweiflung umgebracht«, verteidigte sich Gabriel.

»Warum sollte er?«, warf Lynx ein. Sie tippte auf ein Zeichen in der Totenurkunde. »Sihu war Amulettträgerin.«

Ich verstand, was Lynx meinte: Nach Yowama-Glauben war Sihu nicht gestorben, sondern nur von diesem in ein anderes Leben übergegangen, in dem ihr Mann sie wiedersehen würde – nachdem er in diesem Leben seine Aufgabe erfüllt hatte. Es war ein Abschied auf Zeit.

»He, Leute, hier ist noch ein Totenschein. Diesmal nicht auf Yowama, dafür eine schlechte Kopie.« Serena schüttelte ungläubig den Kopf. »Ratet mal das Datum!«

Monoton ratterte ich den Geburtstag meiner Mutter runter.

»Bingo.« Serena hielt die Kopie hoch. »Mal …« Sie sah genauer hin. »Malbrighte? Ein … Engländer! Was macht der Totenschein eines Engländers in dieser Kiste?«

»Wo wurde er ausgestellt?«, fragte Gabriel.

Serenas Augen flogen über das Blatt. »Bellingham. Er starb an multiplen Stichverletzungen.«

»Dann haben wir drei tote Erwachsene, die an dem Tag starben, als die Zwillinge geboren wurden.« Gabriel zog seinen Briefstapel zu sich heran. »Und mindestens einer wurde ermordet. Klingt nach Drama. Und ich bin sicher, dass wir die Erklärung dafür in diesen Briefen finden.«

Ich streckte meine Hand nach dem Totenschein aus. »Al-bridge«, entzifferte ich die kaum leserliche Schrift. »Nicht *Malbrighte*. M. Albridge, wie der Mädchenname meiner Mutter.« Die Informationen sausten wie Tischtennisbälle durch meinen Kopf.

»Oh-oh.« Serena schob die Geburtsurkunden neben die Totenscheine. »Ich glaube, so langsam kommen wir der Sache näher.«

Das Informations-Pingpong in meinem Kopf wurde langsamer. Klarer. Auch ohne mich durch die Briefe zu wühlen, die Gabriel unter uns aufteilte. Zwei Männer, eine Frau. Drei Tote, drei Waisen. Eine Liebe, die nicht sein durfte, ein Verlassener, der diese Liebe nicht ertrug. Ich griff nach den Fotos von meiner Mutter und Dassler. Hatten sie schon immer gewusst, dass sie Halb-Yowama waren, oder hatte Dassler nach seiner Herkunft geforscht und dabei meine Mutter ausfindig gemacht? Ich versuchte, die Antwort in dem Foto zu finden, in dem fröhlichen Lachen meiner Mutter. Lächelte sie für das Foto oder weil sie glücklich war? Weil sie unverhofft einen Bruder bekommen hatte?

Ich legte die Fotos zurück. Meine Mutter musste von ihrer wahren Herkunft gewusst haben. Daher der Besuch im Reservat. Daher der Zuschlag der Ranch an sie und Dad, obwohl sie keine Nachfahren des vorherigen Besitzers waren. Daher ihr überragender Erfolg beim Reitsport – dank ihrer Yowamagabe, mit Pferden umzugehen. Sie *musste* es gewusst haben.

Warum nur hat sie es mir nie verraten?

Mechanisch nahm ich den dünnen Stapel Briefe, den Gabriel zu mir geschoben hatte. Las sie. Einen nach dem anderen.

Es war, wie wir vermuteten: Eine tragische Liebesgeschichte.

Als Sihus erstgeborener Sohn Hakan drei Jahre alt war, lernte Sihu in Angels Keep den Engländer Marvin Albridge kennen. Sie wurde schwanger und wollte sich von ihrem Mann Lapu trennen und nach England auswandern. So eine Situation hatte es bei den Yowama noch nie gegeben. Sihu wurde angedroht, dass man sie ausstoßen und ihr das Amulett und damit das ewige Leben absprechen würde.

Sie entschied sich trotzdem für Marvin.

Sihu gab ihr Amulett ab und verzichtete auf den Anspruch, über die Deathline zu gehen, aber ihren Sohn Hakan wollte sie nicht aufgeben. Er sollte mitkommen, was ihr Noch-Ehemann Lapu um jeden Preis verhindern wollte. Er tötete Marvin, Sihu und dann sich selbst – sein Amulett hatte er zuvor auf Hakan übertragen, denn er selbst wollte nach dieser Tat auf keinen Fall über die Deathline gehen. Und so wurde Lapu, also Hakans Vater, zum Dämon.

»Puh.« Gabriel zog auf seinem Notizzettel einen fetten Strich unter Lapus Namen. »Dann ist Mikes Großvater, den er mit dem Amulett zurückgeholt hat, also ein Dämon? Na super.«

»Leute, ich hab was«, meldete sich da Serena aufgeregt. Sie nahm Gabriel den Stift aus der Hand und kritzelte die Namen der drei Waisenkinder so auf das Blatt, dass sie zusammen einen Kreis ergaben. *Enola – Hakan – Tomos.* In die Mitte des Kreises schrieb sie in Großbuchstaben *Lapu.* »Lapu war der

Anlass für die Triade. Die drei Kinder waren direkt von Lapus Tat betroffen und sie sind über Sihu miteinander blutsverwandt.« Sie hielt einen vergilbten Brief unter das Licht der Petroleumlampe und überflog einen Absatz. »So, also, es gab eine heilige Zeremonie, um die Kraft der drei unschuldigen Kinder in der Triade zu bündeln und Lapus Kraft als Dämon einzudämmen. Wartet ...« Wieder las sie in dem Brief. »O-kay, das ergibt Sinn.« Sie reichte den Brief an Gabriel weiter. »Ein Konflikt zwischen den Kindern würde die Triade schwächen, deshalb hat man sie voneinander getrennt. Hakan kam zurück ins Reservat, Dassler nach Missouri und ...«, sie sah zu mir, »deine Mutter nach Bellingam.«

Ich nickte. Dass meine Mutter in Bellingham aufgewachsen war, wusste ich. Nach Angels Keep waren sie erst gezogen, als sich ihre Eltern, oder korrekterweise, Pflegeeltern getrennt hatten. Da war Mum bereits vierzehn oder fünfzehn gewesen.

Unvermittelt erhob ich mich von dem Tisch. Die Petroleumlampe wackelte, der gelbliche Schein zitterte durch die ansonsten stockdunkle Küche.

Draußen setzte ich mich auf die Stufen. Die kühle Abendluft erfrischte mich wie ein klimatisierter Luftzug, nur dass sie nach Wald und Gras schmeckte.

Meine Mutter war eine Halb-Yowama gewesen. Ich schloss die Augen, um mir ihr Bild zu vergegenwärtigen. Die braunen Haare und braun-grünen Augen, das ovale Gesicht mit der feinen Nase. Ihre schier unerschöpfliche Energie und ihr totales Vertrauen in mich. Nie, und ich meine nie, hatte sie mir etwas verboten, weil es zu gefährlich gewesen wäre.

Ganz anders als Oma und Dad, die mich am liebsten in eine Vakuumverpackung eingeschweißt hätten.

Erinnerungen an unseren Besuch im Reservat kamen hoch.

Sie waren zum Teil undeutlich, ich war damals einfach noch zu klein gewesen. Mum, wie sie aus dem Versammlungshaus kam, ich weiß noch, sie war ungewöhnlich ernst, als sie mich rief und auf den Arm nahm. »Meine Josie, mein wunderwunderbares Mädchen«, hatte sie gemurmelt, was ich damals seltsam fand, weil es keinen Anlass gegeben hatte, mich zu loben.

Nun fragte ich mich natürlich, ob sie zu diesem Zeitpunkt schon von meiner Bestimmung gewusst hatte.

Und wenn ja, warum sie mich nicht gewarnt hatte.

✶ ✦ ✶

KAPITEL 44

»PSST!«

Ich schlug die Augen auf. Der Staub im Wohnzimmer wirbelte im Schimmer der ersten Sonnenstrahlen. Und er tanzte um Lynx Kopf herum, die sich genau ins Licht stellte.

»Was ist?«, fragte ich gähnend und sah auf die Uhr. Halb sechs. Um eins hatten wir uns hingelegt, das waren gerade mal viereinhalb Stunden.

»Uns rennt die Zeit davon.«

»Was …?

»Das Amulett wird immer weicher.«

Ich tastete nach meinem Amulett. Spürte sofort, wie es unter dem Druck meiner Finger nachgab. Erschrocken ließ ich es los. »Was bedeutet das?«

Sie winkte mich in den Flur. »Der Schutzwall. Er löst sich auf.«

»Hast du einen Plan?« Ich folgte ihr in die Küche. Am Tisch hatte Lynx bereits vier Essenstürmchen aufgeschichtet, und ich musste nicht nachfragen, welches für mich war: Müsli mit Trockenobst, daneben ein Glas Wasser. Wie machte sie das? Woher wusste sie, was mein Körper wollte?

Sie setzte sich vor ihre Ration. »Nein. Deshalb habe ich *dich* geweckt.«

Ich verteilte das Milchpulver auf meinem Müsli und goss das Wasser darüber. »Wie viel Zeit bleibt uns?«

»Vielleicht ein Tag. Vielleicht weniger.«

Der Löffel in meiner Hand begann zu zittern. *Ein Tag?* Ich schob die Schüssel mit dem Müsli weg und schnappte mir Notizblock und Stift. *Ein Tag.* Wir wussten nun, gegen wen und was wir kämpfen mussten, aber wir waren eindeutig unterlegen. Lapu war verrückt. Er zögerte nicht, jeden, der sich ihm in den Weg stellte, zu töten, oder töten zu lassen. Mike hatte bereits gemordet. Er stand eindeutig unter Lapus Einfluss.

Und Dassler?

War er auch in den Bannkreis von Lapus Einfluss geraten? Wie das geschehen sein sollte, war mir jedoch rätselhaft.

Aber: Er hatte die Yowama aus dem Reservat verschleppt. Unsere Ranch besetzt. Dad verhaftet. Ein Kopfgeld auf mich ausgesetzt. Er musste da mit drinstecken.

Wie sollten wir gegen diese drei nur ankommen? Lapu und Mike und Dassler hatten zig Leute, die uns jagen konnten.

Wie in aller Welt sollte *ich* sie aufhalten? Mike und Lapu hatten die Schatten auf ihrer Seite, Dassler seine Agenten. Nacheinander kritzelte ich die Namen aufs Papier, und mit jedem weiteren wurde deutlicher, wie chancenlos ich war.

Oder doch nicht?

Schließlich hatte ich Ray, Dana, Patrick, Gabe, Serena und Lynx an meiner Seite. Ich musste nur verstehen, dann würde uns schon ein Plan einfallen.

»Du musst die Triade wieder schließen«, unterbrach Lynx meine Grübeleien, »das ist die einzige Möglichkeit, den Dämon in Schach zu halten.« Sie klappte ihr Brot zusammen.

»Dafür ist es zu spät«, sagte ich ruhig. »Du kannst nicht etwas im Schach halten, das längst freigesetzt ist.« Ich schlug ein neues Blatt auf und starrte auf das unberührte Weiß. Langsam nahm eine Idee Gestalt an.

»Sam hat immer gesagt, ich sei das Bindeglied der beiden Welten. Jetzt verstehe ich, was er meint. Ich bin die Verbindung zwischen den Menschen und der Welt jenseits der Deathline. Und Mike ist die Verbindung zu der Welt der Dämonen. In dem Moment, als Lapu die Macht über Mike bekommen hat, wurde ich zum Gegengewicht.«

»Warum ist er dann eingeschritten, als Dowby dich töten wollte?«

Ich ordnete meine Gedanken mit schnellen Strichen auf dem Papier. »Weil er mich gebraucht hat, um Lapu zu seiner jetzigen Stärke zu verhelfen.« Ich hielt mit dem Schreiben inne. »Als Lapu wollte, dass er mich tötet, hat Mike gesagt, dass sie mich vielleicht noch brauchen.«

Ich beendete meine Notizen und drehte sie so, dass Lynx sie betrachten konnte.

Wirkung der Triade endet (mit Mums Tod)

-> Lapu bekommt Macht über Mike
-> Lapu macht Mike zu Komplizen
-> Mike tötet Yowama (Bewahrer)
-> Yowama werden zu Schatten
-> Schatten greifen (Deathline) Schutzwall an
-> Dassler verschleppt Yowama (wohin/warum)
-> Ich werde letzter Schutzwall
(Ray macht mir Amulett)

Das Grün der Erde

»Du bist der letzte Schutzwall? Warum??«, fragte sie.

»Ich bin die letzte Front. Die Yowama sind keine Kämpfer. Ihr seid Bewahrer. Deshalb hat Ray mir das Amulett geschmiedet.« Ich hielt den Anhänger vorsichtig hoch. »Ray hat seine Haare mit hineingegeben, um mich zu stärken. Ich gehöre zu einer Welt, in der Kämpfer die Obermacht haben, und ich bin die Tochter von Enola, dem dritten Mitglied der Triade«, fuhr ich fort. »Die Lösung muss darin liegen, dass ich die Kräfte meiner Welt mit der Kraft der Deathline vereine. So wie Mike die Kraft der Menschen mit der Kraft der Dämonen vereint hat.«

»Um die Balance wieder herzustellen«, nickte Lynx. »Du hier und Ray dort bildet den Gegenpol zu Mike und Lapu.«

»Nein. Nicht um die Balance herzustellen.« Ich schüttelte bedächtig den Kopf. »Um Lapu und die Schatten zu vernichten.«

Erschrocken fuhr sie zurück. »Ver…vernichten?«

»Ich weiß, Mac … Es tut mir leid.« Ich berührte sie behutsam am Arm. »Aber … ich glaube nicht, dass Mac in der Welt der Dämonen gefangen bleiben möchte.«

Sie senkte ihren Kopf über meine Liste. »Und was sollen wir jetzt tun?«, flüsterte sie. »Hast du einen Plan?«

»Noch nicht. Wir wecken die anderen. Gabriel ist gut im Pläne schmieden. Und Ray wird uns dabei unterstützen. Vertrau mir.«

Ich stand auf. *Vertrau mir.* Nun klang ich schon wie Ray. Was bei Lynx offenbar wirkte, denn sie folgte mir.

Das hast du schön gesagt, Rodeo-Girl.

Ja, gell? Ich lerne dazu. Mit einmal war mir, als ginge Ray neben mir, ganz nah und so echt, dass ich wirklich glaubte, seinen Körper zu spüren. *Wie schlimm ist es?*

Die Schatten sind durch die elektrischen Aufladungen zu stark für uns geworden. Sie neutralisieren unseren Schutzwall.

Was meinst du damit?

Der Wald kann unerwünschte Besucher nicht mehr fernhalten. Der Weg zum Reservat ist ungeschützt.

Das erklärte, wie Dassler ins Reservat eindringen konnte. *Und du bist dir sicher, die Schatten werden durch den Strom stärker?*

Ja, er vervielfacht ihre Energie. Wir haben uns zur Quelle zurückgezogen und einen Ring darum gebildet. Es ist der einzige Ort, der noch geschützt wird, aber die Schatten rüsten sich gerade zum nächsten Angriff. Wir sind nicht stark genug. Wir brauchen Hilfe.

Der Countdown zur Katastrophe hatte begonnen. Ich wusste es und Ray hatte es gerade bestätigt. Und doch blieb ich ruhig. Gemeinsam würden wir Mike und Lapu und Dassler und ihre Schattenarmee stoppen. Irgendwie.

Realistisch betrachtet, war es aussichtslos. Aber die Tatsache, dass ich mich gerade mit meinem toten Freund unterhielt, rangierte auf einer Wahrscheinlichkeitsskala auch nicht gerade unter den Top Ten.

* * *

KAPITEL 45

»HÖRT IHR DAS?!« Lynx schnellte von ihrem Stuhl hoch und stürzte aus der Küche.

Serena, Gabriel und ich horchten angespannt in die nur von Lynx Schritten gestörte Stille, dann sprang ich ebenfalls auf. »Ein Auto!«

Voll Panik sah ich mich um. Niemals würden wir die Farm so verlassen können, als wären wir nie hier gewesen. Wir würden Spuren hinterlassen, egal, wie schnell wir unsere Sachen zusammenpackten.

»Los, wir müssen weg! Vielleicht ist das Dassler!« Hinter mir schoben Serena und Gabriel ihre Stühle zurück, wir rannten in den Flur, ins Wohnzimmer, wo Lynx bereits am Fenster stand und den Hügel hoch zur Straße blickte.

»Das ist Danas Auto!«, rief Gabriel erleichtert. Er lief zur Haustür und rannte über den Hof.

Mir entfuhr ein so tiefer Seufzer, dass Serena mich spontan umarmte. Ich drückte sie, einfach nur froh, dass Dana und Patrick auf dem Weg zu uns waren, vielleicht sogar mein Vater mit in Danas Auto sitzen würde, und wir in ein paar

Sekunden wieder vereint wären. Dann folgte ich Gabriel in den Hof.

»Woher wissen Dana und Patrick, dass wir hier sind?«

»GPS-Tracking. Wir haben es gegenseitig für unsere Handys aktiviert.« Gabriel hob die Arme und winkte, als versuche er in den Weiten eines Ozean das lang ersehnte Rettungsboot auf sich aufmerksam zu machen. »Weil es über Satellit läuft, schränken die Netzausfälle das GPS nicht ein. Kommunizieren kann man darüber zwar nicht, aber wir finden uns wenigstens.«

Kurz darauf bog Danas Auto in die Einfahrt. Es stand kaum, als Dana schon aus der Tür schoss und mich an sich drückte.

»Mensch, Josie! Wo warst du nur? Wir haben dich gesucht wie die Irren!«

»Lange Geschichte.« Ich wandte mich zum Auto. Patrick stieg aus, er sah müde und bleich aus. Ich bückte mich, um ins Auto zu sehen. Mein Magen zog sich zusammen. »Was ist mit Dad?«

»Wir wissen, wo er festgehalten wird.« Dana zog einen Zettel hervor und fuhr mit dem Finger über eine windschief gemalte Route. Bei einem großen *X* stoppte sie. »Hier ist ein Hochsicherheitsgebäude. Nirgendwo steht ein Schild, was es ist oder wem es gehört, aber es hat Stacheldrahtsicherung und hohe Mauern und Wachen.«

»Und du bist sicher, dass Dad dort ist?«

»Dassler selbst hat ihn dort abgeliefert.« Patrick schnaufte. »Ich wollte zu ihm, aber sie haben mich nicht reingelassen.«

»Hätten sie schon, wenn du dich weiter so aufgeführt hättest, aber vermutlich wärst du schnurstracks in die nächste Zelle gewandert.« Dana nahm seine Hand. »Was uns ungefähr so viel gebracht hätte wie ein Affenfurz.«

Patrick erwiderte nichts, aber sein Gesicht war ungewohnt

rot. »Wir sind direkt nach Bellingham zu Gabriels Onkel, du weißt schon, dem Anwalt, der uns die Zeltsachen geliehen hat.«

»Onkel Ruppert«, nickte Gabriel. »Gute Wahl. Konnte er euch helfen?«

»Außer, dass er uns bei sich hat übernachten lassen, leider nein.« Patrick schnaufte schwer. »Diesen Ort, an den Dassler Dad und die Yowama hinverfrachtet hat, gibt es offiziell gar nicht.«

»Echt krass«, mischte sich Dana ein, »dein Onkel hat ein Telefonat nach dem anderen geführt, und jeder hat nur gesagt, dass *wir* uns wohl täuschen müssten. Ich mein, hey, wir *waren dort*, und ein Foto von dem Gebäude haben wir auch.« Sie kramte ihr Handy hervor, klickte und scrollte.

»Offiziell gibt es angeblich keinen Auftrag, die Yowama zu evakuieren«, fuhr Patrick fort, »keine Weisung, die Ranch zu räumen, keinen Vermerk, dass Dad verhaftet wurde.«

»Ja, wie in diesem Film mit …« Dana unterbrach die Suche auf ihrem Handy und sah hilfesuchend zu Patrick, der jedoch nur die Schultern zuckte. »Egal, es war wie in diesem Film, wo die komplette Existenz der Heldin ausgelöscht wird, bis hin zur Geburtsurkunde.«

»Und die Ranch?«, fragte ich. »Ich weiß, dass dort Leute einquartiert sind, die unser ganzes Zeug durchwühlen.«

»Haben wir checken lassen, es heißt, sie wären ganz normal als Gäste gemeldet.«

»Als … *Gäste?*« Mir blieb der Mund offen stehen. Was war hier los? Vertuschte Dassler einen Alleingang? Oder ging das von höherer Stelle aus?

»Wir brauchen mehr Beweise und dann schalten wir die Presse ein«, sagte Patrick grimmig.

In dem Moment kam Lynx aus dem Haus. Ich winkte sie zu

uns. »Das ist Lynx, und das sind Dana und Patrick, mein Bruder.«

»Hi«, begrüßten Dana und Patrick sie im Chor.

»Dana weiß, wo Dassler deine Leute hingebracht hat.«

»Ganz sicher?«, fragte Lynx aufgeregt. »Geht es ihnen gut?«

»Keine Ahnung«, Dana hob bedauernd ihre Hände, »aber wenn Singen ein gutes Zeichen ist, dann ja. Sie haben fast den ganzen Weg gesungen.« Dana stimmte ein Lied an, das mir noch aus der Schule bekannt war – die Hymne der Yowama. Dann wandte sie sich wieder ihrem Handy zu.

»Ha, hier!«, rief sie und hielt es mir vor die Nase. »Da haben sie deinen Dad und die Yowama hingebracht.« Das Display zeigte einen schmucklosen, riesigen Betonbau hinter Mauern und Stacheldraht.

»Was …?« Ich riss ihr das Handy aus den Fingern. Reichte es Lynx. Und erkannte an den schlagartig sich weitenden Augen, dass ich mich nicht getäuscht hatte: Das Gefängnis auf Danas Foto war das unbekannte Gebäude aus Rays Skizzenblock.

»Warte«, sagte Gabriel und zückte den Stift. »Wiederhol das noch mal.«

»Ray sagt, die Schatten werden durch die Stromquellen stärker.« Ich beugte mich über den Küchentisch und verfolgte, was Gabriel sich notierte. »Mittlerweile sind die Schatten stärker als der Yowama-Schutzwall und deshalb braucht Ray unsere Hilfe.«

»Und das verursacht das Chaos in Angels Keep?«, fragte Patrick. »Weil die sich davon ernähren?«

»Weiß nicht, ob *ernähren* das richtige Wort ist«, sagte Gabriel. »Strom ist schließlich reine Energie.« Er wandte sich an mich. »Ist es nicht das, worauf wir immer wieder zurückkommen? Energie?«

Serena und Lynx nickten.

»Ist es dann nicht das Naheliegendste, den Schattenzombies die Energiezufuhr abzudrehen?« Gabriel sah sich in der Runde um.

»Natürlich!« Patrick stand abrupt auf. »Warum ist da noch niemand draufgekommen?«

»Gut – aber wie willst du das anstellen? Glaubst du, die Elektrizitätswerke schalten den Strom ab, weil *du* sie darum bittest?«

»Nö. Weil ich sie dazu zwinge.« Gabriel sah zu Serena. »Hast du deine Batty-Drohne dabei?«

»Klar.«

»Dann habe ich einen Plan.« Er zeigte auf Patrick. »Dazu brauche ich dich.« Sein Finger wanderte zu Serena. »Und dich und Batty.«

»Hat Ray wirklich gesagt, er braucht Hilfe?«, meldete sich Lynx leise. Sie saß kerzengerade auf ihrem Stuhl. Selbst ihr Zopf, der sonst immer in Bewegung schien, lag wie ein Ausrufezeichen auf ihrem Rücken.

»Sie kommen gegen die Schatten nicht mehr an.« Ich hob bedauernd die Hände. »Das Reservat ist offen, ihr Schutz konzentriert sich nur noch auf die Quelle.«

Tränen sammelten sich in Lynx Augen. »Wenn wir nur zu meinen Leuten könnten …«

»Können wir.« Dana legte den Kopf schief. »Also zumindest können wir dahin, wo das Gebäude ist. Ob sie dich reinlassen, ist eine andere Geschichte.«

»Ich muss dorthin.« Lynx` Augen blitzten. »Ich muss meinen Leuten Bescheid geben. Wenn sie ihre Amulette noch haben, können sie über die Deathline, um unseren Schutz zu stärken.«

»Was?« Dana schlug sich entsetzt die Hand vor den Mund. »Willst du etwa alle Amuletträger ins Jenseits schicken?«

»Was hat Ray genau gesagt?«, richtet sich Lynx an mich, ohne auch nur mit einer Silbe auf Dana einzugehen.

Ich überlegte genau. »Sie haben sich zur Quelle zurückgezogen, um dort einen Ring zu bilden, weil die Schatten den nächsten Angriff planen. Er hat gesagt: *Wir brauchen Hilfe.*«

»Hat er gesagt *deine Hilfe*, oder *Hilfe*?«

Ich musste nicht eine Sekunde darüber nachdenken. »Er hat gesagt: *Wir sind nicht stark genug. Wir brauchen Hilfe.*«

»Damit hat er die Amuletträger gemeint.« Lynx nahm ihren Anhänger ab und legte ihn flach auf eine Hand. »Unser Amulett ist wie ein zweites Herz. Normalerweise ist es härter als Diamant und unzerstörbar. Jetzt ist es weich und verletzlich, damit wir es durchbohren und vorzeitig über die Deathline können, falls der Ruf kommt.«

»Welcher *Ruf*?«, fragte Gabriel.

»Der Quelle.« Sie legte ihr Amulett wieder um. »Könnt ihr euch noch erinnern, als Ray sein Amulett gesucht hatte?«

Ich nickte.

»Er ist dem Ruf des Amuletts gefolgt. Aber er musste in seiner Reichweite bleiben. Und wir müssten jetzt in Reichweite der Quelle sein, um ihren Ruf zu hören!« Ihr Blick flitzte in unglaublichem Tempo von einem zum anderen, als checkte sie, ob wir auch alle erfassten, was sie uns sagte. »Wir müssen meinen Leuten Bescheid geben.«

Ich spürte, wie mir das Blut aus dem Gesicht wich. Der Gedanke, dass alle Amuletträger auf einmal diese Welt verlassen würden, war für mich unerträglich. Für Lynx offensichtlich nicht. Für sie hatte die Vorstellung, unsere Welt von jetzt auf gleich zu verlassen, nichts Erschreckendes. Es war nur eine Reise zu einem anderen Ort. Vielleicht war es für sie sogar eine Reise zu einem besseren Ort.

»Du weißt, dass wir keine andere Wahl haben, Josie.« Lynx stand auf, die Arme vor der Brust verschränkt.

Sie hat recht, Rodeo-Girl, meldete sich Ray in meinem Kopf. *Die Quelle ruft alle zu ihrem Schutz zusammen. Unsere Leute sind zu weit weg, sie können es nicht hören.*

Ich stand ebenfalls auf. »Dana? Findest du zu dem Gebäude zurück?«

»Darauf kannst du deinen Allerwertesten verwetten.« Rumpelnd schob sie ihren Stuhl zurück. »Ich finde diese Kamikazeaktion zwar komplett bescheuert, aber wenn ihr beide meint, es ist der richtige Weg …« Sie beugte sich zu Patrick und knallte ihm einen Schmatzer auf die Wange. »Ich geh dann mal mit deiner bekloppten Schwester die Welt retten. Wäre schön, wenn ihr euch solange nicht umbringen lasst.«

Ich grinste. Trotz allem. Weil Dana mir immer wieder aufs Neue bewies, warum sie meine beste Freundin war.

Und immer sein würde.

* * *

KAPITEL 46

»ABGEMACHT?«, fragte Lynx.

»Abgemacht«, sagte ich.

»Abgemacht«, wiederholte Dana, wobei sie mir einen Blick zuwarf, der von Gabriel hätte sein können – voller Zweifel an Lynx Plan. Sie ging vom Gas. Sah nach links, nach rechts, und setzte dann den Blinker, obwohl nirgendwo, und zwar schon seitdem wir die Farroway Farm verlassen hatten, ein anderes Auto fuhr.

An der Weggabelung bog sie auf eine Straße, die noch schmaler, noch dunkler und so schlecht befestigt war, dass sie die Bezeichnung Straße kaum verdiente. Die Gegend könnte einsamer nicht sein.

Wald. Wald. Und: Wald.

Tannen links, Tannen rechts. Schon seit Meilen. Keine Ortschaft, nicht einmal einsame Farmhäuser oder Schilder, die einem mitteilten, wie weit man noch vom nächsten Ort entfernt war oder davor warnten, dass man in so-und-so-vielen Meilen amerikanisches Staatsgebiet verlassen und kanadisches betreten würde.

Da lichtete sich der Wald auf der linken Seite. Anstelle von Bäumen säumte nun ein Stacheldrahtzaun die Straße. Genauer, zwei Zaunreihen, mit etwa zehn Meter Abstand, jeder mindestens drei Meter hoch und mit Schildern bepflastert. Ich runzelte die Stirn. *Ein Totenkopf?* Daneben ein riesiges rotes Schild mit schwarzer Schrift: *Achtung! Betreten verboten! Lebensgefahr!* Etwa alle zwanzig Meter warnten sie am äußeren Zaun vor unbefugtem Betreten.

Mir wurde mulmig. Was zum Teufel war das hier?

Da kam das Gebäude in Sicht, der einfache Betonbau, grau, schmale Fenster, alle vergittert.

Dana hielt vor dem Tor, dem ersten von zweien, die man passieren musste, um hineinzugelangen.

»Seid ihr euch wirklich sicher?« Inzwischen klang sie alles andere als zuversichtlich, dass wir mal kurz die Welt retten könnten.

»Hast du einen besseren Plan?«, fragte Lynx.

»Was macht ihr, wenn sie euch nicht zu deinen Leuten vorlassen? Oder sie ihnen die Amulette abgenommen haben?«

»Dann improvisieren wir.« Ich legte Dana die Hand auf den Arm. »Eine Stunde. Okay?«

»Yes, Sir-Lady.«

Wir stiegen aus. Dana blieb am Auto, Lynx und ich gingen zum Tor. Dort drehte ich mich ein letztes Mal um und winkte Dana zu. Sie nickte. Hielt den Daumen hoch. Dann setzte sie sich ins Auto und fuhr davon.

Auch am Tor gab es keine Information darüber, wem das Gebäude gehörte oder was es beherbergte. Lediglich eine Klingel, eine Sprechanlage und eine vergitterte Kamera.

Ich klingelte.

»Sie wünschen?«

»Ich will zu Tim Dassler«, sagte ich, die Stimme brüchig, keineswegs mehr sicher, ob die Lücken in unserem Plan überhaupt überbrückbar waren. Wenn Dassler mich hierbehalten wollte, hatte ich keine Chance. Punkt.

»Und wer sind Sie?«

»Josephine O'Leary. Ich möchte mir das Kopfgeld abholen, das Agent Dassler auf mich ausgesetzt hat.«

Ein sonores Brummen verriet, dass gerade die erste Pforte für uns geöffnet wurde. Lynx und ich traten vor, als eine Blechstimme über uns hinwegschepperte. »Einzeln in die Schleuse eintreten.«

Ich ließ Lynx den Vortritt. Sicher war sicher. Sie war diejenige, die unbedingt in das Gebäude hineinmusste. Meine Wenigkeit war nur die Eintrittskarte.

Wir passierten anstandslos die piepsenden und blinkenden Scanner an beiden Pforten, die durch einen gläsernen Gang miteinander verbunden waren. Die dritte Pforte führte in den Betonbau, der von innen ebenso kalt und unpersönlich wirkte wie von außen. Dann standen wir in einem Vorraum, ziemlich groß, mit einem Empfang, der rundum mit vergittertem Glas gesichert und voller Kameras war. Hinter dem Tresen saßen zwei Männer in Uniform, die ich allerdings keiner bekannten Behörde zuordnen konnte. Wieder ertönte eine blecherne Stimme.

»Nähertreten.« Einer der Männer in Uniform winkte uns zu seinem Glaskasten.

»Wer von euch ist Josephine O'Leary?«

Mein Mund war mit einem Mal so trocken, dass ich nicht mehr antworten konnte.

»Wer ist Josephine O-«

Ich hob meine zitternde Hand. Auf was hatte ich mich nur eingelassen?

»Und wer ist deine Begleitung?«

»Ich bin Lynx, und ich will zu meinen Eltern, die ihr unter Bruch des Völkerrechtsabkommens zwischen dem Staat Washington und dem Stamm der Yowama von 1917 unrechtmäßig festhaltet.«

Das Gesicht des Uniformierten wechselte die Farbe. Erst bleich, dann rot. Lynx musste einen Nerv getroffen haben.

»Tut mir ... äh, leid, aber da...davon weiß ich nichts«, stotterte der Uniformierte. Es war offensichtlich, dass er log.

»Es reicht, dass ich es weiß.« Lynx stimmte das Lied an, das Dana vorhin gesungen hatte. Nur bei Lynx klang es, als würde ein Harfenorchester sie begleiten. Sie hatte eine Hand über das Amulett gelegt, und die Töne schwangen und vibrierten wie Schallperlen durch die Luft. Die beiden Uniformierten glotzten Lynx ungläubig an, dann beugte sich der Uniformierte, der eben noch die Anwesenheit der Yowama geleugnet hatte, wieder über sein Mikrofon. »Hör ...!«

Das *Auf* ging in einem Antwort-Chorus unter. Er antwortete Lynx harfensanfter Stimme, er rollte wie Donner und toste wie Sturmwellen durch das Gebäude.

Dann verebbte das Lied nach und nach.

»Sie folgen dem Ruf«, sagte Lynx leise. Sie drückte meine Hand. »Danke, Josie. Wir sehen uns.« Dann umschloss sie mit der anderen Hand ihr Amulett und presste den Daumen in die weiche Mitte.

»Viel Glück.« Ich erwiderte den Druck ihrer Hand, spürte, wie er schwächer wurde, sah, wie sie neben mir verblasste und schließlich verschwand.

Es surrte, die Tür flog auf und Dassler stürmte in den Empfangsbereich. »Verdammt, was hast du getan?«, herrschte er mich an.

»Ich?«

Anstelle einer Antwort zerrte er mich in den Glaskasten. Er zeigte auf die beiden Beamten, dann auf die Tür. »Raus!«

Die beiden erhoben sich, sichtlich verwirrt. »Aber …«

»Jetzt.« Dasslers Stimme zerschnitt messerscharf jeden Protest.

Ich ballte die Hände zu Fäusten und drängte die Angst zurück, die in mir hochsprudelte. Kaum waren die beiden Uniformierten durch die Tür verschwunden, tippte Dassler auf einem Schaltpult herum. Kurz darauf erschienen auf allen Bildschirmen Überwachungsbilder aus einem Zellentrakt. Es waren neun verschiedene Perspektiven und aus jeder ergab sich das gleiche Bild: Yowama, die ihr Amulett mit der Hand umschlossen und sich kurz darauf in Nebel auflösten.

»Was hast du getan?« Dassler spulte zurück und spielte die Sequenz erneut ab.

»Nichts.«

»Ach wirklich?« Er tippte auf weitere Schalter, dann erschienen Lynx und ich auf allen Monitoren. Lynx drehte ihren Kopf zu mir: *Sie folgen dem Ruf. Danke, Josie. Wir sehen uns.*

»Danke wofür?« Er spielte die Aufnahme erneut ab, drückte und schlug wieder und wieder auf die Tasten, bis die Sequenz zeitverzögert über die Monitore lief wie ein mehrstimmiger Kanon. »Was meinte das Mädchen, bevor sie verschwunden ist, bevor ALLE Amuletträger verschwunden sind?«

Ich presste meine Lippen zusammen.

»Was hast du nur getan?« Er trat auf mich zu. »Ich habe sie extra isoliert, damit genau das *nicht* passiert.«

Ich wich zurück. Deshalb also hatte er die Yowama hierhergebracht: um ihre Schutzmacht zu kontrollieren.

»Sie hat sich bedankt«, sagte ich eisig, »weil ich sie zu ihren

Eltern gebracht habe. Und jetzt möchte ich zu meinem Vater. Ich weiß, dass Sie ihn hier festhalten.«

»Nicht mehr. Er wurde vor einer Stunde zur Ranch gebracht.«

Dad war frei? Ich brauchte einen Moment, um die Information zu verdauen. Frei und zurück auf der Ranch … wie würde er reagieren, wenn er feststellte, dass wir alle weg und nicht erreichbar waren? Ich musste zur Ranch. Sofort.

Dassler trat noch einen Schritt näher, fixierte mich mit seinen falschen hyperblauen Augen. »Was meinst du, soll ich in meinen Bericht schreiben? Wie soll ich erklären, dass von einer Minute auf die andere über die Hälfte unserer *Gäste* weg ist?«

Etwas in mir explodierte. Das war alles, was Dassler bewegte? Was er in seinen Bericht schreiben sollte? »Wie können Sie die Yowama so verraten?«, zischte ich ihn an. »Wie können Sie meine Mutter so hintergehen? Sie war Ihre Schwester! Ihr Zwilling! Und kaum stirbt sie, wollen Sie ihrer Familie das Zuhause wegnehmen? Was sind Sie nur für ein Mensch?«

Dassler klappte der Mund auf. »Du … weißt das?«

Ich zog die Zeichnung der Triade aus meiner Jackentasche und hielt sie ihm unter die Nase. »Ich weiß auch, dass Sie grüne Augen haben, Tomos Biwanga heißen und Sie mit Mike und Lapu zusammen das Grün der Erde an sich bringen wollen.« Mit jedem Wort wurde ich lauter. Und wütender. »Aber das lasse ich nicht zu. Sie dachten, wenn die Yowama weggesperrt sind, können sie den Schutz nicht verstärken. Falsch gedacht. Sie sind gerade ihrem Gefängnis entwischt und schützen die Quelle.«

Stumm stand er mir gegenüber. Augen und Mund offen, als wäre er eine Aufziehpuppe, der im falschen Moment der Saft ausgegangen war.

»Wo hast du das her?« Er griff nach der Zeichnung, doch ich zog sie schnell weg. »Josie! Woher?«

»Von den Yowama. Ich weiß, warum die Triade gebildet wurde. Und ich weiß, dass Lapu Mike kontrolliert. Wahrscheinlich, seitdem meine Mutter gestorben ist. Oder nach dem Tod seines Vaters. Kontrolliert er auch Sie?«

Abrupt drehte ich mich um und ging zur Tür.

»Stopp!« Dassler setzte mir nach und packte mich bei der Schulter. »Ich versuche die Quelle zu schützen! Die Yowama habe ich hierhergebracht, damit sie nicht weiter zu Schatten werden. Sie waren hier zu ihrem Schutz!«

»Und das soll ich glauben?« Mit einer Bewegung wischte ich seine Hand von meiner Schulter. »Sie haben versucht, uns die Ranch wegzunehmen!«

»Ja, weil dein Vater keine Yowama mehr dort geduldet hat!« Er griff wieder nach meiner Schulter. »Die Ranch ist Grenzland. Sie muss für die Yowama offen sein und von jemandem geführt werden, der versteht, dass die Yowama besonders sind. Deshalb gibt es so strenge Regeln, wer sie bewirtschaften darf.«

Nun starrte ich ihn an. Ich spürte seine Finger, die sich in meine Schulter gruben. Aber ich schüttelte seine Hand diesmal nicht ab.

»Ich bin hier, weil gerade etwas massiv aus dem Ruder läuft und ich nicht weiß, was. Yowama verschwinden, Schatten tauchen auf, seltsame, zerstörerische Phänomene nehmen zu. Ich weiß, dass dies alles zusammenhängt, aber ich weiß nicht wie und niemand spricht mit mir darüber. Ich bin Halb-Yowama, aber ich weiß zu wenig über sie und ihre Aufgabe, und bis gestern Mittag konnte ich nicht einmal ins Reservat.« Er ließ meine Schulter los, doch ich spürte noch immer den Druck seiner Finger. »Ich habe die Yowama hierhergebracht, um zu verhindern, dass noch mehr verschwinden. Ich habe die Ranch räumen lassen, weil ich glaube, dass sie eine strategisch wichtige Bedeutung für diejenigen hat, die für das Chaos verantwortlich sind – sonst hätte Dowby sich nicht für sie interessiert. Ich habe dich suchen lassen, weil keiner deiner Freunde, nicht einmal dein Bruder und dein Vater wussten, wo du bist. Wir stehen auf der gleichen Seite. Kapier es endlich!«

Ich antwortete nicht. Öffnete die Tür und trat in die Eingangshalle. *Wir stehen auf der gleichen Seite.* Taten wir das wirklich? Mike hatte das auch gesagt. So oft und so überzeugend, bis ich ihm vertraut hatte.

Ich durchquerte die Halle. Bemerkte, dass Dassler mir aus dem Glaskasten hinterhersah. Reglos, die Schultern hängend, als wäre er unendlich müde. Ich hielt inne. Ging zurück. »Wir stehen auf der gleichen Seite?«, fragte ich. »Dann beweisen Sie es mir.«

Ich drehte mich um und ging auf die Schleuse zu. Die Tür war verschlossen, das Licht blinkte rot. Es surrte, das Licht sprang auf grün und die Tür glitt zur Seite.

Ich trat hindurch. Die zweite Schleusentür öffnete sich, dann stand ich vor dem Tor. Ich wandte mich zur Sprechanlage. »Sie sind auf meiner Seite? Dann sorgen Sie dafür, dass in der gesamten Gegend der Strom abgeschaltet wird. Und schützen Sie die Zugänge zum Reservat.«

»Warum soll ich das tun?«, kam Dasslers Stimme blechern durch den Lautsprecher

»Weil es das Richtige ist.«

* * *

KAPITEL 47

»JOSIE! HIER!« Mit heulendem Motor schoss Danas Auto aus dem Waldstück. Die Bremsen quietschten, sie stoppte neben mir, die Tür flog auf. »Komm, schnell, bevor die ihre Leute schicken.«

Angesteckt von ihrer Panik, warf ich mich in den Sitz. Dana brauste los. Sie fuhr, als wäre eine feindliche Armee hinter uns her.

»Du kannst langsamer fahren«, sagte ich. »Da kommt keiner.«

»Wetten?« Dana machte keinerlei Anstalten, das Tempo zu verringern. Die Tannen links und rechts flogen nur so an uns vorbei, das Auto rumpelte und ratterte über den schlechten Straßenbelag.

»He, kannst du mal vom Gas runter? Das ist keine Verfolgungsjagd!«

»Bist du irre?!« Dana drückte das Pedal bis zum Anschlag durch. »Kapierst du nicht, dass dies hier ein Ort ist, der geheim bleiben soll? Die brauchen keine Zeugen.«

»Dassler hat mich gehen lassen.« *Wir stehen auf der gleichen*

Seite. Seine Worte drängelten sich in meine Gedanken. »Vielleicht ist er auf unserer Seite.«

»Was?«, kreischte Dana. Sie schaute nervös über die Schulter, dann zu mir und bretterte in ein Schlagloch. Es krachte, ein Schlag fuhr mir ins Kreuz, das Auto ächzte. »Was haben die da drin mit dir gemacht?«

Erneut traf sie ein Schlagloch, so hart, dass ich glaubte, die Achse würde brechen. »Dana!«

»Mist.« Endlich ging sie vom Gas und konzentrierte sich voll auf die Straße. Allerdings gab das Auto nun ungesunde Schleifgeräusche von sich. »Mist. Mist. Mist. Das war der Stoßdämpfer. Und wenn wir Pech haben, hat es die Lenkstange auch erwischt.«

Das Schleifen wurde lauter. »Oh Mann!« Dana verringerte das Tempo. »Hoffentlich hält die Karre, bis wir bei den anderen sind.« Sie warf ihr Handy in meinen Schoß. »Check mal, ob du Patricks GPS-Signal orten kannst.«

Ich öffnete die App, wählte Patricks Mobilnummer und überprüfte den Standort des roten Punktes auf dem Display. »Sie sind noch bei dem Elektrizitätswerk. Weißt du, wie du fahren musst?«

»Den Weg kenn ich, aber ob das Auto ihn noch schafft …« Dana wich dem nächsten Schlagloch aus und fuhr vorsichtig auf der falschen Straßenseite weiter. »Was war da drin los? Was ist mit Lynx?«

Ich fasste kurz Lynx Auftritt und die Begegnung mit Dassler zusammen. »Verstehst du jetzt, was ich meine?«

Sie seufzte. »Hat nicht Mike das Gleiche zu uns gesagt?«

»Hat er.« Ich heftete meinen Blick auf den roten Punkt im Display. Er bewegte sich keinen Millimeter.

»Was Dassler dir erzählt hat, kann genauso gelogen sein

wie alles, was Mike behauptet hat.« Dana beschleunigte wieder etwas, das Schleifgeräusch ebenfalls. »Ich finde es jedenfalls seltsam, dass Gabes Onkel mit seinen Anfragen wegen deines Vaters in einer Sackgasse gelandet ist. Und er hat nicht irgendwo bei irgendwem angerufen, der Mann ist verdammt gut vernetzt. Er hat Leute drauf angesetzt, die an Stellen sitzen, wo man wissen müsste, was los ist.«

Der rote Punkt auf dem Display bewegte sich noch immer nicht. Langsam kroch ein ungutes Gefühl in mir hoch. Hatte Patrick sein Handy im Truck liegen lassen?

»Josie? Hörst du mir zu?«

Ich hob meinen Blick. »Ja, das spricht nicht gerade für Dassler.«

»Oder es spricht gerade für ihn.« Sie kam zu der Kreuzung, die auf die Bundesstraße führte und bog ab. Das Auto ächzte, Dana ächzte und kämpfte damit, das Lenkrad so weit zu drehen, dass wir die Kurve schafften. »Die Karre ist hinüber, Mistmistmist!«, murmelte sie.

»Warum spricht das für ihn? Es beweist doch nur, dass er gelogen hat.«

»Ja, eben!« Behutsam gab sie Gas, obwohl das Schleifen seit der Rechtskurve deutlich zugenommen hatte. »Er hat seine Chefs angelogen. Ich denk mal, dass finden die nicht so lustig. Warum tut er das? Die Ranch liegt nicht in der offiziellen Evakuierungszone, Gabes Onkel hat ganz klar die Info bekommen, dass die Einheit, die Dassler zur Evakuierung geholt hat, dort lediglich *einquartiert* ist. Dassler hatte also kein Recht, die Ranch zu räumen, und dann ist das, was er mit deinem Dad gemacht hat, Freiheitsberaubung. Und dass er uns und Martha und die anderen verscheucht hat … keine Ahnung, unter was das fällt, aber korrekt war es nicht.«

»Warum soll das für ihn sprechen?«, fragte ich. »Ist es nicht eher ein Beweis, wie weit er bereit ist zu gehen, um an die Quelle zu kommen?«

»Oder um sie zu schützen.« Dana näherte sich der nächsten Kreuzung. »Er setzt seinen Job aufs Spiel, um das Geheimnis der Quelle zu wahren. In seinem Job weiß er sicher am besten, wie skrupellos Menschen sein können, wenn es um Macht geht.«

Sie manövrierte das Auto um die nächste Kurve. »Hey, linksrum geht noch.«

Mein Blick fiel wieder auf das Handy. »Bist du dir sicher, das GPS funktioniert? Der Punkt hat sich noch kein einziges Mal bewegt.«

»Vielleicht hängt es im Auto an der Ladestation. Versuch mal Gabes.«

Ich tippte Gabriels Mobilnummer ein. Ein roter Punkt erschien, ziemlich genau an der gleichen Stelle, an der eben noch Patricks geleuchtet hatte. *Komm, beweg dich.* Der Punkt verharrte an demselben Fleck. »Tut sich auch nichts«, murmelte ich. Etwas stimmte da nicht, ich war mir inzwischen ganz sicher. »Was war Gabes Plan?«

»Er wollte mit dieser Drohnenfledermaus einen Kurzschluss im Verteilerkasten verursachen, glaube ich.«

»Ist das nicht total gefährlich?«

»Keine Ahnung. Gabe meinte, das Auto sei ein Faradayscher Käfig, ihnen könnte nichts passieren.« Sie klang genauso nervös, wie ich mich fühlte. »Scheiße, Josie, glaubst du … meinst du, ihnen ist was passiert?«

Ich versuchte den riesenhaften Kloß herunterzuschlucken, der mit einem Mal meine Kehle blockierte. Vergebens. Ich brachte keinen Ton heraus. In meinem Kopf erschienen Bilder.

Patrick, Gabriel, Serena, reglos auf dem Feld vor dem Umspannwerk, getroffen von einem selbst ausgelösten Stromschlag.

Dana gab Vollgas. Es schleifte, ächzte, krachte, das Auto zog nach links, ich sah, wie Dana gegensteuerte, angespannt wie ein Rennfahrer bei 300 km/h. Keiner von uns sagte einen Ton. Da kamen die Pfeiler der Umspannanlage in Sicht. Ich sah auf das Display, wir waren nun in unmittelbarer Nähe von Gabriels Handy.

Dann entdeckte ich Dads Truck. Leer.

Mein Atem setzte aus.

»Wo sind sie?«

Dana stoppte das Auto. Ich riss die Tür auf, schrie noch im Aussteigen Patricks Namen. In der Luft lag ein Surren wie das Rauschen der Autobahn.

»Gabe! Serena! Patrick!«, rief Dana. Wir rannten zum Truck.

Sie mussten doch irgendwo sein!

»Patrick! Gabe! Serena!« Ich rannte über die Wiese auf die Absperrung zu. *Achtung, Lebensgefahr! Hochspannung!*, schrie es mir von Warnschildern entgegen. Ich lief an dem Zaun entlang, spürte die elektrische Spannung in der Luft. Es bizzelte, surrte, was hatte Gabe sich nur dabei gedacht? Die Aktion war Wahnsinn!

»Verdammt, Josie«, keuchte Dana hinter mir. »Das ist nicht gut. Als ob man durch ein Stromfeld geht. Ich spür richtig, wie meine Haare sich aufladen.«

»Patrick!« Die Härchen an meinen Unterarmen stellten sich auf. »Gabe!«

»Josie!« Es war Gabriel! Seine Stimme kam von rechts, außerhalb des Geländes. »Weg von dem Zaun!«

Ich fuhr herum. Gabriel tauchte hinter einer niedrigen Mauer in der Nähe der Straße auf. Er winkte mich zu sich. »Wir sind hier!«

Ich lief zu ihm, erleichtert, dass mein schlechtes Gefühl nichts weiter gewesen war: nur ein schlechtes Gefühl. Nun erschienen auch Serena und Patrick und winkten hektisch.

»Wie lief`s?«, begrüßte mich Serena, als ich über die Mauer kletterte.

»Besser als bei euch.« Ich putzte die winzigen Steinchen, die sich an meine Hand geheftet hatten, an der Hose ab. »Warum seid ihr hier oben?«

»Die Spannung ist zu stark.« Gabriel schüttelte frustriert den Kopf. »Batty hat eine Überspannung ausgelöst. Rund um den Zaun steht alles unter Strom.«

»Wo ist Dana?«, fragte Patrick dazwischen.

»Dana? Warum … Sie war doch …« Verwundert sah ich mich um. Erstarrte. Warum lag Dana am Boden?

»Dana!« Adrenalin schoss wie eine Überdosis Aufputschmittel durch meinen Körper. Wir rannten los. Dann war ich bei ihr. »Dana!«

Sie reagierte nicht.

»Dana?« Vorsichtig drehte Patrick sie auf den Rücken. Ihr Gesicht war kalkweiß, die Augen geschlossen, die struwweligen Haare standen noch wirrer ab als sonst. Ich legte meinen Finger an ihren Hals. Atmete auf. Ihr Puls war unregelmäßig, aber ich konnte ihn fühlen.

»Einer der Stromblitze muss sie getroffen haben.« Serena zeigte auf die Verbrennung an Danas Handinnenflächen. »Der Strom ist hier rein«, sie zeigte auf eine scheußliche Brandwunde, die sich quer über die Handfläche zog, »und da raus.«

»Aber… wie kann das passieren?«, stammelte ich.

»Batty.« Gabriels Gesicht hatte alle Farbe verloren, seine Stimme war kaum noch ein Flüstern. »Anstatt einen Kurzschluss zu erzeugen, hat die Drohne ein Überspannungsfeuerwerk ausgelöst. Aus den Leitungen sind richtige Blitze geschossen.«

Da stöhnte Dana.

»Dana?« Patrick packte sie unter den Schultern und zog sie in eine halb aufrechte Position.

Sie blinzelte. Stöhnte erneut. »Autsch.« Sie hob ihre Hände, sah die Brandwunden und ihre Augen weiteten sich. »Scheiße, tut das weh!«

»Ich bring dich ins Krankenhaus«, sagte Patrick, und ich hörte seiner Stimme an, wie erleichtert er war. »Meinst du, ich kann dich aufrichten?«

Sie nickte und ließ sich von Patrick und Gabriel auf die Beine hieven. »Wartet, langsam, mir wird schlecht.« Sie keuchte. »Mann, verdammt, warum erwischt es immer mich?«

Ich richtete mich auf. Stutzte. Das Surren hatte aufgehört. »Leute? Kann es sein, dass der Strom aus ist?«

Wie auf Kommando sahen sich alle um. Sogar Dana.

»Das Surren ist weg«, sagte Patrick.

»Und die Elektrizität in der Luft«, bestätigte Serena.

Gabriel sah zum Verteiler. »Kein Strom.« Er schüttelte den Kopf, als verstehe er nicht, was da gerade vor sich ging.

Ich dagegen konnte mir denken, warum der Strom plötzlich abgeschaltet war. Dassler. Er hatte getan, um was ich ihn gebeten hatte.

Warum?

Weil er auf unserer Seite stand?

Oder weil er wie Mike mein Vertrauen gewinnen wollte, um mich zu benutzen, wenn er mich brauchte?

* * *

KAPITEL 48

»HEY! WAS HABT IHR mit dem Auto angestellt?« Gabriel setzte sich kerzengerade und lauschte fassungslos dem *Kritsch-Kratsch*-Geräusch.

»Schlagloch.« Ich beschleunigte, das Schleifen wurde schneller und leider auch lauter.

»Ich würde lieber nicht zu sehr Gas geben.« Serena lehnte sich aus dem Wagenfond nach vorne und hielt sich an Gabriels und meiner Kopfstütze fest. »Das Geräusch kenn ich. Plötzlich macht's *rumms*, dann stehen wir. Wohin fahren wir überhaupt?«

»Ins Reservat.«

»Ins …« Gabriel schluckte. »Echt? Sind da nicht Mike und der verrückte Schattengeist?«

»Lapu«, sagte ich. »Genau deshalb. Wir müssen die beiden *jetzt* stoppen. Wir haben den Yowama gerade geholfen, ihren Schutzwall zu stärken und den Schatten den Saft abgedreht. Wenn es einen günstigen Zeitpunkt gibt, dann jetzt.«

»*Wenn?*«, fragte Gabriel.

»Wir wissen nicht, was uns erwartet«, erklärte ich. »Vielleicht rechnet Lapu mit einem Angriff und hat sich gewappnet.«

»Oder er hat schon angefangen, sich neben der Schattenarmee auch eine aus Menschen aufzubauen.« Serena fuchtelte so wild mit den Armen, dass ihre Worte vom Klimpern ihrer Armreifen untermalt wurden. »Darum geht es doch, oder? Er will das Grün der Erde, um die Menschen zu beherrschen.«

»Ja. Das ist wohl sein Plan.«

Vor mir wurde der Truck meines Vaters sehr schnell kleiner und kleiner, Patrick schien es sehr eilig zu haben, Dana ins Krankenhaus zu bringen. Intuitiv drückte ich ebenfalls aufs Gas. Hoffentlich waren es nur Danas Schmerzen, die ihn das Tempolimit so deutlich überschreiten ließen und nichts Schlimmeres. Wie plötzliches Organversagen. Kammerflimmern. Schlaganfall.

»Bei Hand zu Hand Stromdurchfluss liegt die Letalitätsrate unter 3 Prozent«, sagte Serena leise, und ich fragte mich wieder einmal, ob sie meine Gedanken lesen konnte. »Dana wird wieder okay.«

Eine Zeit lang verfolgten wir stumm den größer werdenden Abstand. *Werde gesund, Dana, ich brauche dich. Wir brauchen dich.* Mein Herz zog sich zusammen. Dana gehörte zu mir, zu meiner Familie, zu meinem Leben. Und wegen mir landete sie nun zum zweiten Mal innerhalb von einem Monat im Krankenhaus.

»Und du? Hast du auch einen Plan?«, fragte Gabriel. »Oder fahren wir einfach auf gut Glück ins Reservat?«

Von hinten ertönte ein Kichern. »Du meinst so einen Plan wie deiner eben? Dann nehme ich lieber gut Glück.«

»Das mit Batty tut mir leid.« Gabriel wandte sich zerknirscht zu Serena. »Ich dachte wirklich, es klappt.«

»Vergiss Batty.« Im Rückspiegel sah ich, wie sie Gabriels Entschuldigung armreifenklimpernd beiseitewischte. »Das war nur eine Drohne. Hier geht es um verdammt viel mehr.« Sie suchte meinen Blick im Rückspiegel. »Und? Hast du einen Plan?«

»Ich habe Lapu geholt, ich schicke ihn zurück.« Behutsam drosselte ich das Tempo. An der Kreuzung erwartete mich eine Rechtskurve und die vertrug Danas Auto nicht mehr.

»Wie willst du das anstellen?«, fragte Gabriel, die Stirn in mehr Falten gelegt, als seine Haut eigentlich hergab.

»Wohin?«, fragte Serena. »Dort, wo du ihn hergeholt hast?«

Wir erreichten die Kreuzung. Es schepperte und krachte, ich kurbelte und zerrte an dem Lenkrad, aber es ließ sich selbst mit all meiner Kraft nicht weit genug drehen, um die Kurve auf meiner Fahrbahnseite zu nehmen.

»Würde mich auch interessieren«, sagte Gabriel. »Wohin schickt man jemanden, der ein …« Er suchte nach dem richtigen Wort.

»Geist ist?« Ächzend zerrte ich am Lenkrad.

»Wiederauferstandener Geist. Warte …« Er griff ins Lenkrad und half mir. »Krass, das klemmt ja total.«

Schließlich liefen die Räder wieder gerade und ich konnte vorsichtig beschleunigen.

»Wir sollten Kurven vermeiden.« Gabriel klopfte mit den Fingern auf die Konsole. »Am besten, du nimmst die Straße durch Angels Keep und nicht die Umgehungsstrecke.«

Ich konzentrierte mich aufs Fahren, soweit es die Frage von Gabriel und Serena zuließ. Wie wird man einen Geist los? Inzwischen waren wir kurz vor Angels Keep, und noch nie in meinem Leben hatte ich die Straße so verlassen erlebt. Als wäre der Ort eine Geisterstadt. Ich schauderte.

»Als du uns den Trick mit der Rose gezeigt hast«, begann Serena so langsam, als müsse sie jeden Buchstaben einzeln formen. »Was ist mit der Blüte danach passiert?«

»Sie ist wieder vertrocknet.«

»Wann?«, hakte Serena.

»Nachdem du mir das Ekelzeug eingeflößt hast.« Ich verzog das Gesicht bei dem Gedanken an das brackwasserähnliche Gebräu.

»Also, nachdem du die Kraft des Grün verloren hast.«

Ich nickte. Die Kraft, die mir ermöglicht hatte, den abgesäbelten Rosenkopf zum Leben zu erwecken, hatte ich während des Kampfes gegen die schlechte Energie in mir komplett verbraucht. Allerdings hatte ich das Grün der Erde nur einmal kurz berührt und allein dadurch schon diese Kraft in mir gehabt. Wie groß würde sie erst sein, wenn ich es mir auf systematische Art zueigen machte? Was, wenn … meine Hände verkrampften sich um das Lenkrad. Was, wenn Lapu genau das bereits getan hatte? Wenn er bereits zu mächtig war, um noch aufgehalten werden zu können?

Wir erreichten die nächste Abzweigung, eine große, mehrspurige, sonst immer viel befahrene Kreuzung. Kein Auto, kein Mensch war zu sehen, selbst die Ampel blieb schwarz, als wir uns näherten. Ich bog links ab, fuhr nach Angels Keep hinein und wäre am liebsten sofort wieder umgekehrt. *Geisterstadt.* Das Wort traf es perfekt. Überall waren Zeichen von Leben, hier und da zurückgelassene Autos und Fahrräder, Kaffeebecher, die aus den Mülleimern herausquollen, gelbe und schwarze Müllsäcke, die auf ihre Abholung warteten, und doch war alles wie tot. Kein Mucks, kein Licht, keine Bewegung, nicht einmal ein flatternder Vorhang, der meine Aufmerksamkeit erregt hätte.

»Wow.« Serenas Kopf erschien wieder zwischen unseren Kopfstützen. »Dassler ist schnell. Und gründlich.«

»Du hast *gefährlich* vergessen.« Gabriel zeigte auf die nächste Kreuzung, sein Gesicht so düster wie die schwarzen Ampelaugen. »Du musst da vorne rechts.«

Plötzlich hörte ich ein Wummern und Brummen. Ich spürte es sogar. Ein Vibrieren, das den heiligen Christophorus am Rückspiegel zittern ließ.

»Was zum Teufel ...« Gabriel öffnete das Seitenfenster und streckte seinen Kopf aus dem Auto. »Stopp!«

Ich legte eine Vollbremsung hin.

»Motor aus und runter.« Hektisch rutschte er in den Fußraum, nestelte sein Handy aus der Hosentasche und hielt es ans Fenster. Ich beugte mich zu seiner Seite und hoffte, dass ich bei einem flüchtigen Blick in die Querstraße nicht zu sehen war.

»Was ist da?«, flüsterte Serena. Sie lag quer über der Rückbank.

»Militär. Glaube ich«, flüsterte Gabriel zurück, obgleich uns auch bei normaler Lautstärke niemand hätte hören können. Der Motorenlärm auf der Straße war viel zu gewaltig. »Wenn die uns sehen, kassieren sie uns entweder ein oder schicken uns weg.«

»Wo wollen sie hin?« Serena lupfte ein wenig ihren Kopf, zog ihn jedoch sogleich wieder ein. »Das ist ja irre! Ein Aufgebot wie bei einem Manöver!«

»Die fahren genau da lang, wo wir gerade hinwollten.« Ich schloss die Augen und versuchte meine Gedanken zu ordnen. Waren das Dasslers Leute, die kamen, um den Zugang zum Reservat zu schützen? Weil er auf unserer Seite stand?

Schließlich ließ das Brummen und Vibrieren nach. Wir

tauchten aus unserer Deckung auf und sahen zur Straße. Staubwolken hingen noch in der Luft wie stumme Zeugen.

»Dann lasst uns mal sehen.« Gabriel hielt sein Handy so, dass wir alle das Display sehen konnten und drückte auf *Start*. Das Brummen ertönte erneut, aber diesmal durchsetzt von Rauschen und unseren eigenen Atemgeräuschen. Die Bilder waren verwackelt, teils verschwommen, als versuche der Autofokus unaufhörlich das Bild scharf zu stellen. Trotzdem konnten wir die Lastwagen und Geländetrucks erkennen, die auf der Kreuzung Richtung Norden fuhren. Es waren viele, etwa zehn, zwölf oder noch mehr, eine Prozession an schwerem Gefährt, wie man sie in Angels Keep sonst nie zu sehen bekam.

Gabriel spielte das Video erneut ab. Stoppte und zoomte in das Standbild. »Das ist kein Militär.« Er zeigte auf das Logo an einem der Laster. »Das ist eine private Speditionsfirma.« Er ließ das Video weiterlaufen. Stoppte erneut. Zoomte.

»Und das auch nicht«, sagte ich stirnrunzelnd. »Das ist ein Fahrzeug der Baufirma, die in Bellingham die Brückenarbeiten ausgeführt haben.«

Gabriel drückte wieder auf *Start*.

»Was wollen die mit den ganzen Baggern und der Raupe?«, fragte Serena. »Halt das mal an.«

Wieder zoomte Gabriel das Bild größer. Auf dem Lastwagen waren drei kleine Bagger und eine Raupe.

»Weiter.« Ich betrachtete nervös den Rest des Films. Noch ein Laster mit kleinen Baggern und einer weiteren Raupe. Dann kamen mehrere voll beladene Pick-ups. »Stopp!«

Im Zoom sah ich mir die Insassen an. Schüttelte den Kopf. »Kein Militär.«

»Sehe ich auch so.« Serena streckte ihre Hand nach dem Handy aus und spielte das Video zum dritten Mal ab. »Definitiv. Das sind ganz normale Straßenbauarbeiter.« Sie hielt uns ein vergrößertes Standbild unter die Nase. »Seht ihr die Helme? Und da«, sie zoomte zur Maximalgröße. »Schaufeln, Spitzhacken, Motorsägen … was haben die vor?«

»Sie fahren ins Reservat.« Meine Stimme war gepresst. Vor meinem inneren Auge lief ein Film ab. Wie die Laster das Reservat erreichten, alles niederwalzten, was ihnen im Weg war, den Marktplatz, die Statue, wie die Männer ihre Bagger und Raupen anwarfen und die paradiesischen Wiesen und Weiden einfach zerstörten. »Sie bauen eine Straße zur Quelle.«

Serena sah mich verwundert an. »Wozu? Gibt es denn keine?«

»Nein, es –«

»Und wie kam man bisher zur Quelle?«, unterbrach mich Gabriel.

»Zu Fuß oder mit dem Pferd.« Ich schlug gegen das Lenkrad. »Verdammt! Mike muss das generalstabsmäßig geplant haben. Niemand bekommt von heute auf morgen so eine Truppe zusammen. Und er weiß, dass er schnell sein muss. Der Erste, der Macht über die Quelle bekommt, gewinnt und …«

»… the winner takes it all«, vollendete Serena meinen Satz. »So wie überall.«

»Heißt das …« Gabriel räusperte sich. »Wir sind zu spät? Haben wir verloren und Mike gewonnen?«

Mit einmal fühlte ich mich unfassbar müde. Wie ein Verlierer. War wirklich alles umsonst gewesen?

»So wie es aussieht. Oder wie willst du diese Meute aufhalten?« Serena fuhr sich durch ihre bunten Haare. »Selbst wenn das Auto es ins Reservat schafft, wie wollen wir die Arbeiter von ihrem Tun abhalten? Indem wir höflich bitte, bitte sagen?«

Ich schüttelte den Kopf. Nein. Nein. Nein. Es durfte nicht

sein. *Ray? Ray! Was ist los bei euch? Was soll ich tun?* Es blieb alles still. *Ray?*

Eine schreckliche Frage drängte sich mir auf. Was passierte, wenn die Schatten gegen die toten Yowama von jenseits der Deathline antraten? Kämpften sie wie Menschen? So lange, bis der andere *tot* umfiel? Oder bis er so geschwächt war, dass man ihn gefangen nehmen konnte? War Ray vielleicht schon ein Gefangener der Schatten? Oder bereits endgültig ausgelöscht worden?

»Heißt das – Rückzug?«, fragte Gabriel.

»Nein«, zischte ich mit zusammengepressten Zähnen und startete den Motor. »Es heißt Angriff.«

»Bist du irre?«, fragte Gabriel entsetzt. »Willst du dem Konvoi etwa hinterherfahren?«

»Nein.« Ich fuhr los, ignorierte das Scheppern und Schleifen, bugsierte das Auto mit Gewalt um die Kurve, erstaunt über die Kräfte, die plötzlich in mir zu stecken schienen.

»Wir reiten ihnen voraus.«

✶ ✦ ✶

KAPITEL 49

KURZ VOR DER RANCH mutierte das Schleifgeräusch in ein dunkles, durchgängiges Rumpeln. Ich schlug das Lenkrad vorsichtig ein, um in den Zubringer zur Ranch abzubiegen. Es machte *rumms*, und das Auto stand.

»Das war's«, sagte Serena. »Jetzt ist der Querlenker gebrochen. Wir laufen.«

»Wir hätten eh nicht bis zur Ranch fahren können.« Ich stieg aus. »Jedenfalls nicht, wenn wir unbemerkt zu den Trekkingpferden wollen.«

»Du bist dir sicher, dass du nicht nachsehen willst, ob dein Vater da ist?«

Ich zögerte. Natürlich wollte ich wissen, ob es meinem Vater gut ging. Natürlich wollte ich ihm sagen, dass wir wohlauf waren, aber was würde dann passieren? Wie standen die Chancen, dass er mich gehen ließ, wenn ich verkündete, ich wolle gegen einen Verrückten in den Kampf ziehen?

Gleich null. Oder er würde darauf bestehen, mitzukommen. Wollte ich das? Ich schüttelte den Kopf. Er würde sich in Gefahr bringen. Andererseits – Serena und Gabriel taten das auch.

Freiwillig. Wenn ich das bei ihnen zuließ – musste ich dann Dad nicht auch das gleiche Recht zugestehen?

Er ist dein Vater, Rodeo-Girl, er sollte das Recht haben, bei dir zu sein. Aber vergiss nicht, es ist deine Bestimmung, nicht die deines Vaters. Nur du kannst die Situation noch ändern.

Ray! Was ist los bei euch?

Die Verstärkung kam rechtzeitig. Aber wenn die Schatten nicht gestoppt werden, verlieren wir. Ihre Energie ist stärker als unsere.

Wir haben Lastwagen gesehen – ich glaube, Mike und Lapu lassen eine Straße zur Quelle bauen. Ihr müsst die Lastwagen aufhalten, Ray, und den Zugang zum Reservat wieder schließen!

Das schaffen wir jetzt nicht. Ich muss wieder zur Quelle. Wir brauchen dich. Denk daran: Du bist die Auserwählte.

Ich spürte eine flüchtige Berührung auf meiner Wange, mehr ein Windhauch als eine Berührung, doch sie jagte einen heimeligen Schauder durch meinen Körper.

»Was ist jetzt mit deinem Vater?«, fragte Gabriel ungeduldig.

»Okay, wir sehen nach, aber nicht ich, sondern ihr, während ich die Pferde sattle.« Ich verschwieg Gabriel, dass ich hoffte, Dad oder die Militärfrau, die hier das Sagen hatte, würde Gabriel und Serena aufhalten. Ich hatte mehr Angst davor, was ihnen im Reservat zustoßen könnte, als Mike und Lapu alleine gegenüberzutreten.

Rays Worte schwirrten durch meinen Kopf. *Du bist die Auserwählte. Es ist deine Bestimmung.*

Ich packte den Huf des Wallachs und kratzte den Dreck aus. *Nur du kannst die Situation noch ändern.*

Ich nahm den nächsten Huf. Wie konnte Ray so sicher sein,

dass es meine Bestimmung war? Überhaupt, wer bestimmte eigentlich, was wessen Bestimmung war?

Ich wechselte auf die andere Seite und schnalzte mit der Zunge. Brav hob der Wallach sein Bein und ich setzte den Hufkratzer an.

Wer hatte das Recht, über mich und mein Schicksal zu entscheiden? Sollte das nicht ausschließlich bei mir liegen? Oder hatte ich selber Schuld, weil ich dem Kwaohibaum meinen Taufanhänger geopfert hatte?

Ich kräuselte die Nase. Nein. Das mit dem Taufanhänger hatte nichts damit zu tun, was von mir verlangt wurde. Die Weichen waren schon viel früher gestellt worden. Mit der Triade. Mit der Aufgabe meiner Mutter. Und Mike? Tat er auch nur das, was ihm seine Bestimmung befahl? Hatte er eine Wahl gehabt, bevor er zu Lapus Handlanger wurde?

Ich verarztete den vierten Huf und warf den Hufkratzer mit einem *Klong!* in die Bürstenbox.

Habe ich eine Wahl?

Ich zog den Sattelgurt des Wallachs fest. Sah Richtung Ranch. Es war noch immer alles ruhig dort. Entweder, es war niemand dort, oder sie befanden sich alle im Haus.

Muss ich diese Bestimmung annehmen? Auch gegen meinen Willen?

Ist es denn gegen deinen Willen?, fragte Rays Stimme sanft.

Ich ging zu dem Pferd, das ich für Serena gesattelt hatte, unschlüssig, ob ich den Sattelgurt festzurren oder ohne die beiden losreiten sollte.

Keine Ahnung. Ich habe keine Ahnung mehr, was ich wirklich will und glaube, tun zu müssen, weil man mir die Verantwortung übergestülpt hat.

Man?

Na, ihr. Und … ach, keine Ahnung! Letztes Jahr war ich dafür verantwortlich, dass mein Vater sich nicht totsäuft, jetzt soll ich gleich die ganze Menschheit retten.

Ich sah zum Weg. Serena und Gabriel liefen am Stall vorbei. Dann würden sie also mitkommen. War das nun Bestimmung oder hatte ich einfach zu lange gewartet? Mit einem Ruck zurrte ich die Sattelgurte fest.

»Die Ranch ist leer.« Gabriel nahm die Zügel der Stute, die ich für ihn gewählt hatte. »Absolut niemand da. Wir haben in alle Fenster geschaut. Keine Autos. Alles zu.«

»Es wohnen aber noch Leute hier. Es liegen Sachen rum, und die Garderobe ist voll mit Jacken und Schuhen, und das Frühstücksgeschirr steht auf den Tischen.« Serena zwirbelte nachdenklich einen Totenkopf nach dem anderen an ihrem Armband. »Wegen irgendwas haben sie fluchtartig die Ranch verlassen.«

Gabriel sah sich nervös um, als befürchte er, im nächsten Moment würde ein Monster aus dem Hinterhalt hüpfen. »Wollen wir?«

Ich half Serena in den Sattel und setzte mich dann auf mein Pferd. »Los.«

Ich ritt voran, stellte mir die Quelle vor und vertraute darauf, dass der Wallach mich auf kürzestem Weg durch den Wald leiten würde.

»Kennst du denn überhaupt den Weg?«, rief Serena hinter mir, als wir meinen Kwaohibaum passierten.

Ich stoppte und drehte mich zu Serena und Gabriel um. Dass Gabriel ebenso skeptisch war wie Serena, hätte deutlicher nicht in sein Gesicht geschrieben sein können.

»Okay.« Ich hob die Hand. »Ich reite da jetzt durch, und das wird der mit Abstand einfachste Teil der Aufgabe sein, die mich oder uns erwartet. Ray sagt, nur ich kann Lapu aufhalten.

Ihr müsst also nicht mit, denn laut Ray könnt ihr ihn sowieso nicht stoppen. Und wenn ich ganz ehrlich bin, mir wäre es lieber, wenn ihr jetzt umkehrt und euch nicht unnötig in Gefahr bringt.«

Gabriel starrte mich mit offenem Mund an. »Ist das dein Ernst?«

»Mein voller. Die Yowama setzen ihre Hoffnung in mich. Sie haben mir ein Amulett gegeben, das mir ewiges Leben geben soll. Passiert mir was, lebe ich in einer anderen Dimension weiter. Passiert euch was, trage ich die Verantwortung dafür in aller Ewigkeit mit mir herum. Ich will das nicht. Kehrt um. Bitte.«

Ohne ein weiteres Wort ritt ich weiter. Tränen in den Augen, denn ich wusste, ich hatte Gabriel gerade zutiefst verletzt, und es war keineswegs klar, ob wir uns je wiedersehen würden. Ob ich Dana und Patrick und Dad je wiedersehen würde. Wäre ich eine Yowama, würde mir das nicht mehr als ein Schulterzucken entlocken, aber ich war keine. Ich fühlte mich ihnen nicht wirklich zugehörig, und vor allem besaßen bis auf Ray die Menschen, die mir etwas bedeuteten, kein Ticket in die Ewigkeit.

Hinter mir ertönte Hufgetrappel.

»He, Josie, warte!«

Ich stoppte. Gabriel verdiente nicht, dass ich ihn einfach stehen ließ.

»Das ist nicht deine Entscheidung«, blaffte er mich an. »Und es ist nicht dein Kampf. Er betrifft uns alle. Ich habe gesehen, was du mit dieser Rose gemacht hast. Meinst du, ich weiß nicht, wie gefährlich so eine Macht in der Hand eines irren Mörders ist?«

Ich antwortete nicht, denn wir beide kannten die Antwort.

»Vielleicht kannst nur *du* ihn aufhalten, aber das heißt noch lange nicht, dass du dich ihm *allein* stellen musst. Jeder Held hat seine Gefährten.«

»Heldin«, warf Serena ein. »Ansonsten unterstreiche ich alles, was Gabriel gesagt hat. Es betrifft uns alle, und wir haben das Recht für uns selbst zu entscheiden, ob wir dabei sein wollen oder nicht.«

Serena wirkte genauso entschlossen wie Gabriel. Also gab ich mich geschlagen, unschlüssig, ob ich froh über ihre Entscheidung war oder nicht. Die Tatsache, dass sie unbedingt dabei sein *wollten*, machte die Sache für sie nicht weniger gefährlich.

»Reiten wir weiter?« Gabriel brachte seine Stute neben mich. »Hast du einen –«

»Nein.« Wider Willen musste ich grinsen. Gabriel konnte einfach nicht aus seiner Haut. »Immer noch keinen Plan.«

»Weißt du eigentlich, warum du die Auserwählte bist?«, rief Serena von hinten. »Wenn wir einen Plan machen wollen, dann sollte das der Ausgangspunkt sein.«

»Stimmt. Wenn nur du Lapu aufhalten kannst, dann muss das einen Grund haben.« Gabriel trieb seine Stute an, um mit mir Schritt zu halten. »Kann es sein, dass die Bäume sich die ganze Zeit bewegen?«

»Es ist so.« Ich ließ meinen Blick über die konstante, fließende Bewegung des Waldes gleiten, die sich unserem Schritttempo anpasste. »Sie geben den Weg für uns frei.«

»Wow.«

»Beeindruckend, nicht?« Serena schloss näher zu uns auf. »Ich glaube, dass Josies besondere Rolle in der Triade begründet liegt.«

»Ganz sicher sogar.« Ich wandte mich an Serena. »Bei den Yowama unterliegt alles einer klaren Ordnung. Zum Beispiel kann eine Mutter nur ihrer Tochter und ein Vater nur seinem Sohn ein Amulett übertragen. In der Triade standen Dassler, meine Mutter und Mikes Vater. Als sie zerbrach, hat sich Lapu das leichteste Opfer gesucht.«

»Mike«, rief Serena. »Er ist der Einzige, zu dem er eine direkte Blutlinie hat.«

»Genau. Mike.« Ich sah mich um und versuchte, mich zu orientieren, abzuschätzen, wie weit wir noch von der Quelle entfernt waren. »Aber Mike ist nicht Teil der Triade, sondern der Sohn eines Triademitglieds. Und damit stehe ich als Tochter eines anderen Triademitglieds auf der gleichen Stufe wie er. Also kann nach Yowama-Logik nur ich sein Gegenspieler sein.«

»Aber nicht, indem du dich mit Mike zusammentust, so wie du zuerst gedacht hattest, sondern indem du ihn bekämpfst«, sagte Gabriel. »Heißt das, wir … du musst ihn … ausschalten?«

Von hinten schnippte es aufgeregt. Ich drehte mich um. Serena hielt die Zügel in einer Hand und reckte die andere wie in der Schule. »Nein! Das ergibt keinen Sinn! Mike ist nur Lapus Marionette, wenn wir ihn ausschalten, was bringt das? Nein, denk wie eine Yowama. Mike hat Josie benutzt, um Lapu zurückzuholen, also müsste jetzt Josie Mike benutzen, um Lapu wieder loszuwerden.«

Ich nickte. Wir mussten der Yowama-Logik folgen. Mike hat Lapu gestärkt, ich habe Mike geholfen, Lapu Mensch werden zu lassen. Wir mussten den Kreislauf umdrehen. Ich musste Lapu schwächen und Mike mir helfen, ihn loszuwerden. Aber wie?

Vor uns veränderte sich das Licht. Die Lichtung mit der Quelle lag in wenigen Metern vor uns. Meine Hände verkrampften sich um die Zügel. »Ho.« Das Pferd hielt an. »Ab hier laufen wir.«

Meine Beine fühlten sich zittrig an. Ich sah zum Waldrand. Sah das Licht, das durch die Bäume schien, erahnte das magische Grün, das den Ort verzauberte.

Als ich das letzte Mal dort gewesen war, hatte Mike mein Leben verschont.

Würde er jetzt erneut zögern, wenn Lapu meinen Tod wollte?

✶ ✦ ✶

KAPITEL 50

AM WALDRAND BLIEBEN wir auf mein Zeichen stehen. Mir schlug das Herz bis zum Hals, als ich den Kopf hinter dem Baum vorstreckte und die Lichtung überblickte.

Wir standen gute fünfzig Meter von der Quelle entfernt, und doch konnte ich exakt das Muster der Wirbel in der aufgewühlten Oberfläche erkennen.

Es war vollkommen anders als sonst. Keine Kreise, die sich unaufhörlich erneuerten, es war ein wildes Wüten. Ein Kampf zweier Gegner, machtvoll und Angst einflößend, die ihre Form und Größe wieder und wieder veränderten. Mir war auf Anhieb klar, was ich gerade beobachtete: den Kampf der Schatten und der Yowama um die Quelle.

Und ich sah Lapu. Er lief wie ein gieriger Wolf an der Quelle entlang, hin und her, als suche er den perfekten Moment, um sich auf seine Beute zu stürzen.

»Krass«, flüsterte Gabriel hinter mir. »Was für ein unglaublicher Ort.«

»Magisch«, flüsterte Serena. »Ist das die Quelle?«

»Ja«, flüsterte ich zurück. »Du kannst den Kampf zwischen

den Yowama und den Schatten auf ihrer Oberfläche mitverfolgen.«

»Diese wilden Wirbel?«

»Ich weiß nicht, welcher für die Schatten und welcher für die Yowama steht. Aber normalerweise ist die Oberfläche ein Kreiselmuster.«

»Ist *er* das?« Gabriel zeigte auf Lapu.

»Lass dich nicht täuschen. Er sieht harmloser aus, als er ist.«

»Ich kann seine Energie bis hierher spüren. Sie ist übel. So viel Hass und Wut …« Serena schüttelte sich und ich hörte das leise Klirren ihrer Totenkopfarmbänder.

An der Quelle hob Lapu den Kopf. Blickte zum Wald. Zu uns. Adrenalin schoss durch meine Adern. Wir duckten uns hinter die Bäume.

»Das konnte er hören?«, wisperte Gabriel fassungslos. Alle Farbe war aus seinem Gesicht gewichen, als begreife er gerade, auf was er sich eingelassen hatte.

Ich nickte und legte den Finger an den Mund.

»Und wo steckt Mike«, wisperte Gabriel, »hast du ihn schon gesehen?«

»Nein.« Ich wagte einen neuen Blick hinter dem Baum hervor. Sah, dass Lapu sich wieder der Quelle zugewandt hatte und hoch konzentriert auf seine Chance wartete.

Da begriff ich, was er da tat: Lapu folgte einem der beiden Kämpfer in den Wirbeln der Quelle, war immer in seiner Nähe. Ich fokussierte meinen Blick, sah, dass Lapu unentwegt redete, als gebe er ihm Tipps, wie er den Kampf endlich gewinnen könne. Und nun erkannte ich, welcher der Gegner den Kampf klar dominierte: Es war der Schattenkämpfer, den Lapu anfeuerte!

Meine Brust wurde so eng, dass ich kaum Luft bekam.

Wir verloren gerade.

Der Schattenkämpfer bäumte sich zu einem schäumenden Wirbel auf – und verschlang seinen Gegner.

Donner zerriss die Stille so plötzlich, dass ich leise aufschrie.

»Es ist vorbei«, flüsterte Serena. »Der Schatten hat gewonnen.«

Als hätte Lapu Serena gehört, begann er zu lachen. Laut und höhnisch. Er kniete sich an die Quelle, deren Oberfläche immer noch den Umriss des Schattenkämpfers zeigte und steckte seine Hand hinein.

Gebannt wartete ich darauf, was passieren würde – akzeptierte die Quelle Lapu oder wehrte sie sich? Er zog seine Hand zurück, die Faust voll mit dem Grün der Erde, und hielt es triumphierend in die Luft.

»Meins«, brüllte er und schwenkte die Faust über seinen Kopf. »Meins!«

Ich zitterte am ganzen Körper – hatten wir zu lange gewartet?

»Ihr könnt rauskommen.« Lapu schaute zu uns herüber. »Ich weiß, dass ihr euch im Wald versteckt.«

Ich trat auf die Lichtung, dicht gefolgt von Serena und Gabriel.

»Ahh. Josie. Wir haben dich vermisst. Mike wird sich sehr freuen, wenn er hört, dass du zurückgekommen bist.« Er zeigte auf Serena und Gabriel und lachte verächtlich. »Und wer ist das? Deine Armee? Ein Mädchen und ein Jüngling …«

Es kostete mich all meinen Willen, einen Fuß vor den anderen zu setzten und mich Lapu zu nähern.

»So ein Arsch«, flüsterte Serena hinter mir. »Wer glaubt der, dass er ist?«

»Das habe ich gehört, vorlautes Mädchen.« Er nahm etwas

von dem Grün in seiner Faust, holte aus und schleuderte es in unsere Richtung.

Serena duckte sich, doch das Grün folgte ihrer Bewegung und heftete sich an ihren Arm.

»Au«, schrie sie auf und versuchte vergeblich, es abzuwischen.

»Jetzt aufgepasst.« Lapu streckte seine Hand aus. »Geh.« Wie ferngesteuert lief Serena los.

»Serena!« Besorgt lief ich ihr nach, hielt sie am Arm fest. Wenn Lapu sie kontrollieren konnte, war sie ihm ausgeliefert. »Bleib stehen!«

Tatsächlich hielt sie so abrupt an, dass ich in sie hineinrempelte. Überrascht sah ich zu Lapu. Konnte es so einfach sein, Lapus Befehle zu widerrufen?

»Geh!«, brüllte Lapu.

Wieder setzte Serena sich in Bewegung.

»Stopp.«

Sie blieb stehen, mitten im Lauf, und warf mir einen flehenden Blick zu, so hilflos, so verzweifelt, dass ich mich schützend vor sie stellte.

Ein Wutschrei löste sich aus Lapus Kehle und er schleuderte das Grün nun nach mir. Doch ich duckte mich nicht, sondern fing es auf.

»Schlagt euch!«, rief Lapu, in seiner Stimme bereits die Vorfreude seines erwarteten Triumphs.

Tatsächlich stellte sich Serena in Kampfstellung vor mich. Holte aus.

»Hör auf«, sagte ich ruhig.

Mitten in der Bewegung sackte Serenas Arm kraftlos nach unten. Lapus Wutgeschrei klang wie das eines Kindes. Wieder holte er aus. Warf. Traf Gabriel.

»Töte Josie!«

Gabriel lief auf mich zu. Den Blick starr auf mich gerichtet. Ich hob die Hand. Er blieb stehen.

»Tötet sie!«, brüllte Lapu, inzwischen völlig außer sich. Er rannte zu uns. »Ihr zwei nutzlosen Marionetten! Tötet Josie!«

Gabriel und Serena stürzten sich von beiden Seiten auf mich.

»Zurück.«

Sie wichen zurück. Und bei mir machte es *klick*.

Lapu stand nun vor mir, das Gesicht vor Wut zur Fratze verzerrt. Doch ich hatte keine Angst. Ich konnte seine Befehle widerrufen, weil ich in der Hierarchie über ihm stand. Weil ich sein Amulett geschmiedet hatte. Er konnte mir nichts tun. *Das Grün der Erde kann Leben geben und nehmen … es gibt dir Macht über die Menschen, deren Leben du mit dem Grün veränderst.* Das hatte Ray gesagt.

Das Amulett, das Lapu ins Leben zurückgeholt hatte, war von mir geschaffen worden. Ich hatte sein Leben verändert, ihm sein Leben zurückgegeben – hieß das … ich konnte es ihm auch wieder nehmen?

Ich rührte mich keinen Millimeter, sah Lapu nur in die Augen, das dunkelste Grün, das ich je gesehen hatte. »Lass die beiden in Ruhe.« Meine Stimme war klar und fest.

»Dann erledige ich es eben selbst.« Mit einem Satz warf Lapu sich auf mich. Doch ich war schneller. Duckte mich unter ihm weg, womit er nicht gerechnet hatte. Er fiel zu Boden.

»Bleib unten«, befahl ich ihm.

Lapu verharrte auf den Knien, fassungslos angesichts meiner Macht über ihn. »Verflucht, was …«

»Sei still.«

Ich wandte mich an Gabriel und Serena. »Lauft! Schnell! Bevor er euch wieder auf mich hetzt.«

Sie rannten los. Fieberhaft überlegte ich, wie ich Lapu zurückschicken konnte. Ein Befehl? Musste ich nur sagen *stirb* oder sein Amulett zerstören? Aber wie? Das Amulett war in ihm! Musste ich etwa ein Messer in sein Herz stoßen? Übelkeit stieg in mir hoch. Niemals könnte ich das!

Da ertönte Hufgetrappel. Ich wirbelte herum. Mike galoppierte auf uns zu. *Oh, nein!* Lapu konnte mir nichts tun – Mike schon. Ich musste Lapu jetzt sofort zurückschicken!

»Geh dahin zurück, wo du hergekommen bist.«

Lapu erhob sich und ging zur Quelle zurück, blieb dann genau dort stehen, wo er das Grün der Erde aus der Quelle gefischt hatte.

Verdammt! Ich folgte ihm. Auf der Quelle blubberte das Bild des Schattenkriegers. Ich musste präziser sein. Wo war er hergekommen? Aus dem Reich der Dämonen? Ich stutzte. Was würde passieren, wenn ich ihn dorthin zurückschickte, er wieder zum Dämon wurde und Mike ihm selbst ein Amulett schmieden und damit zum Leben erwecken konnte?

Josie…

Ray! Was muss ich tun?

Bring ihn über…

Der Rest des Satzes ging in ohrenbetäubendem Rauschen und Schrillen unter. Ich presste die Hände auf meine Ohren.

Ray!

Mike näherte sich viel zu schnell.

Bring ihn über… was?

Die Deathline formte sich in meinem Kopf.

Ich erstarrte. War das meine Aufgabe? Lapu über die Deathline zu bringen, damit er nicht wieder zum Dämon wurde? Aber wie?

Dann stand Mike neben uns.

»Was ist hier los?« Er sprang von dem Rappen. Blickte zu

Lapu, war mit einem Satz bei mir und packte mich am Arm. »Was hast du mit ihm gemacht?«

»Nichts.«

Mikes Griff glich einer Schraubzwinge. Er wandte sich an Lapu. »Wir haben ein Problem. Im Reservat ist Dassler mit seinen Leuten. Die lassen unsere Straßenarbeiter nicht durch. Gehört das Grün der Erde jetzt uns?«

Lapu nickte.

Mike stieß mich so hart von sich, dass ich zu Boden fiel. Entschlossen schritt er zur Quelle. »Ich kann da einfach reingreifen?«

Wieder nickte Lapu.

»Hindere ihn daran«, befahl ich Lapu.

Sofort schnellte Lapu nach vorne und riss Mike zurück.

»Verdammt! Scheiße, was soll das?« Mike stieß Lapu weg, doch der stürzte sich sofort wieder auf seinen Enkel. Mike schlug zu, Lapu wankte, rammte dann Mike die Faust in den Magen. Mike sank in die Knie.

»Hör auf damit!« Mike rappelte sich wieder hoch und hechtete Richtung Quelle.

Schon warf Lapu sich erneut auf Mike und rang ihn zu Boden. Sie rollten über das Gras, ineinander verkeilt wie zwei Sumoringer.

Mike befreite sich aus Lapus Umklammerung und sprang hoch. Er stolperte mehrere Schritte zurück, dann hatte er plötzlich eine Pistole in der Hand und zielte auf Lapu. »Halt Abstand, kapiert?«

Doch der dachte nicht daran. Stur ging er auf Mike zu. *Peng!* Ich schreckte zurück. Lapu stoppte.

»Halt, habe ich gesagt, das nächste Mal ziele ich«, brüllte Mike verzweifelt.

Doch Lapu griff erneut an. Mike wich aus, sie rangen, dann zerriss erneut ein Schuss die Stille. Lapu sank auf die Knie. Starrte Mike an. Mike starrte zurück, starrte auf seine Pistole, als begreife er erst jetzt, was geschehen war.

»Oh nein, Lapu, das wollte ich nicht, ich … ich hol dich zurück, ich … verspreche es.«

Stumm sank Lapu zu Boden. Ich rannte zu ihm. Und bevor Mike begriff, was ich vorhatte, stieß ich mein Amulett mit der tropfenförmigen Spitze voran in Lapus Brust. Es drang ohne Widerstand ein, dann flammte das Amulett in seinem Körper auf wie eine Leuchtkugel.

»Geh über die Deathline, Lapu«, befahl ich und zog mein Amulett wieder heraus.

»Was tust du da? Hör auf damit!« Mike hob die Pistole. Zielte. Ich sah in den Lauf. Bohrte den Daumen in die Mitte meines Amuletts. Hörte den Schuss. Die Kugel schleuderte mich nach hinten. Ich spürte, wie sie in mich eindrang, explodierte, doch ich spürte keinen Schmerz.

Ich wurde leicht und leichter, mein Körper verschmolz mit dem Gras auf dem ich lag, mit der Luft, die mich umgab.

Ich verblasste.

Doch noch war ich da.

* * *

KAPITEL 51

RAY!?

Um mich herum surrte und schwirrte es wie in einem Bienenstock. Ich schwebte über der Lichtung neben der Quelle. Sie veränderte sich, der Schattenkrieger auf der Oberfläche löste sich Stück für Stück auf, Schatten erhoben sich daraus und verwandelten sich nach wenigen Metern in lichte Gestalten.

Das Schwirren wurde immer lauter, es wurde zu einem Lachen und Flüstern, das ich nicht verstand.

Ray! Wo bist du?

Ich sah unverwandt auf die Quelle, beobachtete, wie immer mehr Schatten sich verwandelten, wie der Schattenkrieger kleiner und kleiner wurde und schließlich von der Oberfläche verschwunden war, als wäre er nie da gewesen.

Die Quelle blubberte, stärker und höher, dann erhoben sich weitere schimmernde Gestalten aus ihr.

Ich bewegte mich auf sie zu. Je näher ich kam, desto klarer wurden ihre Konturen, bis sie sich als Menschen mit Körpern und Gesichtern entpuppten.

Josie!

Eine der Gestalten kam auf mich zu. Es war Ray! Er riss mich in seine Arme.

Du hast es geschafft! Du hast Lapu zu uns gebracht! Du hast den Bann gebrochen, der unsere Brüder zu seinen Schatten hat werden lassen. Mein Vater, Mac, alle unseren Vermissten sind wieder bei uns! Die Gefahr ist vorüber.

Und was ist mit Mike? Er ist an der Quelle und will das Grün der Erde *missbrauchen.*

Das kann er nun nicht mehr.

Ray deutete zur Quelle, an deren Rand Mike kniete. Wieder und wieder streckte er seinen Arm aus, aber er kam nicht an sein Ziel.

Komm. Ray nahm meine Hand und glitt näher zu Mike. Nun sah ich den Wall, der sich um die Quelle erhoben hatte und Mike den Zugriff verwehrte. *Er kann ihn* nicht *durchbrechen. Kein Mensch kann das, solange die Quelle unter unserem Schutz steht.*

Warum konnte ich für Lapu das Amulett schmieden?

Es war dir bestimmt. Nur du hattest die nötige Verbindung zu Lapu und zu Mike. Erst nachdem du das Amulett für Lapu geschaffen hattest, konntest du Macht über ihn erlangen.

Ich nickte.

Ray zog mich an sich. Lächelte glücklich. *Ich bin so froh, dass du nun für immer bei mir sein wirst. Du und ich, wir beide auf der gleichen Seite. Wir beide auf ewig zusammen.*

Ewig wir. Nun war es Wirklichkeit geworden.

Aber lass uns sehen, was im Dorf los ist, und dann zeige ich dir, wie unser Leben hier aussehen wird. Ray drückte mich an sich. Und obwohl mein Körper, wie er früher einmal gewesen war, nicht mehr existierte, spürte ich es. Wobei es mehr ein *Wissen* als ein *Spüren war.*

Ray nahm meine Hand und wir bewegten uns Richtung Dorf.

Ich war schwerelos und verspürte keine Angst. Ray war bei mir und nichts sonst zählte. Und ich begriff, dass auch andere Empfindungen, die zu meinem Leben gehört hatten, nun keine Bedeutung mehr haben würden. Kälte oder Hitze, Hunger oder Müdigkeit… Ich musste Ray nicht fragen, ob meine Vermutung richtig wäre. Ich wusste es einfach. Als wäre mein Bewusstsein weiter und klarer geworden. Zum ersten Mal sah ich die Lichtung und den Wald mit seinen majestätischen Kronen von oben. Es war unglaublich, und ich fühlte mich frei wie ein Vogel.

Im Dorf der Yowama patroullierten wirklich Dasslers Leute. Wir schwebten über den Köpfen der Agenten, die am Marktplatz Wache hielten. Sie waren bewaffnet, und die Reifenspuren im Boden bezeugten, dass erst vor Kurzem viele schwere und große Fahrzeuge hier haltgemacht haben mussten.

Da sah ich Lynx auf das Café zulaufen.

Ray! Schau! Lynx ist zurück!

Ja. Er lächelte. *Dank dir. Alle, die heute dem Ruf der Quelle gefolgt sind, durften zurück in ihr Leben diesseits der Deathline. Wir brauchen Amulettträger im Dorf.*

Da entdeckte ich Dassler. Und meinen Vater!

Ich näherte mich ihnen. *Hallo Dad!* Er reagierte nicht, redete einfch weiter .

»Und dann ist Josie *wohin* gefahren?«

»Das weiß ich nicht«, entgegnete Dassler, »aber sie war mit dem koreanischen Mädchen unterwegs, Dana.«

Dad nickte. »Dann sind sie wahrscheinlich zur Ranch gefahren. Ich hoffe nur, ihnen geht es allen gut.«

»Oh, da bin ich mir sicher.« Dassler lächelte. »Josie kann auf sich aufpassen, ein erstaunliches Mädchen.«

»Ja, das ist sie. Wie ihre Mutter.«

Mir geht es gut, Dad! Ich stupste ihn an, obwohl ich wusste, dass er mich nicht hören, sehen oder spüren konnte. Aber ich wollte ihm doch sagen, dass bei mir alles in Ordnung war!

»Und Sie sind wirklich Elenas Bruder?« Dad kratzte sich am Kopf. »Dann muss ich mich wohl entschuldigen.«

Dassler reichte ihm die Hand. »Ich auch. Ich hätte viel früher sagen sollen, wer ich bin und warum ich die Ranch übernehmen wollte. Es tut mir leid, Schwager. Ich bin Tim.«

Dad drückte seine Hand. »Jack.«

Ich hielt das nicht mehr aus. Blitzartig erhob ich mich in die Luft. Höher und höher, bis ich weit über den Kronen der Kwaohibäumen schwebte. Ray schoss mir hinterher.

Was ist los?

Dad. Woher wird er wissen, dass ich über die Deathline gegangen bin?

Wird er nicht.

Er wird denken, dass ich verschollen bin und mich suchen. Dad – er wird daran kaputtgehen. Und was ist mit Patrick und Dana, Gabriel und Serena?

Ich schoss durch die Luft. So rasend schnell, wie ich mir es nie hätte vorstellen können, erreichte ich die Ranch.

Serena saß auf der Veranda. Gabriel lief im Kreis um sie herum.

»Wir hätten nicht gehen dürfen!« Er schnaufte. »Wir haben sie im Stich gelassen!«

»Sie hat uns weggeschickt, und nach dem, was dort passiert ist, war es das Intelligenteste, was sie und wir tun konnten.« Serena tippte einen schnellen Rhythmus auf die Tischplatte.

»Was ist dort überhaupt passiert?« Gabriel blieb stehen. »Was hat der Typ mit uns gemacht?«

»Er hat getan, wovor Ray uns gewarnt hat. Er hat uns zu seinen Sklaven gemacht.«

»Sind wir das jetzt etwa ein ganzes Leben lang?« Gabriel setzte seine Runde fort. »Ich werde noch verrückt. Ich muss wissen, was mit Josie los ist. Wir können doch nicht einfach hier warten!«

»Das müssen wir sogar.« Serena schlug mit der flachen Hand auf den Tisch. »Verdammt, Gabe, setz dich! Josie weiß, was sie tut, und wir sind eine Gefahr für sie, wenn wir in ihre Nähe gehen, bevor sie uns dafür grünes Licht gibt.«

»Und wenn sie…« Gabriel schluckte. Holte zittrig Luft. Er setzte sich, die Augen feucht. »Wenn sie…«

»Hey!« Serenas Stimme war ungewohnt sanft. Sie legte einen Arm um Gabriels Schulter. »Du hast gesehen, wie sie diesen Lapu im Griff hatte. Wahrscheinlich hat sie ihn inzwischen dahin gebeamt, wo der Pfeffer wächst. Sie hat das Amulett. Es ist ihre Bestimmung, und die wird sie meistern.«

Ich flüchtete erneut. Ein Fingerschnippen später saß ich in der Krone meines Kwaohibaums. Ich hatte genug gehört. Nie würde Gabriel es sich verzeihen, wenn ich verschollen blieb. Vielleicht würde er sich irgendwann damit trösten, dass ich über die Deathline gegangen sein könnte, aber er würde die Ungewissheit immer mit sich herumtragen.

Ray ließ sich neben mir nieder.

Bist du okay?

Ich schüttelte den Kopf.

Sie werden darüber hinwegkommen.

Woher willst du das wissen? Du weißt nicht, was es heißt, jemanden auf immer zu verlieren.

Stimmt. Er tastete nach meiner Hand. *Du kannst sie jederzeit besuchen.*

Aber sie können mich nicht hören oder sehen! Sie müssen doch erfahren, was mit mir geschehen ist!

Du hast Serena gehört, sie hat verstanden, was deine Bestimmung bedeutet. Sie wird eins und eins zusammenzählen.

Bestimmung! Bestimmung! Ich zog meine Hand weg. *Was, wenn ich selbst bestimmen will, wie mein Leben verlaufen soll und wen ich liebe?*

Er sah mich erschrocken an. *Heißt das, du willst unsere Liebe nicht mehr?*

Weißt du, wann ich mich in dich verliebt habe?

Bei unserem ersten Treffen, das hast du mir erzählt.

Genau. Ohne dich zu kennen. Ohne mit dir zu reden. Ohne zu wissen, wer du bist.

Mir ging es genauso. Ich hatte mich sogar schon in dein Bild verliebt.

Hast du? Ich kniff meine Augen zusammen. *Hast DU dich in mein Bild verliebt, oder warst du dazu bestimmt, dich in mein Bild zu verlieben, damit ich nicht zögere, über die Deathline zu gehen, wenn es so weit ist?*

Macht das einen Unterschied? Er lächelte hilflos. *Das Ergebnis ist dasselbe.*

Für mich ist es sehr wohl ein Unterschied. Ich nahm seine Hand. Küsste sie. *Ich liebe dich. Aber ich möchte wissen, ob ich mich verliebt habe, weil ICH das so wollte, oder weil es einfach meine Bestimmung war. Für mich ist das wichtig.*

Heißt das … Er presste meine Hand an sein Herz. *Wenn du die Wahl zwischen einer Ewigkeit mit mir oder Endlichkeit in deinem normalen Leben hättest, würdest du dein altes Leben wollen?*

Ich schloss meine Augen. Sah Dad und Dana, Patrick und Gabriel, Serena und Lynx, Sam und Martha, Bo und Hisley. *Ich glaube ja.* Ich öffnete die Augen, sah die Traurigkeit in Rays unendlich grünen Augen. Mein Herz wurde schwer.

Egal, was ich wählte, ich würde verlieren. Entweder Ray oder alles, was mir bisher etwas bedeutet hatte. *Ich wünschte, dass wir in meinem echten Leben eine Chance gehabt hätten, uns richtig kennen- und lieben zu lernen.*

Er führte meine Hand an seine Lippen. Legte sie an seine Wange.

Ich liebe dich, Rodeo-Girl. Vergiss das nie.

✶ ✦ ✶

KAPITEL 52

»JOSIE! MEIN GOTT!« Gabriel rannte über den Hof auf mich zu, gefolgt von Serena und meinem Vater. Benommen tastete ich über meine Arme, mein Gesicht. Meine Haut war warm und weich und lebendig. *Ich* war lebendig. Wie konnte das sein?

»Wo bist du gewesen?«, rief Gabriel außer sich vor Freunde.

»Das… das weiß ich nicht.« Ich sah zur Veranda. Dana, Patrick, Serena, Tim Dassler und Sam saßen um einen Tisch herum, vor sich eine Karte. Und alle starrten mich an. Dann sprangen und standen sie auf und liefen ebenfalls zu uns.

Dad nahm mich in die Arme. Er sagte keinen Ton, drückte mich nur an sich, als hätte er befürchtet, mich nie wieder zu sehen. Als er schließlich losließ, liefen ihm Tränen über das Gesicht. Er wischte sie nicht ab. Strich mir nur die Haare aus dem Gesicht, als sei ich ein kleines Mädchen, und schloss mich erneut in seine Arme.

»Du warst zwei Tage verschwunden!«, rief Gabriel. Er drückte mich als Nächstes an sich. »Du musst doch wissen, wo du gewesen bist!«

Ich schüttelte den Kopf. *Zwei Tage?* Ich erinnerte mich an

mein Gespräch mit Ray. An meinen Wunsch, in mein altes Leben zurückkehren zu dürfen. Was war seither geschehen?

Dann umfingen Patricks Arme mich. »Danke, dass du zurückgekommen bist«, flüsterte er so leise, dass nur ich es hören konnte. Ich sah ihn fragend an. Woher wusste er …? »Sam hat gesagt, dass du über die Deathline gegangen bist und zurückkommen würdest, aber er wusste nicht, wo«, flüsterte er.

»Lass mich auch mal!« Dana drängte Patrick zur Seite und quetschte mich mit fett verbundenen Händen an ihre Brust. »Mach das nie wieder, hörst du? Als es hieß, du hättest in die Ewigkeit gewechselt, hab ich gleich gesagt, dass du nicht so irre bist. Ewig ist eine verdammt lange Zeit, wer will das denn?«

Ich spürte einen Stich in meinem Herzen. *Ray. Bitte verzeih mir.*

»Darf ich auch?«, fragte Serena. Sie umarmte mich jedoch nicht. Sie nahm meine Hände und sah mir in die Augen. »Wow. Das ist toll.« Mehr sagte sie nicht.

Dann kam Sam. Er nickte. Legte seine Hand auf meine Schulter und holte tief Luft. »Du hast es dir verdient, Josephine O'Leary.«

Wieder verzog ich fragend mein Gesicht. Was meinte er? Dass die Yowama mich irgendwie in mein Leben zurückgebeamt hatten?

»Guter Job«, sagte Tim Dassler als Letzter des Begrüßungskomitees und reichte mir die Hand.

Dad führte mich zur Veranda, so vorsichtig, als sei ich aus Porzellan.

»Ich bin okay, Dad«, sagte ich.

»Bist du das? Dir fehlt nichts? Ganz sicher?« Er zog einen Stuhl zurück. Ich setzte mich, noch immer benommen und verwirrt.

Dassler nahm die Karte vom Tisch und faltete sie zusammen. »Dann brauchen wir die wohl nicht mehr.«

»Wir haben gerade die Suche nach dir geplant, Schwesterchen«, sagte Patrick ungewohnt zaghaft.

»Dein Dad ist fast durchgedreht vor Sorge«, ergänzte Dana.

»Du doch auch.« Gabriel seufzte. »Außer Sam eigentlich wir alle! Selbst Tim«, er nickte Dassler zu, »er hat eine Hundestaffel, zwei Hundertschaften und Hubschrauber angefordert, um dich zu suchen.«

Wie auf Kommando sprang Dassler auf. »Stimmt, ich sollte dringend telefonieren …«

»Wenn ich zwei Tage weg war … was ist hier inzwischen passiert?« Ich sah zu Sam. »Wo warst du die ganze Zeit?«

»Mike hatte mich erwischt und eingesperrt. Er dachte wohl, ich könnte ihm später noch nützlich sein.«

»Was ist mit Mike geschehen?«

»Er wurde verhaftet«, sagte Patrick. »Da kommt wohl einiges zusammen, wenn die Anklage erstellt wird.«

»Und du?« Ich strich behutsam über Danas verbundene Hände.

»Unkraut vergeht nicht …« Sie grinste.

»Glück hatte sie«, sagte Patrick, »und sie muss sich schonen. Keine Aufregung und null Komma gar keine Anstrengung. Sie haben sie nur aus dem Krankenhaus entlassen, weil ich versprochen habe, dass wir die nächsten zwei Wochen auf sie aufpassen.«

»Und auf dich auch«, brummte mein Vater. »Wir machen jetzt Pause. Alle zusammen. Keine Gäste, auch wenn Tim Angels Keep wieder freigegeben hat.«

»Ja, der Spuk ist vorbei«, sagte Serena, und ich glaubte einen Hauch Wehmut in ihrer Stimme zu hören.

»Und du«, Dana warf mir einen strengen Blick zu, »du machst auch Pause. Nein, ich sag dir, was du machst: Du schreibst diesen ganzen Wahnsinn auf.« Sie hob anklagend ihre Hände. »Das schuldest du mir. Zwei Mal Krankenhaus, weil du deine Nase partout in jeden verfügbaren Ärger stecken musst.«

»Ich soll das *aufschreiben*?«, fragte ich ungläubig.

»Ja. Für unsere Kinder und Enkel und Urenkel, die glauben uns das sonst doch nie! Versprichst du es mir?«

Ich verdrehte die Augen.

»Ich warte …« Wieder hob Dana demonstrativ die verbundenen Hände.

»Ist ja gut.« Ich versprach es – und ihr haltet den Beweis nun in den Händen, dass ich mein Versprechen tatsächlich gehalten habe.

»Und das Reservat?«, wandte ich mich an Sam.

»Ist wieder unter unserer Kontrolle.« Er lächelte. »Du kannst sehr stolz auf dich sein.«

Ich zuckte die Schultern. *Stolz* war nicht das Wort, das mir in den Sinn kam. *Verwirrt*. Und *verloren*. So wohl und geborgen ich mich bei meiner Familie, meinen Freunden und in meinem Zuhause fühlte, Ray fehlte mir. *Ray? Kann ich dich noch hören?*

Es blieb still. Ich schluckte hart gegen die Tränen an, die in mir hochdrängten.

»Sam?«

Er lächelte, als habe er die Frage nach dem *Wie* meiner Rückkehr ins Leben bereits verstanden, bevor ich sie gestellt hatte, und tatsächlich hatte ich die Antwort im Kopf, ohne dass er sie ausgesprochen hatte: *Man kann mit* dem Grün der Erde *Leben geben und nehmen.*

Ich verstand: Ray hatte mit mir das Amulett geschmiedet

und somit die Macht, mir mein Leben zurückzugeben. Weil ich keine echte Vollblut-Yowama war.

Ganz genau, Josie, antwortete Sam. *Er hat dein Amulett geschmiedet. Erinnerst du dich noch, wie er das getan hat?*

Ich nickte unauffällig. Natürlich erinnerte ich mich. Wie sollte ich das je vergessen? Seine und meine Haarsträhnen.

Deshalb konnte seine Bitte erfüllt werden. Weil dein Amulett auch sein Amulett war.

Seine Bitte?

Anstelle einer Antwort wandte Sam den Kopf zum Hof. Ich folgte seiner Kopfbewegung. Sprang so heftig vom Stuhl, dass er polternd umfiel. Stürzte die Verandatreppe hinunter …

… und warf mich in Rays Arme.

»Aber … wie?«, stammelte ich.

»Hi«, sagte er grinsend. »Ich bin Ray. Du wolltest mich kennenlernen. Und dich vielleicht auch in mich verlieben …«

* * *

EPILOG

UND GENAU das tat ich.

Ray und ich haben uns noch mal neu kennen- und lieben gelernt. Und irgendwann werden einmal unsere Kinder zu unserer Ewigkeit werden. Dann tragen sie unser Blut und unsere Erinnerungen immer weiter, von Generation zu Generation und sind der lebendige Beweis, dass eine Liebe zwischen den Welten möglich ist.

DANK

Auszug einer typischen Kennenlern-Konversation, nachdem die obligatorische Frage »… und was machen Sie denn so beruflich?« fiel:

Ich: »Ich bin Krimiautorin.«
Pause. Gegenüber mustert mich nachdenklich.
Gegenüber: »Und *davon* können Sie leben?«
Ich (fühle besorgt meinen Puls): »Ja. Ich lebe.«
Gegenüber: »Das heißt… man kann Ihre Bücher auch kaufen?«
Ich: »Ja.«
Pause. Gegenüber: »Und wo?«
Ich (verwirrt): »Wo kaufen Sie sonst Ihre Bücher?«

Kein Witz. Weder das Staunen, dass ich vom Schreiben lebe (wirke ich wirklich sooo wenig autorenhaft?), noch die Frage, *wo* man meine Bücher denn kaufen könne.

Und die Fragen sind sogar berechtigt: Denn weniger als 10 Prozent der AutorInnen können vom Schreiben leben und weniger als 10 Prozent der Neuerscheinung landen in den Regalen der Buchhandlungen.

Und deshalb möchte ich mich jetzt bei all *meinen LeserInnen* bedanken, die wissen, wo man meine Bücher kaufen kann, die sie kaufen und mir ermöglichen, dass ich diese Fragen mit »Ja« beantworten kann.

Den vielen, wunderbaren BuchhändlerInnen, die meine Bücher auslegen und empfehlen.

Den unermüdlichen BloggerInnen, die meine Bücher empfehlen und rezensieren.

Dem cbj Verlag, dessen fleißige, kompetente und nette MitarbeiterInnen sich so große Mühe geben, dass meine Bücher gesehen und gelesen werden. Hier besonderer Dank an Verena Otto und Andrea Wolf.

Meiner klugen Agentin, Birgit Arteaga, die darauf achtet, dass ich auch morgen noch vom Schreiben leben kann.

Meiner einfallsreichen und liebenswürdigen Lektorin, Martina Patzer, die genau weiß, wie man das Herz einer Autorin erobert.

Meinen Testleserinnen, ganz besonders der großartigen Autorin Lisa-Marie Dickreiter für die erleuchtenden und präzisen Tipps und Kommentare.

Und diesmal last, aber niemals least, meiner großen Liebe, Michael, der praktischerweise auch mein Mann ist und wahrscheinlich der einzige Mann auf dieser Welt, der im Tiefschlaf seiner übermüdeten Frau nach einem Überarbeitungsmarathon um 3 Uhr morgens den Nacken massiert.

Lena Kiefer

Ophelia Scale – Die Welt wird brennen

464 Seiten, ISBN 978-3-570-16542-3

Die 18-jährige Ophelia Scale lebt im England einer nicht zu fernen Zukunft, in dem Technologie per Dekret vom Regenten verboten ist. Die technikbegeisterte und mutige Kämpferin Ophelia hat sich dem Widerstand angeschlossen und wird auserkoren, sich beim royalen Geheimdienst zu bewerben. Gelingt es ihr, sich in dem harten Wettkampf durchzusetzen, wird sie als eine der Leibwachen in der Position sein, ein Attentat auf den Herrscher zu verüben. Doch im Schloss angekommen, verliebt sie sich unsterblich in den bezaubernden Lucien – den Bruder des Regenten. Und nun muss Ophelia sich entscheiden zwischen Loyalität und Verrat, Liebe und Hass ...

20279

cbj

www.cbj-verlag.de

Holly Black

Elfenkrone

448 Seiten, ISBN 978-3-570-16526-3

»Natürlich möchte ich wie sie sein. Sie sind unsterblich. Cardan ist der Schönste von allen. Und ich hasse ihn mehr als den Rest. Ich hasse ihn so sehr, dass ich manchmal kaum Luft bekomme, wenn ich ihn ansehe…«
Jude ist sieben, als ihre Eltern ermordet werden und sie gemeinsam mit ihren Schwestern an den Hof des Elfenkönigs verschleppt wird. Zehn Jahre später hat Jude nur ein Ziel vor Augen: dazuzugehören, um jeden Preis. Doch die meisten Elfen verachten Sterbliche wie sie. Ihr erbittertster Widersacher: Prinz Cardan, der jüngste und unberechenbarste Sohn des Elfenkönigs. Doch gerade ihm muss Jude die Stirn bieten, wenn sie am Hof überleben will …

20283

cbj

www.cbj-verlag.de